Dikkat MAFYA *Var*

PAROLA YAYINLARI

PAROLA YAYINLARI : 284
Roman: **34**

Eser: Dikkat Mafya Var
Yazar: Esila Yıldırım

Yayın Koordinatörü: Ahmet Üzümcüoğlu
Genel Yayın Yönetmeni: Celal Coşkun
Editör: Gonca Erkmen Gidenoğlu
Kapak Tasarım: Merve Kayalı Kürşat
İç Tasarım: Celal Coşkun
Baskı-Cilt: Çalış Ofset Matbaacılık Turizm San. ve Tic. Ltd. Sti.
Davutpaşa Cad. Yılanlı Ayazma Sok.
No: 8 Davutpaşa Topkapı/İstanbul
Tel: 0212 482 83 96

T.C. Kültür ve Turizm Bakanlığı Sertifika No: 17265
ISBN: 978-605-9121-13-2
1. Basım: Mart 2015
2. Basım: Mayıs 2015
3. Basım: Ekim 2015

Parola Yayınları
Mareşal Çakmak Mah. Soğanlı Cad. Can Sok.
No: 5-A Güngören / İstanbul
Tel: 0212 483 47 96 Faks: 0212 483 47 97
web: www.parolayayinlari.com
e-posta: parolayayin@gmail.com

Dikkat MAFYA *Var*

Esila Yıldırım

Esila Yıldırım, 1997 Bursa-İnegöl doğumlu olan yazar; Babasının memuriyeti dolayısıyla İlköğretimini Muğla Dalaman, Ortaokulu Erzincan'da tamamlamıştır. Gemlik Celal Bayar Anadolu Lisesi mezunu olan yazar; Eğitimine İzmir Ege Üniversitesi Uluslararası İlişkiler Bölümü'nde devam etmektedir.

Yazmayı ve okumayı çok sevdiğini söyleyen yazar, beş yıla yakın bir süredir amatör olarak yazdıklarını sanal platformlarda paylaşmakta olup, "Dikkat Mafya Var" yazarın ilk kitabıdır.

Bu kitabımı; öncelikle aileme ve edebiyat öğretmenim Neriman Erdem'e ithaf ediyorum.

Wattpad ve tüm sanal platformlarda beni takip eden ve çığ gibi büyüyen, sadece kullanıcı adlarını bildiğim tüm okurlarıma, ayrıca Nevra Mutlu, İrem Tunç, Deniz Ece Kalyoncu, Sinem Kadak, Esma Ertekin, Damla Tarhan, Hanife Çakır, Hatice Cel, Esra Nemutlu, Merve Bilici ve beni sizlerle buluşturan Parola Yayınları'na sonsuz teşekkürler.

İyi ki varsınız ve yanımdasınız...

BİRİNCİ BÖLÜM

Yorgunluğu iliklerine kadar hissediyordu. Bugün yeterince boş adamla uğraşmıştı ve daha fazlasını kaldırabilecek durumda değildi. Son toplantıdan çıktığından beri kravatını gevşetip nefes almaya çalışıyordu. İşler son zamanlarda onu boğuyordu. İki aydır yoğun bir şekilde çalışıyor, tekstil alanında tanınmış olan isimlerini daha yükseklere taşımak istiyordu.

Karşısında duran adama yorgunlukla karışık gerginliğin sebep olduğu bir kaş çatmayla "Yarın gideceğim." dedi.

"Ama efendim uçağınız..."

"Umrumda değil! Bugün gitmek istemiyorum."

"Tabii, nasıl isterseniz."

"Şimdi evime gidiyorum. Toplantı ya da iş varsa ertele, hallet ne yaparsan yap. Dinleneceğim."

"Peki..." diye cevap verdi adam ve kapıyı açarak Semih'in arabaya binmesini bekledi. Semih başını geriye yaslayıp gözlerini kapattı. Biraz kafasını toplamaya çalıştı. Şakaklarını ovuştururken kafasının içinde dönüp duran onlarca insanın sesi yok olsun diye başını duvarlara bile vurabilecek durumdaydı. İşten çıktığı saatler gün içinde en sinirli olduğu zamanlardı.

Sonraki hafta işler biraz hafiflemiş olacak, o da küçük bir tatile çıkacaktı. Gerçi daha Beyhanlarla işini halletmemişti. İhaleyi asla kaybetmeyeceğini tekrarladı içinden. Onlar, Beyhan ailesi, uzun zamandır girdikleri bütün işlerde önlerine engel koyuyordu. Semih bir şeyler yapmak istese de babası Hamit Bey buna engel olmuştu. Hamit Bey ve Beyhan ailesinden birinin –büyük ihtimalle Orhan Beyhan'ın- arasında bir şey vardı ama ne olduğunu Semih hâlâ çözebilmiş değildi. Babası da açıklamıyordu.

İki ay sonra bir ihalede rakiplerinden en dişlisi yine onlardı. Restorasyonu onlara kaptırmak çok büyük bir kayıp olmayacaktı ama bırakmak gibi bir niyeti de yoktu. Henüz iki ay vardı ve bu süreç içinde onların yapacağı teklifin üstünde bir teklif yaparken kendisini zarara da sokmayacak bir fiyat bulmalıydı. "Lanet herif!" diye geçirdi içinden. Neden söylediklerini yapıp ihaleden çekilmiyordu ki?

Evine ulaştığında arabadan inip düşüncelerinden sıyrılmak üzere derin bir nefes aldı. Bu şehir gürültüsünden uzaktaki evini seviyordu. Kafasını rahatça dinleyebiliyor ve hatta atış bile çalışabiliyordu. Evin en alt katını âdeta bir ofis gibi kullanıyordu. Tam eve doğru adım atacaktı ki kapının önündeki baygın bedeni gördü. Bir süre düşündü. Burada kendisinden başka kim yaşardı ki? Dağılmış kızıl saçlarını görünce kadın olduğunu anlamıştı. Hızlı adımlarla ona doğru yürürken temkinliydi. Yavaşça kızın önüne eğildi ve saçlarını yüzünden çekti. O an gözleri irileşti, dudakları hafifçe aralandı ve şaşkınca kızın yüzüne baktı. Bu kız hayatında gördüğü en güzel kızdı. Onu kucağına aldı ve eve taşıdı. Kendi odasına götürüp yatağa yatırırken onun Beyhan Holding'in gönderdiği bir ajan olduğunu düşünüyordu. Ama bir şeyi fark etti. Beyhan Holding ona birini gönderseydi haberi olurdu çünkü içeride adamları vardı. Öyleyse bu kız kimdi? Yoksa Orhan öldürüleceğini mi düşünüyordu? Semih onu iki kere uyarmıştı. Bundan emin olmak veya Semih onu öldürmeden harekete geçmek için bu kızı göndermiş olabilirdi. Belki de ihalede verecekleri rakam için gelmişti. İki ay içerisinde ona yakınlaşacak, fiyatı duyunca da gidip Orhan'a yetiştirecekti.

Hızlıca odadan çıktı ve aşağıdaki adamına seslendi, "Kızın neyi var gidip bak." Bu sırada da telefonunu çıkarıp başka bir adamını aradı. Orhan'ın peşine birini takmıştı. Telefonuna hemen cevap geldi, "Orhan şu sıralar hiçbir kadınla görüştü mü?" diye sordu. "Bir sorun mu var efendim?" diyen adama "Sana bir soru sordum!" diye kükredi. Karşısındakinin korkuyla titrediğini hissetmişti. "E-evet, bu hafta sonu bir kadını görmeye gitti." dedi telefondaki adam. "Nasıl bir kadındı?" diye sordu Semih, "Şey... Uzun boylu, on dokuz-yirmi yaşlarında bir kızdı..." cevabı üzerine "Başka belirgin özelliği yok muydu?" dedi. "Şey... Sanırım saçları kızıldı."

"Neden bana önceden haber vermiyorsun aptal herif!" diye bağırıp telefonu kapatırken bir elini başına götürmüş işaret parmağı ve başparmağı ile burun kemerini sıkıyordu. Sinirden neredeyse kuduracaktı. Nasıl olur da böyle bir şeyden haberi olmazdı! O kadar içeri giren adamı ne işe yarıyordu orada? Bostan korkuluğu muydu onlar? Aptal herifler, diye düşündü. Hakiki aptal hem de! Özellikle arasam bulamazmışım!

Odada volta atarken bir yandan ne yapacağını düşünüyordu. Elini gür saçlarının arasından geçirdi ve sonra da kapının önündeki adama seslendi. "Selim!" Selim çok geçmeden karşısına dikilivermişti. "Buyurun efendim."

"Git Orhan'ın şirketinde çalışan bütün o ajanların kafasına sık! Yerlerine de yenilerini koydurt! Ama kafalarına öyle bir sık ki bir taraftan giren mermi diğer taraftan çıksın. Beyinleri olmadığı için çok zor olmaz zaten!"

"Buraya mı getireyim? Yoksa bir depoda mı halledeyim?"

"Bir depoya götür! Buraya getirirsen ben boğarım o piçleri!"

"Peki" diyerek odadan çıktı adam. Semih de salondan çıkıp kızı bıraktığı odaya gitti. Onunla ilgilenenlere baktı. Bir an durmalarını söyleyecek oldu ama sonra vazgeçti. Madem bu kız ihale rakamı için bedenini satmaya gelmişti, o zaman ihale rakamı sandığı başka bir rakam için de adamı eğlendirebilirdi.

Kız, bilinci yerine geldiğinde bir süre gözlerini açamadı. Başındaki ağrı öylesine fazlaydı ki... Öylece yattı ve ardından gözlerini yavaşça araladı. Oda feci hâlde dönüyordu. Yavaşça kendine geliyordu. Acıyla inlerken bir taraftan da gözlerini etrafta gezdirdi. O anda evinde olmadığını kavrayabilmişti. Hızlıca ayaklarını aşağı sarkıtıp doğruldu. Tam ayağa kalkacakken başındaki zonklamayla öylece durdu. Kendine gelince yavaşça ayağa kalktı. Duvardan destek alarak odadan çıkmıştı ki karşısındaki izbandut gibi adamı gördü ve olduğu yerde kalakaldı. "Ah, kesin kaçırıldım! Organlarımı alıp satacaklar! Bu güzelliğim ziyan olacak! Olacak şey mi bu? Benim gibi bir güzelliğe yapılır mı?" diye kendi kendine yakınırken yüzü şekilden şekle giriyordu.

"Şey... Merhaba, çıkış nerede acaba? Neyse, siz yorulmayın! Ben bulurum." deyip masum durduğunu düşündüğü aptal bir sırıtışla –ki bu sırıtış *sıçtım* kelimesini tam anlamıyla yansıtıyordu- adamın önünden geçmeye çalıştı. Lakin adam kolundan sertçe tutup onu geri çekince ne yapacağını bilemedi. Şimdi adama 'Ahhah, şaka yaptım. Sadece lavaboya gidecektim' dese acaba inanır mıydı? Hiç sanmıyordu. Adama doğru döndü ve kolunu kurtarmak için amaçsız bir çabaya girişmeden önce onu süzüp düşünceli bir tavırla "Kravatınızı yamuk takmışsınız." dedi. Oysa adamın kravatı bile yoktu. Adam başını hafifçe eğince boştaki eliyle adamın alnına vurup parmaklarını birleştirip ağzına götürerek üfle, demeyi düşündüyse de vazgeçti. Zaten adam kafasını eğip bakmamıştı bile. Tek baktığı şey kendisiydi ve bakışlarındaki alaycılık kesinlikle "Sen kendini akıllı sanan bir aptalsın." anlamını gizliyordu.

Adam kıza bir şey söylemeye bile tenezzül etmeden onu kolundan çekiştirmeye başladı. Hande nerede olduğunu bile bilmediği için fazlasıyla tedirgindi. Bulunduğu evin zengin birine ait olduğu kesindi. "Acaba çocuğu olmayan bir aile beni kaçırıp evlat edinmeye mi karar verdi?" diye düşündü. Sonra kendi kendisine cevap verdi içinden. "Aptal! Çocuğu olmayan aile dana kadar olmuş seni ne yapsın!"

Büyükçe bir kapının önünde durdular. Hande kendisini o filmlerde balo ya da parti salonlarına giren mükemmel kadınlar gibi hissetti ama bu his adamın dizine tekme atıp bileğini kurtararak var gücüyle koşmaya başladığında yok oldu. Arkasından böğüren adamı duyuyordu ama durmaya niyeti yoktu. Kerim büyük kapıyı açıp karşısındaki adama "Kız kaçıyor!" dedi. Kendisi koşabilecek durumda değildi. Bu kız tekme atmayı nereden öğrenmişti acaba? Hakikaten sert vuruyordu. Bir an onun kız kılığına girmiş bir erkek olabileceğini düşündü ama bunun olmadığını tabii ki biliyordu. Onun sesini duymuştu. Ayrıca erkek olamayacak kadar kadınsı bir fiziğe sahipti. Semih sinirle "Git de kapıyı göster bari…" dedi.

"A-anlamadım?"

"Aptal herif! Gidip durdursana!"

"Gidebilsem gideceğim ama dizime öyle bir tekme attı ki bacağımı kırdı sanırım."

"O küçük kızdan bir de dayak mı yedin?" derken sinirden neredeyse odayı dağıtacaktı. Odadan hışımla çıktı. O küçük canavarı bulmalıydı. Allah bilir nereye saklanmıştı. Aşağı kata indi ve orada bekleyen bir adamına kızı bulmaları emrini verdi. Bütün evde kızı aradılar. Sonunda adamlardan biri bağırarak "Efendim! Kız bahçe kapısının orada!" dedi. Semih şaşkındı. Nasıl olmuştu da kimseye fark ettirmeden oraya gitmişti? Büyük adımlarla bahçe kapısına gitti. Demir kapı ile uğraşan kızı kolundan kavrayıp kendisine çekti ve ani bir hareketle kucağına aldı. Kız çığlıklar atar ve çırpınırken Semih bundan hiç rahatsız olmuyor gibi gayet rahat bir tavırla eve girip kapıyı kapattı. Kızı bırakıp kapıyı kilitledikten sonra onu kolundan tutup çırpınışlarına rağmen sürüklercesine odaya götürdü. Anlaşılan kızın planı düşündüğünden farklıydı. Ya da kız adamın bir şeyler anladığını fark edince kaçmayı denemişti ki bunda başarılı olamayacağı da kesindi.

Odanın kapısını kapatıp kızı bıraktı. "Kimsin sen?" diye sordu. Hande hemen cevap verdi. "Aradığınız kişi değilim!"

"Anlamadım?"

"Şey, kimi arıyorsanız o ben değilim! Kesinlikle! Sizi daha fazla rahatsız etmeden gideyim ben." diyerek kapıya ilerlemeye başladı. "Dur olduğun yerde!" Hande kısa bir an duraksadı. Adamın sesi fazlasıyla otoriterdi. "Kim olduğunu biliyorum! Buraya ne için geldiğini de!"

Adama "Biliyorsanız niye soruyorsunuz?" ile "Ben de biliyorum." demek arasında kaldı ama bu ikisinin de ölümü olabileceğinin henüz farkında değildi. Semih gözlerini kısarak Hande daha konuşmadan "Amacına ulaşamayacaksın!" dedi. Hangi amaçtan bahsediyor bu adam? Hande adama döndü. Kafası karışıktı, mantıklı düşündüğü de söylenemezdi. Hâlâ içkinin tesiriyle başı ağrıyordu. Adamın neden bahsettiğini anlamak için bahsettiği şeyi biliyormuş gibi yapmaya karar verdi.

"Sen öyle san!" dedi alaycı tavrıyla. Bunun Semih'i sinirlendirdiği oldukça ortadaydı. Çenesi kasılmış, kaşları çatılmış ve yüzü gerilmişti. "O ihale rakamlarını sana söyleyeceğimi mi sanıyorsun?"

"Hangi ihale rakamları?" dedi birden. Sonra da içinden kendisine "Aptal!" diyerek iri gözlerini adamın gözlerine dikti. Dilini bir türlü tutamıyordu ki. "Numara yapma bana! Senin Beyhan Holding ile gireceğimiz ihalenin rakamlarını almak için ve o adama haber göndermek için gelmiş bir ajan olduğunu biliyorum. Doğrusu düşündüğümden aptal çıktın! Elinde delil bile olmadığını biliyorum! Söyle bana! Ne yapacaktı o herif? Benim kötü işlerle uğraştığıma dair belgeler bulup polise mi şikâyet edecekti? Sendeki de iyi cesaret. Benim kim olduğumu bildiğine eminim. Benim gibi bir adamın karşısına çıkarken gösterdiğin bu cesaret kolay bulunmaz. Yine de Poyrazoğlu ailesine bulaşarak hayatını kararttın güzelim."

"Poyrazoğlu? Hangi Poyrazoğlu?" derken sesi titremişti. Poyrazoğlu ailesi eğer tahmin ettiği aileyse -ki muhtemelen oydu, cümlelerindeki özgüven ve tehditlere bakılırsa kesinlikle oydu- buradan tabiri caizse topuklarını kıçına vurarak kaçması gerekiyordu.

"Kaç tane Poyrazoğlu ailesi biliyorsun? Ben Hamit Poyrazoğlu'nun oğlu Semih Poyrazoğlu! Bilmiyor musun? Yoksa seni buraya gönderirken kim olduğumu söylemediler mi?"

"Pardon ama beni buraya kimin göndermesi gerekiyordu? Ben kendim geldim doğrusu ama geldiğime pişmanım şu an! Verdiğim rahatsızlıktan dolayı ve vaktini çaldığım için özür diliyorum! İyi günler." deyip tekrar çıkışa yönelmişti ki adamın sesiyle tekrar durdu, "Sen burayı belediye mi sandın? İyi günler deyip gidebileceğini mi düşünüyorsun? Yoksa beni aptal mı sanıyorsun?"

"Bak, gerçekten o bahsettiğin kişi değilim! Devlet memuru gibi görünmediğin kesin ama ne olduğunu bilemeyeceğim! Beni burada zorla alıkoyamazsın! Manyak mısın nesin ya sen? Ben buraya nasıl geldiğimi bile bilmiyorum!"

"Gökten zembille inmedin."

"İyi ki söyledin!"

"Kapımın önünde bayılmış numarası yapıyordu zatınız. Sonra ben de sana acıyıp yardım edeyim dedim. Eğer senin amacını bilseydim alır mıydım hiç? Doğrusu iyi oyuncusun. Konservatuvar falan mı okudun sen?"

"Konservatuvar mı? Hı, sorma ben o kadar zekiyim ki yirmi yaşında üniversiteden mezun oldum! Düşün sınava girdim beni o kadar yetenekli buldular ki daha ilk gün bile gitmeden mezun ettiler! İki yılda da profesyonel oyuncu oldum."

"Bana o kadar da zeki görünmedin!"

"Allahım kafayı yiyeceğim! Çattık ya! Sen nasıl bir mafya bozuntususun ki..." dediği an kendisini adamla duvar arasında buldu. Adamın gözleri âdeta bir volkan gibiydi. Patlamak üzere olan bir volkan... Onun öfkelenmeye başladığını görmesine rağmen diklenmek pek de akıllıca bir durum değildi! Semih Poyrazoğlu tehlikeli bir adamdı ve Türkiye'nin en ücra köşesinde yaşayan en teknoloji mahrumu insan bile bunu kesinlikle biliyordu!

"Sen ne dedin?" diye sorunca Semih "Allahım dedim." diye cevapladı kız. "Ondan sonra?" diye sordu, "Kafayı dedim." cevabını aldı.

Dişlerini sıktığı belli oluyordu. Hande, şimdi beni öldürecek, diye düşündü. Mezarım bile olmayacak. Beni yakıp küllerimi de çöpe atacak.

"Bana mafya..." dedi ama devam etmedi. "Mafya..." dedi bir kez daha ama *bozuntusu* diyemedi. Hafife alınmak, küçümsenmek onu gereğinden fazla sinir ediyordu. Bunu kabullenemiyordu adam. "Bozuk plak gibi aynı şeyi tekrarlayıp durmasana! Biliyorum! Sana mafya bozuntusu dedim."

Adam elini Hande'nin boğazına koyup nefesini keserken Hande, işte şimdi bittim, diye düşünüyordu. Bu kadar genç ölmemeliydi. Ya da ölüm sebebi Berk yüzünden içip kapısının önünde bayıldığı mafyayı kızdırması olmamalıydı. Kız bir süre çırpındı. Nefesini önleyen ellerle boğuştu ama o güçlüydü ve kurtulmanın imkânsızlığını bilmesine rağmen elinden geleni yapıyordu. Hande'nin yüzü nefessizlikten mor bir renk alırken adamın elleri ile boğuşması da son bulmuştu. Onun bu hâlini gören Semih kızı öldürmek üzere olduğunu fark ederek kızı yavaşça bıraktı. Kız kızıl saçları yüzünü kapatacak şekilde yere düştü ve öksürmeye başladı. İki eli ile boğazını tutuyordu. Ciğerlerine hızla dolan nefes canını yakmıştı. Yerde öylece çırpındı bir süre, gözleri doldu. Yanaklarından yaşlar süzülmeye başladığında kendine geldi. Semih bir an ne yapacağını bilemedi. Bu güzel kızın ölmesini istemiyordu ama kimse kendisine böyle diklenemezdi. Bu kızın haddini bilmesi gerekiyordu. Kapının önündeki adamına su getirmesi için işaret verdi. Adam hemen aşağı indi. Bir süre sonra da elinde bir bardak su ile geri geldi. Belki de genç adamın sinirlenmesine sebep olan şey kızın söylediği değil de o an odada adamının olmasıydı. Otoritesini sarsacak her şeyi başından defetmeye programlanmış gibiydi.

Semih bardağı alıp kızın önüne eğildi ve yavaşça çenesini tutup yüzünü kaldırdı. Suyu kızın ağzına götürürken Hande şaşkındı. Adam önce ona zarar veriyordu sonra da yardım ediyordu. Dudaklarını araladı ve suyun boğazından yavaşça geçerken onu rahatlatmasına izin verdi. Bardaktaki su bitince kendini geri çekti ve duvardan destek alarak ayağa kalktı. Semih de onunla birlikte kalkmıştı. Ağlamaktan boğuklaşmış sesiyle "Ne istiyorsun benden?" diye sordu. "Sana anlatamıyorum galiba ama sandığın gibi bir amacım yoktu! Beni bırak! Rakam falan bilmiyorum ben!"

"Tamam! Birazdan adamlarımdan biri seni bırakacak! Ama takip edileceksin. O adamı görmediğini bilmem gerekiyor."

"Gerçekten bırakacak mısın beni?"

"Tabii, bir şey bilmediğini anladığıma göre burada olmanın bir anlamı yok." demesi üzerine genç kız odadan zorlukla çıktı. Adam da peşinden ilerliyordu. Tam kapının önüne gelmişlerdi ki demir kapının önündekileri gördü genç kız. Birkaç adam başka bir grup adamın başına silah dayamış eve yürütüyorlardı. Başına silah dayanmış adamlardan bir tanesi silahı tutan adama dirsek atıp kaçmaya kalkınca arkasından gelen gürültülü sesle çığlık attı Hande. Aynı anda kendisini geri çeken eli kolunda hissetti. Öyle bir çığlık atmıştı ki hem herkes ona bakıyordu hem de boğazı ağrıyordu. Adam onu eve soktu ve oradaki bir adama kızın tuttuğu kolunu uzatıp "Odama çıkar, kapıyı da kilitle." diye emir verdi. Kendisi de tekrar dışarı çıktı. Öldürdüğü adamın başına toplanan gruba yaklaştı. Adamlardan birine "Temizleyin." diye emir verip Selim'e döndü.

"Sana o herifleri buraya getirmeden hallet demedim mi? Başımıza nasıl bir bela sardın biliyor musun?" diye kükrercesine konuştu. Selim bir adım geri çıktı. "Depoda yangın çıktı. Size acilen haber vermem gerekiyordu. Bunları da gelirken getirmek zorunda kaldım."

"Na-nasıl? Hangi depo?"

"Şehir çıkışındaki depo, nasıl olduğu bilinmiyor ama kundaklama olabilir."

"Araştır, bul. Bu adamları da aşağıda hallet. Benim şu baş belasıyla ilgilenmem gerekecek. Lanet olsun şimdi onu yok etmem gerekiyor. Ya da bir şekilde beni ihbar etmeyeceğinin bir garantisini bulmam... Başıma açılacak işlerle uğraşacak vaktim yok." diyerek eve girip yukarı kata çıktı. Kendi odasından gelen gürültüye inanamadı. İçeridekinin sadece çelimsiz bir kız olduğunu bilmese bir fil var sanabilirdi ya da üçüncü dünya savaşının başladığını düşünebilirdi. Ki zaten bu kızda o savaşı başlatabilecek güç de çene de vardı. Kapının önündeki adama bakıp gitmesini işaret ettikten sonra anahtarı çevirip kapıyı açtı ve içeri girdi. Genç kız onu görünce birden geri çekildi. Ona bakan gözlerdeki korku muydu yoksa Semih mi yanlış görüyordu?

"Sen! O-o adamı öldürdün!"

"Evet, eşek cennetine yolladım onu." diye rahat bir tavırla cevap verdi genç adam. "Bir de bu kadar rahat bir şekilde dalga geçebiliyorsun? Şaka mısın sen? Beni bırakacağını söylemiştin?" dedi kız. "O az önce yaptığımı görmenden önceydi!"

"Kimseye anlatmam!"

"Eminim anlatmazsın. Buradan çıkar çıkmaz bu olayı bütün dünyaya duyuracağına her iddiasına varım."

"Yani? Ne olacak şimdi? Beni de öldürecek misin?"

"Ne kadar da çok soru soruyorsun. Sadece susamaz mısın sen?" derken Semih çoktan kararını vermişti. Kız korkuyordu. Adamın birini öldürdüğünü görmüştü ve muhtemelen kendisi de ölecekti. "Bana ne olacak?" diye sordu Hande kesin bir cevap istediğini belli ederek. "Seni ortadan kaldırmam gerekiyor."

"Ben ağır gelirim, kolay kaldıramazsın!" diye dalga geçti önce. Sonra adamın ciddiliğini anlayınca devam etti. "Tamam, beni eşek cenneti olarak adlandırdığın yere mi göndereceksin?" Saçmalarken amacı kendisini rahatlatmaktı biraz da. "Herkes kendi türünün cennetine gider ama tabii öyle demek istiyorsan, ben bir şey demem. Doğrusu seni öldürmem en kolay çözüm olacak ama neden bilmiyorum, senin ölmeni istemiyorum. Senin gibi bir güzelliğe yazık olacak! Seni öldürmeyeceğim. Öldüremem."

"O zaman?"

"Bir çözüm bulacağım ve ben bu çözümü bulana kadar bekleyeceksin. Hadi, mutfağa gidelim. Çok açım."

"Sende nasıl bir mide var ya? Az önce adamın beynini dışarı çıkardın, şimdi yemekten mi bahsediyorsun?"

"Seni öldürmeyeceğimi söyledim ama canını yakmayacağım demedim. Kaşınma istersen." diyerek onu uyarıp dışarı çıktı Semih. Hande de bu küçük uyarıyı dikkate alıp sustu ve onu takip etti. Yine de birkaç adım gerideydi. Sonuçta adam ani bir hareket yapabilir ve ona zarar verebilirdi. Temkinli bir şekilde adamın peşinden ilerledi. Mutfağa girdiklerinde kapıya yakın olan sandalyeye oturup adamın buzdolabını karıştırmasını izledi. Mutfak devasa büyüklükteydi ve harika döşenmişti. Tıpkı evin diğer odaları gibi. Adamın dolaptan çıkardıklarıyla sandviç hazırlaması gördüğü en tuhaf şeydi. Bir mafyayı böyle görmek pek de mümkün değildi ona göre. Böyle düşünmesi komikti belki ama adamın yemek yediğini bile düşünmezdi. Ona şaşkınca bakarken adam arkası dönük olduğu hâlde onun bu hâlini görmüş gibi sordu, "Neden öyle bakıyorsun?"

"Nasıl bakıyorum?" derken kendini bir an bir dizide gibi hissetti. Sanki onlar birbirini seven iki âşık gibi... Sonra kendi düşündüğü şeyi hızla beyninden kovdu. Bu iri adam yakışıklı olduğu kadar korkutucuydu da. "Sanki uzaya çıkan maymunmuşum gibi bakıyorsun."

"Maymuna benzediğin doğru ama mesele şaşkınlığımsa senin gibi birinin bu durumda olması beni şaşırtıyor. Yani bir mafyanın sandviç hazırlaması çok ilginç."

"Bana hakaret etmeyi kes! Ayrıca mafya olduğum doğru ama zombi değilim. Hayallerini yıktım belki, üzgünüm ama acıktığımda yemek yemem gerekiyor ve yemeği de sihirle hazırlayamayacağıma göre kendim yapıyorum. Bugüne kadar hiçbir kadına yiyecek bir şey hazırlamamıştım. Bu sandviç bile olsa benim gibi bir adam sana böyle bir güzellik yapıyor, kendini şanslı saymalısın."

"Ah, evet! Az önce ümüğümü sıktığın ve şimdi sandviç yaptığın için teşekkür ederim. Minnettarım ve çok şanslı olduğum için mutluyum."

"Ve gevezesin!" derken hazırladıklarını tepsiye koymuş iki bardağa kola dolduruyordu. Sonra da tepsiyi alıp kızın yanına ilerledi. Tepsiyi onun önüne koyup sandalyeye yerleşirken kendi sandviçini eline almıştı.

"Hadi ye! Açlıktan ölmeni istemem! O şerefi açlığa bırakamam!"

"Ha ha! Çok komik!"

"Sen nasıl bu kadar diklenebiliyorsun bana anlamıyorum. Cesaretine hayranım ama daha boynundaki ellerimin izi bile geçmemiş. Bence biraz uysal olmalısın yoksa aracı kullanmak zorunda kalırım."

"Aracı derken kastettiğin şey ne?"

"Silahım olabilir mi?"

"Ben odun sanmıştım."

"Ne?"

"Yani silah olarak odun kullanıyorsun sanıyordum. Malum sizin çağda ateşli silahlar icat edilmemişti!" demesi üzerine Semih sinirlendi ama bir şey yapmamak için kendisini sıktı yoksa onu öldürecekti. Şimdilik onun ölmesini garip bir şekilde istemiyordu. Konuyu değiştirmek için "Ailenle mi yaşıyorsun?" diye sordu. "Niye? Devlet memurusun da nüfus sayımı mı yapıyorsun?"

"Özellikle mi uğraşıyorsun?"

"Ne için?" derken ağzı doluydu ve sesi boğuktu. Adam iğrenir gibi görünerek konuştu. "Ağzındakini yutmadan konuşma!" Oysa hiç iğrenmemişti. Hep kendisine tiksindirici gelen şey bu kız yapınca öyle olmamıştı. "Niye? Midendeki her şey ağzımdakinden daha beter hâlde! Onlar mideni bulandırmıyor da bu mu bulandırıyor?"

"Doktor musun? Midemi nereden biliyorsun? Gördün mü?"

"Biz insanlar okullarda biyoloji diye bir ders görüyoruz. Canlı bilimi oluyor. Sen bilmezsin tabii. Hem doktor olsam emin ol ilk işim sana biraz beyin nakletmek olurdu. Fazlasıyla ihtiyacın var gibi, kafatasın boş olduğu için damarların içeri çökmüş, kafan da küçücük olmuş."

"Sen kendine bak! Şempanzeye benzediğini söyleyen oldu mu hiç?"

"Sensin şempanze."

"Sanırım kısa sürede sana öğretmem gereken şeyler var! Soru sorduğumda ona göre cevap ver! Ailenle mi yaşıyorsun yalnız mı?"

"Yalnız."

"Güzel, o zaman senin yokluğunu fark etmezler. Okullar da tatil nasılsa... Erkek arkadaşın falan var mı?" diye sordu. Bu soru üzerine hiç beklemediği bir şey oldu. Hande'nin gözleri dolmuştu. Ağlamamak için direniyor gibi bir hâli vardı. Alt dudağı titremeye başlamış, göz bebekleri irileşmişti. "Yok." diye cevap verdi ama sesi boğuktu. Sanki yutkunamıyor gibiydi.

Hande'nin, Berk ile ayrıldıklarını, onun kendisini aldattığını hatırlayınca nefesi kesilmişti. Nasıl olmuştu da bunu unutmuştu zaten anlamıyordu. Bu adamın yanında her şeyi unutmuştu işte. Oysa aldatılmış olmak kalbini kırmasının dışında kadınlık gururunu da ayaklar altına almıştı.

Semih ne yapacağını bilemez şekilde ağlamak üzere olan kıza bakıyordu. Daha önce hiçbir kadınla ağladığını görecek kadar yakın olmamıştı ki. Kız kardeşi ve yengesi hariç bir kadını ağlarken görmemişti. Şimdi bu küçük kızı nasıl teselli edeceğini bilemiyordu çünkü kardeşi ağladığında onu saçlarıyla oynayarak ve güzel şeyler anlatıp hayaller kurmasını sağlayarak sakinleştirirdi ya da sahile götürürdü ve sessizce denizi izlerlerken kardeşi omzunda uyuyup kalırdı. Yengesi ağladığı zaman da ağabeyi onu sakinleştiriyordu. Telefonunu çıkarıp ağabeyini arayıp kıza "Bir dakika, seni nasıl sakinleştiririm bilmiyorum ama ağabeyimi arayıp, bir kadın nasıl sakinleştirilir, diye soracağım ve sorunu çözeceğim!" diyemezdi ya! Sonunda ne yapacağını düşünmeyi bırakıp birden kızı kucağına aldı. Bununla birlikte Hande şaşkınca çığlık attı. Korkmuştu da birden böyle yapınca. Semih bu şekilde hem onun kaçmasını hem de itirazlarını önlüyordu. "Hey! Ne yapıyorsun sen! Bırak beni!" diye bağırdı ama Semih onu dinlemeden ilerliyordu. Dış kapıya gelince oradaki adama "Kapıyı aç, arabamı da hazırlayın." dedi. İçerideki adamlar şaşkın olsalar da hemen emri yerine getirdiler. Adam kızı Range Rover'ın içine bırakıp sürücü koltuğuna geçti. "Emniyet kemerini bağla." diye emir verdikten sonra da arabayı evin bahçesinden çıkarıp son hız sürmeye başladı.

İKİNCİ BÖLÜM

Araba durduğunda Hande'nin etrafına bakacak hâli bile kalmamıştı çünkü midesi bulanıyordu ve hatta kusmanın eşiğine gelmişti. Zaten araba tutuyordu ve bu adam deli gibi kullanıyordu. Aldığı alkol etkisini kaybetmemişti. Sonunda başını sağa çevirip dışarı baktı. Denizi görünce ağzı şaşkınca 'o' şeklini aldı. Ağlamaktan şişmiş gözleriyle etrafı bulanık görse de nerede olduğunu anlayacak kadar netliği vardı görüşünün. Adama baktığında arabadan indiğini ve onu beklediğini gördü. "Odun işte! Kapıyı açsa ölür!" diye söylendi. Adam bunu duymuş olacak ki "Neden? Sen sakat mısın? Kendin açamıyor musun?" diye tersledi. Sonra da yürümeye başladı. Tabii gözleriyle Hande'yi de takip ediyordu. Birden kızın adını bilmediğini fark etti. "Hey!" diyerek kızın dikkatini kendi üzerine çevirdi.

"Hı?"

"Hı denmez, efendim denir. Kimse sana öğretmedi mi?"

"Sana ne!"

"Sabrımın sınırlarını zorluyorsun!"

"Umrumda mı sence?" diye sorarken omuz silkiyordu. Semih dişlerini sıktı ve kendisini dizginledi. Bu kıza dersini verecekti ama sırası değildi. Onu bileğinden tutup yanına çekerken Hande küçük bir çığlık atmıştı. Neyse ki ortalıkta kimse yoktu. "Adın ne?" diye sordu. "Kim olduğumu bildiğini sanıyordum. Hani amacımı da biliyordun. Öyle söylemiştin."

"Kaşınma! Sevabına kaşırım!"

"İcraata geçtiğini hiç göremedik ama neyse. Benim adım Hande ama sen bana Han de!" diyerek iğrenç bir espri yaptı. Adam ise ona şaşkınca baktı ve sonra yüzünü buruşturup "İğrençsin! Gerçekten sakın stand up falan yapma sen!" dedi. Hande onu umursamadan koşarak denize ilerledi. Ayakları denize girinceye kadar koşup çocuk gibi kendi etrafında döndü. Koşarken ayaklarındaki babetleri kumların üzerinde bırakmıştı. Sonra yavaşça kumlara oturdu. Ayakları dalgaların hafifçe vurduğu yere geliyordu ama eşofmanını çok ıslatmıyordu. Birden eşofmanına ve üzerindeki baskılı tişörte baktı. Sonra arkasındaki adamın üzerindeki kot pantolon ile gömleğine bakıp suratını buruşturdu. Saçlarının da dağıldığına emindi. Hangi kafayla eşofmanın altına babet giydiğini düşünmek bile istemiyordu. Adam onun yanına gelince "Beni eve götürmelisin." dedi. "Neden?" diye sordu genç adam. "Bok gibi görünüyorum?"

"Kim böyle güzel bir şey sıçıyor merak ettim doğrusu." derken Hande kaşlarını çatıp ona baktı. Bu adam gerçekten iğrençti. Bir süre öylece oturdular. İkisinin ağzından da tek kelime dökülmüyordu. Güneş dağların ardına gizlenirken bıraktığı renk cümbüşü çok güzeldi. Denizin üzerine vuran yansıma, gökyüzündeki kızıl, sarı renkler sanki bir tablodan ödünç alınmış gibiydi ama asıl yeri zaten burasıymış gibi...

Hande o an her şeyi unuttu. Berk'i, aldatıldığını, esir tutulduğunu, başına geleceklerin bilinmezliğini... Semih ise öylece kızı izledi. Mavi gözleri Hande'nin üzerinde gezinirken istemsizce yüzüne bir gülümseme yayıldı. O güne kadar gördüğü bütün kadınlar süslü heykeller gibiydi ama Hande bir heykeltıraşın yapamayacağı kadar doğal, bu hâliyle bile çok güzeldi. Sanki işlenmemiş değerli bir maden gibiydi o... Sarılmak istedi ama yapamadı. Eli gitmiyordu bir türlü. Aslında ona da kendisine de kızıyordu. O herkesin sandığı gibi acımasız bir ailede büyümüş katı bir adam değildi aslında. Ailesinde öyle büyük aşklar vardı ki... Ama âşık olmak için henüz erkendi. Hele böyle küçük bir çocuğa...

Onun gülümsediğini görünce mutlu olmuştu. Neden o ağladığında endişelendiğini bilmediği gibi gülümsediğinde de neden mutlu olduğunu bilmiyordu. Umursamamayı denedi. Bu tuhaf hissi görmezden gelebilecek kadar duygularını saklamayı öğrenmişti. Öyle ki onları kendisinden bile saklıyordu. Kızdan ilk gördüğü an etkilenmiş, hoşlanmıştı ama hoşlanmayı bile daha önce tatmış değildi. Hava kararıp iyice soğuyana kadar oturdular. Sonra Semih ayağa kalkıp kızı da bileğinden çekti. "Üşümüşsün." derken kızın buz gibi elini iyice sıkıp onu kendine yaklaştırdı.

"Hissetmemiştim." diye mırıldandı Hande. Bu sırada daha tanışalı bir gün bile olmayan bu adama neden bu kadar ısındığını merak ediyordu ki bu adam kendisini neredeyse öldürecekti. En tehlikeli mafya ailelerinden birinin çok tehlikeli bir üyesiydi. Yine de onun istediğinde iyi bir adam olduğunu görmek kendisini şaşırtmıştı. Adamın yakışıklılığı da dikkat çekiyordu.

Semih kızı arabaya bindirdi ve kapıyı kapattı. Eve doğru sürmeye başladı. O anda Hande aklına gelen şeyle ne yapacağını bilemedi. Sevinse mi korksa mı? Onu ailesi bulabilirdi çünkü bir hafta sonra İzmir'e gideceğini söylemişti. Eğer gitmezse şüphelenip arayacaklardı ve ona ulaşamayınca meraklanacaklardı. Telefonu ise evden çıkarken cebine koyduğuna ve yolda düşürmediğine emindi. Telefon cebinde olmadığına göre bayıldığında evde bir yere düşmüştü. Üstelik sessizdeydi. Yani polisin ona ulaşması hiç de zor değildi. Şimdi bunu adama söylese onu bırakmayacağı kesindi. Söylemezse adam öğrendiği zaman onu öldürebilirdi. Yutkundu önce sesli bir şekilde. Adam ona bakınca bir an tepki veremedi. Sonra boğazını temizleyip "Beni ne zamana kadar yanında tutacaksın?" diye sordu. "Yaşamak istediğin sürece, ben başka bir çözüm bulana kadar yanımdasın. Seni bırakabilirim elbette ve polisi de iki güne kalmadan hallederim, biri suçumu üstlenir ama bu basına elbette sızar. Yani polisin eline düştüğüm... Bu da ailemin hoşuna gitmez ve başıma iş açar. Sana da güvenemem. O yüzden bana alışsan iyi olur. En azından bir süreliğine."

"Ama beni bırakmak zorundasın."

"Sebep?"

"Çünkü bırakmazsan bir hafta sonra polis kapına dayanacak ve durumun farklı olmayacak."

"Polisin senin benimle olduğumu bileceğini mi sanıyorsun?"

"Sanmıyorum, eminim."

"Bu nasıl olacakmış peki?" derken adamın sesi alaycı ve meraklı geliyordu. Bakışları ise yoldaydı. Sinirliydi ama sinirini bastırmaya çalışıyordu. Ne olurdu bu kız iki dakika gitmekten bahsetmese. Ya kaçmaya kalkarsa? Kaçamayacağını biliyordu ama içinde bir şeyler bundan endişeleniyordu. "Çünkü haftaya İzmir'e gideceğimi annemle babama söyledim. Beni arayacaklardır. Bulamayınca ilk bakacakları şey telefonumun nerede olduğu olacak ve o da senin evinde bir yerde. Nerede olduğunu emin ol bilmiyorum. Onu da geçtim evime en yakın ev seninki. İlk şüpheli olursun."

"Bir dakika! Evin nerede?"

"Senin evinden yürüyerek gidilebilecek bir mesafede."

"Sen... Şaka mı bu?"

"Hayır! Çok gerçek! Benim kadar..."

"Eğer beni kandırıyorsan... Araştıracağım! Doğruyu söylüyorsan ona da çözüm bulurum! Merak etme."

"Kafama silah dayayıp anneme gelemeyeceğimi söylememi bekleme hiç, annemin çenesi senin silahından daha az korkutucu değildir."

"Başka bir yerine başka bir şey dayayacağım ya! Neyse!" demesiyle Hande ona baktı. Sonra adamın ne kast etiğini anlayınca omzuna bir yumruk atıp "Seni pis sapık!" dedi. Semih de Hande'nin saçını çekip ıslık çalarak önüne döndü.

"Ayıya bak ya! Hem saçımı çekiyor hem de sanki arabada başkası varmış da o yapmamış gibi ıslık çalıyor!" dedi. Aynı anda Semih'in kafasına vurmuştu. Semih canı yanmadığı hâlde yüzünü buruşturup "Kafamı kırsaydın!" dedi.

"Tabii, beyninin pekmezini akıtacağım ben! Tahinle karıştırıp yiyeceğim sonra da!"

"Seni IQ'su düşük yaratık! İnsan beyninde pekmez olduğunu mu sanıyorsun?"

"Sen insan olmadığına göre belki seninkinde vardır!"

"Tabii, melek gibi adamım ama övünmeyi çok sevmiyorum."

"Salak!"

"Cık cık cık! İnsan müstakbel kocasıyla öyle konuşur mu hiç?" demesiyle Hande'nin yüzündeki gülümseme silinip şaşkın bakışlarla ona döndü ve çenesi ağzına vinç girecekmiş gibi açılırken ağzından sadece "Ha!" kelimesi çıktı. Semih, Hande kendisine gelene kadar bekledi. Belli ki kız şoka girmişti. Yavaşça yolda ilerlerken bir yandan da onun ne tepki vereceğini bekliyordu. Bu kararının tek sebebi tabii ki kızın onu ihbar etmesini engellemek değildi ama Hande böyle bilse daha iyi olurdu. Onun rakipleri Beyhan ailesinin gelin adayı olduğunu anlamıştı. Gerçi kız, Berk'ten ayrılmıştı ama o adama karşı kazanacağı bir zaferdi bu da. Sen kaybettin, ben senin kaybettiğini bu kadar kısa sürede kazandım, demekti bir bakıma. Sonunda Hande tiz bir çığlık atıp "Ne saçmalıyorsun sen?" diye devamını getirdi. "O ses senin nerenden çıkıyor be güzelim?" derken alaycıydı Semih'in sesi. Zaten kızın hemen kabullenmeyen yapısını anlamıştı. "Semih! Sana ne saçmaladığını sordum! Aptal şakanı çekecek durumda değilim!"

"Ben de senin cırtlak çığlığını çekmek istemiyorum ama çekiyorum. Ne yapalım? Ayrıca ne şakası? Ben ciddiyim."

"Ne o bir-iki saatte bana âşık mı oldun? Aptal mısın sen ya?"

"Aptal deyip durma, yapıştıracağım şimdi bir tane! Sonra ebeni göreceksin camda!"

"Terbiyesiz!" deyip kollarını göğsünde bağlayarak önüne döndü Hande. Semih'in ciddi olmadığını düşünüyordu ama Semih onun sandığının aksine fazlasıyla ciddiydi. Sonunda boğazını temizleyip konuşmaya başladı. "Eğer seninle evlenirsem seni kaçırdığımı iddia edemezsin ve yanımda olman da şüphe çekmez, ayrıca beni ihbar da edemezsin çünkü ben hapse girsem bile karım olarak ifade vermeye çağrıldığın an adamlarım seni öldürür. Bu olmasa bile ailemin baskısı ile yaşayamaz belki de kendin intihar edersin. Hem seni hem beni garantiye alıyorum işte, annem de evlenmemi istiyordu uzun zamandır zaten."

"Ya sen ciddi misin? Delirmiş olmalısın! Senin gibi bir mafyayla evlenip ormantik bir hayat yaşayacağımı mı sanıyorsun? Ben zaten başka birini seviyorum ayrıca!"

"Ormantik? O ne biçim bir kelime öyle! Sana bir sözlük almalıyım sevgilim. Ayrıca kimseyi canın kadar seveceğini düşünmüyorum! Terk et gitsin! Hem az önce o yüzden gözlerin dolmadı mı?" derken kırdığı potu fark edip dilini ısırdı. Her zaman bu kadar açık sözlü olmak zorunda mıydı? "Özür dilerim! Hatırlatmak istemedim!"

"Çok kabasın!" dedi Hande ama bu sefer ilk seferki gibi gözleri dolmadı çünkü o sahilde bir karar vermişti. Berk madem kendi hayatını yaşıyordu o zaman kendisi de öyle yapacaktı. Bir daha onu hatırlamayacaktı.

"Her neyse, senin için alışveriş yapılmalı aslında ama ben öyle çok mağaza gezmeyi sevmem. Ne yapsak ki?"

"Evimde kıyafetlerim var! Gidip almaya ne dersin?"

"Kendimi tehlikeye atmak istemiyorum. En azından evlenene kadar seni dışarı salmayı pek düşünmüyorum. Evlendikten sonra da evde oturacaksın tabii hatta anneme gideriz, onlarla otururuz belki?"

"Bir de iç güveysi mi olacağım?"

"İç güveysi erkek olur, şapşale."

"Şapşale diye bir şey yok! Şapşal derler ona. Şapşal!"

"Niye? Müdürün bayanına müdire, muallimin bayanına da muallime demiyorlar mı? O zaman şapşalın bayanına da şapşale denebilir."

"Aptal! Bu mantıkla bu kadar yıl nasıl yaşadın sen?" dedi ve önüne döndü genç kız. Çok fazla mı aptal diyordu bu adama acaba? O sırada adamın elinin beline gittiğini gördü. *Siktir, öldürecek adam beni,* diye düşündü. O anda Semih silahını çıkarınca gözleri büyüdü. *Yok artık!*

"Sen... Sen onunla ne yapıyorsun?"

"Genelde adam öldürüyorum ama bazen de yaralıyorum. Buna silah diyoruz. İçine mermi konuluyor ve icat eden kişi..."

"Biliyorum!"

"İcat eden kişiyi mi?"

"Hayır, silahın ne işe yaradığını ve ne olduğunu. Kimin icat ettiği umrumda değil. Ben şimdi ne yapıyorsun diye sordum?"

Hande'nin oturduğu koltuğun önüne uzanıp torpidoyu açtı. Silahı oraya bırakıp kapatırken Hande'nin bir aptallık yapmayacağını umuyordu. Adam arabayı kendi evinin önüne kadar sürdükten sonra durmadan "Evin nerede?" diye sordu. "Neden?"

"Kendi evimde adamlarımı rahatsız etmek istemedim, bir de biraz manyakça fantezilerim var, sana evinde tecavüz edeceğim!" diye dalga geçti kızla. "Of! Doğru düzgün cevap verirsen ölürsün sanki!"

"Kıyafetlerini almak için gidiyoruz. Sen demedin mi evinin benim evime yakın olduğunu. Söyle de gidelim."

"İyi, düz git işte kafana göre! Ben evi görünce söylerim. Hem sen gitmeyeceğiz deyince ben ne bileyim böyle dengesiz kararlar vereceğini." dedi.

İkisi de sessizliğe gömülürken adam arabayı virajlı yolda sürmeye devam etti. Bir süre sonra kızın evine gelince şaşırdı. Demek ki kız gerçekten doğruyu söylüyordu. Ajan falan değildi! Ama artık ne önemi vardı ki? Kesinlikle onu şikâyet edecekti. Tabii buna izin vermeye niyeti yoktu. Kızla beraber eve girdi. Doğrusu ev derli topluydu. Kız yukarı çıkınca o da takip etti ve o valizini hazırlarken başında dikilip ne tür kıyafetler aldığına baktı. Bir kadının nasıl olur da bir tane bile abiyesi ve topuklu ayakkabısı olmaz şaşırıyordu. Kız kendisine yetecek kadar kıyafeti çantaya doldurdu. Adam başında dikilirken özel eşyalarını almak canını sıksa da hızlı davrandı ve gereken her şeyi aldı.

"Sen bildiğin anormalsin bence. İncelenmen gerekiyor. Hiç topuklu ayakkabın falan yok mu?"

"Yok ama keşke olsaydı. Kafanı yarabilirdim belki! Ya seni ne ilgilendiriyor? Ben böyle mutluyum!"

"Kendine mi yakıştırmıyorsun yoksa?"

Adamın bu cümleden sonra gülmesi kızı rahatsız etti, sinirlendirdi. Kendine engel olamayarak "Çık dışarı!" diye bağırdı. Bir yandan da parmağıyla dışarıyı gösteriyordu. Semih'in hiç de çıkmaya niyeti yoktu. Kızın dolabında açmadığı sadece en alt çekmece kalmıştı. Eğilip onu açtı ve orada kırışmış hâlde duran elbise yığınından mor bir tanesini aldı. Askılı, kısa, şık bir elbiseydi. Onu valize koydu. Kullanılmadığı öyle belliydi ki dolabın bir köşesine atılmış duruyordu. Hande kaşlarını çattı. Arkadaşının doğum gününde hediye ettiği bu elbise sayılı elbiselerinden biriydi ve ona göre gereksizdi. Hediye olduğu için atamadığı o kıyafeti giymeye de hiç niyetlenmemişti. Hem o elbise en kadınsı olanıydı ve en alttaydı. Nasıl en üstte olabilirdi ki? Lanet kıyafet!

Semih ise diğerlerine bakıp kafasına göre dağıtıyordu o çekmeceyi. "Bunları beğenmedim. En iyisi sana yenilerini alalım."

"Ben onlardan memnunum. Ayrıca sen onları üzerimde göremeyeceksin!"

"Göreceğim! Sana çok yakışacaklar."

"Asla!"

"Görüşeceğiz!"

Onu sinir etmek için bu iddiayı başından kazanmış gibi kahkaha attı Semih. Kahkahası ne kadar hoştu öyle! Hande büyülenmiş bir şekilde bu mükemmel sesi dinledi. Bir mafya için gerçekten çok samimiydi. Tamam, onun birini öldürürken tereddütsüz davrandığını gözleriyle görmüştü ama yine de içinden bir ses bu adamın o kadar da kötü olmadığını söylüyordu. Belki de bunu tüm kalbiyle istiyordu. Semih ise uzun zamandır ilk kez içten bir kahkaha atıyordu. Bunu ona yaptırabilen bir insan olmamıştı yıllardır hayatında çünkü seçtiği hayat karşısında tanıştığı kimsenin o kadar samimi olmadığını biliyordu. Otoriter bir adam olmayı seçmişti o ki bu zaten onun önüne sunulan bir seçenek gibi dursa da seçmek zorunda olduğu bir hayattı. Çünkü ailesi yıllardır bunu yapıyordu ve eğer başka bir şey yapmak isterse hiçbir zaman saygın bir adam olamayacağını biliyordu.

Birden Hande'nin onu izlediğini fark etti. Normalde olsa bunu hemen hissederdi ama bu kızın yanında kendisini kaybetmişti. O da başını kaldırıp Hande'ye baktı. Bir süre sessizce bakıştılar. Sonra Semih kendine geldi ve yüzünü sertleştirip valizi kapatarak tek eliyle kolayca kaldırdı. Aşağı inerken kıza seslendi. "Hadi, gidelim!" Sesi sertti. Belli ki bir şey onun sinirlerini bozmuştu. Hande de itaatkâr bir şekilde onu takip etti.

Semih'in evine döndüklerinde hava kararmıştı. Semih

adamlarından birine arabadaki valizi almasını söyledi ve kızla beraber eve girdi. Hande'yi bir odaya götürdü. "Evlenene kadar burada kalabilirsin. Tabii istersen yatağım iki kişilik ve bir tarafı boş."

"Yatağının diğer tarafına da egonu yatırırsın, ben almayayım. İyi geceler." dedi ve içeri girip kapıyı Semih'in suratına kapattı. Semih kapının ardında şaşkınca yüzüne kapanan kapıya bakıyordu. O havuç kafa suratına kapı mı kapatmıştı? Bu kıza iyi bir ders vermeliydi. Sinirli adımlarla o odadan uzaklaştı ve kendi odasına girip banyosuna attı bedenini. Yorulmuştu. Hem de hiç yorulmadığı kadar ama tuhaf bir şekilde bunu Hande yanındayken hissetmemişti. Biraz rahatlamaya ihtiyacı vardı. Ve düşünmeye...

Hande gece geç saatte odadan sessizce çıktı. Parmak uçlarında yürüyerek aşağı indi ve dış kapıyı açtı ama demir kapının önündeki adamları görünce kendisini fark ettirmeden hızlıca evden aşağı inen taş merdivenlerin yan tarafına attı bedenini. Oradaki otların arasında daha az belirgin olacağı kesindi ama kızıl saçları fazlaca dikkat çekiyordu. Eşofmanının kapüşonunu taktı ama o sırada parmak uçlarında durduğu için dengesini kaybetti ve düşmek üzereyken elini yere koydu. O sırada eline gelen şeyin ne olduğunu anlamak için tutup kaldırdı. Elindekinin telefon olduğunu anlaması uzun sürmemişti. Sonra kendi telefonu olduğunu fark etti. Mutlulukla cebine koyarken nasıl oraya geldiğini düşündü. Muhtemelen adam kendisini eve götürürken burada düşmüştü ve o fark etmemişti. O sırada dış kapının önünde hissettiği hareketlilikle ayağa kalktı ve kapıdan çıkmak üzere olan adama baktı. Semih de kaşları çatılı bir şekilde bakışlarını onun üzerine dikti. Evin lambasını yakmıştı belli ki çünkü onu arkadan gelen ışıkla görüyordu. "Ne yapıyorsun burada?"

Kız o an adamın üstünün çıplak olduğunu gördü. Altında sadece siyah eşofmanı vardı. Yutkundu ve "Of be! Baklavalara bak!" diye mırıldandı.

"Hı?"

"Baklava... Ay, şey yani canım baklaya çekti de..."

"Sen de bahçede baklava mı arıyorsun?"

"Yok, ben hava almaya çıktım"

"Neden?"

"Canım baklava çektiği için uyku tutmadı."

"Söyleseydin aldırırdım." dediği sırada Hande adamın yüzüne bakmak için büyük bir çaba gösteriyordu ama kendisi beş katlık merdivenin altında olduğu için adamın yüzüne baksa da doğal olarak bedenini görüyordu.

"Rahatsız etmek istemedim... Şey, üst eşofmanın yok mu?"

"Niye, yoksa seninkilerden birini mi vereceksin?"

"Of! Gıcık! Ben gidip yatsam iyi olacak."

"Bence de ama eğer baklava istiyorsan..." Adamın ona inanmadığını ve dalga geçtiğini biliyordu. "Gece gece baklava yenildiği nerede görülmüş? Benim sadece canım çekti. Boş ver." derken Semih yine arkasından bakakalmıştı ve bu arkadan bakakalma işinden hiç hoşlanmamıştı. Bu kız kaşınıyor muydu ne? Kapıdaki adamlarına baktı ve her yerin emniyetinden emin olunca o da odasına çıktı.

Sabaha karşı saat altıda adam gözlerini duyduğu tavuk sesiyle araladı. Bu ses de neydi böyle? Gözlerini açtı ve etrafına bakındı. Sinirle yataktan kalkarken bir yandan da tavuk arıyordu. Evinde tavuk ne arıyordu bilmiyordu ama bulduğunda onu kırk iki yerinden deşecekti! Odasının kapısının önündeki çalar saatle öylece kaldı. Saati susturdu ve bunun kimin işi olduğunu bildiği için söylenmeye başladı. Kızın kaldığı odada o iğrenç alarmlı saatin olduğunu biliyordu ama Hande'nin uğraşıp onu keşfedeceğini düşünmemişti.

"Kapımın önünden başka bayılacak yer bulamadın mı?" Sadece söyleniyordu. Cevap da gecikmedi. Belli ki Hande onu duymuştu. "Sen ne kadar kaba bir adamsın ya? Sanki ben seçtim bayılacağım yeri! Hatta inanır mısın, kapının önünden geçerken dedim ki burası bayılmak için çok uygun bir yer. Burada bayılırsam dağdan inen bir takım elbiseli ayı gelir ve beni kurtarır! O ayı da sen oldun!"

"Sen benimle dalga mı geçiyorsun? Bana ayı mı dedin sen?"

"Ben sana takım elbiseli ayı dedim. Sadece niye bir kısmına alındın ki?" deyip omuz silkerek mutfağa gitti kız. Adam da onu takip etti. Bu kez öyle arkada kalıp susacak değildi. Kıza yetişip takip etti. "Bana hakaret etmeyi kes! Beni neden sabahın köründe uyandırdığını sorabilir miyim?"

"Sabahın körü mü?" derken Hande gözlerini büyüterek ona dönmüştü. Sanki sabah altıda değil öğlen on ikide uyandırmış gibi şaşkınca bakarken "E akşama kadar uyusaydın!" dedi. "Hande zaten daha sabah olmuş değil!"

"O zaman git yat zıbar! Kahvaltı yaparız diye uyandırmıştım ben! İyilik edende kabahat! Uyanınca da kök yersin!"

"Ne kökü?"

"Matematiğin karekökü! Ne kökü olacak zıkkımın kökü."

"Hande!" diye bağırırken uykusu da açılmıştı zaten ama o bağıramadan Hande orayı terk edip mutfaktaki kahvaltı masasına geçmişti bile. Semih de masaya oturdu ama sinirden kuduruyordu. Kendisini sıktı yine. Ona zarar vermeyecekti. İçinden tekrar etti: *Ona zarar vermeyeceğim! Ona zarar vermeyeceğim! Evlenince sorarım nasılsa!*

Kahvaltıdan sonra Hande masayı hızlıca toparlayıp salona geçerken adam da onu rahat bırakıp çalışma odasına geçti. Mademki erken kalkmıştı en azından şirket işlerine bakabilirdi. Hande onun ardından kalkıp odasına çıktı. Telefonunu çıkarıp en yakın arkadaşını aradı. Telefon hemen açılmıştı. "Pelin? Benim Hande!"

"Hande? Evine geldim yoktun. Telefonuna da ulaşamadım! Neredesin sen?"

"Ben kaçırıldım! Poyrazoğlu ailesi var ya! Semih Poyrazoğlu'nun evinde zorla tutuluyorum şu an!"

"Ne?" diye tiz bir çığlık geldi karşı taraftan. "Evet, doğru duydun. Buradan kaçacağım ama araba lazım. Benim evimin önüne kadar gelebilir misin? Ben de buradan çıkıp koşarak oraya geleceğim. Evime çok yakın burası."

"Ne yapacaksın? Nereye kaçacaksın Hande? O hangi deliğe girsen bulur seni! Neden kaçırdı?"

"Onu suç işlerken gördüm."

"Ne? Kızım sen kesin öldün! Geliyorum! Yarım saat içinde oradan çık ve evinin önüne gel! Ben yirmi dakikaya gelirim!"

"Tamam." dedi ve telefonu kapattı. Başına iş alıyordu ama yapacak bir şey yoktu. Yarım saat evde dolandı ve kaçabileceği bir yer aradı. Sonunda tek zayıf noktanın adamın odasının camı olduğunu gördü. İki-üç çarşafı bağlayıp adamın odasının camından aşağı sarkıttı. *Kolumu bacağımı kırmazsam iyi,* diye düşündü. Ardından da bir bacağını camdan dışarı atıp destek alarak diğerini de çekti. İndiği yer adamın çalışma odasının yanındaki odanın üstündeydi ve o yakalanmamayı ümit ediyordu çünkü öbür türlü adam onu öldürürdü. Kesinlikle!

Aşağı inince derin bir nefes aldı. Direkt evin bahçe duvarlarının dışına çıkmıştı çünkü bu tarafta bahçe yoktu. Camdan içeri baktı önce. Adam dalgınca çalışıyordu. Ona yakalanmadan koşarak uzaklaştı. Evinin önüne geldiğinde araba henüz gelmemişti. Merdivenlerde oturup beklemeye başladı. Uzun bir süre bekledikten sonra araba yaklaşırken duyduğu sesle afalladı. "Hande!" Berk'in sesini duymasıyla bir bu eksikti, diye düşündü. Arkasını dönerken derin bir nefes aldı. Konuşabilecek kadar iyi hissetmiyordu kendisini. Kalbine çöken ağırlığın sebebini gayet iyi biliyordu. Onu oradan söküp atabilmeyi diliyordu. "Berk? Burada ne arıyorsun?"

"Seni." dedi önce adam. "Ve buldum."

Önünde duran arabayı görünce gitmesi gerektiğini hatırladı yoksa Semih kendisini bulup küllere dönüştürüp sonra da Adolf Hitler'in Yahudilere yaptığı gibi kendisini sabun yapabilirdi. Junior Hitler, diye geçirdi içinden ve ardından bu düşüncesine gülmek üzereyken nerede olduğunu hatırladı. "Berk, gitmeliyim."

"Lütfen, beni dinle! Konuşmama izin ver, sana açıklamak istediğim şeyler var!"

"Dinlemek istemiyorum Berk! Defol! Beni aldatmadın mı sen?"

"Beni dinlemezsen gitmem! Gitmene de izin vermem!" dedi Berk onun bileğini kavrayıp. Hande ise içinden neredeyse ona küfredecekti. Hayır, eğer Semih gelirse onu kurşuna dizecekti ve bedeninin parçalara ayrılması konusunda hevesli değildi.

"Sonra konuşalım! Tamam mı? Gitmeliyim, gerçekten!"

"Tamam, yarın! Moda kafede!"

"İyi, şimdi bırak bileğimi!" deyip bileğini çekerek arabaya bindi ve araç hızla uzaklaştı. Pelin'in evine geldiklerinde Hande sonunda rahat bir nefes aldı. Şimdi polisten kaçan suçlu gibi isim değiştirip yurtdışına mı kaçacaktı? Pelin'e baktı ve ardından kalktı. "Ben biraz yatıp dinlensem? Yarına kadar da bir çözüm bulup o adamdan kurtulacağım."

"Ölmek dışında mı? Hiç sanmıyorum! Neyse, arkadaki oda boş, biliyorsun. İstersen git uyu ama son vakitlerini uyuyarak geçirmek konusunda kararlı mısın?"

"Ya sen ne biçim arkadaşsın? Kürekle vuracağım şimdi ağzına." deyip odaya doğru yürümeye başladı. Yatağa uzanıp gözlerini kapatırken aklında neden Semih'in olduğunu düşünmeden edemiyordu. Belki de korkudandı. Semih sinirle salonda volta attı. Ardından karşısındaki adama bağırdı. "Lan siz bostan korkuluğu musunuz? Benim bütün adamlarım niye böyle gereksiz, beceriksiz?"

Adam cevap veremedi. Semih cevap verse de vermese de Hande özgür oldukça sinirleniyordu. Her geçen saniye kızın polise gidip onu şikâyet etme ihtimali vardı. Lanet cadı, diye mırıldandı. Ardından adamı ittirip dışarı çıktı ve demir kapının önündeki iki adamdan birine sert bir yumruk attıktan sonra öfkesini alamamış olacak ki Selim'e dönüp sert sesiyle emirler yağdırmaya başladı. "Geceleri iki değil on beş adam bekleyecek bundan sonra! Sabah da iki katına çıkarın evin etrafındaki adam sayısını! Hande'yi bulun! Gerekirse samanlıkta iğne arar gibi arayın ama hangi delikteyse bulup karşıma getirin!"

Kendisi de arabasına binip evden uzaklaşırken aramaya nereden başlayacağını bilemiyordu. Telefonunu çıkarıp rehberden bir numarayı aradı. Karşıdan çok kısa bir sürede cevap gelmişti. "Kenan? Bana hemen bir kızı araştırmanı istiyorum. Soyadını bilmiyorum. Adı Hande ve fotoğrafını göndereceğim sana." dedi. "Acele et!"

Telefonu kapatıp sahildeyken gizlice çektiği fotoğrafı gönderdi adama. Bir saat kadar kızı aradı. Otogar, havaalanı ve limana baktıktan sonra telefonuna gelen mesajla hemen dikkatini ona çevirdi. Mesajı açınca Hande'nin bilgilerinin olduğunu gördü.

Hande Oktay

Doğum Tarihi ve Yeri: 14 Şubat 1993, Gemlik-Bursa

Cep Telefonu: 0 536 371 51 19

Meslek: Öğrenci (Uludağ Üniversitesi – PDR)

Eğitim: 11 Eylül İlköğretim Okulu, Celal Bayar Anadolu Lisesi

Çalıştığı Yer: -

Baba: Murat Oktay – Doğumu: 11 Mayıs 1965 – Bornova (İzmir)

Anne: Leyla Oktay – Doğumu: 6 Mart 1970 – Buca (İzmir)

Yaşadığı yer: Harmancık

Sık uğradığı yerler: Karen Pastanesi, Umut'un Yeri, Rüya Cafe

Kimlerle Yaşıyor: Yalnız

Yakın Arkadaşlar: Pelin Kemancı, Yelda Değirmen, Bilal Laleli, Melis Kemer, Taner Onat

İlişki: Berk Beyhan – Nişanlı

Kardeşleri: Derin Oktay – (Kayıp), Yavuz Oktay – 27 yaşında, Pınar Oktay – 25 yaşında

Gerisini okuma ihtiyacı duymadı. Altında yazan adreslere göz atarken sırayla gideceği yerlerin planını yapıyordu. Lanet olası kız neredeyse bulup çıkaracaktı. Ve onu bulduğunda Hande'yi iyi bir sorguya çekecekti. Nasıl olurdu da korkusuzca kendisinden kaçmak gibi bir hata yapardı? Onu uyarmıştı! İlk önce şu Berk denen çakma nişanlının yanına uğrasa iyi olacaktı. Ardından da sırayla diğerlerini gezebilirdi. Bir de şu arkadaşları takip ettirecekti. Selim'i aradı. Selim muhtemelen kendisini daha fazla kızdırmamak için hemen telefona cevap verdi. Semih de sert sesiyle emirlerini yağdırıp telefonunu kapattı. Zaten en iyi yaptığı şeydi bu! Emir yağdırmak. "Sana mesaj attığım isimleri takip ettir! Hepsinin nerelere uğradığı tek tek elimde olacak. Biri İzmir'e gitsin. Buca ve Bornova'da Hande'nin annesi ile babasının yanına uğrasın!"

Hande çalan telefonundaki Berk ismini görünce ilk başta açmak istemese de onun kendisini rahat bırakmayacağını biliyordu.

"Efendim Berk?"

"Hande? Ben yarına kadar beklemek istemiyorum. Hemen gelemez misin?"

"Konuşmak istemiyorum. Neden anlamıyorsun?"

"Lütfen. Bir kere konuşalım sadece."

"Beni rahat bırakmayacaksın değil mi?"

"Beni dinleyene kadar hayır."

"Geliyorum. Yarım saate Rüya kafede ol!"

"Orada olacağım." dedi adam ve telefon kapandı. Hande valizini açıp üzerine bir kot pantolon ve baskılı tişört aldı. O genelde böyle giyinirdi zaten. Berk için de özellikle hazırlanmayacaktı. Artık onu önemsemediği izlenimini vermeliydi ona. Gerçi buna ne kadar gerek var bilmiyordu çünkü gerçekten önemsemediğini hissediyordu. Hande çabuk alışıp kolay vazgeçen tiplerdendi. Berk'in yaptığı onun affedebileceği bir şey değildi. Kafeye geldiğinde Berk çoktan gelmiş cam kenarındaki sandalyelerden birine oturmuştu. "Selam." dedi sakin bir ses tonu ile. Bu adama baktıkça içinden bir şeyler kopuyordu ama sesini duygusuz tutmayı başarabilmişti. Bu kadınlık gururunun ayaklar altına alınmasının acısıydı belki, belki de ona ayırdığı zamanın. "Selam." dedi Berk de. Hande karşısına oturup onun ne anlatacağını beklemeye başladı. Onun yanında olmaya tahammülü yoktu. Her şeyi bırakıp onu affederse asla kendisini affetmezdi. İradesiz değildi ama olur da onca zamanın alışkanlığıyla affederse diye korkuyordu. "Nasılsın?"

"Sence nasıl olabilirim Berk? Ne söyleyeceksen söyle. Çok vaktim yok."

"Özür dilerim Hande, ben... Nehir'le nasıl oldu anlamadım."

"Özür dilemek ne ifade eder Berk? Zamanı geri almayı sağlamıyor değil mi? Artık seninle görüşmek istemiyorum!" dedi ve ayağa kalktı. Tam çıkışa gidecekti ki onu izleyen keskin ve öfke saçan gözlerle karşılaştı. Semih giriş kapısından hızla ona ilerlerken çıkışa gitme şansının ne kadar olduğunu bilemiyordu. Belki de çığlık atmalıydı. Ama geç kalmıştı. Semih kızın beline kolunu dolayıp Berk'e döndü. Hande'ye ne kadar kızsa da adamın karşısında Hande'nin artık kendisinin olduğunu söylemek, kazandığını göstermek adamın egosunu hayli tatmin ediyordu. Bu ihale kazanmaktan çok daha öteydi.

"Semih? Seni görmeyi beklemiyordum!" dedi Berk. "Ben de seni görmeyi beklemiyordum. Hatta o muşmula suratını görmesem daha mutlu olurdum. Özellikle de nişanlımın yanında!"

"Ni-nişanlı mı?" derken adam bir hayli şaşkındı. Hande ise taş kesilmişti âdeta. Adamın beline dolanan kolu onu bir hata yapmaması konusunda uyarır gibi sıkıydı. Nasıl bu kadar çabuk bulabilirdi ki kendisini? Berk'in bakışları yüzük olup olmadığını kontrol etmek için eline kaydığı sırada Semih bunu fark edip "Henüz yüzük takmadık. Onu bu akşam aileler arasında yapacağız! Yalan söyleyecek değilim. E, şans bana güldü güzel kızı da kaptım. Sen, hayırdır? Tanışıyor musunuz?" dedi.

Berk onay beklercesine Hande'ye bakınca Semih kızın belini sıktı. Semih, Hande'nin onun nişanlısı olduğunu kesinlikle biliyordu. Berk bunun farkındaydı. Hande de boğazını temizleyip "Ee, şey tabii ben de sana onu söylüyordum. Semih ile nişanlandık. En kısa sürede de düğünümüz var sanırım." dedi ama aslında düğün olamadan cenazesi olacağını ve adamın da hiç vicdan azabı duymadan helvasını yiyeceğini biliyordu.

Berk bir şey diyemedi ilk başta. Sonra tam ağzını açmıştı ki Semih, Hande'yi öptü. Sanki onu mühürler gibiydi. Adam geri çekilip önce Hande'ye "Bir daha kaybolup beni endişelendirme." dedikten sonra Berk'e döndü "Bir daha seni onun etrafında görmeyeyim!" diye uyardıktan sonra kızı çekip dışarı çıktı. Arabaya bindiklerinde ikisi de sessizdi ama Hande'nin sessizliği korkudan Semih'inki ise fırtına öncesi sessizlik türündendi. Hande arka koltukta valizini görünce şaşırdı. Demek ki adam önce Pelin'in yanına uğramıştı.

Eve geldiklerinde Semih sinirle arabadan indi. Hande daha kapıya uzanamadan kapısı açılmıştı. Tam "Ay, çok kibarsın!" diyecekti ki kolundan sertçe çekilip arabadan indirildi. Kendisine karşı olan sert tavırların aksine arabanın kapısını gayet dikkatli ve yavaşça kapatmıştı. "Arabanın değil benim canlı olduğumu biliyorsun değil mi?" diye sinirle sorduğu sırada Semih kükreyerek "Sen de birazdan cansız olmak istemiyorsan kapa çeneni!" dedi.

Hande'yi sürükleyip eve soktu ve odaya çıkarıp bir köşeye ittirdi. "Sen bunu nasıl yaparsın! Bu cesareti nereden aldın?" diye bağırırken cevap beklemiyordu ama Hande ona boş gözlerle baktıkça da sinirleri iyice bozuluyordu. "Polise gittin mi?"

"Ha-hayır!" dedi Hande kısık bir sesle. Berk yerine polise gitse Semih daha az kızardı. Korkuyor değildi ama adam onu korkuyor sansa fena olmazdı. Nedense Hande kahkaha atmak istiyordu. Semih tıpkı filmlerdeki çakma mafyalara benziyordu. Gerçekten adam öldürmesi ve belindeki silahın gerçek olması dışında. Dudaklarını dişliyordu ama kendisini tutamayıp bir kahkaha attı. Semih ise sinirli gözlerle onu izledi. O güldükçe şaşırsa mı daha mı sinirlense karar veremiyordu. Sonunda onu nasıl yola getireceğini bilerek sesini sakinleştirip kahkahalar atan kızın kahkahasını boğazına düzecek o cümleleri kurdu. "Hazırlan, bu akşam ailemle tanışıyorsun ve nişanlanıyoruz. Yarın da nikâh var!"

Adam odadan çıktığında Hande kapanan kapıyı açıp koşarak aşağı inerken takılıp yuvarlanarak kafasını gözünü kırabileceğini biliyordu ama pek de önemseyecek durumda değildi. Semih'in yanına ulaştığında onu kolundan iki eliyle tutup durdurdu. Az önceki gülen ifadesi gitmiş yerine endişeli bir ifade gelmişti. "Şaka değil mi?"

"Değil." dedi Semih ve omzunu silkti. Hande ise ne tepki vereceğini şaşırıp kalmıştı. Sonra kollarını göğsünde bağlayıp "Ailem olmadan evlenmem! Hem beni istemen lazım önce." dedi. "Öyle mi gerekiyormuş? Ya baban seni vermezse? Gerçi öyle bir ihtimal yok, olsa da silahım her şeye çözüm buluyor şu sıralar. O zaman bu akşam istemeye geliriz seni." dedi ve ardından da kapıdan çıkıp gitti. Hande tekrar odaya girdi. Alt dudağını sarkıtmıştı. Evlense ne olacaktı ki? En azından hayatı bir düzene oturacaktı. Bu adama katlanmak bazen zor oluyordu ama Hande eğleniyordu. Kabullenmişti ama bu kadar çabuk olacağını düşünmemişti. Bir de onu zorla evde tutmasının bedelini ödetecekti. Kaşlarını çatarak kafasındaki tilkileri dolaştırmaya başladı. Genç kız birkaç saat sonra kapıdan gelen sesle gözlerini araladı. Önce gözleri tavanda dolandı. Sonra uyku mahmurluğu ile bulanık renkli bir şey gördü. Kocaman bir şey. Sonra o sesi duydu. "Ayy, ne uykucu bir şeysin sen öyle! Kalk kız, kek yaptım yiyelim. Acıkmışsındır da şimdi sen!"

Hande'nin gözleri fal taşı gibi açılırken pembe pantolonunu üzerine koyu yeşil ceket giymiş Semih'i gördü. Bu nasıl bir rüküşlüktü böyle! Burnunu kırıştırdı ve "O ceket o pantolonun üstüne olmamış." dedi. Sonra ne gördüğünü fark edip gözlerini ovuşturdu. Tanrım! Bir mafyayı bu hâlde görüyordu ve ilk düşündüğü şey giyiminin rüküşlüğü mü oluyordu yani? Semih'in cevabı ise daha da şaşırtıcıydı. "Ay, şekerim sen de hiç bilmiyorsun! Bunlar bu senenin moda renkleri!"

"Hiç de bile! Bu sene neon renkler moda bir kere!" dedi Hande kendisine engel olamadan. Adamın hâliyle ilgili soru soracağına oturmuş onunla moda tartışması yapıyordu.

"O geçen senenin modasıydı." dedi ve elini tuhaf bir şekilde önüne getirip sallamaya başlarken o iri elindeki yüzükler Hande'nin dikkatini çekti.

"Semih! Şaka yapıyorsun değil mi? Bunları şaka için giydin? Ben yumuşak biriyle evlenmem bak başından söyleyeyim!"

"Ne şakası ayol! Hem ben sana mı kaldım! Haspam! Yumuşak deme ayrıca, o ne öyle metroseksüel gibi! Ona eşcinsel derler!"

"Allahım kâbus gibi!" dedi Hande ve kalkıp aşağı yürümeye başladı. Şaka olmalıydı bu! Kesinlikle şaka olmalıydı! Hande içinden neden hep ben, diye geçirirken mutfaktan gelen mükemmel koku burnunu doldurdu. Burnunu dikip kokuyu takip ederken bir an kendisini insan dışı bir varlık gibi hissetti ama o kadar mükemmel kokuyordu ki... Mutfağa gidip fırını açtığı anda gördüğü kekle dondu kaldı. Evde bayan çalışan olmadığına göre bunu da Semih mi yapmıştı? Yok artık! O zaman... O zaman bu şaka değildi! Yani bu mafya şimdi eşcinsel mi olmuştu? O kaba herif ne kadar da yumuşamıştı? Bir günde yumoşa mı basmışlardı bu adamı? Ya da kaç litre içirmişlerdi de bu kadar yumuşayabilmişti?

Bunu umursamadan fırındaki keki alıp dilimleyerek tabaklara koydu. Masaya iki bardak kola ve kekleri koyup oturdu. Semih de karşısına geçip oturarak kadınsı davranışlarda bulununca Hande neredeyse şaşkınlıktan ölecekti. Ama kekini yemekten de geri kalmıyordu. Keki bittikten sonra bulaşığı yıkayacaktı ki Semih'in "Ay, kız dur sen, ben yıkarım." demesiyle Hande artık gerçekten iyiden iyiye endişelenmeye başlamıştı.

"Hande!"

Genç kız ismini duymasıyla gözlerini araladı. Sonra uykuda olduğunu fark edip tek gözünü kapatıp tek gözü ile etrafı süzdü. Semih'i takım elbisesi ile görünce derin bir nefes alıp gözlerini tamamen açtı ve ağzından istemsizce dökülen kelimelere engel olamadı. "Semih sen yumuşak mısın?" Semih bu sözlerle afalladı. Yok artık! Bu kız kendisiyle dalga mı geçiyordu. "Hande? Sen uyumadan önce ne içtin güzelim? Beni pamuk falan mı sandın? Ne yumuşağı be!"

"Şey... Yumuşak değilsin yani?"

"Hande! Kanıtlamamı ister misin?"

"Yok, almayayım!" dedi ve sonra da kalkıp adama sarıldı. Adam ise bunu beklemiyordu. Bugün şaşırma günü müydü? Sonra Hande kalkıp tuhaf hareketlerle dans etmeye başlayınca Hande'nin delirdiğini düşünerek telefonunu çıkardı. "Eğer bu tuhaf hareketlere devam edersen Bakırköy'ü arayacağım gelip seni alsınlar ve tımarhaneye kapatsınlar!"

"Tamam! Ben sadece yumuşak olmadığın için seviniyordum. Bu arada yeşil ve pembe hiç yakışmıyorlar! Çok rüküş duruyor! Ayrıca bu senenin modasından da hiç anlamıyorsun!"

"İyi de ne yapayım yeşil ve pembe yakışmıyorsa ya da rüküş duruyorsa? Zaten yeşil ve pembe giyinmeyi düşünmüyorum! Hem ben modacı mıyım? Bana ne modadan?"

"Boş ver, anlamazsın!" deyip tekrar yatağa oturdu. Semih sonunda diyeceği şeyi hatırlayıp söyledikten sonra buradan ayrılmaya karar verdi. Hande'nin psikolojisinin şu evlenme işinden dolayı bozulduğunu düşünüyordu. "Hazırlansan iyi edersin. Ayrıca anneni ara gideceğimizi söyle!"

Hande tam "Ama..." demişti ki devamı olan, benim telefonum yok ki, sözünü Semih onun ağzına tıkarak tekrar konuştu. "Sonra da telefonunu bana ver!" Demek ki telefonu bulduğunu biliyordu. Alt dudağını sarkıtıp telefonunu çıkardı ve annesini aradı. Karşıdan bir süre beklemeden sonra cevap gelmişti.

"Anne? Benim Hande!"

"Biliyorum Hande senin olduğunu. Adın ekranda yazıyor!"

"Biliyorum ekranda yazdığını. Sadece kafiyeli cümle kurmayı seviyorum. Neyse, nasılsın?"

"İyiyim, sen nasılsın? Niye aramıyorsun uzun zamandır?"

"Sen niye aramıyorsun? Çok zor sanki?"

"Bizim zamanımızda küçükler büyükleri arardı. Neyse, bayramda elini öpmeye de geliriz kızım biz."

"Of! Anne... İlla dalga geçeceksin zaten!" deyince Semih kaşlarını çattı ve karşıdakinin duyamayacağı bir sesle konuştu. "Kes şu muhabbeti de meseleyi söyle."

Hande onu duyunca aniden "Anne bu gece Poyrazoğlu ailesi beni istemeye gelecekmiş." deyince hem annesi hem de Semih şaşırmıştı. Tamam, çabuk söylemesini istemişti ama bu kadar da ani söylemesini beklemiyordu. Annesi ise şaşkınlığını atınca kahkaha atmaya başladı. Bu kez şaşıran Hande olmuştu. "Niye gülüyorsun?"

"Çok komikti kızım! Nerden aklına geldi bu? Sen yine televizyonu çok mu izledin?"

"Anne ben çok ciddiyim! Bu gece gelecekler!"

"Kızım biraz ufak at! Poyrazoğlu ailesi seni nereden tanıyacak da istemeye gelecek?"

"Şu an yanımda Semih Poyrazoğlu var desem inanmazsın değil mi? O zaman al sen konuş!" dedi ve telefonu adamın eline tutuşturdu. Semih ne diyeceğini bilemedi ilk başta. Sonra boğazını temizleyip konuşmaya başladı. "Merhaba Leyla Hanım! Ben Semih Poyrazoğlu! Kızınızı bu akşam istemeye geleceğiz. Müsait olsanız da olmasanız da umrumuzda değil." dedi ve ardından cevap beklemeden telefonu kapattı. O böyleydi işte. Kibar olmayı beceremezdi. Hande ise ağzı bir karış açık hâlde ona bakıyordu. Semih bir şey demeden telefonu kapatıp cebine koyarken Hande'ye "Usluca hazırlan da annemler geldiğinde beklemeden çıkalım. Babam bekletilmeyi sevmez!" dedi.

"Benim babam da mafya sevmez ama ne yapalım işte!"

"Hande!"

"Of! Aman! Tamam be! Kaldır kıçını da çık odadan o zaman!"

"Hey Allahım sen bana sabır ver! Ver ki bu kızı öldürmeyeyim! Düğününde ölü gelin olmak istemiyorsan benimle iyi geçin Hande! Bilmem anlatabildim mi?"

"Çok iyi anlattın! Defolabilir misin?" demesiyle adam odadan çıktı. Hande masanın üzerindeki kâğıtları görünce bir an gözleri ışıldadı. Adamdan nasıl intikam alacağını bulmuştu.

ÜÇÜNCÜ BÖLÜM

Semih arabasının arka camındaki yazıyı görünce güldü. Bu kızın çocuksu davranışları onu eğlendiriyordu ama biraz daha otoriter olmalıydı. Kızda deli cesareti vardı ve hareketlerini kısıtlamanın tek yolu onu korkutmaktı. Ki bu yazıyı başkası görse rezil olurlardı. Elindeki kâğıda fosforlu kalemle yazılmış yazıya bir kez daha baktı ve sonra ciddi yüz ifadesini takınıp yukarı çıktı. Hande'yi mutfakta buzdolabını karıştırırken bulmuştu. Mutfağın girişinde durup ona seslendi. "Hande!" Kız ona döndü. Çatık kaşlarını görünce buzdolabını kapatıp kollarını meydan okumaya hazır şekilde göğsünde bağladı. "Efendim?" Adam kâğıdı kaldırıp kıza yazıyı gösterecek şekilde açtı. "Bu yazı da ne?"

"Dikkat! Mafya var!"

"Hadi ya! İyi ki okudun! Benim okuma yazmam yoktu zaten."

"Sen kültürsüz bir mafya mısın? Hiç yakıştıramadım! Çok ayıp! İstersen öğretebilirim!"

"Hay Allahım sen bana sabır ver! Sülük gibi yapıştın bir de gitmiyorsun ya! Ben sana ne yazıyor demedim! Niye arabamın camındaydı bu?"

Sanki istediğinde gitmesine izin veriyordu, verecekti ya! Laf olsun diye söylüyordu işte. "Hani bebek olan arabalara yazıyorlar ya 'Dikkat! Bebek var!' ben de düşündüm ve dedim ki mafya olan arabaya 'Dikkat! Mafya var!' yazmak gerekir. Kötü mü düşünmüşüm?"

"Sen fazla düşünme bence."

Kız ona dil çıkarıp tekrar buzdolabına döndü. "Beni rahat bırakır mısın? Yemek yiyeceğim!" Semih dediğini yaptı. Salona geçip televizyonun karşısında kuruldu. Kızla başa çıkmak zordu. Genç kız karnını doyurup odaya çıktı ve valizini açıp içinden bir elbise aldı. Üzerini değiştirdikten sonra aynanın karşısına geçti. Elbise veya etek giymeyi sevmiyordu çünkü bacakları o kadar inceydi ki tıpkı çöp adamlar gibi görünüyordu. Bu da hoş değildi. Hafif bir makyaj yapıp aşağı indi. Tam o sırada da kapı çaldı. Adam kapıyı açarken Hande de merdivenlerin son basamağını inmişti. Kapıdan içeri Hamit Poyrazoğlu, Deniz Poyrazoğlu, Sanem Demirci, Melih Poyrazoğlu, Çetin Demirci girdiler. Herkesin gözü Hande'nin üzerindeydi. Hande çekindi ama başını eğmedi. Bu davranışının ona artı kazandırdığını bilmiyordu ama o bunu zaten kolay kolay da yapmazdı. Herkes selam verdikten sonra Semih aceleyle "Hadi çıkalım." dedi.

"Oğlum bizi tanıştırmayacak mısın? Hem ne bu acele? Birden bir neden evlenmek istiyorsun?"

"Baba, bir an önce evlenmek istiyorum çünkü Hande çok namus düşkünü bir kız ben de onu istiyorum. Cazibesine dayanamıyorum işte!" demesiyle kızın yüzü mor bir renk aldı. Ne biçim adamdı bu böyle? Herkes kıkırdarken Hande ona yaklaştı ve elini tuttu. Tam Semih gülümseyecekken avucunun içine batan uzun tırnaklarla elini elektrik çarpmış gibi hızlıca çekti. Bir yandan da "Ah!" dedi. Bunun üzerine herkes onlara döndü. Semih kızın kulağına eğilip "Sana çok kötü şeyler yapacağım cadı!" diye uyarmadan önce diğerlerine bir şey olmadığını söyleyip dikkatleri üzerlerinden dağıttı ve sonra da tanışma faslı başladı. "Hamit Poyrazoğlu babam, Deniz Poyrazoğlu annem, Sanem Demirci kız kardeşim, Melih Poyrazoğlu ağabeyim, Çetin Demirci kardeşimin eşi ve bu da Hande Oktay benim müstakbel karım." diye herkesi teker teker işaret etti.

Yola üç araba çıktılar. En önde Semih'in arabası arkada diğerleri uzun süre ilerlediler. Bursa'dan İzmir'e gidiyorlardı. İlk arabada Semih ve Hande yalnızdı. Semih, Hande'yi uyarmadı ailesinin yanında normal davranması için ama bunu zaten uygulayacağını sanıyordu. Oysa nasıl da yanılıyordu bir bilse...

Hande'nin evine yaklaşık dört saat sonra ulaştılar. Hande önden gidip kapıyı çaldı. Annesi kapıyı açtığı an kızına sarıldı ve arkadakileri görünce içeri buyur etti. Semih'e kalsa kızı kapıdan isteyip gidecekti ama ses etmeden içeri girdi. Tanışırlarken Hande'nin annesi Semih'in kendisine yaptığı terbiyesizliği görmezden geliyordu. Onlar konuşurken kapı çalındı ve Hande o gerilimden uzaklaşmak için ışık hızıyla kapıya koştu ama karşı komşusunu görünce hevesle açtığı kapıyı hemen geri kapattı. Bu saf dişlek ailesi gelecek vakti bulmuştu sanki. Sonunda tekrar kapıyı açtı ve içeri davet etti çok sevgili (!) komşularını. Kadın içeri girerken "Ay kızım kapıyı ne diye kapatıyorsun öyle yüzümüze, burnum kırılıyordu." deyince Hande hemen bir yalan uydurdu. "Ben sizi kapıda görünce birden sevinçten ne yapacağımı şaşırdım."

Hüsnü Bey eşine "K-k-k-k-Kadriye k-k-k-k-k-kızcağızı istemeye gelmişler s-s-s-s-s-stresten ne yaptığını mı b-b-b-b-b-biliyordur o s-s-s-s-sanki?" dedi. Ah bir de şu kekeme hâli olmasaydı. Ona mahallede k-k-k-k-kekeme Hüsnü derlerdi. Ah ne dalga geçerdi Hande onunla küçükken! Hatırlıyordu da adam bir kere ondan gözlüklerini unuttuğu için iş başvuru formuna söylediklerini yazmasını istemişti. Hande de adamın söylediklerini onu kekeme olmasından dolayı söylediği bozuk şekliyle yazmıştı. Şimdi birazcık vicdan rahatsızlığı yok değildi ama yapmıştı o zaman yapacağını. Anıları bir kenara bırakıp onları içeri buyur etti. Salona geçerlerken geniş salonda oturacak tek yer Semih'in yanı kalınca geçip oraya oturdu. Sonunda saf dişlek ailesinden Kadriye Hanım "Hande bizim de kızımız sayılır, elimizde büyüdü. İşsiz güçsüz birine gitsin istemeyiz." dedi. Tabii bunun devamı da vardı ama Hande'nin gözü kadının yanında söylediği her şeyi kafasıyla onaylayan kızına kaydı. Kadriye Hanım'ın kızı tıpkı arabaların arkasına süs olsun diye koydukları ve araba hareket ettikçe kafasını sallayan köpek biblolarına benziyordu. Bu düşüncesine gülecekken Kadriye Hanım'ın sorusuyla dondu kaldı. "Oğlumuz ne iş yapıyor?" dedi. Hayır, nereden oğlunuz oluyor, diye sormak vardı ama bu gergin ortama o soru olmazdı yani. Hande tam adam öldürüyor, diyecekken vazgeçip "Beyin yiyen zombigillerdenler Kadriye Teyze, neyse şimdi bu iş aileler arası olsa daha iyi olacak. Siz iyisi mi gidin bence." dedi. Herkes ona bakıyordu. Kadını resmen kovmuştu. Saf dişlek ailesi -ki gerçekten saf ve dişlekler- söylenerek evden ayrılınca kimse kıza bu konuda bir şey söylemedi. Annesi Hande'yi mutfağa gönderince Hande ablası ile birlikte kahveleri hazırlamaya başladı. Fincanları doldururken de ablasına dönüp "Köpükleri az mı oldu ne? Tükürsem mi ki içine?" dedi. Ablası iğrenerek yüzünü buruşturunca kıkırdadı ve sonra tezgâhın ucundaki tuzu alıp kahvelerden birinin içine boşalttı. Neyse ki fincanlardan birini farklı yapmıştı karışmasın diye. Tuzu bolca döküp orada bir tuz üretim fabrikası kurulabilecek kadar birikinti oluşturunca kalanını (!) yerine koyup tepsiyle birlikte salona yürüdü. Kahveleri servis ettikten sonra tam kızı isteyeceklerken Semih kahveden bir yudum aldı. Sonra ağzına gelen tatla midesi bulandı ve sinirle kalkıp herkesin şaşkın bakışları ve Hande'nin çığlığı eşliğinde bardağı Hande'nin üzerine boşalttı. Hande sıcağın acısıyla kavrulurken çığlığı evin duvarlarına çarptı. Kısa süre sonra ise siniri bedenini ele geçirdi ve acısını bile unuttu.

"Sen!" dedi Semih'e doğru. "Beni kapının önünde bekle! Konuşacağız!"

Semih ilk başta emir verdiği için ona kızacak olsa da ona yaptığı şeyden sonra omuz silkip dışarı çıktı. Hande sinirle banyoya yürürken annesi de onun arkasından yürüyordu. Salonda ise ortam karmakarışıktı. Hande'nin kovaya buz gibi su koyduğunu gören annesi onun ne yapacağını anlamıştı. "Hayır! Hande deli misin? Öldürür o adam hepimizi! Hem de bir an tereddüt etmeden!"

"Öteki tarafa intikamımı almadan gitmem!" diyen Hande ise tıpkı Birinci Dünya Savaşı'nda ülkeyi kurtarmaya yemin etmiş azimli komutan gibiydi.

"Hande! Allahım ne biçim bir kızsın sen böyle ya! Öteki taraf derken sanki İstanbul'un bir yakasından diğer yakasına geçmekten bahseder gibi konuşur olmuşsun."

"Anne! Çekil önümden!" dedi Hande elindeki kovayla annesinin karşısına dikilip. Kadın kızının huyunu bildiğinden çekildi çünkü Hande sinirli olduğunda evi bile başlarına yıkabilirdi. Hande üst katın camları öne bakan odalarından birine girdi. Kovayı yere koyup camı açtı önce. Sonra da aşağı baktı. Semih oradaydı işte. İçini buz gibi suyla doldurduğu kovayı kaldırıp adamın kafasına boşaltırken Semih sadece öylece kalmıştı. Yaptığı şeyin karşılığı olacağını düşünmemiş miydi yani? Hande bununla da yetinmeyerek hızlı adımlarla merdivenleri indi. Semih de içeri girmişti. Herkes onları izlerken Hande "Bu sıcakta serinlemişsindir." dedi ve ardından da daha az önce olanların şaşkınlığını atlatamayan insanları şaşkınlık krizine sokarak kovayı Semih'in kafasına geçirdi. Kimse tepki veremiyordu ama sonunda Semih'in babası Hamit Bey gülmemek için yanaklarının içini ısırmaya başladı. Hande'ye acıyordu ama bir yandan da oğlunu ilk kez bu hâlde görüyordu. O bu ailenin en sert ve sinirli olanıydı. Sinirini nasıl çıkaracağı bilinemezdi. Semih kovayı çıkarıp fırlattıktan sonra Hande'yi kolundan çekti ve ardından da içeridekilere döndü. Gözlerini babasına dikti. "Baba, Hande'yi iste!" dedi. Hamit Bey şaşkınca "Ne?" dedi. "Dediğimi yap baba! Hadi! Hemen!" dedi. O kadar sinirliydi ki sanki silahını çıkarıp babasını vuracaktı. Hamit Bey oğlunu daha fazla bekletmedi. Hande'yi istedi. Ardından Semih, Hande'nin babasına döndü. "Siz de verin!"

"Hı?"

"Kızınızı diyorum! Verin bana! Yoksa açık konuşayım onu omzuma alıp götüreceğim ve beni durduramayacaksınız!"

Adam yutkundu ama kızını vermekle vermemek arasındaydı. Kızını vermese bile Semih'in onu götüreceğini anlayınca "Peki, tamam! Veriyorum." dedi. Hande hiç şaşırmamıştı. Babasını iyi tanırdı o! Ama umrunda da değildi. Düğününden kaçan gelin olarak değişik bir macera da yaşayabilirdi. Bu da ileride komik bir anısı olurdu. Tabii kaçabilirse! Kaçamazsa ilerisi olmazdı zaten. O anda ölürdü muhtemelen.

"Biz gidiyoruz baba! Sanırım Hande'ye öğretmem gereken bazı şeyler var." dedi ve Hande'yi un çuvalı gibi omzuna atıp herkesin gözü önünde dışarı çıkardı. Hande çığlık atıp çırpındıkça kurtulamadığını fark edip adamın beline tırnaklarını batırdı. Semih sinirle Hande'yi arabanın içine sokup kapıyı kapattı ve kendisi de arabaya binip kapıyı kapattıktan sonra hızla sürmeye başladı. Hande nereye gittiklerini merak ediyordu ama sormadı. Camdan dışarı bakıp yolları takip etti. İzmir'i iyi bilirdi ve nereye gittiklerini anlayacağını tahmin ediyordu. Sonunda girdikleri yolu hiç bilmediğini fark etti. İzmir'den çıkmadıklarını da biliyordu ama o zaman nereye gidiyorlardı ki? İçindeki korkuyla sesi titreyerek sordu: "Nereye gidiyoruz?"

"Cehennemin dibine!"

"Ama elbisem kirli! Kahve döktün! Üstelik yanıyorum!"

"Yananı görür Allah! Ayrıca cehennemin dibine gidiyoruz dediğimde aklına gelen tek şey elbisen mi yani? Ben de donuyorum! Sen buz gibi suyu kafamdan aşağı dökmedin mi? Hem de bir kova!"

"Oh! İyi yaptım! İblis!"

"Sen bana iblis mi diyorsun yani? İblisin elçisi seni!" dedi ve ardından arabayı durdurdu. Hande etrafına baktı ama bilmediği bir yerde olduklarını fark etti. Semih arabadan inince o da indi. Sonra birden ayaklarının yerden kesildiğini fark etti. Küçük bir kumsalda olduklarını gördü. Karşısındaki koy öyle sakindi ki... Etrafta kimse yoktu. Hava da kararmak üzereydi. Hande çığlık bile atamadan adamın suya yürüdüğünü fark etti. Sonra adamı omuzlarından itti ama Semih o kadar sıkı tutuyordu ki kurtulamadı. "Bırak beni! Hemen!" dedi ama Semih oralı bile olmadı. Bileklerine kadar suya geldi ve ardından yeni kurumaya başlayan elbiselerinin biraz daha ıslanmasında bir sakınca görmeyerek biraz daha ilerledi. Su dizlerine gelince Hande'yi bırakıverdi.

Hande ise ona tutunmaya çalışmış ama başaramamıştı. Sinirle kalkıp onu düşürmek için dizine bir tekme attı. Semih de bunu beklemiyor gibi sendeleri ve kızın ittirmesiyle o da düştü. Hande hızla kıyıya doğru yürümeye başladı ama Semih daha atik davrandı ve onu kolundan tutup çekti. Biraz daha ilerleyip elbiselerle olmalarına aldırmadan Hande'yi suya bastırdı. Kız sırılsıklam olurken bir yandan da adama bağırmaya uğraşıyordu ama ağzına ve burnuna dolan tuzlu suyla öksürmeye başladı. Semih onu bırakınca Hande suya dalıp onun bacaklarını sararak geri çekti ve ardından da onu iyice suya batırınca kaçmayı başardı. Kıyıya yaklaşınca koşmayı denedi ama koşmaya çalışırken düşecek gibi oluyordu. Semih ise büyük kulaçlar atarak yüzüyordu ama yapısından dolayı bir yerden sonra yürümek zorunda kaldı. Elbiseler ağırlık yapmasaydı çok daha rahat edecekleri kesindi. Hande'nin koşan bedenine baktı bir an. Üzerine yapışan elbisesini görünce gülümsedi ve bağırarak "Çok seksisin bebeğim!"

dedi. Ardından arsızca sırıtarak onun buz kesen bedenine ilerledi. Başkaları görse onları deli zannederdi muhtemelen!

Hande onun söylediği şeyle duraksadığını anlayınca hızla kaçmayı denedi ama yine adama yakalanmıştı. Onunla bu kadar yakınken bu üstüne yapışmış elbiseyle güvende olmadığını biliyordu ama kaçabilecek yeri de yoktu. Semih onu kendisine çevirdi ve biraz daha suyun içine çekti. Hande esmeye başlayan hafif rüzgârdan dolayı titriyordu. Su Hande'nin boğazına Semih'in ise göğüs hizasına gelince durdular. Semih, Hande'nin ıslak kızıl saçlarını, heyecanlı ışıklar saçan gözlerini ve suyun içinde olmaktan morarmış sevimli dudaklarını batmakta olan güneşin ışığında inceledi ve sonra gözlerini gözlerine dikip kendisine engel olamadan onun dudaklarına kendi dudaklarını bastırdı...

Semih geri çekildiğinde Hande tepki bile verememişti. Semih de bilmiyordu bunu neden yaptığını ama onu öpmeyi öyle çok istemişti ki o an kendisine engel olamamıştı. Hem neden engel olacaktı ki? Nasıl olsa evleneceklerdi. Geri çekildi ve ardından onun ayakta durmakta zorlandığını fark etti. Yorulmuş olması normaldi çünkü Hande bir gün içinde çok fazla şey yapmıştı ve tabii bu öpücüğün de katkısı olabilirdi. Kızı kucağına aldı. Zaten su seviyesi onun için çok da yüksek değildi. Kız ani bir refleksle kollarını onun boynuna doladı. Semih de karaya kadar yürüdü. Rüzgâr ıslak bedenlerine vurdukça titriyorlardı ama bu şekilde arabaya da binemezlerdi. Semih arabanın bagajından su geçirmeyen araba koltuğu kılıflarını çıkarıp arabaya takarken Hande sinirle "Ya arabanı mı düşünüyorsun? Dondum burada!" diye çıkıştı. Semih de ona bakmadan cevap verdi. "Her şey karşılıklı."

Aslında ikisi de çok eğlenmişti ama bu gidişle kesin hasta olacaklardı. Bursa'ya kadar bu şekilde gidemezlerdi ki! Hande'nin ailesinin evine tekrar döndüklerinde arabanın sesini duyarak herkes dışarı çıkmıştı. Onları sudan çıkmış balıklar gibi görünce kahkaha atmaya başladılar. Üstleri kurumaya yakındı ama hâlâ ıslaklığı belliydi. Hamit Bey oğluna bakıp "Duş alırken üstünüzü çıkarsaydınız keşke." dedi.

Kimse ters bir tepki veremiyordu. Sonunda Hande biraz olsun ısınabilmek için Semih'e sığınacakken vazgeçip eve doğru yürüdü. Annesinin yanına ilerleyip "Çok üşüyorum." dedi.

Leyla Hanım kızını içeri aldı. Hande eski odasındaki kıyafetleriyle üzerini değiştirmeden önce duş aldı. Bu sırada Semih de kardeşi Melih'in arabasındaki valizden kendisine uygun kıyafetler bulmuştu ve Leyla Hanım'ın önerisiyle üst kattaki diğer banyoda duşa girdi.

Herkes toparlanınca tekrar yola koyuldular. Hande ise yol boyu Semih'e söylenip durdu. "Sadece iki-üç saat için mi geldik dört saatlik yolu yani? Bari bu gece kalsaydık." diyordu.

Semih onu dikkate almadı. Sorularına cevap vermeyince Hande de sızıp kaldı zaten. Semih onun uyuduğunu görünce arabayı kenara çekti. Diğerlerinin onları takip ettiğini biliyordu ama Hande titriyordu ki bu muhtemelen korkudan değil üşümeden kaynaklanıyordu. Bugün yeterince üşümüştü zaten. Arabadan indi ve Çetin'in arabasını durdurdu. Sanem ve Çetin sıkça seyahat yaptıkları ve çocukları olduğu için arabalarında her daim battaniye bulundururlardı. Sonuçta yeğeni daha küçüktü. Gece üşütüp hasta olsun istemezlerdi. Muhtemelen bu gece onlar da olay çıkacağını tahmin etmiş olacak ki küçük kızı getirmemişlerdi. Çetin camı açıp "Ne oldu?" diye sordu. Melih de arabasını kenara çekmişti.

"Ya Hande uyudu da üşüyor galiba, sizin arabada battaniye varsa versene." dedi. Çetin de arabadan indi ve bagajı açtı. Orada poşetin içinde duran katlı battaniyeyi alıp Semih'e verdi. Semih de hızla arabaya doğru ilerleyip Hande'nin üstünü örttü. Sanem, Semih onlardan uzaklaşınca kahkahayı bastı. Çetin arabaya binip şaşkınca ona baktı. "Ne oldu?"

"Ağabeyimi görmedin mi? Allahım ne kadar komikti ya! Bir kibarlık geldi adama. Rica edecek sandım bir an ama o kadar olmamış. Bu adam biraz yumuşamış mı ne? Bu kız ne içirmiş acaba ağabeyime? Ya da onu klonladı falan mı? İyi bir klon! Gerçi ağabeyimin genleriyle bile oynasan değişmez."

"İlginç gerçekten! O değil bugün Semih'in kafasına o suyu boşalttığı an kesin öleceğini düşünüyordum, bir de üstüne Semih'in kafasına kova geçirdi ya işte o zaman kahkaha mı atsam kıza mı acısam karar veremedim."

"Sorma, ben de... Çok cesur bir kız! Ayrıca çok da güzel! Ağabeyimi paylaşmak istemezdim ama maalesef bu kızı sevdim. O değil de bizim ufaklık ne yapacak acaba?"

"Ya! O Hande bizim Hande'yi yolar! Küçük falan diye de bakmaz! Aman bizim kızı uzak tut!" derken kıkırdıyordu ikisi de. "Bir de adaşlar! Bakalım artık! Semih'i kaptırmak istemez ki bizim ufaklık." deyince ikisi de tekrar güldü.

Semih gözlerini yanında uyuyan kızdan yola çevirdi. Saatler sonra arabalar ayrılmıştı ve evlerine ulaşmışlardı. Semih Hande uyurken boynu, beli tutulmasın diye onun yattığı koltuğu geri yatırmıştı. Arabadan onu uyandırmamaya çalışarak sessizce indi. Kapıyı sakince kapattı. Sonra da arabanın diğer tarafına dolandı ve onun bulunduğu taraftaki kapıyı açıp Hande'yi kucakladı. Bu kız uyurken ne kadar da güzeldi böyle? Yani en azından uykusunda beyni bir hinlik için çalışmıyor ya da çene kasları egzersiz yapmıyordu. Onu eve sokup korumalara arabayı park etmesi için emir verdikten sonra Hande'yi ona verdiği odadaki yatağa yatırdı. Kendisi de odasına girip yorgunca yatağa attı bedenini. Gerçekten çok yorulmuştu. Gözlerini kapattı ve kıyafetlerini bile değiştirmeden uykuya daldı. Zaten baş ağrısına iyi gelebilecek tek şey biraz uykudan başka bir şey de değildi ona göre.

Sabah Hande de Semih de öksürükler eşliğinde uyandı. Hande gözlerini açtığı an önce soğuğu hissetti. Hava ne kadar da soğuktu böyle? Gözlerini açtı ve üstündeki pikeye daha sıkı sarındı. Sonra sıcacık yatağından kalktı. Gece eve geldiklerini hatırlamıyordu. Muhtemelen arabada uyuyup kalmıştı.

Merdivenleri inip salona girerken bir yandan da hapşırıyordu. Mutfağa gidip birkaç peçete aldı ve burnunu sildi. Sonra da salondaki yumuşak koltuğa oturup dizlerini karnına çekerek ısınmaya çalıştı. Ah Semih! Her şey onun yüzünden olmuştu. O anda merdivenlerden gelen öksürük seslerini duyunca o tarafa baktı. Hâlsiz bir şekilde merdivenlerden inen adamı görünce onun da hasta olduğunu anlamıştı. Semih onu gördüğünde önce hapşırıp sonra "Günaydın." dedi. "Sana da!"

Semih de onun yanına kendi pikesiyle oturup onun peçetelerinden birini aldı. Sonra da onun bacaklarını tuttu. Hande bunu yanlış anlayıp "Seni adi sapık!" dediği sırada Semih onun bacaklarını aşağı çekti ve sonra da onun bacaklarına kafasını koyarak yattı. Başı öylesine ağrıyordu ki oturacak hâli bile yoktu. Sanki kafasını kurşundan bedenini ise pamuktan yapmışlar ve oturursa kafası içeri çökecek gibi hissediyordu.

"Ya uzak dursana benden! Mikroplarını yayıyorsun!"

"Sanki aynı mikrop sende yok! Uzak dursam ne olur? Çok konuşma başım ağrıyor! Hadi bana masaj yap."

"Ne masajı ya?"

"Başıma masaj yap! Başım ağrıyor!"

"Beyimizin başka emri var mı?"

"Yok!" dedi Semih rahat bir tavırla. Hande sinsice sırıtıp parmaklarını adamın kafasına koydu. İlk önce masaj yapacak zannetse de Semih başında hissettiği tırnağın acısıyla sıçradı. Bu kız kedi miydi ne? Niye kendisini tırmalayıp duruyordu ki sanki? Kendisi çok masumdu oysa. Kibarca (!) ondan masaj yapmasını rica etmişti.

Semih diğer tekli koltuğa oturdu. Hande de televizyonu açıp magazin programı izlemeye başladı. Aslında hiç sevmezdi böyle şeyleri ama erkeklerin böyle şeylere sinir olduğunu bildiğinden biraz katlanabilirdi. Semih sinirle "Ver şu kumandayı!" deyince amacına ulaştığını anlayıp bıyık altından güldü. Sonra da ciddileşip "Aç avucunu!" dedi. Semih elini ona uzatınca da "Şimdi de yala!" dedi ve kumandayı sakladı. Semih sinirle burnunu sildiği mendili ona atınca Hande de "Iyyy! Ben senin sümüklü mendilini çekmek zorunda mıyım ya?" dedi.

İkisinin de konuştukça boğazı acıyordu ama ikisi de birbirleri ile didişmek için bunu görmezden geliyordu. "Benim sümüklü mendilimi isteyen kaç kız var sen biliyor musun?"

"Niye? Ayıların sümüğü çok mu para ediyormuş?" diyen Hande'ye sinirle baktı ve sonra sinirle "Hangi gezegenden geldin sen ya? Senin gibi tuhaf varlıklar hangi gezegende yaşıyor?" dedi. Hande ona cevap vermeyip hiç duymamış gibi televizyon izlemeye devam etti. Hiç hâli yoktu. İkisi de öylece oturdular. Açlardı ama boğazlarının acısından yemek yiyebilecek durumda da değillerdi. Hande de sıkılınca kanalı değiştirdi. Semih ise televizyonla ilgilenmiyor Hande'ye bakıyordu. Bir taraftan da, nasıl olur da ona laf sokarım, derdindeydi. Bu küçük kıza yenilmek istemiyordu. Hande ise gözünü televizyondan ayırmıyordu. Sonunda midesinden gelen sesle dudaklarını büzüştürüp "Ah be koca bebek! Ağlamasan olmazdı değil mi?" dedi. Semih ise ona bakıp ne yaptığını, kiminle konuştuğunu anlamaya çalışıyordu. "Kiminle konuşuyorsun sen?" diye sorunca Hande ona çok anormal bir şey sormuş gibi bakıp "Kiminle konuşabilirim? Tabii ki midemle." dedi.

"Hı?"

"Zıt Erenköy!"

"Hande? İyi misin sen? Hastalık beynine vurmuş diyeceğim ama olmayan şeye nasıl vursun ki?"

"Sen bana beyinsiz mi dedin? Beyinsiz mi dedin bana sen? Sen mi dedin beyinsiz bana? Bana mı dedin beyinsiz sen?"

"Hande sus! Allah rızası için sus ya!"

Semih kahkaha mı atsa kendi için mi endişelense karar vermeye çalışıyordu? Bu kız gerçekten deliydi!

Hava kararmaya başlamıştı. Hande de Semih de o kadar hastaydılar ki bütün gün sadece uzaktan birbirlerine laf yetiştirmişlerdi. Sonunda Hande oturduğu yerden kalktı. "Ben yemek yapmaya gidiyorum."

"Sen yemek yapmayı biliyor musun ki?" diye sordu Semih kaşlarını kaldırarak. "Ben çok güzel yemek yaparım bir kere!"

"İyi, zehirlenmeyelim de..." deyince Hande ona dil çıkarıp mutfağa gitti. Yaklaşık yirmi dakika sonra mutfaktan Hande'nin sesini duydu Semih ve başını televizyondan mutfağa çevirdi. Bu kadar hızlı mıydı yani? *En azından bir konuda yeteneği varmış,* diye düşündü. Mutfağa girdiğinde ise masada gördüğü şeyle kahkahalara boğuldu. Hande şaşkınca onun neye güldüğünü anlamaya çalışıyordu. Semih neden birden gülmeye başlamıştı ki? Adam sonunda hayatında hiç gülmediği kadar güldüğünü hissedince kahkaha atmayı bırakıp "Yemek yapmayı biliyorum diye böbürlendiğin makarna mıydı yani? Beş yaşındaki yeğenim bile yemek yapmayı biliyor o zaman." dedi. Son cümle tabii ki abartıydı. Hande sinirle "Beğenmiyorsan yeme o zaman." diye çıkıştı.

Onun yapabildiği iki yemekten biriydi bu. Hande yemeğe ne konulduğunu bile bilmez, tahmin edemezdi. Annesi ona mutfağa girmeyi bile yasaklamıştı. O kadar beceriksizdi işte. Ama en azından makarna ve domates çorbası yapabiliyordu ve o bununla dalga geçilmesinden nefret ediyordu! Hem o kadar kolaysa Semih yapsaydı o zaman!

"Semih sana bir şey soracağım?"

"Sor. Ama yemek yapmayı öğretmemi falan isteyeceksen hiç uğraşamam. Vaktim yok." diye dalga geçti. "Of! Hemen de alay et zaten! Diyecektim ki sen bütün gün evde oturuyorsun. İşin mafyalık değil de ev kadınlığı gibi."

"Sen yine kaşınmaya mı başladın? Bana mı öyle geldi?"

Bunun üzerine Hande "Gıcık..." diye mırıldanınca Semih "Ne dedin sen?" diye sordu. Belli ki duymamıştı. "Yoğurt diyorum, çok faydalı."

Semih sinirle dişlerini sıktı. Bu kızla başa çıkmak gerçekten zordu. Yemeklerini yedikten sonra Semih'in telefonu çaldı. Ekrana baktı önce. Hande'nin yanında konuşamayacağı biri arıyorsa başka odaya gidecekti ama arayanın Melih olduğunu gördü. Telefonu açıp kulağına götürürken sofrayı toplayan Hande'yi izliyordu. "Efendim?"

"Yarın ağabeyim geliyor."

"Nereden geliyormuş?"

"Semih, iyi misin sen? Ne içtin? Geçen ay ağabeyim iş için Cezayir'e gitti ya! Oradan dönüyor işte!"

"Yani?"

"Annem yemek düzenliyor. Hem ağabeyim geleceği için hem de senin evlilik haberini akrabalara duyurmak için."

"İyi, tamam ne zaman gelelim?"

"Yarın akşam yedi gibi evde ol işte! Annem dedi ki geç kalırsan senin beynini uçururmuş ya da en azından babam topuğuna sıkarmış! İkisi de gelinlerini akrabalara göstermek için pek hevesli."

"Niye? Hande bulunmaz Hint kumaşı mı?"

"Hiç akıllanmayacaksın değil mi? Neyse işim var benim. Kapatıyorum."

"Ben biliyorum senin işini ya... Kolay gelsin sana." dedi ve sırıtarak telefonu kapattı. Ardından Hande'ye baktı. "Yarın annemlere gidiyoruz." dedi. "Ya kaçıp seni polise şikâyet edersem?"

"Bunu yapabileceğine inanıyor musun? Bütün Poyrazoğlu ailesi oradayken sen kimseye fark ettirmeden çıkıp gideceksin öyle mi? Güldürme beni!" dedi ve ardından burnu havada bir tavırla dönüp salona gitti. Ah, şu hastalığına da bir çare bulabilseydi. Yarın hasta hâliyle hiç oraya gidebilecek durumda değildi. Ki o aile sağlıklıyken bile çekilmezdi. Teyzelerinin konuşmakla bağırmak arasındaki sesleri kulaklarında canlanınca hızla başını sallayıp bu düşüncesini yok etti. Tam salondaki koltuğa oturmuştu ki kapı çaldı. Kalkıp kapıyı açtığında Hande de mutfaktan salona geçmişti. Selim elindekini Semih'e uzattı. "Emrettiğiniz gibi fotoğraftakinin birebir aynısını aldım efendim." dedi.

"İyi, sana bir numara vereceğim. Bütün mesajlarını falan araştır. Bakalım küçük hanım kimlerle konuşuyor ya da kimlerle mesajlaşıyormuş?"

Hande konuşmayı duyamıyordu çünkü Semih kısık sesle konuşuyordu. Adının Selim olduğunu öğrendiği adamın başıyla onun dediği şeyi onayladığını gördü sadece. Bir süre sonra Semih kapıyı kapatıp yanına yürüdü. Elindeki kutuyu Hande'nin kucağına attı. "Bunu tak!" Hande "Çok kibarsın." dedikten sonra kutuyu açtı. İçindeki mükemmel derecede parlak ve pahalı yüzüğe bakıp gözlerini büyüterek "Bu ne?" diye sordu. "Gözlerini öyle pörtletince zombilere benziyorsun ve o bir yüzük. Söz yüzüğü!"

Semih kendi elini gösterince onda da bir tane olduğunu gördü. Elindeki yüzüğe baktı tekrar. O kadar beğenmişti ki. İçinde onun adının yazılı olduğunu görünce şaşırdı. Sonra parmağına yavaşça taktı. Tam oturmuştu yüzük. Gülümsedi ve teşekkür etti. Her ne kadar bunu kibarca almamış da olsa çok büyük bir hediyeydi.

Gece ikisi de odalarına çekilince Hande parmağındaki yüzükle uğraşıp durdu. Onun orada olduğunu bilme ihtiyacı hissediyordu. Eğer kaybederse kendisini berbat hissederdi. Sonuçta bu pahalıydı ve daha da önemlisi Semih hediye etmişti. Hande belki anormal bir insandı ama insanların ölmesi ona göre Semih'in bahsedebileceği kadar kolay bir şey değildi. Ve Semih en ufak bir şeyde kendisini de öldürebilirdi. Hem de gözünü kırpmadan. Normalde o gün nikâhları olduğunu söylemişti adam ama belli ki Hande'yi kandırmıştı. Blöfleri bazen Hande'nin az da olsa korkmasına neden oluyordu.

Ertesi gün öğlene kadar uyudu kız. Semih ise şirket işleriyle ilgilendi. Doğrusu işleri aksatmak istemiyordu. Ne olursa olsun asla bırakamayacağı tek şeydi işi. Ardından da dosyaları düzenledi. Saat ikiye geliyordu. Mutfağa geçip bir şeyler atıştırdı. Düne göre daha iyiydi durumu ama hâlâ öksürüyordu. Bütün gece Hande öksürüklere boğulmuştu. Semih de onun biraz daha dinlenebilmesi için uyandırmamıştı. Akşama doğru yola çıktılar. Yolları uzundu. Merkeze gitmeleri gerekiyordu. Semih, Hande arabaya binince sürmeye başladı. "Yolumuz çok mu uzun?"

"Biraz, yine mi uyuyacaksın yoksa? Uyandırmam ve fena dürterim söyleyeyim."

"Sen beni olsa olsa ya sosyal paylaşım sitelerinde ya rüyanda dürtersin." dedi Hande ve cama döndü. Semih ile tartışarak geçirmeyecekti vaktini. Eve ulaştıklarında bahçede küçük bir kız gördü Hande. Devasa bir evdi aslında bu. Hatta ev demek hakaret olurdu. Kocaman bahçeye arabayla girdikten sonra Semih arabadan indi ve oradaki adamlardan birine anahtarları verdi. Hande de arabadan inip Semih'in yanında ilerlemeye başladı. Semih onun elini tutunca tek kaşını kaldırdı. Semih de onun bu hareketine karşılık "Annemin tarafı aşk evliliği yaptığımızı sanmalı." dedi.

Evin kapısına doğru yürürken bahçedeki küçük kız koşarak onlara doğru geldi. Semih'e bakıp gülümsedi önce. Sonra da Hande'ye döndü bakışları. Onları el ele tutuşurken görünce küçük kaşları çatıldı. "Semih?" dedi şaşkınca. "Sen hani beni seviyordun?" Bu kız ne kadar da düzgün konuşuyordu. Genelde bu yaşlardaki çocuklar –ki tahminen beş-altı yaşındaydı- r harflerini ya da bazı kelimeleri tam söyleyemezlerdi.

"Seni seviyorum zaten güzelim." dedi Semih bir dizinin üzerine çöküp Hande'nin elini bırakarak. "O benim arkadaşım."

"Ama onun elini tutuyorsun?"

"Hande..." deyince genç kız istemsizce ona baktı ve "Efendim?" dedi. Semih ona bakarak "Sen değil, yeğenimden bahsediyorum." dedi. Demek bu küçük kızın da adı Hande'ydi. Yoksa yemek yapabildiğini söylediği çocuk muydu bu?

"Ama ben sana âşığım. Sen bana değil misin?"

Hande, *beş yaşındaki çocuklar bu kadar düzgün konuşamaz! Yemek yapamaz! Âşık olamaz! Olsa da dayısına olmaz! Ben hiç dayıma âşık olmadım! Çünkü benim hiç dayım olmadı* diye düşündü.

"Canım şimdi içeri girelim. Bugün Yağız dayın gelecek. Onu karşılayalım, sonra da konuşalım olur mu?" dedi.

Bu adam neden küçük kıza karşı bu kadar ilgiliydi? Hande kıskançlıkla kıvranırken –ki bunu kabul etmiyordu- sinirle *Çakma Hande* diye düşündü. *Ben kaptırır mıyım sana mafyamı?* İçeri girerken Hande, Semih'in kulağına eğildi ve "O sana âşık mı?" diye sordu.

"Öyle sanıyor."

"Aramıza girmesine izin vermeyeceksin değil mi?"

"Saçmalama Hande!" dedi. Eve girip salona ilerlerken küçük Hande aralarına girince Hande sinirle "Bak hani aramıza giremezdi? Girdi işte!" dedi ve sonra da dudaklarını büzüp kollarını göğsünde bağlayarak "Ben gelmiyorum!" dedi. Semih bir küçük Hande'ye bir de büyük olana baktı! Bu iki cadıyla nasıl başa çıkacaktı?

"Gelmeyeceğinden emin misin?" diye sordu tek kaşını kaldırarak.

"Sence şaka yapıyor gibi mi duruyorum?" demesi üzerinde Semih'in "İyi." diye mırıldandığını duydu ve birden ayaklarının yerden kesildiğini hissetti. "Hey! Sen ne yapıyorsun?" diye çıkıştı sinirle ama Semih oralı bile olmadı. Salona girene kadar onun kollarından kurtulmaya çalışıyordu ama içeri girdikleri an kalabalığı görünce yüzünü saklamaya çalıştı. Herkes şaşkınca onlara bakıyordu. Annesi "Oğlum bu ne hâl?" diye sordu.

"Anneciğim Hande benden pek uzak olmayı sevmiyor da o yüzden biz de böyle…" demişti ki küçük Hande ileri atıldı.

"Yalan söylüyor. O çocuk gibi gelmeyeceği konusunda tavır yapınca dayım da onu kucağına aldı. Hatta kapının önüne gelene kadar da tartıştılar." dedi küçük burnunu havaya dikerken. Herkes gülümseyince Semih bu sefer başka bir yalan söyledi. "Şey, çok utanmış da ondan yani." diyerek Hande'yi yere bıraktığı an bir dirsek yedi. Tam ona laf söyleyecekti ki üzerlerindeki gözleri fark edip sustu. Nasıl olsa yalnız kalacaklardı. Hande ufak çocuğa dik bakışlar atıyordu. Bir yandan da Semih'e ondan daha yakın duruyordu. Sanki kim daha yakın durursa Semih onun olacaktı. Aslında Semih pek umrunda değildi. Küçük bir kıza yenilmemek istediğindendi bu davranışı. *Bücüre bak! Bacak kadar boyuyla o pabuç kadar dili nasıl taşıyor,* diye geçirdi içinden.

Semih biraz etrafına bakındı ve kalabalık içinde aradığı kişiyi bulmuş gibi gözleri parladı. Sonra da kendine benzeyen adama sarıldı. "Hoş geldin ağabey." dedi. "Asıl sen hoş geldin." dedi ve sonra birbirlerinden uzaklaştılar. Semih'in ağabeyi Hande'ye doğru yürüdü. Gözlerinde sinsi parıltılar vardı. Melih ile Semih benzemiyordu ama bu adam ile birbirlerine çok benziyorlardı.

"Merhaba." dedi Hande'ye adam. "Merhaba." diyerek kendisine uzatılan eli tuttu Hande. Kızın eline küçük bir öpücük bırakıp "Ben Yağız Poyrazoğlu, şu gereksiz adamın ağabeyi." dedi. Semih ise sinir küpüne dönmüştü. Neden Hande'nin karşısında kendisini küçük düşürüyordu ki şimdi?

"Hande Oktay… Kim olduğumu biliyorsunuz sanırım? Direkt yanıma geldiğinize göre…"

"Evet, beklediğimden güzelsiniz."

"Buradan ne anlamalıyım?"

"Ne anlarsanız."

"Açıkça bana sarkıntılık mı ediyorsunuz? Kardeşinizin sözlüsüne? Hem de onun önünde?"

"Onun önünde olmasa sıkıntı olmaz yani? Tamam, bundan sonra buna dikkat ederim." dedi. Aslında dalgasına yapıyordu bunu. Elbette tek amacı Semih'i kızdırmaktı ama bu tepkiyi hiç beklemiyordu. Hande adamın suratına yumruğunu geçirmişti. Herkes onlara şaşkınca baktı. Semih de ilk başta şaşırsa da sonra yüzüne büyük bir sırıtış yerleştirdi ve sözlüsünün yanına ilerleyip kolunu onun beline dolayarak ağabeyine baktı. "Aldın mı cevabını?"

Bunun üzerine Yağız da sırıtmaya başladı. "Şaka yapmıştım ama sert kızmış. Canımı yakmadı diyemem." dedi. Canının en fazla bir sinek ısırığı kadar yandığını tahmin ediyordu herkes çünkü başı yana bile savrulmamıştı. Yine de o an oradaki bütün baba tarafı, özellikle de Semih ve Hamit Bey onunla gurur duymuştu. Bir Poyrazoğlu gelini kendisini koruyabilmeliydi...

Kocaman salondaki büyük masaya oturdular. Hande, Semih'in yanına oturmuştu. Çorbalar evdeki çalışanlar tarafından hizmet edilirken muhabbet sürüyordu. Hande, Semih'e baktı. Gözlerinin içi gülüyordu. Öylesine yakışıklıydı ki Hande gözlerini onun üzerinden alamadı bir süre ama Semih de dâhil herkes bunun farkındaydı. Semih ona dönünce ne yapacağını şaşırdı önce. Sonra bozuntuya vermemek için gülümsedi. "Bir şey mi var?"

"Yok, hayır! Ben bir lavaboya gideceğim. Nerede?" diye sordu. Herkes masadaydı ve kimse onu takip etmezdi. Bu sayede çıkıp gidebilirdi.

"Evin girişinde küçük bir hole açılan kapı var. Oraya gir, holün sonundaki kapı." dedi. Hande kalkıp masadan uzaklaştı. Odadan çıkınca da derin bir nefes aldı. Hızlıca çıkışa yürüdü. Dış kapıyı açıp çıktığında ise sırıtıyordu. Ta ki o sesi duyana kadar. "Nereye gittiğini sanıyorsun?"

"Semih?" dedi şaşkınca arkasını dönüp. "Sana kaçamayacağını söylemiştim!" diyen adama "Ben kaçmayacaktım ki?" diye cevap verdi.

"Ya, öyleyse neden dışarı çıktın?"

"Açıklayabilirim."

"Açıkla!"

"Küresel ısınma varmış, kutuplar eriyormuş ve fok balıkları ile kutup ayıları ölüyormuş. Ozon tabakası delinmiş. Hatta geçen Felix diye biri atlamış uzaydan dünyaya, ozon tabakasının delik olup olmadığını anlamak için. Eğer geçerse –yani dünyaya düşerse- delik geçmezse delik değil diye... Geçmiş yani kesin delik."

"Sen bu olayın neresindesin Hande? Dışarı çıkmanla bu ne alaka?"

"Ben değil sen varsın bu olayda?"

"Ben mi?"

"Evet, dinlemedin mi? Kutup ayıları ölecekmiş dedim ya."

"Hande!" diye kükredi Semih sinirle. "Tamam! Kızma ya! Sadece hava almak istemiştim."

"Niye? İçeride oksijen yok mu?"

"Of! Semih ya! Tamam, hadi içeri girelim ya!"

"Yürü." dedi Semih ona kendi önünü göstererek. Hande önde o arkada eve girerlerken "Sadece biraz mutlu olmak istiyorum." diye mırıldandı. "Kutadgu Bilig oku o zaman!"

"Çok komiksin ya sen!" dedi Semih. İçeri tekrar girdiklerinde Hande sıkkınca alt dudağını sarkıttı. Kaçmayı becerememişti işte.

Yemekten sonra sohbet için koltuklara oturdular. Ne kadar kalabalık bir ailesi vardı Semih'in böyle! Genç adam, yemekten sonra Hande'yi herkesle teker teker tanıştırmaya başladı çünkü annesi başının etini yemişti.

"Hande seni önce anne tarafımla tanıştırayım, Şermin teyzem, Yeliz teyzem, Rabia teyzem, Kemal dayım ve onların eşleri Tamer eniştem Şermin teyzemin eşi, Osman eniştem Yeliz teyzemin eşi, Emin eniştem de Rabia teyzemin eşi, Yasemin yengem Kemal dayımın eşi... Çocukları, yani kuzenlerim de Suna, Tamer eniştemle Şermin teyzemin kızı, Yeşim ve Hale, Osman Eniştem ve Yeliz teyzemin kızları." dedi. Hande hepsini aklında tutmaya çalıştı. Aslında birazdan *not alabilir miyim,* diye bile sorabilirdi. Baba tarafını da açıkladı Semih ve ardından da yorgunca gülümsedi. Herkes o güldükçe şaşırıyordu. Semih kolay gülmezdi. Hande onu gülümsetebiliyordu belli ki...

"Dayı!" dedi Hande, Semih'in kucağına oturmaya çalışırken. Semih de onu biraz çekti kendi kucağına ve oturmasına yardımcı oldu. "Efendim meleğim?"

"Siz evlenecek misiniz?"

"Nereden duydun bunu ufaklık?" diye sordu çünkü küçük Hande'nin gözleri hafiften dolmuştu. "Annemler konuşuyordu."

"Evet, biz Hande ablanla evleneceğiz."

"Abla mı? Yaşlı o bir kere! Ben ona teyze derim! Ya da nine diyeyim daha iyi."

"Sensin yaşlı!" dedi Hande.

"Çirkin!"

"Aynaya boyun yetmiyor galiba! Bücür!" demesiyle Semih ona baktı ve ardından küçük Hande'yi o cevap vermeden kucağından indirip "Annenlerin yanına git tatlım." dedi. Küçük Hande ikiletmeden giderken Hande, Semih'in ne diyeceğini bekliyordu.

DÖRDÜNCÜ BÖLÜM

Semih önce boğazını temizledi ve ardından berrak sesiyle konuşmaya başladı. "Sen beni kıskanıyor musun? Hem de beş yaşındaki yeğenimden? Yoksa bana mı öyle geldi?"

"Niye seni kıskanayım ki? İnan bana seni en fazla bir domuzu kıskanabileceğim kadar kıskanırım! Ama ne fark var! Nasıl olsa sen de domuzdun değil mi? Ama insan görünümünde olduğundan unutmuşum ben." dedi. Neyse ki kimsenin duyamayacağı bir sesle konuşuyorlardı. Yoksa Semih kesinlikle Hande'yi öldürürdü.

"Sen yine mi kaşınmaya başladın ne?"

"Çok sinir bozucu olduğunu daha önce kimse söyledi mi sana?"

"Hayır, söylemedi! Muhtemelen öyle olmadığından ya da yakışıklılığımdan gözlerini alamadıklarındandır."

"Kendini beğenmiş!"

"Tabii, herkes beni beğenirken ben kendimi beğenmesem ayıp olurdu değil mi?"

"Ukala!" dedi Hande ve ardından bakışlarını ondan çevirip Melih'in olduğu yere baktı. Melih de o anda ona döndü. Sanki o an ona bakıldığını hissetmiş gibiydi. Melih'in de sert bir mizacı vardı. Hatta içlerinde görünüş olarak en sert duran oydu. Ama yapı olarak Hande'nin anladığı kadarıyla en sakin olanı oydu. Genç kız onun da kendisine bakması üzerinde tuhaf bir utanç duyarak başka tarafa baktı. Yağız'ın oturduğu yerden kahkahalar yükseliyordu. O anda amcaları ile şakalaşan Yağız'a baktı. Bu kadar ciddi görünüşlü insanı daha önce hiçbir arada görmemişti Hande. Doğrusu içlerinde en neşeli olan Yağız'dı. Adam Hande'nin ona baktığını görünce gülerek göz kırptı. Hande ne yapacağını bilemedi. Bu adamın derdi neydi kendisiyle?

Semih, Hande'nin kızaran yüzüne ve ağabeyinin kıvrılan dudaklarına bakıp sinirle doğruldu. Belli ki bir süre daha kalırlarsa Yağız'ın ağzını burnunu dağıtacaktı. Ağabeyi olması ya da onu sinirlendirmek için bunu yapması umrunda değildi. Zaten onu yeterince sinirlendirmişti. Oturduğu yerden kalktı ve babasının yanına ilerledi. Adamın önünde durup "Biz gidiyoruz baba, anneme söylersin. Bir ara yine uğrarım." dedi.

"Daha erken değil mi?"

"Hande'nin uykusu gelmiş." dedi. Oysa Hande'nin gözleri yeterince açıktı. O sırada küçük Hande koşarak içeriden gelip dayısının bacaklarına sarıldı.

"Dayıcığım, gidecek misin?" dedi.

"Evet, Hande ablanın uykusu gelmiş ufaklık."

"O zaman onu gönder. Sen niye gidiyorsun ki? Hem belki bakarsın bu gece şanslı gecendir ve onu yolda bir canavar yer!"

"Tatlım Hande ablan hakkında böyle konuşmamalısın!" diye onu uyardı Semih.

"Ama sen onunla evleneceksin? O çirkin! Neden onunla evleniyorsun ki? Saçları bile domates gibi!"

"Seninle bunu daha sonra konuşuruz tamam mı?" derken hafifçe eğilmişti. Küçük Hande dayısına sıkıca sarıldı ve kulağına eğilip "Ona çok yaklaşma! Sana büyü yapmasın o cadı tamam mı?" dedi. Semih de onun bu hâline güldü. "Tamam!"

Sözlüsü gerçekten tam bir cadıydı ama büyüler yapan değil insanı delirten bir cadıydı. Ki bunu da çenesiyle, o cesur sözleriyle yapıyordu. Hande, Semih'in gideceklerini söylemesi üzerine kalktı ve herkesle vedalaştı. Bazıları ona çok samimi davransa da belli ki Semih'in Rabia teyzesi ve küçük yeğeni Hande kendisini pek sevmemişti. Teyzesinin neden onu sevmediğini pek anlamasa da umursamadı. Evden çıkıp arabaya geçtiklerinde Semih fazlasıyla sinirliydi. Hande bunu anladığından çenesini biraz olsun tutmayı başarabildi. Onun kızdığı kişi kendisi değilken bu eziyeti çekenin neden kendisi olduğunu anlamıyordu.

Sonunda eve geldiklerinde Hande hızla içeri girip odasına çıktı. Zaten yorgundu. Bir an önce uyumak ve Semih'in sinirinden kaçmak istiyordu. Üzerini değiştirip yatağa girdi ve gözlerini kapattı...

Semih üzerine damlayan yağmur damlalarıyla... Ne? Yağmur damlaları mı? Evde yağmur damlasının ne işi vardı ki? Hızla gözlerini açtı. Tepesine baktığında birçok yerinden delinmiş bir balon içine su doldurulmuş şekilde duruyordu. Onu tutan Hande'yi sırıtırken görünce sinirle doğruldu. "Sabahları senin zekân fazla mı çalışıyor ne? Derdin ne senin ya? Normalce uyandırsana!"

"Olmaz! İçim rahat etmez öyle!" dedi Hande ve ardından da elindeki balonu tepeden adamın suratına bırakıp koşarak odadan çıktı. Çünkü biliyordu ki Semih onu yakalarsa öldürecekti. Kesinlikle ölümü bu adamın elinden olacaktı. Zaten ardından gelen kükreme de bunu belli ediyordu. "Seni bir elime geçirirsem..."

Hande kahvaltı masasına geçip bir şeyler atıştırmaya başladı. Semih sinirle merdivenlerden inerken gözlerindeki bakıştan Hande'nin tek anladığı şey 'seni öldüreceğim' mesajı verdiğiydi. Oturduğu yerden kalktı ve kaçmaya hazır bir şekilde kendisine doğru gelen adama baktı. "Özür dilerim!" derken gözleri irileşmişti. Kendisini sevimli bir hâle getirmeye çalışıyordu ama hiç de öyle olmuyordu.

"Benim suçum değildi ki! Ben onu havaya bıraktım! Yerçekiminden dolayı düştü!"

"Ben sana bir şey yapmayacağım." dedi Semih gayet rahat bir tavırla.

"Gerçekten mi?"

"Gerçekten!" Hande tam oturacaktı ki kendini havada bulmasıyla çığlık attı. "Sadece aşağı bırakacağım! İşi yerçekimi halledecek!"

"Semih! Hayır!" demişti ama kendini çoktan yerde bulmuştu. "Popom acıyor!" diye söylenip onun bacağını çekti ama Semih bununla yere düşmeyecek kadar güçlüydü. Hande onun elini tutup ayağa kalktı. Ah gururum nerelerdesin? Beni düşüren adamın elinden destek alıp kalkıyorum! Aptal mıyım neyim, diye düşündü. Ama tabii ki intikam alacaktı. Kahvaltıdan sonra Hande sakin bir şekilde masayı toparladı. Semih kaşlarını kaldırmış ona bakıyordu. Onun bir şey yapmasını bekliyordu ama sakin tavrından ne yapacağını kestiremiyordu. Doğrusu bunda onu yeni tanımasının da etkisi vardı. Her şey bir yana onun hakkında öğrendiği en önemli şey her söze, her harekete bir karşılığı olduğuydu. Sonunda her şey bittikten sonra çalışma odasına geçerken Hande'ye "Kaçmaya kalkma! Kapının önünde korumalar var!" dedi. Hande ise o giderken arkasından omuz silkip dil çıkarmıştı. "Seni gördüm." kelimelerini duyunca yüzünü buruşturdu.

"Bahçede olacağım!"

"Bahçeye çıkabileceğini söylediğimi hatırlamıyorum."

"İzin almadım ki! Bahçede olacağım, dedim."

"İyi, çıkabilirsin!" demesi üzerine Hande sinirlendi. Sanki ondan izin almak zorundaydı da ona izin veriyordu Semih! Koltuktan kırlent alıp Semih'e atmıştı ki adamın kafasına isabet edemeden Semih onu arkasını dönerek tuttu.

"Reflekslerim güçlüdür." deyip göz kırptıktan sonra kırlenti tekrar gönderip havalı bir tavırla gidiyordu ki Hande boş durmayıp ikinci kırlenti attı. Semih dönmüştü ama tutmak konusunda sadece bir saniye geç kalmıştı. Sinirle kırlenti koltuğa bıraktı. Hande'nin üzerine yürüyordu ki onun koşarak dışarı çıktığını görünce vazgeçti. Doğrusu onunla uğraşacak vakti yoktu. Hem o bahçedeyken biraz kafasını dinleyebilirdi kendisi de.

Hande bahçede dolanırken ayağına takılan şeyle duraksadı. Eğilip baktığında bunun bir hortum olduğunu gördü. Muhtemelen bahçeyi suluyordu. Onu takip edip takılı olduğu çeşmeyi aradı. En sonunda çeşmeyi bulunca sonuna kadar açıp koşarak diğer uca gitti. Giderken de Semih'e bağırıyordu. Semih gürültüyü duyunca hızla yerinden kalktı. Bu çığlıklar da neydi? Biri Hande'yi mi boğazlıyordu yoksa? Hızla dışarı çıktı. Hande'yi sadece elinde bir hortumu kendisine doğru tutarken görünce şaşkınca ona baktı. Ne yapıyordu bu kız?

Onun önünde durdu ve "Hande o hortum senin elinde ne arıyor?" diye sordu. "Bu hortum mu? Ben solucan sanmıştım!" derken gözlerini irileştirmiş ve sanki gerçekten öyle sanmış gibi davranmaya başlamıştı. "Sen hâlâ kaçma derdinde misin?" derken tek kaşını kaldırmıştı Semih.

"Ne kaçması canım! Ayrıca hortumla nasıl kaçabilirim Allah aşkına! Bunun içine sığacağımı mı sanıyorsun? Öyle olsa bile ucu çeşmeye bağlı ama bir türlü su gelmiyor!" diye sitem edip biraz adama doğru salladı hortumu. Su gelmediğini görünce önce yüzüne tuttu ve ardından tam arkasına doğru atmak amaçlı çevirmişti ki arkadan onu korkutmak için sessizce yaklaşan Yağız'ın sırılsıklam olması ile Semih kahkahayı bastı. Hande onun neye güldüğünü anlamaya çalıştı.

Deli miydi bu adam? Onun böyle kahkahalar atması üzerine arkasını dönüp baktığında küfreden adamı görünce o da kendisini tutamayıp kahkaha atmaya başladı.

"Gülmeyin be!" diye çıkıştı Yağız. İkisinin de gülmeye devam ettiğini görünce yerdeki hortuma eğildi. Hande bunun üzerine hızlı davranıp Semih'in arkasından eve doğru koştu. Açık kapıdan içeri girdiği an iki adamın da küfürlerini duyuyordu ve birazdan ikisinin de eve geleceğini biliyordu.

Odasına çıkıp kapıyı kapattıktan sonra yatağına oturup beklemeye başladı. Bu defa kolay kurtulamayacağını biliyordu çünkü iki adamı da sinirlendirmişti. Kendini tutamayıp kahkaha atmaya başladı. Tam o sırada odanın kapısı açıldı. Kapının önünde Semih'i sinirli bir şekilde görünce yatağın üstünden diğer tarafına atladı. Semih bir hayli ıslaktı. Hande onun bu hâlini görünce daha fazla kahkaha atmaya başladı. "Seni keşke çamaşırlığa assaydık. Kururdun belki!"

"Hande!" diye gürledi Semih. Böyle asabi bir adamla nasıl böylesine rahat uğraşabildiğini kendisi de bilmiyordu. Semih ona yaklaştıkça o da kaçacak yer arıyordu. Adam yatağın etrafından dolaşmaya başlayınca tekrar yataktan atlayıp diğer tarafa geçecekti ki Semih daha hızlı davranıp Hande'yi belinden yakaladı ve yatağa yatırıp gıdıklamaya başladı. Hande'nin kahkahalar attığını duydukça daha çok gıdıklıyordu. Bu kızın sesi ne de güzeldi öyle. Onun kahkaha sesini duymak Semih'i mutlu ediyordu. Bunu o an istemese de fark etti. Ama o an bu mutluluk duygusunu yok etmeye çalışmak yerine sadece kahkahaları arasında "Yeter! Özür dilerim!" demeye çalışan kızı izlemeyi tercih ediyordu. Hande onun ellerini ittirmeye çalışıyor, çırpınıyor ve aynı anda kahkahalar atıyordu. Nefes almakta zorlanmaya başladığında karnı da ağrıyordu. Sonunda Semih onu bırakınca derin bir nefes aldı. Sonra da başında dikilen Semih'e ters bir bakış attı. Gülmekten yanak kasları bile ağrımıştı. Ayağa kalkıp Semih'in karşısına dikildi. Boyu Semih'e oranla kısaydı ama başını geri atıp ona sinirli bakışlar atıp kafa tutmaktan geri kalmıyordu. "Sen bittin!" dedi ve sonra da gözlerini kısarak onun, bitmedim, reklam arasına girdim, diye iğrenç bir espri yapmasını bekledi ama öyle olmadı. Semih ona tek kaşını kaldırarak bakıp "Hodri meydan!" dedi. Kendini bir an bulaşık deterjanı reklamlarında iki markayı yarıştırıyor gibi hissetti.

Hande bunun üzerine parmak uçlarında yükselip adamın yanağına bir öpücük kondurduktan sonra Semih'in şaşkınlığından yararlanıp koşarak odadan çıkıp merdivenleri ikişer-üçer sekerek inip salona girdi. Yağız'ın da kısa süre sonra merdivenlerden indiğini gördü. Üzerinde kuru kıyafetler vardı. Muhtemelen Semih'in kıyafetlerinden birini giymişti. Aşağı indiğinde Hande'ye sırıtarak bakıyordu. "Ufaklık, ne güzel hoş geldin diyorsun sen öyle."

"Ufaklık mı? Ya git işine! Ben yirmi yaşımdayım bir kere!"

"Çok büyükmüşsün. İki yıla kalmaz yaşlı sınıfına girersin!"

"Benim ruhum olgun bir kere!"

"Dikkat et de çürümesin senin o olgun ruhun." deyince Hande tam sinirle ayaklanmış cevabını verecekti ki Semih yukarıdan cevap verdi. "Onu kendinle karıştırma! Ruhun hamlamış senin!"

"Salak! Hamlamak orada kullanılır mı? Sen o kadar sene boşuna mı eğitim gördün! Hiçbir şey öğrenmemişsin!" diyen Yağız'a aldırmadan Hande'yi de belinden tutup yanına çekerek koltuğa oturdu. Hande yakınlıktan sinirlenip biraz bedenini geri çekmeye çalıştıysa da beceremedi. Semih öyle yüzsüzdü ki bunu hissettiği hâlde ona daha çok yapışıyordu. Yağız da karşılarına oturup onların bu tatlı çekişmelerini izlerken "Sen bunu nereden buldun Semih? Bunun büyük bir boyu yok mu ya? Çok eğlenceli bir şey bu!" dedi.

"Oyuncak mıyım ben ya? Eğlenceliymişim! Ayrıca ne o öyle büyük boy falan! Hem benim gibi biri seninle evlenir mi sanıyorsun! Sen yaşlanmışsın bir kere! Nenem anca olur sana!"

"O kadar mı yaşlı görüyorsun beni ya? Oysa Semih ile aramızda sadece dört yıl var."

"Zaten ona genç demedim ki ben! O da yaşlı ama işte el mahkûm katlanıyorum."

"O yüzden mi ona âşık oldun?"

"Ne aşkı ya? Sence ben böyle kabadayıya bakacak tip miyim? Gördü benim gibi güzeli hemen çevirdi bir oyun savurdu tehditlerini öyle oldu işte!"

"Hande!" diye uyardı onu Semih ama Hande omuz silktikten sonra devam etti. "Ama sanırım o beni çok seviyor. Adım ağzından düşmüyor."

"Semih?" dedi Yağız soru sorarcasına. Bunun açıklamasını beklediği kesindi. Semih de sonunda omuz silkip "Beni adam öldürürken gördü." diye kısa bir açıklama yaptı.

"Sen nasıl bu kadar sorumsuz olabilirsin?" diye çıkıştı bir anda Yağız. Yüzü ciddi bir ifadeye bürünmüş ve bakışları sertleşmişti. Çatılı kaşları Semih'i korkutmuyordu ama Hande onun bu hâliyle fazlasıyla korkunç olduğunu düşünüyordu.

"Bunu burada tartışmayalım." dedi Semih de ciddi bir tavır takınarak.

"Bunun tartışılacak bir tarafı yok! Sen sorumsuzluk konusunda kendini aştın!"

"Onun önünde konuşmak istemiyorum!"

"Zaten görmüş kız! Daha neyi saklayacaksın ki? Görmediyse bile bizim kim olduğumuzu bildiğini tahmin ediyordum ama bu kadar görsel şov sunduğundan haberim yoktu!"

Hande sadece izliyordu. Bu iki sinirli adamın arasına girmek gibi bir hata yapmayacaktı. Sonunda ikisini yalnız bırakıp birbirlerini yemelerini keyifle beklemek için odasına çıkmaya karar verdi. Yukarı çıktığında da gayet rahat bir tavırla yere yatıp aşağıya kulağını dayayarak dinlemeye başladı. İlk önce ses duymasa da sonra birden tartışmaları büyüdü ve sesler yukarı gelmeye başladı. Hande ikisinin bağrışmasını kıkırdayarak dinlerken bir yandan da kavganın daha kızışmasını istemiyordu. Sonuçta kardeşti onlar. Sadece bir süre daha tartışsalar yeterliydi onun için. Kalkıp camdan dışarı baktı. Dışarısı sakindi. Sadece iki iri adam odasının bulunduğu pencerenin önünde bekliyordu. Tabii ki onları atlatması mümkün değildi ama pencereyi açıp aşağıdaki adamlara seslendi. "Hişt!"

İki adam da ona tuhaf bakışlar atmaya başlayınca "Semih ve Yağız Bey kavga ediyorlar. Semih sizi çağırmamı istedi!" diye bir yalan uydurdu. Tabii adamlar 'Biz salak mıyız?' bakışı atınca yalanının tutmadığını da anlamış oldu. Tam başka bir yalan uyduruyordu ki Yağız gidince Hande'ye bakmaya karar verip odaya giren Semih onu belinden tutup içeri çekti. Onu kendisine çevirdi ve rahat tavrını hiç bozmadan kelimelerini sıraladı: "Üç gün sonra evleniyoruz."

"Ha?"

"Çok kibarsın sevgilim. Ağzını az daha açsana, çürüklerini tam göremedim de! Dişçi miyim ben? Ne diye ağzını o kadar açıyorsun ki?"

"Benim çürüğüm yok bir kere!" diye karşı çıkan kıza tuhaf bakışlar attı Semih. Bu kız cidden dengesizdi. Şoktan nasıl da kolay çıkmıştı öyle? Semih odanın kapısına yürüdü. Tam elini kapı koluna koymuş ve laf söylemek için ağzını açmıştı ki eline gelen şeyle duraksadı. Elini kaldırıp baktığında beyaz bir şeyin eline bulaştığını fark etti. "Hande? Bu ne?"

"El kremi" diye cevap verdi Hande omuz silkerek.

"Peki, kapı kolunda ne işi var?"

"E, kutuyu aç elime sür falan çok zor geliyordu. Çok üşenince ben de kapının koluna sürdüm. Nasıl olsa kapıyı her açışımda elimi koyuyorum. Uğraşmama gerek kalmıyor."

"Allahım, bu kız neden bu kadar zeki?" dedi dalga geçercesine. "O kadar da zeki değilim aslında! Lisede deneme sonuçlarım hep berbat gelirdi. Sadece bir kere iyi netler çıkardım onda da başkasının adını kodlamıştım."

"Hande sen cidden iyi değilsin. Psikolojin bozulmuş senin!" dedi.

"Olabilir! Dışarı çıkar mısın? Ellerini birbirine sürtersen krem gider! Şimdi git başımdan! İşlerim vardı."

"Korumaları kandırmaya çalışmak gibi mi? Boşuna uğraşma, bu zekâyla zor yani"

"İlla dalga geçeceksin değil mi? Sen görürsün." dedi Hande ve sonra da onu odadan çıkarıp kapıyı yüzüne kapattı. Semih'e ne kadar zeki olduğunu gösterecekti ama henüz değil. Yatağa oturup düşünmeye başladı. Gerçekten üç gün sonra evlenecek miydi yani? Hem de bir mafyayla? Öyle kıytırık bir mafyayla da değil! Poyrazoğlu ailesinden biriyle! Normalde bu ona korkunç gelebilirdi ama Hande hep hayatı boş vermiş biri olarak yaşamıştı. Hayatında sadece bir kere gerçekten üzülmüştü o da Berk onu aldattığı zamandı. Şimdi düşünüyordu da, acaba onu gerçekten seviyor muydu, yoksa üzüntüsü sadece gururundan mıydı? Eğer onu seviyorsa başka bir adamla nasıl olur da evlenirdi ki? Düğünde orada olmalı mıydı? Ama eğer düğünde Semih'i ortada bırakırsa –ki bunun için gerçekten ya çok şanslı olmalı ya da gerçekten iyi bir planı olmalıydı- Semih de onun leşini ortada bırakırdı. Yani ibret olsun diye…

Hava kararmıştı. Semih, Hande'nin yapacağı yemeği bekliyordu. Hande ise mutfakta soğanlarla boğuşuyor ve aynı zamanda onlarla konuşup kavga ediyordu. Semih onun konuştuğunu duyuyor ama deli olduğu için kendi kendine konuştuğunu düşünüyordu. Oysa bilmiyordu ki Hande kendisiyle konuşma safhasını aşmış, nesnelerle konuşuyordu. Tam televizyondaki sıkıcı programı değiştirecekti ki mutfaktan gelen çığlıkla doğrulup hızla mutfağa gitti. Hande'nin kolunu tutup acı içinde kıvrandığını görünce "Ne oldu?" diye sordu. Ve normal bir insanın veremeyeceği o cevabı alınca şaşkınca bakmaktan başka bir şey yapamadı. "Kolumu buzdolabına sıkıştırdım! Buzdolabı bana suikast düzenledi!"

"Nasıl becerdin bunu?" diye sordu Semih, Hande'nin kızarmış koluna bakarak. Gerçekten acıyor olmalıydı. Buzdolabının iki kapağı arasına nasıl bir açıyla sıkışmışsa kötü olduğu kesindi. "Sadece dolap kapanmadan önce içindeki kolayı almaya çalışıyordum."

"Dolabın kapağını bir elinle tutmak çok zor geldi galiba, tabii sen de haklısın. Bir elini uzatmak ve kapağı tutmak cidden çok zor olmalı. Üşenmen doğal."

"Ne var yani? Ben sana kolalı çorba yapmayı deniyordum şurada, sen dalga geç!"

"Ne yapmaya çalışıyordun? Kolalı çorba mı dedin?"

"Evet, hiç duymadın mı?"

"Duymadım, belki daha önce kimse yapmadığı içindir."

"İyi ya işte, değişik bir lezzet tadarsın."

"Kusura bakma ya, ben almayayım. Kimsenin tatmadığı bir lezzet tadacağım diye diğer tarafa gidemem."

"Hangi tarafa? Sağa mı sola mı?"

"Yok arkaya! Allahım bana özellikle mi gönderdin bu kızı ya?" diye şikâyet ederken Hande'yi de sağlam kolundan çekip salona götürdü. Kolunu sararken Hande telaşla "Soğanlar yanacak şimdi!" diye çıkıştı. Semih de kaşlarını kaldırdı bunun üzerine. "Soğanları ne yapacaktın ki?"

"Kolalı çorba dedim ya."

"Anlıyorum." dedi Semih ve midesi bulanır gibi yüzünü buruşturduktan sonra "Ben altını kapatıp geleyim. Dışarı çıkacağız. Yedikten sonra geliriz." diye devam etti. Hande omuz silkip onu beklemeye başladı. Semih mutfağa girdi.

Tam tencerenin altını kapatıyordu ki tencerenin yarısına kadar doldurulmuş yağın içinde duran bütün soğanları gördü. Yorum yapamadı doğrusu. Hande soğanları kesemeyince kalan bütün soğanları atmayı tercih etmişti. Eh, kolalı çorba diye bir yemeği yapmaya kalkışan, kolunu buzdolabına sıkıştırabilen bir insandan ne beklenirdi ki? En iyisi onu mutfaktan uzak tutmaktı. Çıkmadan önce de evin içindeki adamlarından birine mutfağı temizlemesi emrini verdi. Zavallı adam sanki ondan uzaya çıkmasını istemiş gibi baksa da kendisine söyleneni yapmak için mutfağa geçti.

Semih, Hande'nin koluna krem sürüp ovduktan sonra oynatmayı denedi. Kızın acıyla inlemesi üzerine kolunu sardı ve çok oynatmaması için uyardı. "Nereye gideceğiz?" diye sordu Hande kaşlarını kaldırıp. "Bilmem. Bir yerde yemek yeriz işte."

Küçük bir lokantada yediler yemeği. Eve döndüklerinde ikisi de odalarına çekildi. Günler çok hızlı geçiyordu ikisi için de ve ikisi de birbirlerine alışmaya başlamıştı. Sabah adam Hande'yi uyandırdı. Onun uyandırma şekli Hande'ninkilerin aksine gayet insancıldı.

"Ne oldu?"

"Hazırlan, dışarı çıkacağız."

"Nereye?"

"Düğün için gerekenleri halletmeye."

"Düğün mü?"

"Elbette, benim ailem böyle şeylere çok önem verir. İki gün sonra nikâh, pazar günü de düğün olacak."

"Ya ama ben düğün istemiyorum ki."

"İstemiyor musun?" diye sorarken hayli şaşkındı Semih.

"Evet, tepinen insanları izlemekten hep çok sıkılmışımdır."

"Tepinmek? Düğün? Ne alaka?"

"Şey, düğünler halay çekmek içindir ya... Ben ondan bahsediyorum. Bir de benim akrabalarımın bir kısmı Rizeli ve Trabzonlu, e onlar da horon tepmek isterler."

"Bunu dert etmek zorunda kalmayacağından eminim. Kimsenin halay çekemeyeceğinin garantisini verebilirim."

"Nasıl olacakmış o?"

"Görürsün." dedi ve sırıttı Semih.

Hande hazırlanırken kendisi de önemli bir telefon görüşmesi yapıyordu. Berk Beyhan ile ilgili önemli haberler vardı. Aslında belki de onlarla uğraşmayı bırakmalıydı. Sonuçta nişanlısını kendisiyle evlenmeye zorlamıştı adamın. Yine de içinde bir yanı onun beynini dağıtmadan rahatlamayacaktı. Semih bir şey yapmasa da Orhan Beyhan inatla karşısına çıkıyordu. Tabii oğlu da bunu yapmaktan geri kalmıyordu.

Hande'nin kısa süre sonra merdivenlerden indiğini görünce kendisi de ayaklandı. Evden çıkıp arabaya bindiler. Hande'nin rengârenk kıyafetlerine karşın Semih tek renk olarak simsiyah giyinmişti. Hande içinden, bu sıcakta pişecek, diye geçirdiyse de umursamadı. Bu Semih'in kendi problemiydi.

Önce düğün davetiyesi seçmeye gittiler. "Bu nasıl?" diye sordu Hande elinde kuru kafa kalıbına konmuş siyah kâğıda baskılı davetiyeyi gösterirken. "Hande, cenazeye değil düğüne çağırıyoruz insanları."

"Bence çok egzotik! Bu olsun!"

"İnsanlar bunu açmaz ki! Evlerine bile almaz! Bunu mu hatıra diye saklayacaklar? Bu değil hatıra çöp diye bile alınmaz eve! İnsanlar gece evlerinde bunun olduğu bilincindeyken uyuyabilir mi sanıyorsun?"

"Bana ne? Artı sana ne? Ben bunu istiyorum!"

"İyi, tamam." dedi Semih ve karşısındaki adama dönerek "Bunlardan yaklaşık beş bin tane alacağız ama acele lazım.

Yani bizim düğünümüz üç gün sonra ve davetiyeleri en geç yarın almalıyız. Yetiştirebilir misiniz?" diye sordu.

"Elbette!"

"Şey! Kurukafalar renkli olabilir mi acaba?" diye sordu Hande araya girerek.

"Tabii ki, ne renk isterseniz olur."

"Rengârenk olsun. Yani biri kırmızı, biri yeşil, biri mor! Ama siyah olmasın lütfen."

Ardından yüzük seçmeye gittiler. Semih kuyumcuya girdikleri an "Kurukafalı bir şey alırsan senin kurukafanı evime süs diye asarım bilmiş ol!" diye uyardı Hande'yi.

"Tamam!" dedi Hande sakince. Yüzükleri incelerken Semih gözüne çarpan parlak bir yüzüğü eline aldı. Gerçekten çok güzeldi. Üzerindeki parçalar her ne maddeden yapılmışsa güneş üzerine vurduğunda parlayacak oldukları aşikârdı. Semih o yüzüğü aldı ve Hande'nin elini çekip taktı. Tam uymuştu parmak ölçüsüne. Çıkardı ve eşini kendisine denedi. O da olunca kuyumcuya uzatıp "Bunları alıyoruz." dedi. Hande kaşlarını çatıp "Keşke bana da sorsaydın!" diye çıkıştı ama yüzükleri görememişti bile. Kuyumcunun eline bakınca sustu. Gerçekten çok zevkli bir adamdı Semih.

"Semih?" dedi oradan çıkarken.

"Efendim?"

"Düğüne senin yeğenini çağırmasak olmaz mı?"

"Hande'yi mi?"

"Evet onu!"

"Neden?"

"Onu sevmedim."

"O da seni sevmedi ama o benim yeğenim. Alışmaya bak!" dedi ve ardından kızı kına gecesi eşyalarını alacakları yere soktu. Alışverişleri hızla devam ederken kişisel eşyalar gelince Semih, Hande'yi bir mağazaya bırakıp çıktı. Kendi alacağı şeyler de vardı. Mesela yedek parça alacaktı daha. Tabii Hande için değil, arabası için. O işleri de bitince bir yerde oturup karınlarını doyurmaya karar verdiler. Tabii daha gelinlik ve damatlık almaları gerekiyordu. Gelinlik mağazasına girince Hande yardımcı olmak isteyen görevliye üzerinde kurukafa olan gelinlik istediğinde kadın sanki uçan su aygırı istemiş gibi bakınca Hande de ona tuhaf bakışlar attı. Semih ise sadece görevli ve Hande arasında nasıl bir ilişki olduğunu çözmeye çalışıyordu. Birbirlerine öyle bakıyorlardı ki Semih kahkaha atmamak için dudaklarını ısırdı. "Hande insanların böyle bir gelinliği hoş karşılayacağını sanmam."

"Tamam, o zaman çok güzel bir gelinlik olsun. Krem rengi olabilir."

"Tabii size göstereyim elimizdekileri..." demişti ki Hande askılıkta duran bir gelinliğe roket hızıyla koşmaya başlamıştı zaten o sırada. "Buldum! Buldum!" derken Semih de ona sanki suyun kaldırma kuvvetini bulup hamamdan Yunanca "Evreka! Evreka!" diye bağırarak çıkan Arşimet gibi bakıyordu.

Sonunda Hande'nin beğendiği gelinliği de aldıklarında ellerindeki poşetleri adamlarına verip yemek yiyebilecekleri bir yere çekmişti Semih, Hande'yi. Tam yemeklerini sipariş etmişlerdi ki Hande, Semih'in arkasında oturup onu dikizleyen ve gülüşen iki kadını görünce sinirle dişlerini sıktı. Sonuçta Semih kendi sözlüsüydü. Önüne gelen mantı tabağını ve Semih'in tabağını eline alıp ayağa kalktı ve yürümeye başladı. Semih'in "Nereye?" sorusunu duymazdan geldi. Elindeki soslu ve yoğurtlu mantılara bakıp sırıttı. Semih ise onu şaşkınca izliyordu. Semih'i dikizleyen kadınların yanına gelince "Merhaba!" dedi. "Ben utanmadan dikizlediğiniz adamın sözlüsüyüm. Size mantı ikram etmek istemiştim. Alır mısınız?"

Kadınlar ona şaşkınca bakarken bir tanesi "Almayalım."

dedi. Hande ise sırıtışını bozmadan "Alın bence! Çok güzel olmuş!" dedi ve ardından da iki tabağı kadınların başından aşağı herkesin şaşkın bakışları altında boşalttı.

"Hande ne yapıyorsun?" dedi Semih şaşkınca. Olayı gördüğü an kalkıp Hande'nin yanına gelmişti. "Hiç, bazılarına haddini bildiriyorum. Bu utanmazlar seni dikizliyorlardı!" O dakikada olan oldu. Yerin sahibi geldi yanlarına. "İyi misiz?" diye sordu kadınlara. Semih ise diyecek bir şey bulamıyordu.

"Hanım efendi lütfen hemen burayı terk edin!"

"Sen beni mi kovuyorsun? Sen beni kovamazsın tamam mı?"

"Neden kovamayacakmışım?" diye soran adama Semih, Hande'nin kendisi ile ilgili bir şeyler söyleyeceğini düşündü. 'Çünkü sözlüm mafya!' diyebilirdi.

"Çünkü burayı yıkarım! Anladın mı? Altını üstüne getiririm! Onlar haksız!"

"Hanım efendi size söyledim! Terk edin burayı!"

"Öyle mi?" dedi Hande ve sonra önündeki masanın örtüsünü çekip yere yıktı üstündekileri. Herkes onu izlerken masayı da devirdi. Kadınların kalktığı sandalyeleri fırlatıp bütün masalardaki her şeyi yerle bir ettikten sonra "Şimdi gidebilirim!" diyerek rahat bir tavırla çıkışa yöneldi.

"Siz o kadar şeyden sonra nereye gittiğinizi sanıyorsunuz! Masraflarımı ödeyeceksiniz!"

"Ödemezsem ne olur?"

"Sizi polise şikâyet ederim."

"Hiç durma! Yemek yapmayı bile bilmiyorsunuz!" diyerek içeriden çıktı. Semih ise oradaki adama yaklaşıp "Ben Semih Poyrazoğlu!" dedi. Adam o an gözleri irileşip geri çekildi. "Eğer sözlümden şikâyetçi olursanız sizin için iyi olmaz. Masraflarınızı karşılayacağım. En azından bu masa hariç hepsini!"

"Ben özür dilerim! Sizin kim olduğunuzu ve hanım efendinin sevgiliniz olduğunu bilmiyordum."

"İyi, öğrendin artık." dedi ve kartını bırakıp adama kendisini aramasını söyledikten sonra o da çıktı dışarı. Hande onu orada bekliyordu.

"Adamla ne konuşuyorsun hâlâ?"

"Ona kartımı verdim?"

"Neden?"

"Onu işe almaya karar verdim. Evde, mutfakla ilgilenecek!"

"O mu? Hayatta olmaz! Keserim onu! Seni de!"

"Bir anlaşmaya ne dersin?"

"Nasıl bir anlaşma?"

"Sen bir daha olay çıkarıp başıma iş açma ben de o adamı almayayım."

"Anlaştık." dedi Hande hemen. Başka bir yerde yemek yediler. Oradan çıkıp arabaya yürürlerken Semih konuştu. "Akşam kına gecen var. Aileni almaları için adamlarımdan birkaçını gönderdim. Onları şehir merkezindeki evimde misafir edeceğiz."

"Tamam, nerede olacak?"

"Annemlere gideceksin. Ben de babamı, Melih'i, Yağız'ı, Çetin'i alıp bekârlığa veda partime gideceğim."

"İyi." dedi Hande omuz silkerek. Genç kız artık hayatındaki ani değişikliklere hızla uyum sağlamaya başlamıştı. O zaten hiç normal bir hayatı olsun istememişti ki. Semih de normal hayata sahip bir adam değildi. Hayatının tamamen değiştiğinin bilincinde olarak bu işe adım atıyordu. Mecburdu da zaten. Eğer yapmazsa öleceği kesindi. Eve döndüklerinde Semih çalışma odasına gitti. Hava kararana kadar Hande üzerini giyinip hazırlandı. Semih üzerini giyinmesini, giyinmezse orada vakti olamayacağını söylediği için bindallıyı giymişti. Makyaj yapmadı. Gereken malzemeleri aldı ve çantanın içine koyup aşağı indi.

Semih, Hande'yi gördüğünde şaşkınca bakakaldı. Bir insana bu kadar mı yakışırdı bindallı? Hande'nin yanına yürüyüp parmağına aldıkları yüzüğü geçirdi. "Bu nişan yüzüğümüz. Sakın kaybetme!" dedikten sonra yüzüğü taktığı yerin hemen üzerine küçük bir öpücük bırakıp çekildi. O ne zamandan beri böyle romantik hareketler sergiliyordu kendisi bile bilmiyordu ama o an için umrunda da değildi. Semih onunla birlikte arabaya binip şehre ilerledi. Arabanın camlarından dolayı dışarıdakiler içeriyi göremiyordu. O yüzden gayet rahattı Hande. Çünkü diğer türlü çok dikkat çekeceği kesindi. Semih'in babasının evine gelince Hande arabadan indi. Kapıyı kapatmadan adamın "Seni gelip alırım." dediğini duydu.

"E alma istersen!" deyip kapıyı kapattı Hande. Sonra da genç adamın arabasının gidişini izledi. Araba gidince kapıyı çaldı. Kapıyı Semih'in annesi açtı ve genç kızı sevgiyle kucakladı. "Hoş geldin tatlım! Biz de seni bekliyorduk."

"Hoş buldum!" dedi Hande ve içeri geçti. Beraber salona girdiklerinde Hande gördüğü kalabalıkla dondu kaldı. Ne kadar çok insan vardı böyle. Annesini gördü ve sonra da ablasını... Onlara sarılmaya bile çekindi önce ama sonra dayanamadı. Tabii bununla birlikte sarılma faslı da başladı. Pestili çıktıktan sonra nihayet oturabilmişti. Küçük Hande'nin de orada olduğunu görünce hafifçe yüzü düştü ama sonra umursamamaya karar verdi. Küçük Hande kalkıp onun yanına gelince ne yapacağını şaşırdı önce. Neden kendi yanına geliyordu ki? Onun kendisini sevmediğini sanıyordu. Küçük Hande ise onun yanına gelince yanındaki küçük yere çıkıp kulağına doğru "Biraz konuşabilir miyiz?" dedi kibarca. Bu küçücük çocuk nasıl büyük insanlar gibi davranabiliyordu şaşırdı Hande. "Konuşalım." dedi. Küçük kız ise kaşlarını kaldırıp "Yalnız demek istemiştim." dedi.

Beraber salondan çıkıp koridordaki dönemeçli merdivenin üçüncü basamağına oturdular. "Özür dilerim senden, dayım seni sevdiğini söyleyince kıskandım ben sadece. Onu seviyorum ama benim için çok yaşlı o! O yüzden ben oğlunuzla evleneceğim! Ama bir daha özür dilemem! Bir kere olur o!"

Hande gülümsemişti ki elektrikler kesildi. Küçük kız korkuyla çığlık atınca refleks olarak ona uzanıp eline dokundu. "Sadece elektrikler gitti! Gelir şimdi, korkma!" dedi. Küçük kız ona yaklaşıp "Ben karanlıktan korkarım!" deyince Hande ne yapacağını bilemedi. Kızı biraz kendine çekip kucağına oturttu. "Ben de küçükken davulculardan korkardım." dedi.

"Neden?"

"Çünkü çok gürültücülerdi. Ayrıca çöp konteynırından fırlayan kedilerden de korkarım." diye devam etti. Küçük kızı sakinleştirmeye çalışıyordu ama normalde kendisi de korkuyordu. Küçük kıza destek olacağına kendisi de korkusunu belli edecek değildi. İçinden, keşke Semih burada olsa, diye geçiriyordu ama bu düşüncesi gelen mumla beraber yok oldu. Aslında mum tek başına gelmemişti tabii ki. Onu Semih'in kız kardeşi ve Hande'nin annesi Sanem getirmişti. Büyük Hande kadının elindeki mumlardan birini alıp teşekkür ederken küçük Hande büyük Hande'nin kucağından inmiş annesinden gitmesini istemişti. Hande ile yalnız konuşacaktı. "Barıştık mı?" diye sordu büyük Hande'ye. "Barıştık." dedi kız.

"O zaman sana bir iyilik yapayım mı? İçerideki kadınlardan biri dayımın eski sevgilisi! Onu hâlâ seviyor. Neden burada olduğunu sorarsan o uzaktan akrabamız aynı zamanda. İçeride de sen gelmeden önce dayımı anlatıp duruyordu."

"Hangisi o?" dedi Hande sinirle. Kızıyordu çünkü evleneceği adamı paylaşmak istemiyordu. Küçük Hande ile samimi bir şekilde içeri girince herkes şaşkınca onlara baktı ama ikisi de aldırmadı. Küçük Hande kızı gözleriyle gösterince Hande de gözlerini kıstı ama bir şey yapmadan yerine oturdu. Küçük Hande de annesinin yanına oturmuştu. Sarışın olan kadın –Semih'in eski sevgilisi- "Aslında Semih kızıl sevmezdi ama! Nasıl senin gibi biriyle evleniyor anlamadım!" dedi.

"Ne biliyorsun kızıl sevmediğini?"

"O hep sarışın ve güzel kadınlarla çıkmıştır da oradan biliyorum."

"Demek artık aptallardan sıkıldığı için benimle tanışmamızın ikinci gününde evlenmeye karar verdi." deyince kadın ona şaşkınca ve sinirle baktı. Herkes de susmuş onları dinliyordu. Kadın ayağa kalkıp Hande'ye doğru yürürken küçük Hande de yerinden kalkmış onun arkasından yürüyordu. Bir ara genç kızın bakışları küçük kıza kaydı. Küçük kız kadının Hande'ye yaklaşmasına bir iki adım kala Hande'ye göz kırpıp kadını bütün gücüyle ittirdi. Kadın güçsüzlüğünden değil ayağındaki topuklulardan ve hazırlıksız olduğundan dolayı dengesini sağlayamayıp bir iki adım sendeleyince büyük Hande de ayağını uzattı hafifçe. Kadın, Hande'nin ayağına takılıp düşerken yüzü tam önlerindeki masada duran ve yeni hazırlanan kınanın bulunduğu geniş kâsenin içine girmişti.

Hande hemen yerinden kalktı ve sahte bir telaşla "Ay, iyi misin canım?" dedi. Bu arada dönüp küçük kıza gülümseyerek göz kırpmıştı.

"Nasıl iyi olabilirim ha? Iyyk! Şu hâlime bak ya! Bu nasıl geçecek?" diye sinirle çıkışıp yüzünü siliyordu. Elleri de kına olduğunda koşarak lavaboya gitti. Elini yüzünü yıkadıktan sonra kalıp intikam işiyle uğraşmak yerine gitmeye karar verdi. O hâliyle kimsenin önüne çıkamazdı. Kısa süre sonra da konu kapanmıştı. Kınayı yaktılar ve ardından da Hande'nin ağlaması geçtikten sonra herkes gülüp oynamaya başladı. Gece yarısına doğru herkes dağılmaya başlamıştı ve o sarılma faslı tekrar başladı. Sonunda herkes gidince Semih ve diğer erkekler de eve gelebilmişti. Yağız sarsak adımlarla ilerliyordu. Belli ki çok içmişti. Gözleri bile bakacağı yeri şaşırıyordu.

"Aaa! Hande de buradaymış!" deyip sırıtırken uzattığı parmağıyla Hande'yi göstermeye çalışıyordu ama evin penceresine doğru kayan parmağı ve bakışları farklı yöndeydi. Melih, ağabeyini tutmaya çalışırken Hamit Bey arabanın kapısını kapatıyordu. Semih ise daha arabadan inmemişti. Kapıyı çalan Çetin ise Melih'e yardım etmek için dönmüştü. "Bırakın beni! Yürürüm ben!"

"Belli! Yürürsün de nereye gidersin orası belli değil."

"Çişim var benim!"

"Tamam, lavaboya gidelim hadi!"

"Ben seninle niye lavaboya gidecekmişim? Ben Çetinlere gideceğim! Orada işeyeceğim! Tek başıma."

"Çetinlere gitmiyoruz ağabey."

"O zaman beni bara götür Melih!" dedi Yağız ve ardından yüzünü buruşturdu.

"Çok az içtin ya!" diye söylendi Hamit Bey arkadan.

Sonunda Yağız, Melih'in üstüne kusunca Melih ağabeyini bırakıp eve girdi ve tiksinerek üzerindekileri çıkardı. Hamit Bey ve Çetin ise Yağız'ı içeri soktu. Yağız içeri giderken Hande'ye öpücük atınca Semih bunu görüp sinirle "Sarhoş falan demeyeceğim ağzını burnunu dağıtacağım şimdi!" dedi.

Hande ise kıkırdayarak "Kıskanıyor musun ne?" deyince Semih tek kaşını kaldırarak ona baktı. "En azından ağabeyimin başından aşağı mantı dökmüyorum ben!"

"O kıskançlık değildi. Sadece ikram ettim geri çevirdiler kızdığımdan yaptım onu. İkram geri çevrilir mi hiç? Ayıp denen bir şey var!"

"Hı, eminim öyledir." derken içeri geçti Semih. Önce yeğenine sarıldı. Kısa süre sonra geri çekilip yanağını öptükten sonra annesine sarıldı. Küçük Hande hep olduğu gibi dayısının yanına değil babasının yanına oturmuştu. Herkes şaşırsa da Hande gülümsemişti. Küçük kız da mutsuz gibi görünmüyordu.

"Baba, Yağız dayıma ne oldu?"

"Ne olmuş?"

"Koruma ağabey onu yukarı çıkarırken bana 'İrem! Odama gel" deyip göz kırptı ama neredeyse merdivenlerden düşecekti."

"O iyi değil kızım. Uykusu gelince ne diyeceğini şaşırmış."

"Uykulu gibi değildi ama."

"Boş ver, dengesiz dayın kızım." dedi Çetin kızına.

"Peki, İrem kim baba?"

"Dayının sekreteri." diyen babasına baktı ama daha fazla soru sormadı. Semih ayağa kalkıp "Biz gidelim artık. Yarın nikâh var. Hande dinlensin biraz." dedi. Hande ayaklanırken annesi "Oğlum sen içki içtiysen nasıl araba kullanacaksın?" diye sordu. "Anne, şoför ile gideriz."

"Bu gece burada kalın."

"Yok, gidelim biz. Sabah erkenden hazırlanması lazım zaten her şeyin... Şimdi bir de buradan gitmek için Hande'yi daha erken uyandırmayayım. Hem saat de çok geç oldu. O yüzden gidelim."

"Tamam, sabah kaçta geleceğiz salona?"

"Sanem kuaföre gidecek. Oradan sizi arar o. Sabah erkenden Melih'i alırım ben gelip. Aslında Yağız Bey'i götürecektim ama kendisi iyi değil. Ben işleri hallederken o da kızları alır kuaförden."

Kapının önündeki adamlardan birine eliyle işaret verdi. "Al şu anahtarı arabamı getir." deyip anahtarını ona attı. Adam anahtarı tutup hızlı adımlarla arabaların olduğu yere ilerledi.

O sırada Hande, Semih'e yaslanıp "Çok uykum var!" diye söylendi.

"Gideceğiz şimdi, uyursun."

"Çok kabasın."

"Ne yapayım? Ninni mi söyleyeyim?"

"Odun!" dedi ama başını geri çekemiyordu. Bir anda kendisini havada bulunca uyku sersemi sesini çıkarmadı ama kaşlarını çattı. Semih onu yerden kaldırmıştı. O sırada evin kapısı açıldı. Semih küçük kızı görünce ona tamamen döndü. "Ne oldu Hande?"

"Sadece Hande ablaya iyi geceler demek istemiştim." deyince Semih şaşkınca ona baktı. Neler oluyordu? Ne kaçırmıştı? Hande gözlerini açıp Semih'in şaşkınlığından faydalanarak kendini onun kucağından attıktan sonra gülümseyerek küçük kızla yüz yüze gelmek için eğilip onu yanaklarından öptü. "İyi geceler." dedi güzel sesiyle.

"İyi geceler, yarın kuaföre ben de geleceğim."

"Gelmelisin zaten!" dedi Hande gülümseyerek. Ardından ayağa kalktı. "Hadi, üşüme de eve gir. Gece serin, üstündekiler de ince."

"Tamam, görüşürüz." dedi ve gülümseyerek eve girdi küçük kız. Onları hortlak görmüş gibi izleyen Semih'e baktı Hande. "Ne oldu?"

"Ne zamandan beri Hande'yle iyi anlaşıyorsunuz?"

"Bu geceden beri."

"Ne oldu da birden aranız düzeldi? Ben çok içtim de halüsinasyon mu görüyorum?"

"Hayır, halüsinasyon görmüyorsun. O geldi ve benden özür diledi. Sadece seni kıskandığını ama artık kıskanmayacağını söyleyince ben de affettim. Sonra da barıştık işte. Küs mü kalsaydık?"

"Desene başım belada! Siz küsken bu benim sorunumdu ama şu an bu bir dünya sorunu. Hatta dünya için küresel ısınmadan daha büyük bir problem bu!"

"Neden ki?"

"Göreceğiz." dedi Semih ve önlerine gelen arabanın diğer tarafına geçip arka yolcu koltuğuna oturdu. Hande de arabaya binerken sanki dünyanın en zor işini yapıyor gibi bir hâli vardı. Gerçekten de çok yorulmuştu. Eve varana kadar zaten dayanamamış, gözleri kapanmıştı. Semih omzuna düşen Hande'nin başını hafif eğilerek göğsüne yaslamış, kolunu onun beline destek yapmıştı. Boştaki eliyle de Hande'nin saçını okşamaya başladı. Bunu istemsizce, bilinçsizce yapıyordu.

Eve varana kadar Hande'ye bakmadı. Kollarındaki kadını düşünüyor ama camdan dışarı bakıyordu. Gelecekte ne olacağını, nasıl böylesine bir kıza kısa sürede bağlandığını düşünüyordu. Tuhaf ki onu hiçbir zaman bırakmak istemiyordu. Bunu sadece kendisini gördüğü için polise gidip ifade vereceği korkusundan ya da Beyhanlarla ilişkisi olduğu için değil, kendisi için istiyordu. Tuhaf bir şekilde ona ilgi duyduğu için. Hande gerçekten güzel bir kızdı. Baktıkça daha çok bakılabilecek ve buna sıkılmak mümkün olmayacak kadar güzeldi. Eğlenceliydi de. Evin önüne geldiklerinde arabadan inip Hande'yi kucağına aldı. Neyse ki çok hafif bir kızdı. Onun kıpkırmızı dudaklarına, kızıl saçlarına, biçimli yüz hatlarına bakmadan onu kaldırdı. Eğer bakarsa kendisini alamayacağını biliyordu. Tam adımını atmış şoföre geri gitmesini söyleyecekti ki geceyi silah sesi doldurdu.

BEŞİNCİ BÖLÜM

Semih o sesle önce irkildi. Normalde olsa silahını çeker ve her kim ona saldırsa vururdu ama kucağındaki kıza baktı önce. O da gürültüyle gözlerini aralamıştı. Neyse ki kurşun sadece arabanın açılan sürücü kapısına çarpmıştı. Etrafını sarıp silahlarını çeken adamlara baktı. Hande gözlerini iyice açınca bir şeyler olduğunu anladı. "Ne oluyor?"

"Hande, eve git!" deyip onu yere indirdi. "İçeri gir ve camlardan uzak dur!" diye onu uyardıktan sonra Selim'e seslendi. "Hande'yi eve götür ve onu koru! Ona bir şey olursa bedenini de organlarını da dağıtır köpeklere yem ederim!"

Selim o anda Hande'yi kolundan tutup eve çekti. Eve girdikleri anda da kapıyı kilitleyip Hande'nin konuşmasına bile izin vermeden yerdeki halıyı kaldırdı. Onun altındaki tahta döşemenin ortalarından bir yerden tutup kaldırırken Hande'ye bakıp "İçeri geçin!" dedi. Emir verir tondaki sesini dinlemeye niyetli olmayan Hande "İstemiyorum. Ben Semih'i izleyeceğim." deyip pencereye doğru yürüyünce Selim onu belinden tutup zorla içeri soktu ve merdivenleri inmesi için de bir hayli çaba harcadı. Aşağı indiklerinde karanlıktan kurtulmak için lambayı yaktı. İçerisi gayet rahat döşenmiş bir odaydı. Selim yukarı çıkıp içeri giren bir adama kapıyı kapatınca halıyla üstünü örtmesini söyledi. Adam da Selim'in dediğini yaptı. Selim aşağı inince silahını belinden çıkarıp sehpaya bıraktı. O sırada Hande kalkmış merdivenleri çıkmış kapanan kapıya vuruyor bağırıyordu. "Boğuluyorum burada! Açın şu kapıyı!"

Selim ise arkada söyleniyordu. "İyi ki saklandık! Bu gürültüyle buraya bakmayı hayatta akıl edemezler."

Hande'yi tutup geri çekti ve omuzlarından tutup bastırarak beyaz, yumuşak koltuğa oturmasını sağladı. "Burada havalandırma var! Boğulmanız mümkün değil!" diye bilgilendirmesini de yaptı ve son açıklamasını ekledi: "Eğer buradan kalkarsanız ben bir şey yapmam Semih Bey'i çağırırım. Eminim o sizi rahatlıkla burada tutacaktır."

"Çağır! Semih'in sülalesini çağır istersen! Çok da umrumdaydı! Çok korktum! Bana ne ya? Ben niye saklanıyorum? Gelen Semih'e gelmiş! Mafya olan o, saklanan ben! Hem tuvalete gitmem lazım benim!"

"Beni takip edin." diyerek yürümeye başladı Selim. Karşı duvardaki kapıyı açtıktan sonra Hande'ye içeriyi gösterdi. Hande ise şaşkındı. Evin altına bir ev daha yapmışlardı! İçeri girip kapıyı kapatırken dışarıda olanları merak ediyordu. Hande geri döndüğünde yukarıdan sesler gelmeye başlamıştı. Selim hızla silahını eline alıp Hande'nin yanına gitti. Onu arkasına alırken kapı açılmıştı bile. Selim silahını merdivenlere doğrultmuş beklerken Semih'i görünce silahını indirip belindeki kılıfa geçirdi.

Semih, Hande'ye bakarak "Berk Bey seni almaya gelmiş!" dedi.

"Sen ne dedin?"

"Çay da ikram edelim mi, dedim. Hande ne demiş olabilirim? Herif üstüme ateş açtı! Gel daha yakından sık beynime mi deseydim?"

"Yok, öyle dememeliydin bence de." dedi ve ardından da

Semih'in yanından geçip "Ne yaptın? Onu da mı öldürdün?" diye sordu. Ve o an bir şeyi tam olarak kavradı. Berk'i hiç sevmemişti. Belki terk edilme psikolojisiydi yaşadığı bir üzüntüydü. Ya Semih? Hayır, iki üç gün içinde nasıl olabilirdi ki? Gerçi sevmese ne fark ederdi ki? Bu adamla öyle ya da böyle evlenecekti.

"Öldürmedim! Onunla işim bitmeden ölemez! Hele de benim evimin yakınlarında..."

"Ben üstümü değiştirip yatacağım." dedi sanki az önceki olayları başkası yaşamış gibi. Fazlasıyla rahattı. Merdivenleri çıkıp odadan uzaklaştı. Semih ise onun arkasından baktı önce. Sonra da Selim'e dönüp "Ona koruma ayarlayalım. Ama mümkünse sabırlı kişiler olsunlar. Nikâhtan sonra onu eve hapsedemem. İstediği yere gidebilir yarından sonra. Güvenilir kişiler olsun! Bilmem anlatabildim mi? Bir de Hande yerine de düşünebilen kişiler olsun. Malum, o düşünemiyor görüldüğü gibi." diyerek yukarı çıktı.

Hande sabah erkenden kalktı. Çok yorulmuştu. Başındaki Semih'i görünce şaşırdı. "Günaydın!"

"Sen hep böyle horlar mısın?"

"Ne? Ben mi? Ben hiç horlamam ki!"

"O zaman içine aslan kaçmış, o kükrüyor!"

"Saçmalama! Ben hayatımda hiç horlamadım da şimdi mi horlayacağım?"

"Horlaman benim odamdan bile duyuluyordu!" derken bıyık altından da gülüyordu Semih. Hande'nin siniri öyle sevimliydi ki... Genç kız yattığı yerde doğruldu ve onu ittirip "Yalan söylüyorsun! Ben horlamam! Bir keresinde uyurken telefonumun ses kaydını açık bırakmıştım. Sabah dinledim, horlama sesi falan yoktu!" dedi.

"Bunu gerçekten yaptın mı?"

"Tabii."

"Delisin sen! Hadi kalk da kuaföre götüreyim seni."

"İyi, çık odadan!" deyip kalktı Hande. Semih de odadan çıktı. Aslında emir almaya alışık bir yapısı yoktu ama Hande'yle inatlaşacak gücü hiç yoktu.

Mutfağa girip atıştırmalık bir şeyler hazırladıktan sonra Hande'yi beklemeye başladı. Üzerine kot pantolon ve beyaz tişört giymişti. Boş günlerinde böyle serbest giyinirdi. Nikâhta tabii ki üzerini değiştirecekti. Tezgâhın üstünde duran nikâh şekerini eline aldı. Kar küresi şeklindeki nikâh şekerleri ile kurukafa şeklindeki davetiyeleri seçen kişinin aynı kişi olduğuna inanmak bir hayli zordu. Hande dengesiz bir kızdı. Bir anı başka bir anını tutmuyordu.

Merdivenlerden inen kızı görünce gülümsedi. Üzerindeki asker pantolonu ve siyah "Go To Hell" baskılı tişörtüyle nikâh hazırlığındaki bir kızdan çok arkadaşlarıyla buluşacak bir genç kız gibi giyinmişti. Zaten Hande'den ne beklenirdi ki? Hande masanın üzerindeki sandviçlerden birini eline alırken "Hep sandviç mi yiyeceğiz ya?" diye şikâyet ediyordu.

"Senin kolalı çorbandan iyidir."

"Sen bir şey beğenmiyorsun bir kere!"

"Tabii. Eminim bütün insanların yiyebileceği normal bir şeydir ama bir tek ben yemiyorumdur zaten! Bu konuyu kapatalım tamam mı? En iyisi kısa sürede eve bir bayan çalışan alalım."

"Olmaz!"

"Neden?"

"Eve bayan çalışan alacaksın öyle mi? Bir de Rus, sarışın olsun istersen?"

"Ruslar genelde sarışın olur zaten." derken sırıtıyordu Semih.

"Yani bu kadar şey içinde sadece buna mı takıldın! Bayan çalışan falan yok! Biz evlenince benim kocamın önünde çalışacak, ben de burada onun cilve yapmasını izleyeceğim öyle mi? Yok ya!"

"Bu kadar adam çalışıyor, bir şey yok! Kadın çalışınca sorun mu oluyor yani?"

"Bunlar adam değil ki! Zebani gibiler! Şunlara bak! Ne hareket ediyorlar emrin dışında ne de konuşuyorlar! Nefes bile aldıklarından şüpheliyim! Şu Selim dediğin adam hariç. O bayağı salakmış ya!"

"Neden öyle söyledin şimdi?"

"Çünkü öyle! Kov bence onu!"

"En güvendiğim adamımı mı kovayım?"

Konuşmanın devamı yoktu. Hande ne derse desin Selim'i kovmayacağı aşikârdı. Zaten kimseyi işinden edecek kadar kötü biri değildi Hande de.

"Yürü hadi, gidelim." dedi Semih ve Hande'nin arkasından yürümeye başladı. Neyse ki gelinlik arabadaydı. Semih bir de o büyük şeyi taşımak zorunda kalmadığı için fazlasıyla mutluydu. Üçünün de kuaförde işleri bitince Yağız onları kuaförden almaya geldi. Küçük Hande herkesten önce arabaya yürümüş, kabarık ve krem rengi elbisesinin eteklerini tutmuş dayısına bağırıyordu. "Ne kadar kabasın! Prenseslere kapı açılır! Kimse öğretmedi mi sana?"

"Ah, pardon prensesim! Nasıl unuturum böyle önemli bir şeyi!" diyerek kapıyı açtı Yağız. Ardından da küçük kızı kucağına alıp cipin arka koltuğuna oturttu. Koltuk yüksek olduğu için Hande'nin çıkıp kendi başına oturması pek mümkün değildi. Sanem de ön koltuğa geçerken Hande içeriden çıktı. Gelinliğini giymişti. Gelinliğin göğsüne uzanan v şeklindeki hafif dekolte kolları ile omuzları arasına denk geliyordu. Göğsünün üstündeki kumaşın bir tarafı diğerinin üzerinden çapraz şekilde geçiyordu. Üst tarafı sade elbisenin altı çok hafif kabarık tüllüydü. Arada güllerle tutturulmuş tüller göze hoş bir görüntü veriyordu. Yağız arka tarafa onun da oturmasına yardımcı olup sürücü koltuğuna geçti.

"Semih nerede?"

"O nikâh dairesinde"

"Melih?"

"O da Semih'in yanında. Aslında sizi almaya gelecekti ama ben iyi olunca Semih'in yanında kaldı."

Kısa süre sonra nikâh dairesine gelmişlerdi. İçeri girerken etraftaki bir sürü adamın tutmaya çalıştığı gazetecileri görmüştü Hande. Bu çok komikti. Birazdan "Çekmeyin lütfen!" deyip poz vermeye başlayacak gibi hissediyordu kendisini. Neyse ki kahkaha atmadan içeri girdi. Sonunda gerçekten evleniyordu.

Kalabalık ortamda uğultular dolaşıyordu. Salondaki insanlar kendi aralarında muhabbet ederken Semih ilk defa gerçekten heyecanlandığını hissetti. Bunun sebebini anlayamadı. Belki de bir ömrünü Hande ile geçireceği için kendisine acıyordu ve bu acıma duygusunu heyecan olarak algılıyordu. Yok artık! İyice saçmalamaya başlamıştı. Sonunda odadan çıkan Sanem kısa süre sonra çıkacaklarını söyledi. Semih içeride ne olduğunu merak ettiğini söyleyince Sanem ona sadece bir süre daha beklemesini, içeride Hande'nin ağabeyinin ve ablasının olduğunu, ağabeyinin Hande'ye kuşak bağladığını söyledi.

Semih bir süre daha kapının önünde bekledikten sonra Hande içeriden çıktı. Adam onun tökezlediğini görünce "Topuklu ayakkabı dengeni iyice bozmuş galiba!" diye dalga geçti ama bir yandan da onun koluna girmişti. Hande'nin ağabeyinin kaşlarını çattığını görünce sadece sustu. "Topuklu ayakkabı giyen kadınla dalga geçilmez! Allah çarpar. Allah çarpmazsa kafana topuklu çarpar!"

Semih onun bu sözlerine sırıttı sadece. Oradaki herkes gayet neşeliydi. Bir kişi hariç, Hande'nin ağabeyi Yavuz... Semih'e öyle kötü bakıyordu ki sanki onu parçalayıp yiyecekti. Semih umursamadı. Klasik ağabey ayakları işte, diye düşünüyordu. Ben de ağabeylerimden birini çağırsam onlar da mı böyle tavır yapsa acaba, dedi içinden.

Sonunda koridorda önde Sanem, Çetin, Yavuz ve Hande'nin ablası Pınar arkada ise Hande ve Semih yürümeye başladılar. Hande'nin gelinliğinin kuyruğu olmadığı için yerlerde sürünmüyordu. Hoş, sürünse de leke aşağıda kalacağı için Hande'nin pek de umrunda olmayacaktı. O, pislik ortada olmadığı sürece her şey temizdir, diye bir hayat felsefesiyle yaşıyordu ve açıkçası bu fazlasıyla da işine geliyordu. Koridorun sonuna yaklaştıklarında Hande ablasına "Kadriye Teyzeler de geldi mi?" diye sordu.

"Geldiler."

"Ay, ne yüzsüz insanlar onlar öyle ya! Her mutlu anımı mahvediyorlar! Zaten kızı dokuzuncu yaş günümde bütün pastaya vişne suyu dökmüştü! Evde kaldı bir de! Gerçi kim alır zaten onu!"

"Hande! Düğün öncesi dedikodu yapabilen tek canlı olduğun için seni kutluyorum. Ayıp, senin yanında olmak için gelmişler."

Kız sadece ilk cümleye alınarak "İltifata gerek yok!" dedikten sonra Semih'e döndü. "Siyah adamların hepsi geldi mi?"

"Siyah adamlar?"

"İşte senin akrabaların, hepsi siyah takım elbiseli ya ben onlara *siyah giyen adamlar* ya da *siyah adamlar* diyorum."

"Bir de lakap mı taktın adamlara?"

"Tabii. Neden ki? Ben senin korumalarına da lakap takıyorum. İsimlerini bilmiyorum ya ondan."

"Allahım ne günah işledim diyeceğim ama diyemiyorum da. Sen biliyorsun ya..."

"Semih! Benimle konuşsana ya!"

"Tamam, adamlarıma ne lakap taktın?"

"Selim'e Şapşal, kapıdaki iki taneye izbandut, bahçe kapısındakiler zebani, diğerlerine seslenmeme gerek kalmadığı için onların yok. Ama bir de Yağız ağabeyine *sapık* lakabı taktım!"

"Hıı! Bak bu sonuncu iyiymiş!" dediğinde koridorun sonuna gelmiş salona giriş yapmışlardı. Sandalyelerine otururken herkes alkışlıyordu. Hande bir an düşündü, niye alkışlıyorlar ki? Sanki çok zor bir şey yaptık, sadece oturduk...

Bu sırada genç kız içeridekilere göz gezdiriyor, rüküşleri ve güzel giyinenleri seçiyor, kendince yorumluyordu. Kınalı kız lakabını taktığı Semih'in eski –ki bu kelime çok önemliydi- sevgilisine bakındı. Arka sıralarda onu görünce dayanamayıp sırıttı. Semih ise sadece ona bakıyordu. Onun sırıtışını görünce baktığı yöne baktı ama kalabalıktan başka bir şey göremedi. Sonunda nikâh memuru gelince şahitler çağırıldı. Semih'in şahidi Melih, Hande'nin şahidi ise çok yakın arkadaşı Pelin'di. Memur ilk sorusunu Hande'ye yöneltti. Hande, Semih'e baktı önce. Sonra yavaşça eğilip "Evet" dedi. Zaten başka seçeneği olmadığını biliyordu. Ayrıca bundan sonra hayatının en azından eğlenceli olacağını düşünüyordu. Semih de güçlü bir "Evet" dedikten sonra şahitler de onayladı. Tabii Pelin onaylarken "Hande ben seni evde kalacaksın sanıyordum ama seni alan da çıktı ya, ne diyeyim artık! Kedi gibi dört ayağının üstüne düştün!" dedi. Bu ne biçim arkadaştı ya! Tabii Hande'nin de cevabı gecikmedi.

"Ben sen miyim de evde kalayım? Ayrıca ne şansı, benim cazibem yeter!" deyince herkes kahkahayı bastı. Tabii arka sıralarda intikam planları yapan biri vardı. Tam memur "Ben de belediyenin bana verdiği yetkiye dayanarak sizi karı koca ilan..." demişti ki o kişi ayağa kalkıp "Benim itirazım var!" dedi.

Hande konuşan kişiye bakıp ayağa kalkarak "Mahkemede mi sandın sen kendini? Semih itiraz etmiyor, ben itiraz etmiyorum da sen oradan ne konuşuyorsun? Yolmayayım seni oraya gelip de!" diye çıkışmaz mı?

Kadın sinirle oraya yürürken Hande de onun gelişini bekliyordu. Kendisini avı ayağına gelen kaplan gibi hissediyordu ki kadın biraz daha gelirse gerçekten öyle olacaktı. Semih de buna karşılık olarak sadece "Benim için kapışmanıza gerek yok kızlar!" deyince Hande sinirle ona baktı. Sonra gelen kadına döndü tekrar. Semih de oraya bakıp kadının yüzündeki kırmızılığı görünce şaşkına döndü. Yüzünün yarısına hayli şekilsiz yakılan kına berbat duruyordu. O bu kadınla çıkarken hiç böyle hobileri yoktu bu kadının. Sonra onun söyledikleriyle bunun Hande'nin işi olduğunu anlayınca bir hayli şaşırdı. "Semih! Bu kadın yüzümü kına yaptı! Hep o küçük cadıyla iş birliği yaptılar!"

Semih, Hande'ye bakarken Hande omuz silkip fazla masum görünüşüyle "Ben de küçük Hande de bir şey yapmadık! Kendi sıkılıp yapmış! Hiç haberim yok bu olaydan!" deyince Semih ona inanmasa da bir şey söylemedi. Sadece güvenliğe bakıp daha fazla nikâh mahvolmadan kadını çıkarmalarını işaret etti. Ne tuhaftır ki kadının adını bile hatırlamıyordu. Çok da önemsemedi. Memur sözlerine devam etti. "Ben de belediyemizin bana verdiği yetkiye dayanarak sizleri karı koca ilan ediyorum. Gelini öpebilirsiniz!" deyip evlilik cüzdanını Hande'ye uzatınca Hande onu almadan önce Semih'in ayağına sertçe bastı. Semih sinirle "Keşke ayağımı sağlam bıraksaydın!" diye homurdanırken Hande de evlilik cüzdanını aldı. "Bu âdet!" dedi Hande sırıtarak.

"Âdet damadın ayağını ömür boyu kullanamayacağı duruma getirmek değil! Sadece hafifçe basmak benim bildiğim!"

"Sen yanlış biliyormuşsun o zaman!" dedi Hande de ayağa kalkarken Semih'le beraber. Semih onun duvağını arkasına atıp başını kavrayarak alnına bir öpücük bıraktıktan sonra hafifçe geri çekildi. Sonra da gülümsedi. Ayağının acısını çok da önemsemedi.

Yağız "Hadi şimdi yatağa!" diye bağırınca Hande sinirle elindeki çiçeği kalabalığa doğru attı. Çiçek Yağız'ın tam kafasına düşünce Semih kahkahayı bastı. Eline çiçekleri alan Yağız'ı gören diğer kişiler de gülerken Hande ona dil çıkarıyordu. Yağız da elini başına koyup başını ovuşturdu. İnsanların gördüğü en tuhaf nikâhtı bu. Herkes dağılınca Semih ve Hande de eve dönmüştü.

Pazar günü olan düğünden sonra balayına gidecekleri için Semih ve Hande o gece de ayrı odalarda kaldılar. Zaten Hande gece boyu saçlarını açmak ve gelinliğini çıkarmak için uğraşmış ve ancak gece üç gibi uyuyabilmişti. Semih ise o kadar odundu ki duşunu alıp uyumuştu. Hande saçları için yardım istediğinde Semih "Bana ne? Ben mi yaptırdım?" deyip ondan sonra da "Dinlenmeliyim Hande, istersen öyle yat! Sabah bakarız çok uykum var ve sabah erken kalkacağım. Çok yoruldum." diye devam etmişti. Hande ise bütün gece hem ona söylenip hem de gelinlik ve saçlarıyla uğraşmıştı.

"Neymiş, istersem böyle yatacakmışım? Yok ya! Sen yatsana böyle! Oduna bak ya! Yorulmuş! Sanki bu gelinliği sen taşıdın! Ne yaptıysan! Topu topu bir evet dedi sanki bütün hafta maden ocağında çalışmış! Beyimiz yorulmuş! Şeytan diyor git boğ! Öldür!"

Gecenin ilerleyen saatlerinde ise bu sözler ilerlemiş Hande sinirlendikçe sözlerinin dozajını arttırmıştı. "Piç herif! Yardım etsen ölür müsün? Aptal! Sanki ben çok meraklıydım da seninle evlenmeye! Götürmeseydin kuaföre! Sen görürsün düğün gecesi! Bana elini sürebiliyor musun süremiyor musun gör bak! Adamdaki rahatlığa bak ya! Bilmem kaçıncı rüyasını görürken ben burada cebelleşiyorum! Sorarım ben bunu ama! Ben de Hande'ysem bunu sorarım ben!"

Semih'in bilip de o gece görmezden geldiği şey Hande'nin intikam alacağı gerçeğiydi ama bir de görmezden geldiği şeyler arasında Hande'nin intikamının ne kadar ağır olacağı vardı.

Ertesi gün Semih erkenden uyandı. Hande ise öğlene kadar uyudu. Doğrusu gece o kadar geç yatmasının üstüne ne kadar geç kalkarsa kalksın uykusunu alamamıştı. Başını elerinin arasına alıp ovdu iki parmağıyla. Gece yıkadığı için kıvrılan kızıl saçlarını geri ittirip yataktan doğruldu. Ayaklarını yataktan sarkıtıp sonra da yatak başlığından destek alarak ayağa kalktı. Akşam düğünü vardı ve o bu yorgunlukla yarına kadar da uyuyabilirdi. Sarsak adımlarla banyoya gidip elini yüzünü yıkadı. Ardından da odaya dönüp saçlarını taradı. Üzerini değiştirdikten sonra aşağı inip mutfağa girdi. Tam buzdolabını açmıştı ki Semih'in kadifemsi sesini duydu. "Günaydın."

"Kes sesini! Ve rica ediyorum def ol!"

"Çok kibar bir ricaydı. O yüzden uymayacağım."

"O zaman şöyle yapalım mı, Semih lütfen siktirip gider misin? Bak! Bu daha kibardı. Daha da kibarlaşmamı istemiyorsan bence benden uzak dur!"

"İlk defa bana küfreden biri küfründen beş saniye sonra yaşıyor! İlkleri yaşatıyorsun bana hayatım." dedi. Sesinin altında alaycılık olsa da ciddiyeti belliydi. Sonunda Hande dayanamayıp elinin altındaki zeytin kâsesinden iki zeytini alıp Semih'e fırlattı. Aynı zamanda "Defol." diye cırlıyordu. Semih kulaklarını tıkayıp onun cırlaması bitince "Tiz ses örneklerinde çok iyisin! Akordu bozuk keman gibi sesin var!" dedi sırıtarak. Hande tekrar elindekileri atmaya başladı ama zeytini Semih'e gönderemeyince bu kez armut, elma gibi büyük şeyler atmaya başladı.

"Çok yaratıcısın ama meyvelere yazık!" diyen Semih sonunda mutfağı terk etmişti. Hande de döktüğü şeyleri temizledi. O kahvaltısını yapamadan onu kuaföre götürecek Yağız gelmişti. Yağız mutfağa girip Hande'yi görünce "Selam, gelin hanım." dedi.

Hande bir şey diyemeden arkadan Semih'in sesi duyuldu. "Sen ne utanmaz adamsın ya! Yeni evli çift böyle rahatsız edilir mi?"

"Oğlum siz daha yarım evlisiniz. Düğün yok, balayı yok!"

"Ama evlilik cüzdanımız öyle demiyor! Neyse, niye geldin onu söyle sen."

"İyiyim, sen nasılsın? Hoş buldum! Ben de seni gördüğüme çok sevindim."

"Ben seni gördüğüme hiç sevinmedim."

"Ben de öyle tahmin etmiştim. Neyse, Hande'yi almaya geldim. Kuaförde onu bekliyor kızlar."

"Tamam, ben de eksik bir şey var mı kontrol edeyim."

Yağız kızı kuaföre bırakmış kendisi de Semih'e yardım etmek için oradan ayrılmıştı. Doğru dürüst kahvaltı bile yapamadığı için kuaförde onu karşılayan Sanem ve Pınar ona simit ve çay getirmişti. Saçları yapılırken yemeğini yemeye çalışan Hande'nin başından ayrılmayan küçük Hande ise kuaförlere yengesinin saçını kötü yapmamaları konusunda bir nutuk çekiyordu.

Uzun süren hazırlıkların ardından son olarak Hande'nin makyajı da yapılmıştı. Saçı yapılmadan önce gelinliğini giymiş olan Hande zorlukla yerinden kalktı ve gelinliğini düzeltip Pınar'ın yardımıyla kuaförden çıktı. Semih ve Çetin arabayla gelip onları kuaförden alırken Çetin'in arabasına binen küçük Hande, Sanem ve Pınar onlardan önce gittiler. Semih ise ayrı bir yoldan gitti. Önce fotoğrafçıda düğün fotoğrafları çekildi ve sonra yaklaşık iki buçuk saat süren yolculuk üzerine Hande sıkkın bir tavırla "Nereye gidiyoruz ya?" deyince Semih cevap vermedi. Sonunda gelecekleri yere ulaşmışlardı. Deniz kenarında duran arabadan önce Semih indi ve ilk defa Hande'nin kapısını açarak odunluğunu bir kenara bırakıp centilmence davranışlar sergilemeye başladı. Hande kendisine uzatılan eli tutup kalktı. Arabadan indikten sonra iskeleye doğru yürümeye başladılar. Gelinlikle yürümekte Hande bir hayli zorlanıyordu. İskelenin ucuna geldiklerinde Semih, Hande'yi kucağına alıp tekneye bindirdi. Hande, Semih onu indirdiğinde kalbi neredeyse ağzında atar bir hâlde olduğu için tepki veremedi. Küçük teknede öylece kalakaldı. Semih ise karşısında gayet rahattı. "Düğünü dünyanın öbür ucunda yapacağız galiba?" dedi Hande kendine gelince. Semih ise tepki vermedi. Kısa süre sonra denizin ilerisindeki büyük yata yine Semih'in kucağında giren Hande bu kez daha rahattı. İçeri girince coşkuyla karşılanan çift ilk danslarını yaptıktan sonra Semih "Ben bir lavaboya gideceğim." diyerek yanından ayrıldı Hande'nin. Çok zaman geçmeden de elinde mikrofonla denize bakan yükseltinin üzerinde belirmişti. Önce boğazını temizleyip dikkatleri üzerine çekti. "Herkes bir dakika beni dinleyebilir mi? Hande, yani sevgili eşim için bu günün özel olmasını ve ileride çocuklarımıza anlatabileceğimiz çok güzel bir düğünümüz olmasını istiyorum. Bu yüzden Hande için küçük bir sürpriz hazırladım. Bakalım beğenecek mi?" dedi ve ardından da eliyle bir adama küçük bir işaret yaptı. O anda hafiften gitar sesi duyulmaya başladı. Ardından da Semih'in kadifemsi sesi...

Ne güzel sürpriz bu böyle,
Hoş geldin.
Boş ver çabalama;
Konuşmak zorunda değilsin.
Hem hareketlerinden,

Küçücük mimiklerinden,
Kalbini okurum ben.

Bütün gün yataktaydım;
Yüzümde yastık izi.
Senin de geçmişinde,
Binlerce ağır yenilgi…
Çok şaka yaptıysam;
Aslında korktuğumdan.
Beni zaten tanırsın sen.

Derler ki bir yerden sonra,
Acımaz daha fazla.
Zaten aşk kötü bir şaka…
Anlamaya çalışma.
Her güzel şey bitermiş.
Aşk nedensiz sevmekmiş.

Kulağımda gürültüler,
Uyurken televizyon açık kalmış;
Bir ülkenin bodrum katında
Kirli bir savaş varmış.
Midem bulanıyor,
Galiba dünya tuttu,
Beni hep kuruttu.

Derler ki bir yerden sonra,
Acımaz daha fazla.
Zaten aşk kötü bir şaka;
Anlamaya çalışma.
Her güzel şey bitermiş.
Aşk nedensiz sevmekmiş.
Aşk nedensiz sevmekmiş.

Alkış sesleri yatı doldururken Hande ışıldayan gözleriyle Semih'e bakıyordu. Semih gülümsedi önce ve sonra aşağı inip eşinin yanına gitti. Belki aşk denen şeye inanmıyordu ama sevgi de yok değildi ya? Hem gerçekten düğünlerinden hatıra kalacak bir şeyler, güzel anılar olsun istemişti. İleride çocuklarına anlatabilecekleri...

Düğün gecenin geç saatlerine kadar sürdü. Ardından geliş gidişler için ayarlanmış teknelerle çoğunluk geri döndü. Onlar için ayarlanmış otele yerleşirlerken en son aile üyeleri kalmıştı. Hande yatın korkulukları olmayan arka tarafı görünce intikamını nasıl alacağını bulmuştu. Gözlerine yansıyan sinsi parıltılarla "Semih? Gelir misin?" dedi. Yattaki diğer insanlar kıkırdarken Semih, Hande'nin peşinden gidiyordu. Herkes yanlış anlamıştı ama Hande umursamadı. Nasıl olsa birazdan anlayacaklardı. "Ne oldu?" dedi Semih kaşlarını kaldırarak. "Şuraya baksana!" diye onu korkulukların olmadığı kenara iyice yaklaştırdı ve şaşkınlığından faydalanıp var gücüyle Semih'i durgun denize ittirdi.

Semih suda yüzerken Hande sırıtarak "Dün gecenin intikamını almayacağımı mı sandın?" dedi. "Bu gece yatağıma gireceğini unutuyorsun herhâlde! O zaman bakalım kim kimden intikam alıyormuş." dedi Semih de yata doğru yüzerken. Dengesini sağlayamadığı ve küçücük kızın ittirmesiyle düştüğü için mi yoksa Hande'ye güvenip de o kırk tilkinin salsa yaptığı beyninde dolaşan hain fikirleri hissedemediği, düşünemediği için mi sinirliydi tartışılırdı doğrusu. "Rüyanda görürsün!"

"Rüya görmek için uyumak gerekir karıcığım ama bu gece ikimizin de pek uyuyabileceğini sanmıyorum. Ha, eğer bu gece bana zevk vermek için çok uğraşıp daha sonraki gecelerde rüyalarıma bile gireceğini düşünüyorsan bak o olabilir"

"Sen öyle san!"

"Hande, sence ben neden bir yat ayarladım? Keyfimden mi sanıyorsun? Denizin ortasındayız ve bu gece olacaklardan kaçabileceğin hiçbir yer yok! Bakalım beni nasıl engelleyeceksin?"

"Görürsün!" dedi Hande de. Neyse ki ses ön tarafa gitmiyordu. Yoksa herkes onları dinleyecekti. Semih sudan çıkarken Hande onun keskin ve kızgın ama aynı zamanda alaycı gözlerini görüp hızla ön tarafa geçti. Kalabalığın içinde de bir şey yapacak hâli yoktu ya! Ama artık onlar da gidecek gibi duruyordu. Semih sırılsıklam gelince herkes ona döndü. Melih alaycı bir tavırla "Tarih tekerrür ediyor." dedi.

"Dalga geçmeyin. Hem siz gitmeyecek misiniz ya? Biz az önce evlendik farkındaysanız. İşimiz var. Gitsenize artık!" dedi insanları kovarak. Hande'nin yüzü saçlarıyla aynı renge dönmüştü. Süt beyazı teninde kırmızı hoş duruyordu aslında. Hande sevimli bir yüz yapısına sahipti. Birçok insanın sahip olamayacağı bir güzelliği vardı. Girdiği her ortamda dikkat çektiği de bir gerçekti. Hele ki doğal kızıl saçları, ela-yeşil karışımı gözleri, ince bedeniyle bütün güzelliği ortaya serilirken herkes ona bakıyordu. Başını kaldırıp kendisinden uzun ve iri olan adama sinirli bir bakış attı. Bu hâliyle bile Semih'e meydan okuyabilmesi çok sevimliydi. Herkes teknelere biniyordu. Dönme vakti gelmişti. Yavuz gitmeden önce Semih'e sert bir bakış atmıştı. Belli ki kardeşini orada bırakmaktan memnun değildi. Yine de gitmişti işte.

Semih herkes giderken Hande'ye doğru dönmüştü ki onu göremedi. Nereye kaybolmuştu şimdi bu kız? Onun bu çocuksu tavrına güldü Semih. Gerçekten uzun süre gülmemiş bir adam için şu bir hafta fazlaca tuhaftı. Bir haftadır devamlı gülüyordu. Üstelik bu kadar kısa sürede o küçük cadıya alışmıştı. Hande belki çok gençti ama o yanındakilere uyum sağlayamasa bile yanındakinin ona uyum sağlamasına neden oluyordu. Tam zıt bir kızdı. Tuhaf ki bu zıtlıklar Semih'in çok hoşuna gidiyordu. Onun kadar sıra dışı birini daha görmemişti. Hande tuhaflığının yanı sıra güzel ve sevimliydi de. Onun gözünde hiçbir zaman bir çocuk olmamıştı. Aralarında belki yedi yaş vardı ama Semih için çok da önemli değildi. Mavi gözleri bir süre daha denizi izledi. Ailesine söylediği şeyin terbiyesizlik olduğunu ve Hande'yi utandırdığını elbette biliyordu ama önemsemedi. Zaten aileleri de pek aldırmamış gibiydi. O denizi izlerken aynı zamanda Hande'nin de biraz rahatlamasına müsaade etmek istemişti. Kaptan köşküne doğru ağır adımlarla yürüdü. Hava gayet güzeldi aslında ama denizin ortasında durma taraftarı değildi yine de. Kaptana Yunanistan'a doğru yol almasını söyledi.

Marmara Denizi üzerinde ilerlediler bir süre. Yunanistan'a varana kadar da hiç durmayacaklardı. Orada ara verip İtalya'ya geçeceklerdi. Semih en alt kata indi. Hande'yi bulması gerekiyordu. Gerçi o gelinlikle nereye saklanmış olabileceği de meçhuldü doğrusu. Aşağıda ıslık çalarak gezmeye başladı. Islık çalmasının sebebi Hande'nin geldiğini anlamasını istemesiydi. Semih de bundan gayet zevk alıyordu. Bütün odalarda Hande'yi aradı ama bir türlü bulamadı. Neredeydi bu kız? En sonunda yukarı çıktı tekrar. Hande'yi kaptan köşkünde adamla sohbet ederken görünce ise ne yapacağını şaşırdı. Bu kız hangi ara yukarı çıkmıştı ki? Hızla yanına gitti ve belinden sarılıp kulağına doğru eğilerek "Ben de seni arıyordum. Artık yatalım mı karıcığım?" dedi. Ama sesindeki ima fazlasıyla açıktı.

"Hayır, benim uykum gelmedi daha."

"Hande! Yürü hadi!"

"Öf..." dedi Hande ve ardından Semih'in kolunun altında yürümeye başladı. Doğrusu bu iri bedenden korkuyordu. Odaya girdikleri anda Hande hemen "Bence bu gece birlikte olmamalıyız." dedi. "Neden?" diye sordu adam da tek kaşını kaldırarak. Aynı zamanda da küçük kapıyı kapatmıştı. "Çünkü..." diye başladı Hande ama adam üzerine doğru yürürken aklına tek mantıklı bahane gelmiyordu. "Belki kardeş çıkarız." dedi.

"Başka kardeşim olmadığına eminim." dedi adam sırıtarak. Bu arsız bir sırıtıştı. Aynı zamanda istediğini alacağını da kesin olarak belli ediyordu. Hande'nin inadı bir anda sönmüştü sanki. Aslında düşünmüştü daha önce ne yapacağını ama bir yatta ne yapabilirdi ki? Semih açıkçası akıllı bir adamdı. "Bu gece çok karanlık ve ben karanlıktan korkarım. Korkudan da tepki veremem. Sen de zevk alamazsın. Bence yarın olmalı."

"Hande! Ne bahane üretirsen üret, istersen dünyaya bu gece bir meteor düşeceğini ve hepimizin öleceğini söyle yine de biz bu gece birlikte olacağız. Yatak, sen ve ben! Bilmem anlatabildim mi?"

"Ama bugün ayın on üçü."

"Yani?"

"On üç uğursuz bir sayı!"

"Birincisi bugün ayın yirmi biri, ikincisi de benim öyle batıl inançlarım yok!"

"Üç beş günün lafını mı yapacağız canım. Ha on üç ha yirmi bir! Çok da fark yok!"

"Hande sen yoksa ilköğretimdeki kaynaştırma öğrencilerden falan mıydın? Ama bu da olmaz ki! O zaman Uludağ Üniversitesi'ni kazanamazdın! Yoksa sonradan mı kaybettin zekânı?"

"Hayır, seninle eşit duruma gelmeye çalışıyorum."

"Beni özellikle mi kızdırmaya uğraşıyorsun Hande? Gerçekten bunun için üstün bir çaba gösteriyorsun. Sana bir belge hazırlatacağım. İsmi de 'Semih'i kızdırmaya çalışmak üstün başarı belgesi' olacak. Kâğıda sığmazsa da 'SKÇÜBB' yazarım."

"O ne demek ya?"

"Kısaltma!" diyen adama baktı Hande. O an gözlerinin içi parladı. Semih'i nasıl kendisinden uzak tutacağını bulmuştu. Sabaha kadar onu lafa tutabilirdi. Tabii sabaha kadar bütün laflarına bir cevap bulabilirse!

"Çok zekisin ya! Hangi üniversiteden mezunsun sen?"

"Boğaziçi!"

Bu cevabı alınca Hande bir an duraksadı. Semih'in yüzünü incelemeye başladı. Semih merakla sordu. "Ne yapıyorsun?"

"Hiç, üniversiteden sonra ciddi bir kaza geçirip geçirmediğine bakıyorum."

"Anlamadım?"

"Normaldir." dedi Hande sırıtarak. Sonra başındaki taca uzandı. "Of! Bu taç başımı sıktı."

Semih'ten aldığı cevapla ise sinirleri bozuldu. "Normaldir!"

Adam resmen ona koca kafalı demişti! Hande koca kafalı değildi kendisine göre! Semih'e göre de öyle değildi ama Semih onu sinirlendirmek istiyordu. Çünkü Hande her fırsatta kendisini iğneliyordu. Üstelik ona kızgındı biraz. Tamam, suya atılmayı hak etmişti ama bu gece değil! Bu gece ona okuduğu şarkı ve söylediği romantik sözlerden sonra Hande'nin tepkisi çok ağırdı. Bir fil kadar ağır! Sonra Hande'nin ne yapmaya çalıştığını fark etti. Kendisini lafa tutuyordu. Bunu fark etmesiyle de yüzüne bir sırıtış yayıldı. Hande gerçekten zeki bir kızdı ama kendisini çok uyanık sanıyordu. Belki normal bir adam için uyanık olabilirdi ama Semih için değil! Ona doğru yaklaşıp arkasına geçti ve kollarından birini boynuna birini de göğsünün altından hafifçe doladı.

Kulağına yaklaşıp hafifçe kulak memesini dişledikten sonra fısıltıyla kulağına doğru "Bu gece bizim ilk gecemiz ve ben tartışmak istemiyorum." dedi. Hande ise her şeyi unutmuştu. Aklında devamlı Semih'in ona koca kafalı demesi dönüyordu. Fiziki özelliklerine edilen hakaretlere hangi kadın alınmazdı ki? Dönüp sinirle Semih'i ittirdi ve dolan gözleriyle "Bırak beni! Git kendine küçük kafalı birini bul! Ben de baba haber bülteninde oyuncu olmaya karar verdim! Ne de olsa kafam büyük!" dedi. Semih ilk başta bunu kendisinden kurtulmak için yaptığını zannetse de daha sonra Hande'nin dolan gözlerini görüp şaşkınlıkla kaldı. Daha önce Hande'nin zekâsına hakaret ettiğinde bile bir şey dememişti ama fiziki bir özelliğine hakaret edince bunu çok abartmıştı. Ağlayacak gibi duruyordu. Buna gülse mi yoksa onu mu teselli etse karar veremedi. Kadınlar tuhaf varlıklardı ama Hande daha tuhaftı!

"Tamam, üzgünüm. Bir daha böyle bir şey söylemeyeceğim." Hande'yi kırmak istememişti. Kız neyse ki çabuk affeden bir yapıya sahipti. "Söz mü?"

"Söz."

Hande ona sarıldı. Semih ellerini kızın sırtında dolaştırdı. Onu rahatlatmak istiyordu. Kız başını adamın göğsüne yasladı ve birkaç dakika sonra parmak uçlarında yükselip adamı öptü. Adam bir eliyle kadının yanağını okşadı. Gelinliğin iplerini çözerken yavaş davranıyor, onu huzursuz etmek istemiyordu.

Hande utanmıştı. Beyaz yanaklarındaki allar hemen kendisini göstermişti. İpleri çözülmüş ve göğsü gevşetilmiş kumaş kızın pürüzsüz teninden kayıp düştü. Hande sadece iç çamaşırları ile kalmıştı ve utancı her dakika artıyordu. Her an adamın elini tutup onu durdurabilirdi. Ta ki Semih dudaklarına yönelinceye kadar... Dudaklarındaki hafif dokunuş dudaklarını aralaması ile ateşlenmiş ve işe dilleri de karışmıştı. Hande ellerini nereye koyacağını bilemiyordu. Aklındaki her şey uçup gitmiş sadece Semih kalmıştı. Ellerini götürüp titrek bir şekilde adamın ceketini çıkardı. Sonra da gri, siyah çapraz çizgilerle Semih'in üzerinde fazlaca seksi duran kravatını çıkarıp ceketin yanına bıraktı. Küçük ellerine karşın uzun parmakları olmasını seviyordu. Adamın beyaz gömleğinin düğmelerini açarken elleri titriyordu ama Semih onu öpüyor, okşuyor, seviyorken tedirgin olmanın gereksizliğini kendisine sürekli tekrarlıyordu. Gömlek de Semih'in iri omuzlarından sıyrılıp yere düşerken Hande ellerini onun çıplak göğsüne koymuştu. Boyu adama yetişemiyordu ama çok da kısa sayılmazdı. Yani Semih'in onu öpmek için iki büklüm olmasına gerek yoktu. Sadece biraz eğilmişti. Yine de onun boyunun kendisininkinden biraz daha kısa olması hoşuna gidiyordu Semih'in. Sanki onu sarıp kollarına hapsederek birçok tehlikeden uzak tutabilecek, koruyabilecek gibi hissediyordu. Hande ise kendisini onun kollarında gerçekten güvende hissediyordu. Semih'in iri bedeni belki ilk tanıştıkları gün boğazını sıktığında onu korkutmuş olabilirdi ama o an zerre kadar korkusu yoktu. Çünkü Semih ona yumuşak davranıyordu. Dokunsa kemikleri kırılabilecek gibi hafif dokunuyordu. Bu dokunuşların Hande'ye verdiği tek mesaj ise canının acımayacağı ve Semih'in ona sevgiyle davranacağıydı. Semih onun canını yakmayı hiç istemezdi. Çünkü ondan ciddi anlamda hoşlanıyordu, ona değer veriyordu ve Hande artık onun karısıydı. Hafif dokunuşlarını Hande'nin bedeninde gezdirirken nefes almak için dudaklarını kısa süre çekiyor ama sonra hemen tekrar birleştiriyordu. Hande kendini tamamen kaptırmıştı ve artık o an nerede olduğunu bile hatırlamayacak durumdaydı. Sadece Semih vardı. Semih, dokunuşları, dudakları... Her yerde o vardı sanki... Semih, Hande'nin iç çamaşırlarını da çıkarırken Hande bunu hissedememişti. Hissederse geri çekileceğini ikisi de biliyordu. Semih, Hande'ye duyduğu arzuya rağmen nazikti. Ondan beklenemeyecek kadar fazla... Bu küçücük bedene hem sevgiyle hem de tutkuyla dokunuyordu. Sonunda bedenini sardığı Hande'nin ayakta durmakta zorlandığını anlayıp onu yavaşça yumuşacık yatağa bıraktı. Hande'ye göre o yatak o ana kadar öyle yumuşak değildi sanki. Adam onu kendisine sonsuza kadar mühürleyip ona sahip oldu. Sevgiyle, ona verdiği değerle, belki ileride olacak bir aşkla bağladı onu kendisine.

Hande yorgunca ve terden adamın göğsüne yapışan saçlarıyla gözlerini açık tutmakta zorlanıyordu. Terlilerdi ama garip ki ikisinin de kokusu birbirlerine iğrenç gelmiyordu. Semih göğsüne yayılmış kızıl saçlarıyla orada yatan tüy kadar hafif ve fazlasıyla güzel kadından hayli memnundu. Onun güzel yüzünü izledi ve parmaklarıyla dudaklarını o kızıl saçlarda dolaştırdı. Sonra isteksizce mırıldandı. "Sanırım banyo yapmalıyız."

Hande de neredeyse homurdanarak "Şimdi banyoya gitmek istemiyorum. Hatta mümkünse önümüzdeki bir ay boyunca sadece uyumak istiyorum." dedi.

"Aaa, karıcığım daha yeni evlendik ve ben sana doymadım. Sen bir ay uyuyabileceğini mi sanıyorsun?" derken sesi alaycıydı. Ve oldukça da dinç... Hande şaşırdı! O hiç yorulmamış mıydı yani? Tamam, bu hoş tecrübeyi daha sonra da yaşamak isterdi ve o da Semih'e doymamıştı. Bir ay da abartıydı ama en azından o an için uyumak istiyordu.

"Hande?"

"Hı?"

"Canın acıdı mı? Yani ben nazik olmaya çalıştım ama..."

"Hayır, canım acımadı, bunu konuşmasak? Şey... Ben biraz utanıyorum."

"Kollarımda çırılçıplak yatıyorsun ama sen bu konuşmaktan mı utanıyorsun? Çok tuhafsın Hande! Çok!"

"Ya! Yapma şöyle! Hadi, kalk banyo yapalım da uyuyalım."

"Uyumak mı? Ama balayındayız ve ben yatağı daha çok uyumak dışındaki şeyler için kullanmak istiyorum!"

"Semih!" dedi Hande elini hafifçe adamın göğsüne vurarak. Aslında parmağını oynatacak hâli bile yoktu.

"Of, ben nasıl kalkıp banyoya gideceğim ya?"

"Sen dert etme!" dedi Semih ve basit bir hareketle Hande'yi de kucağına alıp onun ufak çığlığıyla ayaklandı.

"Ama şunu çok sık yapma ya! Korkuyorum!" derken kollarını adamın boynuna dolamıştı genç kız. Gerçekten de korkmuştu birden. Banyoya girince Semih onu küvetin içine bırakıp ılık suyu açtı. Hande hâlâ uykuluydu ama biraz daha az uykusu vardı. Semih de küvete girip büyük küveti iri bedeniyle doldurunca tamamen uykusu açıldı. Adam da bunu fırsat bilip lifi eline alarak kızın bedenini yıkamaya başladı. Köpüklere bulanan bedene bakıp sırıtarak ellerini Hande'nin göğsüne uzatınca Hande onun eline vurarak "Ya! Daha sen yıkanmadın!" dedikten sonra lifi çekip onun iri bedeninde gezdirmeye başladı. Yıkamaktan çok okşar gibiydi. Semih'in hoşuna gitmişti bu! Bir kadın nasıl olur da kendisini bu kadar etkilerdi bilmiyordu ama Hande daha önce görmediği kadar güzel bir kadındı. Bütün ömrü boyunca bu kadına sahip olacak olmak ona gurur veriyordu. Tabii biraz da endişe! Bu kadının neye alınıp neye alınmayacağını seçemiyordu. Belki onunla hayatı zor olacaktı ama yine de bu kadına her zaman değer verecekti. Kavga etseler de birbirlerinin başından aşağı bir şeyler dökseler de ne olursa olsun ona değer verecekti.

ALTINCI BÖLÜM

Akşam yemeğine kadar odadan çıkmadılar. Sarılarak uyumuşlardı. Semih ilk uyanan oldu. Bir süre Hande'yi izledi. Sonra onun da gözlerini açmasıyla ikisi de kalkıp yemek için hazırlandılar. Semih, Hande'yi üstünü değiştirirken bir türlü rahat bırakmamıştı. Bahanesi ise ellerini Hande'den uzak tutamamasıydı. Yemek için yatın üstüne çıktılar. Semih'in önceden ayarladığı çalışanlar denize bakan ve korkulukları olmayan tarafta güzel bir kahvaltı masası hazırlamışlardı. Yatı gece Yunanistan kıyısına çekmişti kaptan.

"Bu yatta düğün fikri sana mı aitti? Yoksa Sanem falan mı söyledi?"

"Hayır, fikir tamamen bana aitti. Sen demedin mi halay falan istemiyorum diye? O zaman zaten düşünüyordum. Sonra kesin karar verdim. Hem daha sakin bir düğün olması da insanların başını ağrıtmadı. Kimsenin de canı da sıkılmadı. Sen beğendin mi bilmiyorum ama seni düşünmüştüm."

"Beğenmek ne kelime bayıldım. Açıkçası iki gün gelinlik giyme fikri berbat gelmişti ama neyse ki sandığım gibi rahatsız ve ağır değildi. Bu düğün için de değerdi zaten."

"İyi o hâlde." dedi Semih. Kendisi de hâlinden gayet memnundu. Üç gün sonra nihayet İtalya'ya ulaşmışlardı. Semih'in yer ayırttığı lüks otele geldiklerinde Hande biraz rahatlamıştı. Yatın sallantısı artık midesini bulandırmaya başlamıştı çünkü. İtalya fazlasıyla güzeldi. En azından otelin camından görünen kadarı. Hande cama yaklaştı ve Milano'nun gece güzelliğini izledi bir süre. İstanbul gibi, ışıl ışıldı her yer. Belinden dolanan iri kolları hissedince kıkırdadı. Semih dudaklarını onun boynuna bastırdıktan sonra hafifçe geri çekilerek "Bu elbise biraz fazla açık değil mi?" diye sordu. "Semih saçmalama! Dışarıda bile değiliz! Ben bunu giyeceğim!"

"Tamam, sorumluluğunu alıyorsan neden olmasın." dedi Semih alaycı bir sırıtışla. Hande ise kaşlarını çatmış Semih'in dediğini anlamaya çalışıyordu. Sorumluluk almak derken neyi kastediyordu ki bu adam? "Anlamadım?"

"Yani diyorum ki eğer sana bakan bir erkek görürsem beynini patlatırım. Bilmem anlatabildim mi?"

"Ya Semih! Silahını da mı getirdin balayımıza! Sen iyice sadistleştin! Kötü adam olmak zorunda mısın her zaman? En azından bu günlük iyi adam olsan?"

"Olmaz!"

"Neden normal insanlar gibi olamıyorsun diyeceğim ama insan yerine koyacak uygun kelimeyi arıyorum!"

"Tamam Hande! Ama bu son! Bir daha böyle açık kıyafetler giymek yok!"

"Olur, çarşafa girerim tamam mı?" dedi Hande alay ederek. Semin ise sadece omuz silkti ve gözünde çarşaflı bir Hande canlandırdı. O hâliyle bile güzeldi genç kadın ama açıkçası Semih'e göre Hande o an üzerinde olan kırmızı, mini etekli, askıları kalın ve örgü elbisesi ile daha hoştu. Kızıl saçlarını topuz yapmamış olsaydı keşke... O zaman omuzları biraz olsun örtülürdü. Yine de Semih elbette yapacaktı yapacağını. Kenardaki askılıktan ceketini alıp Hande'nin peşi sıra o da çıktı. Hande onun aksine daha heyecanlı gibiydi. Semih'in zaten ilk gelişi de değildi ama ilk defa gelmesinin özel bir anlamı vardı. Sonunda otelden ayrıldıklarında Semih'in bir süreliğine kiraladığı arabaya bindiler. Hande arabanın içinin ne kadar güzel ve rahat olduğunu düşündü. Semih'in kendi arabası bu kadar güzel ve rahat değildi. İnecekleri yere gelince adam arabayı otoparka bıraktı. Ardından da inip Hande'nin kapısını açtı. En azından balayında kibar bir adam olabilirdi. Sonra yine eski hâline dönerdi nasılsa. İçerisi fazlasıyla gösterişliydi. Hande burun kıvırarak "Ben burayı beğenmedim." dedi Semih'e doğru. "Balık ekmek yapıp satan bir yerler yok mu ya burada?"

"Yok, iskender yapıyorlarmış aşağı sokakta, oraya gitmeye ne dersin? Hasta mısın Hande? Farkında mısın bilmem ama burası Türkiye değil."

"Ama ben o ismini bilmediğim yemeklerden yemem sana söyleyeyim! O zaman sen söyle yemekleri... Eğer beğenmezsem..."

"Beğenmezsen?"

"Aman, kafasından aşağı yemek dökülecek kadın mı yok!" dedi sırıtarak. Semih önce gözlerini büyüttü sonra o da sırıtmaya başladı ve Hande'yi belinden tutup hafif sert bir hareketle kendi bedenine çekti. "Hayatım içerisi serin mi ne?" dedi o tarafa bakan erkekleri görünce... Kolunu hafifçe çekip ceketini çıkardıktan sonra yavaşça Hande'nin omzuna bıraktı. "Hem herkes buraya bakıyor."

"Acaba üşüdüğümü düşündüğün için mi yoksa başkaları baktığı için mi?" dedi Hande sinirle. Sonra uzatmamaya karar verdi. Ama o anda Semih "Saçında böcek var galiba!" deyip saçına uzanarak tokayı çıkarınca iyice sinirlendi. O kadar uğraştığı topuzu bozulmuştu. "Ya Semih! Çek ellerini! Saçımı bozdun!" dedi Hande ateş saçan gözlerle. "Ben bir saat uğraştım o saç için!"

"Ee, ne yapayım? Herkes bakıyordu! Benim karıma herkes bakamaz öyle!"

"Allahım ya! Delireceğim! Yemin ederim delireceğim! Elbisemin üstüne ceketini koyuyorsun, diyorum ki, ay ne kadar kibar. Ama sen açıklama yapıyorsun herkes bakıyor diye. Sen beğen diye uğraşıp saç yapıyorum ama onu da bozuyorsun ve yine aynı şey! Yeter ama ya!"

"Öncelikle delirmek konusunda çok endişelenmene gerek yok o aşamayı çoktan atlattın sen tatlım! İkinci olarak da, tamam aslında ben saçın çok yumuşak ve onlara dokunmayı seviyorum. O yüzden de saçını açtım. Çünkü sana açık saç çok yakışıyor! Ceketi de üşüme diye örttüm omzuna!"

"Yemezler canım! Dört gündür yaz mevsimi olmasına rağmen nereye gitsek ceketle gezip her kıyafetimin üstünü örttün. İnsan yaz mevsiminde üşür mü hiç? Gece yatağını ayrı ser! Yerde yat sen!"

"Ama ya belim tutulursa!"

"Bana ne?"

"Boynum tutulursa?"

"Bana ne?"

"Başka bir yerlerim tutulursa?"

"Semih! Sapıklaşma hemen!"

"Sadece test etmiştim! Hem ben belki bacaklarımdan bahsettim? Senin için fesat karıcığım!"

Hande çatık kaşlarla masanın yanındaki sandalyeyi çekip oturdu. Kollarını da göğsünde bağlayıp dudaklarını büzerek "Açım ben!" dedi. Bu sırada Semih'in ceketi de kendi incecik omuzlarından düşüyordu. Hande onu düzeltmek için omuz silktikçe çok çocuksu duruyor ve bu da adamı güldürüyordu.

"Gülme! Kızgınım ben sana!"

"Senin kızgın hâlin de güzel ama çatma kaşlarını hadi benim vahşi kedim."

"Vahşi kedi mi? Ben mi?"

"Aynen öylesin tıpkı bir panter gibi!" dedi Semih de sırıtarak. "Çok mu düşündün bunu? Vahşi kedi? Küçücük hayvan ne kadar vahşi olabilir ki?"

"Düşünmedim aslında, bir ara Melih bir kıza diyordu. Aklımda kalmış. O kızı da yakında tanıyacaksın zaten."

"Melih'in kız arkadaşı mı?"

"Hayır, değil! Ama yakında kabul ederse -ki beni kırmaz- senin yakın koruman olacak." "Yakın koruma mı? İyi de benim korumaya ihtiyacım yok ki."

"Hande benim işimi unutuyorsun galiba! Ben olduğum kadar ailem de tehlikede oluyor. O yüzden sana iki yakın beş tane de uzak koruma ayarladım. Adamlarımdan biri gidip getirecekler. Yakın korumaların bayan ve çok iyi eğitilmiş kişiler. Bir tanesinin geleceğinden şüpheliyim. Melih'i görmek istediğini sanmıyorum ama yine de gelmezse ben konuşacağım."

"Of! Kendimi bir filmde gibi hissediyorum. Bir anda bütün hayatım değişti ve açıkçası bunun çok hoşuma gittiğini söyleyemem."

"Benim fazlasıyla hoşuma gitti! Hayatıma renk geldi."

"Belli, gökkuşağına dönmüş hayatın!"

"Benim hayatım sensin tatlım." dedikten sonra yanlarına gelen garsonla konuşup "Adaçayı ile marine edilmiş tavuk budu, porcini mantarlı ve ıspanaklı rulolar, ızgara sebzelerle mini kuş yuvaları, domatesli pesto sos ile pane tortellini, kiraz domatesli patates kroket, içecek olarak da kola alalım." dedi. Tabii bunları İtalyanca olarak söylediği için Hande anlamamıştı. Sadece garsonun her şeyi not edip gittiğini gördü. "Ne sipariş ettin?" diye sordu.

"Gelince görürsün." dedi adam da. Kısa süre sonra masa donatılmış oldu. Hande önüne koyulan yemeklerin hepsinden az veya çok yemişti. Bir süre sonra ise midesi bulanmaya başladı. Neler oluyordu? Midesini tuttu ve "Lavabo nerede?" diye sordu zorlukla. Semih kalkıp ona eşlik ederken Hande gittikçe daha kötü oluyordu. En sonunda lavaboya girmeden kapının önünde sinirle ağzına gelen yemeklerle boğuşurken "Allah belanı versin Semih! Ne yedirdin bana!" demeyi başarmış ve ardından son hızla lavaboya girmişti. Semih ise öylece yüzüne çarpılan kapıya bakakaldı. Ne olmuştu ki şimdi? Dakikalar sonra Semih kapıda neredeyse delirecek duruma gelmişti. Her an içeri dalıp Hande'nin yanına gidebilirdi ve oranın kızlar tuvaleti olması umrunda değildi. Karısının iyi olduğunu bilmek istiyordu. Sinirle duvara yumruk attığı sırada içeriden çıkan bir kadın ona tuhaf bakışlar attı. Semih de sinirle nerede olduğunu unutup Türkçe olarak "Ne bakıyorsun be? Film mi çeviriyoruz burada? Açıkta bir şey mi gördün?" diye bağırdı. Bir de kadın Türk çıkmasın mı?

"Doğrusu gorillerin lokantalara alındığını bilmediğim için tuhaf bir belgesel çekiyorlar sandım. Ayrıca açıkta bir yerin olsa da bakmam! Şempanze tipli goril!" dedi kadın. Semih sinirden kuduruyordu. Kapıya kısa bir bakış attıktan sonra pantolonunun cebine elini soktu. Kadının gözü oraya kayınca silahı görmüştü. Semih de bunun bilincinde olarak "Buradan hemen ayrılmanızı şiddetsiz tavsiye ediyorum! Birazdan sizi şiddetli bir şekilde zorla gönderebilirim ama gideceğiniz yere tek bilet gidersiniz!" diye tehdit etti kadını. Kadın beti benzi atmış bir şekilde neredeyse koşar adım oradan ayrılırken Semih ciddi anlamda delirmek üzereydi.

Sonunda Hande içeriden çıkmıştı ama rengi soluktu. Beyaz teni olduğundan daha da beyazlamıştı ve yüzü tıpkı bir hayaletinki gibiydi. Semih bir an "İyi misin?" diye sormayı düşündü ama sonra vazgeçti çünkü bu sefer biraz dalga geçiyor gibi olacaktı. Görüyordu zaten iyi olmadığını. Kaşınmanın anlamı yoktu. Zaten Hande o yorgun gözlerinin ardından ateş saçarak bakıyordu kendisine ve belli ki o ateşte Semih'i yakacaktı.

"Ne vardı o yemeklerde?"

"Hiçbir şey..." dedi adam omuz silkerek. Sonra aklına gelen düşünceyle birden gözleri parladı. "Yoksa hamile misin?"

"Aptal mısın Semih?"

"Anlamadım?"

"Bir haftada hamilelik belirtisi mi görülür? Ki bir hafta bile olmadı. Onun için bir iki ay olması gerekiyor. Artı hiçbir şey de ne demek ya? Felsefe oyunu mu oynuyoruz? Hadi bana orada sandalye olduğunu kanıtla! Nasıl hiçbir şey ya?"

"Yani sıradan, herkesin yediği şeyler işte. Tavuk, mantar, ıspanak..." diye saymaya başlamıştı ki Hande cırlayarak. "Ne?" dedi.

"Ne ne?"

"Ispanak mı yedirdin bana?"

"Ben yedirmedim! Sen kendin yedin!"

"Allahım öldürecek misin sen beni? Benim ıspanağa alerjim var!"

"Ispanağa mı? Alerji? Böyle bir şeyi hayatımda ilk defa duyuyorum!"

"Bak, midem ıspanağı almıyor! Yersem rahatsızlanıyorum!"

"E başından söyleseydin ya! Ben de bir şey oldu sandım!"

"Sordun mu?"

"Yemek sipariş ederken içeriğini teker teker sayıp alerjin var mı diye mi soracağım?"

"Of Semih ya! Of kelimesinden başka kelime bulamıyorum sana söyleyecek. Midem bulanıyor! Otele gidelim!"

"Tamam, gidip ceketimi alayım ve hesabı ödeyeyim, gidelim sonra da."

Hande elindeki küçük çantayı bile zor taşıyacak bir hâldeydi. Midesi feci ağrıyordu. Semih onu olduğu yerde bayılacakmış gibi görünce yaklaştı. Hesabı getiren garsona döndü ve ödeme yapıp Hande'nin beline sarılarak onu dışarı çıkardı. Kız temiz havayı içine çekince biraz olsun rahatladı. En son on yaşında ıspanak yediğini ve o gün bir daha ıspanak yememeye yemin ettiğini hatırlıyordu. Tabii yediği şeyin ıspanak olduğunu anlamamıştı. Bilseydi ağzına sürmezdi. Arabaya tekrar bindiklerinde Hande koltuğu geri yatırıp gözlerini kapattı. Radyodan yayılan hafif müziği dinlerken bir yandan da arabayı dolduran Semih'in kokusu onu rahatlatıyordu. Bir insan nasıl bu kadar mükemmel kokabilirdi ki? Semih ise yanındaki güzel kadını izlememeye çalışıyordu. O kadar güzeldi ki... Eğer bu kadar güzel olmasa onu öldürecekti, hem de gözünü kırpmadan. Semih'i birini öldürürken gördüğü o anda silahını çevirip onu da vuracaktı ama yapamamıştı işte. Şimdi bunu yapmadığı için memnundu. Arasa Hande kadar güzel bir eş bulamazdı. Üstelik eğlenceliydi de... Sesi öylesine hoştu ki o ses kulaklarına dolduğunda Semih huzur buluyordu. Öyle ki bütün ömrü boyunca tek bir kişiyi duyabileceğini söyleseler onun Hande olmasını isterdi. Hande birden karşısına çıkmış ve hayatındaki bütün eksikleri doldurmuştu... Sanki o yokken hep bir şeyler eksikti.

Araba durunca Hande arabadan inip Semih'in tarafına geçti. Adam da inince ellerini beline koyup ayağını ritmik bir şekilde sallayarak "Bana kendini affettirmelisin!" dedi. "Öyle mi? Nasıl olacakmış o?"

"Bana sarıl! Hem de hemen!" derken dudaklarını büzüştürmüştü. O kadar sevimliydi ki tıpkı bir çocuk gibi duruyordu. Hande'nin çocuksu davranışları Semih'in hoşuna gidiyordu. Hande onun gülümsemesini görünce "Sarılmazsan giderim bak! Konuşmam seninle!" deyip omuz silkti. Semih sırıtarak karısının kolunu tutup hafifçe kendine çekti. Hande zaten bunu bekliyor gibi iki adımda onun dibindeydi. Belindeki elleri iki yanına düşmüş ve başını kaldırmış adamın yüzüne bakıyordu. Semih ona sarılıp göğsündeki başa hafifçe eğilerek saçlarının arasına bir öpücük bıraktı. Hande gülümseyip adamın iri bedenine biraz daha sokuldu. Başını Semih'in bedenine iyice gömerek o çok sevdiği kokuyu derince içine çekti.

"Semih?"

"Efendim?"

"Eve ne zaman gideceğiz?"

"Eve mi gitmek istiyorsun?"

"Evet, burada rahat hissetmiyorum kendimi. Gidelim artık."

"Sabah döneriz. Tamam mı?"

"Tamam." dedi Hande gülümseyerek. Gerçekten de dönmek istiyordu. Bulundukları yer belki çok güzeldi ama evin yeri ayrı oluyordu. Semih onu isteksizce bırakıp sadece bir kolunu beline dolayarak içeri sokmuştu.

"Nerede yaşayacağız biz? Senin evinde mi?"

"Evimizde yaşayacağız. Gerçi bundan sonra benim evim senin olduğun yer olacak ve senin evin de benim olduğum yer olacak." demişti ki telefonu çalmaya başladı. Semih telefonu açınca onun söylediği isimle kızın suratı düştü. Niye o an aramıştı sanki? Bu adam küfrü hak ediyordu. "Selim?"

"Semih Bey sizi rahatsız etmeyecektim ama burada işler karıştı"

"Yine ne oldu?"

"Berk Bey..."

"Ne yaptı o şerefsiz? Çok kaşınıyor! Ben gelip kaşıyacağım onu!"

"Basına, Hande Poyrazoğlu benim sevgilimdi. Beni Semih Poyrazoğlu ile aldattı ve sonra da Semih Poyrazoğlu pisliğini temizlemek için onunla evlendi, şeklinde bir şeyler söyledi. Gazeteciler her yerde sizi arıyor. Oraya haber vermeden gittiğiniz için de sizi ailenizin yanında sanıyorlar. Hamit Bey çok sinirli. Buraya gelmenizi istiyor. Üstelik Hande Hanım için uygunsuz yakıştırmalar yapılınca, bir de konuşmak için herkesi sıkıştırınca gazeteciler Melih Bey de gazetecilerden bir tanesini hırpalamış. Bunların hepsi de bütün gazetelere, haberlere ve magazin programlarına yansıdı. Tabii ortaya çıkan eski sevgilinizi de unutmayalım. Anlatılanların doğru olduğunu sizin o yüzden kendisini terk ettiğinizi söyledi."

"Aferin sana!"

"Anlamadım?"

"Sen de bunları bana şimdi söylüyorsun öyle mi? Geliyoruz! İlk uçakla!" dedi. Oraya gidip o herifi öldürecekti! Hem de türlü işkencelerle!

Sonunda Türkiye'ye dönmüşlerdi. Yol boyunca Semih neredeyse hiç konuşmamıştı, Hande ne olduğunu anlamıyordu. Semih neden böyle sinirli olabilirdi ki? O Selim denen şapşalla konuştuğunu biliyordu ve bu sinir onun dediği bir şey yüzündendi. Eve girdiklerinde onu göremedi. Semih hemen odaya çıkmıştı. İki çantayı da beraberinde götürmüştü tabii. Hande de hemen onun peşinden gitti. Odaya girdiğinde Semih tişörtünü çıkartıp yatağa atmış ve odanın banyosuna yürüyordu. O içeri girip kapıyı kapatınca genç kadın da kıyafet dolabını inceledi. Kendi kıyafetleri de dolaptaydı. Onları kim taşımıştı buraya? Çok da önemsemedi. Zaten Semih söylemişti kıyafetlerinin taşınmış olacağını. Bir eşofman takımı alıp diğer banyoya gitti. Kendini yorgun ve kirli hissediyordu. Uzun yolculuklarda hep öyle hissederdi zaten. Hande duş alıp çıktığında Semih üstünü yeni giyinmişti. Odaya girerken de karşılaştılar.

"Semih?" dedi Hande onun kendisiyle konuşmasını ister gibi. Semih ise sadece başını ona çevirdi. Hâlâ kaşları çatıktı. "Benimle konuşmayacak mısın?"

"Seninle neden konuşmayayım ki?"

"Bilmem. O telefon görüşmesini yaptığından beri neredeyse hiç konuşmadın. Ben kötü hissettim kendimi. Sanki bir şey yapmışım gibi geldi."

"Hayatım, sen hiçbir şey yapmadın. Hadi biraz dinlen sen, yorulmuşsundur."

"Sen?"

"Ben senin koruma işini halledeceğim. Sonra da küçük işlerim var."

"Ne gibi işler?"

"Hesap mı soruyorsun yoksa bana mı öyle geliyor?"

"Hesap soruyorum."

"Şu cesaretli hâlini seviyorum ama tatlım çok abartmasan mesela?"

"Ama merak ediyorum."

"Benim işlerim öyle temiz işler değil. Ben de her şeyini karısına anlatan kılıbık bir erkek değilim. Yani o izlediğin dizilerdeki gibi aptal bir çift olacağımızı düşünmesen iyi olur Hande." deyip tam gitmek üzere dönmüştü ki Hande elini kaldırıp yüzünü buruşturarak onun konuşmasını taklit edince Semih Hande'ye döndü.

"Hande! Döner dönmez başlayan bu kaşıntının sebebi ne?"

"Çünkü döner dönmez odun oldun! Benim de odun erkeklere karşı alerjim var!"

Semih birden Hande'nin kollarını sıkıca kavradı. "Benden başka hiçbir erkek hakkında yorum yapmanı istemiyorum Hande! O yüzden sakın bir daha çoğul konuşma!"

Öylesine sinirliydi ki sanki Hande onun suratına bir yumruk atmış gibi davranıyordu. Hande onun sinirine anlam verememişti. Semih de zaten buna fırsat tanımadan odadan çıkmıştı. Kız üstünü giyip ıslak saçlarını da dağınık şekilde topuz yaparak aşağı indi. Elinden geldiğince sessiz olmaya çalışıyordu. Duvarın kenarından Semih'in telefonla konuşmasını dinlemeye başladı. Bir adım daha atıp son basamağı inse direkt karşı karşıya gelebilirlerdi. Bu yüzden de korkulukların az ötesindeki salon ile merdiveni ayıran duvarı ilk kez işe yarar buldu. Ona göre hiç estetik değildi. Her ne kadar boydan boya iç tarafı akvaryum gibi olsa da... O merdivenlerden gece inerken deniz mavisi duvarların ışıkları yanıyor ve duvarlar sanki akvaryum içindeymiş gibi hissettiriyordu. Balık desenleri bile öyle inandırıcıydı ki... Hande bunu düşünmeyi bırakıp Semih'in konuşmasına odaklandı.

"Ne demek gelmek istemiyor? Sana ne dedim ben Selim? Onu buraya getireceksin. Benim çağırdığımı söylemedin mi... Demek öyle... Telefonu Su'ya ver. Ben konuşacağım. Beni oraya getirtmesin o velet. Telefonu hoparlöre ver o zaman... Alo, Su! Seninle konuşmam gerekiyor. Melih ile ilgili değil. Selim'i ben gönderdim. O aptal herifin haberi bile yok... Konuşmayacaksın öyle mi? O zaman şöyle yapalım; eğer şimdi Selim'in arabasına binmezsen Melih'e evinin açık adresini vereceğim."

Hande biraz daha duyabilmek için eğilmişti ki sendeleyip bileğini burktu ama düşmeden durabilmişti. Sesi de çıkmamıştı. Hemen duvarın arkasına geri döndü ve oturup acıyan bileğini ovmaya başladı. Semih onu görmemişti galiba... Konuşmaya öylece devam ediyordu.

"Bu tehdit sayılmaz. O yüzden de şikâyetin geçersiz olur. Boşuna gitme polis merkezine kadar. Seni zorla getirtmek isteseydim öyle olurdu. Selim sandığın kadar güçsüz değildir. Senin kadar da eğitimi var. Sana bir teklifim var. Biraz da istek diyebiliriz. Eğer gelmezsen Melih seni almaya gelecek. Emin olabilirsin... Güzel... Görüşürüz... Evet, genelde söylerler... Bekliyor olacağım."

Telefonu kapattığı gibi merdivenlere doğru "Buraya gel Hande." dedi. Hande ses vermeyince "Orada olduğunu biliyorum. Gel de bileğine bakalım." diye devam etti. Hande artık saklanmanın anlamı olmadığını fark edince alt dudağını sarkıtarak son merdiveni indi. Semih onun sekerek yürüdüğünü görünce kucağına alıp koltuğa kadar taşıdı ve koltuğa yatırdı. Ardından da ince bileğini eline aldı. "Nereden anladın?"

"Neyi?"

"Seni dinlediğimi tabii ki! Gördün değil mi beni?"

"Gördüm ama görmeden önce de ayak sesini duymuştum. Ayrıca biri benim olduğum odadaysa hissederim. İşim gereği..." diye açıklama yaptı Semih. Bileği biraz oynatınca Hande acıyla inledi. "Ah! Canımı yakıyorsun!"

"Kendi düşen ağlamaz küçük hanım. Ayrıca birinin konuşmasını gizlice dinlemek çok ayıp."

"Oldu! Bir dahaki sefere haber veririm! Allahım ya! Sen hem başka kızlarla konuş hem de bana ayıptan bahset! O kadın güzelse geldiğinde saçını başını yolarım! Yapmayan adam değil, hem ayıp yatakta olur."

"Senin ağzın çok bozuldu bakıyorum."

"Benim ağzım zaten bozuktu. Beğensen de beğenmesen de böyle. Tamir edilmeye de ihtiyacı yok."

"Tamir etmek? Sanırım espri anlayışının ciddi bir tamire ihtiyacı var!"

"Seninki çok güzel sanki! Hem bırak bileğimi ya! Sıka sıka morarttın!"

"Ben dokunmuyorum bile neredeyse! Sen kendin morarttın! Ayrıca sana mor çok yakışıyormuş."

"Bir tane de senin gözüne yapalım! Bakalım bana yakıştığı kadar sana da yakışıyor mu?"

"Çocuk gibisin Hande! Tam bir çocuk!"

Hande somurttu sadece. Semih mutfağa gidip buz getirince hızla ayağa kalktı. "N-ne yapacaksın o buzu?"

"Bir yerime sokacağım! Ne yapabilirim Hande? Bileğine koyacağım tabii ki!"

"Olmaz!" dedi Hande koltuğun arkasına geçerken. "Neden? Bileğin şişecek ve moraracak koymazsam." deyince Semih, "Hayatta olmaz! O buz gibi soğuk şeyi bileğime koydurtmam!" diye cırladı kız.

"Hande buz gibi soğuk olması doğal değil mi? Buz zaten bu! Saçmalama ayrıca..." derken ona doğru yürüyordu. Hande ise sekerek koşmaya çalışıyordu. O buzu bileğine koydurtmamakta kararlıydı. Ta ki diğer bileğini de burkup düşene kadar. Semih onun hâline kahkahalarla gülmeye başladı. "Ya ne gülüyorsun? Düşmüşüm burada, sen gülüyorsun! Ayıp denen bir şey var." demişti ki Semih ona az önceki sözünü hatırlatarak Hande'nin alt dudağını sarkıtıp susmasını sağladı: "Ayıp yatakta olur karıcığım!"

"Semih ben acıktım." dedi alt dudağını sarkıtarak Hande. Genç adam ona döndü ve elindeki gazeteyi sehpaya bırakıp rahat oturuşunu yavaşça bozarak ayağa kalktı. Adam koyu mavi gözlerini kızın üzerine dikmişti. Birden o sert bakışları yumuşadı. "Ne yemek istersin?" diye sordu. "Bilmem, ne olursa yerim. Ispanak hariç..."

"Yasin'e söyleyeyim de gidip alsın bir şeyler." diyerek kapıya doğru yürüdü. Hande'nin düşmesi hiç iyi olmamıştı. Gidip o Berk Bey'den hesap sormalı ve sonra da bir basın açıklaması yapmalıydı ama Hande'yi o hâlde bırakıp gitmek de istemiyordu. Neyse ki ertesi gün holdinge gidecekti. Holdingden çıkınca da Berk Bey'e uğrayabilirdi. Tabii o aptal kadına da... Nasıl olmuştu da o kadınla birlikte olmuştu hâlâ aklı almıyordu. Gerçi hayatında her zaman çok akıllı olmayan kadınlara yer vermek kendi tercihiydi. Genelde ayrılırken sorun çıkartmıyorlardı çünkü. Bilseydi başına böyle sorun açacağını ayrılırken o beyinsiz kafasını da bedeninden ayırırdı. Hem de bir an şüphe etmeden. Hande'nin bu olayı duyarsa ne tepki vereceğini kestiremiyordu ama işin gerçeği üzülmesinden de korkuyordu. O belki öyle neşeli görünüyordu, güçlü görünüyordu ama Semih içten içe de biliyordu aslında onun ne kadar narin olduğunu.

Yemeklerini yedikten sonra Hande az ilerideki kumandayı işaret ederek "Onu verir misin?" dedi.

"Neden?"

"Buradan uzaya sinyal yollayacağım televizyon kumandasıyla!"

"Demek kendi türünle böyle anlaşıyorsun." dedi Semih de alaya vurarak. "Semih! Saçmalamayı kes de ver şu kumandayı!"

"Olmaz!"

"Neden? Canım sıkılıyor."

"Melih ile Yağız gelecekler birazdan, sıkıntın geçer. Sohbetleri çok eğlencelidir onların."

"Sorma, hele Melih! Susmak bilmiyor. Hem her neyse, onlar gelene kadar izlerim. Ne olacak ki?"

"Televizyon bozuk!"

"Sen nereden biliyorsun? Geldiğimizden beri açmadık ki televizyonu!" demesiyle Semih içinden, ne olurdu sanki bu kadar detaycı olmasan be güzelim, diye geçirirken yalanını sürdürdü. "Biliyorum çünkü Selim bana haber vermişti telefonla, ben de gelince yaptırırız dedim."

"Of ya! Tamam, gazetenin ekini ver de onu okuyayım bari!"

"Ne eki?"

"Magazin eki olacak hâli yok ya Semih! Tabii ki spor ekini istiyorum. İddaa oynarım belki"

"Sen kumar mı oynuyorsun?" dedi genç adam gözleri açılarak. Hande'nin spor eki istemesine şaşıracak vakit bulamadan bunu duyunca ne hissedeceğini şaşırdı. Ne biçim bir kadınla evlenmişti böyle? Gazetenin ekini ona verince yüzündeki mutluluk görülmeye değerdi. Sanki çok büyük bir şey yapmıştı da Semih, Hande de ona seviniyor gibiydi. Hande nasıl bir kadınsa öyleydi, her halükârda Semih ondan hoşlanıyordu. Bu kadın bütün cadılıkları bir ömür çekilebilecek bir kadındı işte.

Hande gazeteyi okurken Semih de ağabeylerine mesaj attı. Gelirken de küçük Hande'yi getirmelerini söyledi. Tabii gelmemeleri ihtimaline karşı tehdit etmeyi de unutmamıştı. Eğer gelmezlerse annesine, ağabeylerinin de evlenme yaşlarının gelip geçtiğine dair uzun bir konuşma yapacağını söylemişti ki bunu gerçekten yapacağını ikisi de biliyordu. Semih onların aksine blöf yapmazdı. Yarım saat sonra Hande gazetenin bütün spor haberlerini inceleyerek neredeyse sonuna gelmişti ki kapı çalındı ve bir süre sonra da içeri küçük bir kız ardından da Melih ve Yağız girdiler. Semih küçük yeğenine bir işaret yapıp onu yukarı çağırırken Hande okuduğu haberden başını kaldırmamıştı bile. "Yenge? Bir hoş geldin yok mu?" diyen Yağız'ın sesine karşı bile başını kaldırmadı. Sadece "Bir dakika, önemli bir haber okuyorum." diye mırıldanıp gazetesine iyice odaklandı. Yağız sırıtarak gazeteyi Hande'nin elinden çekti ve yukarı kaldırıp "Bakalım ne okuyorsun?" dedi.

Melih de araya girmişti; "Ne okuyacak? Kesin dedikodudur."

"Oğlum ne dedikodusu! Kız futbol haberi okuyor. Yok artık!" diyen Yağız, Hande'den önce cevap vermişti Melih'e. İki adam şaşkınca birbirlerine bakarken Hande dizleri üzerinde kalkıp gazeteyi almayı denedi. "Versene ya gazetemi! Hem sana ne? Yasak mı futbol haberi okumak?"

"Vay! Kızıl güzelimiz çok mu kızarmış? Çok merak ettiysen haberi, elimden alırsın gazeteyi!"

"Allah rızası için sen kafiyeli konuşmayı deneme ya! Beceremiyorsun bile! Ayrıca ayağa kalkabilseydim alırdım o gazeteyi! Sonra da açık deliklerini tıkardım!"

"Ooo... Hande, bu kadar kızacağını bilseydim..." dedi sonra lafını sırıtarak devam ettirdi. "Gazeteyi daha önceden alırdım."

"Sen ne kadar gereksiz bir adamsın ya?" diyen Hande onunla tartışırken Melih bir koltuğa oturmuştu bile. Küçük Hande ise Semih ile konuşmasını bitirmiş merdivenleri iniyordu. Semih ona Hande ablasının yanında durmasını söylemişti. Belli ki Hande'yi tutabilecek tek şey bu küçük kızdı. Aşağı inince hiç oturmadan "Ağabey, sen burada kalıp Hande ve küçük Hande ile ilgilenir misin? Benim Yağız ağabeyimle işim var. Dışarı çıkmamız lazım." dedi.

Melih başıyla onayladı. Zaten biliyordu onların nereye gideceğini. Semih sabırsız bir adamdı. Tutamamıştı işte kendisini. O adama acıyordu. Semih, Yağız'a bakıp elindeki gazeteyi ve Hande'nin dizleri üzerinde elleri belindeki hâlini görünce durumu kavrayıp Yağız'ın elindeki gazeteyi ani bir hareketle alarak karısına verdi. Ardından da alnına bir öpücük bırakıp "Geldiğimde seni burada bulmak istiyorum. İncitecek ayak bileğin kalmadı belki ama sen onları kırabilirsin de sonuçta." diyerek geri çekildi. Hande ise sinirle adamın göğsüne bir yumruk atıp "Pis odun!" diye bağırdı.

"Sadece seni düşünüyorum hayatım." diyen Semih odanın çıkışına ulaşmıştı bile. Arkasından Yağız ilerliyordu. Onlar evden çıkarken Hande de küçük kıza dönüp yanına çağırdı. Bacaklarını çekip iki kişilik yumuşak koltukta ona yer açmıştı bile. Küçük kız oraya oturunca onu öpücüklere boğdu önce. Bu kız gözüne artık daha sevimli geliyordu. Küçük Hande kıkırdamaya başlamıştı bile. Melih ise onlara bakıyordu ama aklı başka yerdeydi. Bu fazlasıyla belliydi. Yine de iki Hande de bunu görmediler.

"Hande abla?"

"Efendim tatlım?"

"Ayaklarına ne oldu?"

"Senin dayın yüzünden düştüm."

"Hangi dayım yüzünden?"

"Semih dayın yüzünden, beni sinirlendirdi! Ben de düştüm."

"Acıyor mu?"

"Şimdi acımıyor."

"Birlikte vakit geçiririz diye gelmiştim ben ama sen yürüyemiyorsun. O zaman bana masal anlatsana."

"Ben masal bilmem ki. Ama yukarıda Semih dayının tableti var. Onu getirirsen oradan bir şeyler okuyabilirim sana."

Küçük kız yukarı koşup Semih'in çalışma odasından tablet bilgisayarını alıp aşağı indi. Hande interneti açtığı an tabletin sayfasında geçen haberlere dikkat etmeden arama motorunu açacaktı ki küçük kız "Hande abla, ne kadar güzel çıkmışsın." deyince kaşlarını çatarak kıza baktı. Ne dediğini anlamamıştı ki.

"Nasıl yani?"

"Fotoğrafta diyorum güzel çıkmışsın." diyerek ekrandaki fotoğrafı gösterdi kız. Hande haberi görünce daha da çatıldı kaşları. Kötü bir şey olmamasını umarak açtığı haber ani dönüşlerinin de, Semih'in sinirinin de, nereye gittiğinin de açıklaması gibiydi.

Melih sıkıntıyla elini saçlarından geçirdi. Semih, Hande'ye engel olmadığı için onu pişman edecekti ama vakti olmamıştı ki. Genç kız kendi telefonu Semih'te olduğu için elini Melih'e uzattı: "Telefonunu ver."

O sırada Semih arabayı son hızla Berk denen o adamın evine sürüyordu. Telefonunun çaldığını duysa da açmayacaktı ama Melih arıyordu. Hande'ye bir şey olmuş olabilirdi.

O yüzden arabayı biraz yavaşlattı ve telefonu açıp kulağına götürdü.

"Alo?"

"Semih! Haberleri gördüm. Nereye gittiğini biliyorum. Eve dön lütfen."

Adam sıkıntıyla burun kemerini sıktı ve elini direksiyona vurdu. "Dönemem. Yapmayacağım."

"Lütfen!"

"Hande benim işime burnunu sokma. Eve gelince konuşuruz."

Telefonu kapatacaktı ama Hande "Sana bir şey olsun istemiyorum. Birazcık değerim varsa gözünde gel." deyince durdu. Telefonu kapatıp ceketinin cebine koyduktan sonra arabayı kenara çekip birkaç kez direksiyona vurdu. Sinirini atıp sakinleşmeye çalışıyordu. Eve dönecekti ama bu işi daha sonra halledecekti. Hande'nin ondan şüphelenmeyeceği bir zamanda...

YEDİNCİ BÖLÜM

Hande sinirden saçlarını birbirine karıştırmıştı. Ona kızgın mıydı yoksa endişeli mi bilmiyordu. Kapıdan içeri giren Semih'i görene kadar içi içini kemirmişti. Melih, küçük Hande onun davranışlarından etkilenmesin, korkmasın diye yukarı çıkarmıştı. Adam içeri girdiğinde Hande kaşlarını çattı. "Sen ne deli adamsın! Nasıl böyle düşüncesiz olursun?"

"Buradayım işte, bir şey yapmadım."

"Ama yapacaktın. Seni aramasam... Ya aramasaydım?"

"Tamam, sakinleş biraz. Üzgünüm."

Hande rahatlamıştı en azından. Bir süre daha kaşları çatık duracaktı. Ona tavır yapmaya hakkı olmalıydı değil mi? Semih koltuklardan birine otururken Yağız, Hande'nin saçı başı dağılmış, dudakları çocuk gibi büzülmüş, kaşları çatık hâlinin telefonuyla fotoğrafını çekti. "Bunu bütün sosyal paylaşım sitelerinde paylaşacağım tatlım!" diye müjdeli haberini de vermekten geri kalmadı. O sırada Melih merdivenlerden iniyordu. Küçük kız uyumuştu.

"Semih eğer o telefonu alıp o fotoğrafı silmezsen gece yatağa gelmem! Yemin ederim, burada uyurum!"

"Hayatım seni kucağıma alıp yukarı taşırım ve aşağı yürüyebileceğini sanmıyorum."

"Sürünerek de olsa gelirim! Ne kadar azimli olduğumu bilirsin."

"Biz ona azim değil, inat diyoruz." deyip Yağız'a döndü genç adam. "Ver şu telefonu."

"Hayatta olmaz!"

"O zaman ölünce olur! Sen ölünce mesela! Ne dersin? Beynini mi patlatmamı tercih edersin?"

"Çok korktum Semih! Kılıbık mı oldun oğlum sen? Karını yatağında bile tutamıyor musun? Yazık sana!"

"Az önce şaka yapıyordum ama şimdi ciddileşebilirim. Karımı yatağımda tutamamak ya da kılıbık olmak değil ona saygı duymak desem anlar mısın ağabey? Alabilir miyim telefonu?"

Melih telefonu veren ağabeyine şaşkınca bakarken Yağız açıklama ihtiyacı hissetti. "Sinirleri bozuk zaten, o yüzden çok üstüne gitmiyorum."

Semih onlara bakmadı bile. Fotoğrafı silip ağabeyine verdi. Sonra da karısına dönüp "O fotoğrafı silmeseydim bile yatağımdan başka yerin olmadığını bil! Benim olduğum yerde yaşamak, benim hayatımın sınırlarında bulunmak ve benim yatağımda yatmak zorundasın! Anlatabildim mi?" dedi. Sesi sakin olsa da altında gizli bir tehdit olduğunu bir aptal bile anlayabilirdi. Hande sadece yutkundu ve başını hafifçe onaylar şekilde salladı. Sonra da kollarını Semih'e doğru uzatıp "Beni yukarı götürür müsün?" diye sordu. Semih eğilip karısını kucağına aldı. Hande'nin bu kadar çabuk kabullenmesini beklemiyordu.

"Yatak odasına mı?"

"Banyoya gitmem gerekiyor ama önce kıyafet almalıyım."

"Tamam." dedi Semih ve onu odada dolabın karşısına getirdi. Hande gereken kıyafetlerini alınca Semih ayağının yardımıyla açtığı dolabı ayağıyla kapattı. Sonra da kadını banyondaki küvetin kenarına bıraktı. "Yardımıma ihtiyacın var mı?"

Hande bu soru karşısında tuhaf bir biçimde utandı. Semih elbette onun bedenini görmüştü ve biliyordu ama bulundukları durum ona utanç verici gelmişti. "Gerek yok." dedi kısık bir sesle. "Olursa seslen." diyerek banyodan çıktı genç adam.

Semih aşağı indiğinde ağabeyleri oturmuş ciddi bir şekilde konuşuyordu. Yanlarına gidip boştaki koltuğa oturdu.

"Ne konuşuyorsunuz?"

"Şirkette paralar eksiliyor. Çok fazla değil ama az da sayılmaz. Bir adamı zengin edebilecek kadar çok para eksik. Belgelerde ise bankada görünüyor."

"E bu işlerden sorumlu müdürle konuşun. O elbet verir bir cevap! Ya da verdirirsiniz."

"Adam bu hafta içi istifasını verdi. Artık çalışacak yaşta olmadığını söyledi. Ailesiyle birlikte Antalya'ya yerleşip sakin bir hayat süreceğini söylemiş."

"Demek ki bu adam bir şeyler biliyor. O kadar maaşı bırakıp da neden başka bir yere yerleşsin ki? Fazla da yaşlı değildi sanırım."

"Hayır, kırk iki yaşındaydı. Adı da Kemal Kartal."

"Para musluğunun açığını bulunca oraya dayanıp kesesini doldurmuş demek ki! Ama ben onun bir yerlerine monte edeceğim o paraları." demişti ki iki adam da ona baktı. Semih en son bunu söylediğinde bir adamın sırtına masa monte etmişti. Elindeki çekiç ve çivilerle iki adam onu inanamazca izlemişti. Açıkçası yöntem işe yaramıştı ve adam anında kimin için çalıştığını söylemişti o da ayrı bir konuydu. Semih gerçekten acımasız bir adamdı. Sınır tanımıyordu. Melih ona tuhaf bir bakış atıp "Sen bu işe karışmayacaksın." dedi. "Neden?"

"Çünkü bu hafta sonu bir aydır ertelediğin Amerika'daki işi halletmen gerekiyor. Sonra da Norveç'e gidip iş yapacağımız adamlarla görüşeceksin tabii."

Semih suratını buruşturdu. Hande'yle tanıştığı gün o işleri biraz ertelemişti. "Bu hafta olmaz. Daha sonra giderim." Yine geçiştirdi ama o ay olmasa sonraki ay gidecekti. Ne kadar geç o kadar iyi, diye düşündü.

Ertesi sabah erkenden gözlerini açtı Hande. Semih hâlâ uyuyordu ve kadına sıkıca sarılmıştı. Tabii kendi kolları da Semih'in beline dolanmıştı. Dışarıdan gelen seslere ve odanın içine perdeleri çekili pencerenin arasından süzülen boğucu renge bakılırsa yağmur yağıyordu. Temmuz ayının ortalarındaydılar. Hande biraz daha Semih'e sokuldu ve gözlerini kapattı. Ona sarılmış bir hâlde cama vuran damlaların sesini dinlemek hoşuna gidiyordu. Semih'in ve kendisinin beline kadar inmiş olan örtüyü tutup yukarı çekti. Yoksa ikisi de üşüyecekti. Yaz olsa da biraz serindi sanki. Öylece yarım saat kadar yattıktan sonra genç adam da gözlerini araladı. Önce bedenine dolanmış olan kolları hissetti. Başını hafifçe çevirince onun uyandığını anlayıp başını kaldıran kadınla yüz yüze geldiler. Semih kadının dudaklarına küçük bir öpücük kondurup hafifçe geri çekilerek "Günaydın." diye mırıldandı.

"Günaydın." dedi Hande. Ardından hafifçe doğrulup kollarını çekmişti ki Semih onun kolunu kavrayıp hafif ama hızlı bir hareketle Hande'yi göğsüne çekti. "O bileklerle kalkabileceğini mi sanıyorsun?" derken başı göğsünde olan kadın onun sesini fazlasıyla yakından duyuyordu. Kızıl saçları birbirine girmişti ama fazlasıyla sevimliydi. Küçük ağzını açtı konuşmak için ama sonra geri kapattı.

"Ama açım." dedi sonunda dayanamayarak. Midesinden gelen gurultular da bunu belirtir gibiydi. "Bekle de kahvaltı hazırlayayım."

"Tamam." dedi ve yavaşça kalkan adamı izledi. Genç adam kalkarken göğsündeki başı yastığa nazikçe bırakmıştı.

Semih odadan çıkıp mutfağa indi ve güzel bir kahvaltı hazırladı. Hiçbir zaman karısına yemekler hazırlayıp, yatağa kahvaltı götüren adamlardan olacağını düşünmemişti ama Hande'nin durumu ortadaydı. Eline yapışmıyordu ya. Hazırladığı tepsiyi eline alarak yukarı çıktı. Kapıyı hafif aralık bıraktığı için ayağıyla hafifçe ittirerek kolaylıkla açmıştı. İçeri girip yatakta doğrulmuş, sırtını başlığa dayayarak oturan kadının kucağına bıraktı.

"Senin yüzünden ne hâllere düştüm bak? Ah Hande ah! Neler yapıyorsun bana?"

"Ne yapıyormuşum ki?" diyen kadın kaşlarını kaldırmış bir şekilde yanına oturan adama bakıyordu. "Hiç iyi şeyler olmadığı kesin." diye mırıldandı ve ardından kadının konuşmasına izin vermeden elindeki ekmek parçasını onun konuşmak üzere açılmış ağzına tıktı. "Sus da kahvaltını yap. Bugün çok işimiz var."

Hande ağzı dolu olduğu için konuşamıyordu. Sorun aslında ağzındaki yemek değildi. Semih'in yanında görgü kurallarına uyma ihtiyacını pek hissetmiyordu. Bütün sorun Semih'in ağzına tıktığı ekmeğin kocaman olmasıydı. Çiğnemekte bile zorlanıyordu. Tam ağzındaki bitmişti ki Semih bir yenisini yerine koydu. Üçüncü sefer bunu denediğinde Hande onu engellemeyi başarmıştı.

"Kes şunu! Nefes almak istiyorum!"

"Konuşmaya harcayacağın vakti nefes almaya harcarsan bir gün içinde ömür boyu kullanabileceğin kadar oksijenin olur."

"Hahaha! Çok komik!" dedi genç kadın dalga geçerek. Semih ise umursamazca omuz silkti. Belli ki canı sıkkındı. Hande akşam ne olduğunu bilmiyordu ama Semih'i mutlu etmeyecek şeyler olduğu kesindi. Adama doğru yaklaştı ve yanağına bir öpücük kondurup "Moralin neden bozuk?" diye sordu geri çekilirken. Üzerindekileri devirmemek için bir hayli çaba harcamıştı. Neyse ki adamla aralarında çok mesafe yoktu. Sonra da eline aldığı ekmek dilimine bıçak yardımıyla yağ ve reçel sürmeye başladı.

"İlgili bir eş olman için moralim mi bozuk olmalıydı yani? Peki, biraz daha ilgi için depresyona mı girsem acaba?" dedi Semih. O sırada Hande hazırladığı ekmeği Semih'in ağzına götürüp "Tabii ki depresyona girmemen gerekiyor. Çünkü depresyondaki birini hiç çekemem ben." dedi. Semih ekmekten bir ısırık alıp çiğnerken memnun olduğunu belirten bir ses çıkartıp yuttuktan sonra "Sen bana böyle bakacaksan girmem." diye mırıldandı.

"İyi o zaman."

"Ekmeğimi bitirebilir miyim artık?" dedi Semih, Hande'nin elindeki ekmeği gözleriyle işaret ederek. Genç kadın gülerek elini yaklaştırdı adama doğru.

"Seni ellerimle besliyorum bak."

"Şu an çok şüpheliyim. Bunun altından ne çıkacak acaba?"

"Ne çıkabilir ki Semih? Ayrıca sen az önce bugün çok işimiz olduğunu mu söylemiştin? Ne yapacağız ki?"

"Annemlere gideceğiz. Babamla konuşmam gereken bir konu var. Sen de umarım kısa sürede iyileşirsin."

"Ben de öyle umuyorum. Bu hiç iyi hissettirmiyor."

"Yapacak bir şeyimiz yok." dedi Semih de sıkkınca.

Kahvaltılarını ettikten sonra Semih tepsiyi kaldırdı. Tekrar yukarı çıktığında Hande yatağa gömülmüştü. "Uyuyacak mısın?" diye sordu ve Hande'den onayladığını belli eden bir homurdanma sesi çıkınca sırıtarak "Gerçekten mi?" diye sordu. Sonra Hande'yi küfrederken duydu.

"Sen bana siktir git mi dedin, bana mı öyle geldi?" dedi genç adam sırıtarak. Hande'nin bu kadar kısa sürede tekrar uykusunun gelmiş olabileceğine inanamıyordu.

"Ne duyduysan o Semih! Defolabilir misin acaba?"

"Defolamam benim tembel karıcığım." dedi genç adam ve sonra yatağa oturup kadını belinden kavradığı gibi kendine yaklaştırıp örtüyü açarak gıdıklamaya başladı. Hande kahkaha atmaya başlamıştı bile ama kahkahalarına Semih'e ettiği küfürler karışıyor ve aynı zamanda da debelenmeye devam ediyordu.

"Özür dilemeyi denersen küfür etmekten daha çok işe yarar." dedi genç adam.

"Ö-öyle mi bay ukala? Ya! K-karnım ağrıyor." dedi Hande sinirle. Sonra Semih'i nasıl kandıracağını bulup acıyla çığlık attı. Bu tabii ki numaraydı ama Semih o anda durdu. Hande ise onun şaşkınlığından faydalanıp adamı yatağa itti-rerek üstüne oturdu. "Benimle uğraşmamalıydın Semih! Sen mafyaysan ben de mafya avcısı olurum." dedi. Sonra da parmağını adamın göğsüne bastırıp devam etti. "Şah, mat! Ben kazandım! Artık uyuyabilir miyim?"

"Hayatım, normalde uyuyamayacaksın zaten ama üzerimde böyle durursan birazdan çok tehlikeli şeyler olabilir."

"Öyle mi? Ne gibi?" demesiyle ne olduğunu anlamadan kendini Semih'in iri bedeninin altında buldu ve sırtının yatağın yumuşak zeminiyle bir olduğunu fark etti. Şaşkınlıktan hareket bile edemeden Semih'in sesi duyuldu. "Bakalım elimden nasıl kurtulacaksınız küçük hanım? Size hiç öğretmediler mi? Ateşle oynanmaz! Ama görünüşe bakılırsa sen ateşi bedenine elbise etmek istiyorsun!"

Semih bu cümleden sonra kendisine iri gözleriyle masum bakışlar atan karısını öpüp biraz geri çekildi ve küçük kızın burnunu sıktı.

Üç Hafta Sonra

Genç kadın üzerine giydiği siyah elbiseyle fazlasıyla güzel görünüyordu. Bir renk bir insana ancak bu kadar yakışabilirdi. Oysa giydiği öylesine sıradan bir elbiseydi ki... Hande'nin üzerindeyken ise sanki dünyanın en mükemmel elbisesi gibi görünüyordu. Hande ayna karşısında gözüne kalem sürmeye çalışırken kapı açıldı ve içeri Semih girdi. Genç kadın da ona doğru döndü. Semih onu görünce sinirlenmiş gibiydi. Genç kadın buna bir anlam veremedi.

"Ne oldu? Çok mu açık giyinmişim?" diye sordu. Belli ki sıkıntı elbisesindeydi çünkü Semih elbiseye canlı olsa öldürecekmiş gibi bakıyordu. Oysa elbise dizlerinin hemen bir karış üzerinde bitiyordu ve hiçbir şekilde dekoltesi de yoktu. Askılı bile değildi. Kısa kollu, üstü dar ama altı balon etekten oluşan bir elbiseydi.

"Hayır! Ama neden bu kadar güzel giyindin? Çok güzel olmuşsun." dedi adam sinirle.

"İltifat mı ediyorsun küfür mü anlamadım! Sorun ne?"

"O kadar adamın benim karımı bu kadar güzel görmesini istemiyorum. Biraz daha çirkin giyinsene! Yüzün zaten güzel, saçların ve gözlerin benzersiz sen bir de üstüne böyle güzel şeyler giyiyorsun. Hayır, bir insanın gözleri gölgede duman rengi, güneşte ela veya yeşil olur mu ya? Her şey yakışıyor sonra!"

O kadar sinirli konuşuyordu ki Hande ne yapacağını şaşırdı. Semih dolabı açıp kıyafetleri karıştırmaya başladığında onu sadece şaşkınca izleyebiliyordu. Semih dolaptan çıkardığı siyah bir etek pantolon ve kalın askılı siyah bluz ile son olarak kısa kollu, beyaz, kot bir cepken çıkardı.

"Bunları giy!" diyerek Hande'nin eline tutuşturduktan sonra onu izlemeye başladı.

"Kendimi taciz ediliyor gibi hissediyorum. Sen beni izlerken soyunamam ya!"

"Seni zaten çıplak gördüm."

"İyi ki belirttin. Ya Semih, çık odadan."

"Tamam, yavaş giyinebilirsin. Ne kadar geç gidersek o kadar tatmin olacağım. En azından orada az vakit geçirmiş olacağız." diyerek odadan çıktı genç adam. Hande de Semih'in verdiği kıyafetleri giydi. Aslında Semih'in bu emrine uymayacak gibiydi ama Semih sonuçta her ne kadar küfürlü olsa da iltifat etmişti ona. Tamam, bir odunun aniden romantik bir âşığa dönüşmesini bekleyemezdi. En azından bu yolda ilerliyor gibiydi Semih.

Genç adam kapının önüne geldiğinde orada bekleyen adamına arabayı hazırlamasını söyledi. Bu sırada da telefonunun melodisi kulağına geldi. Arayan kişi Selim'di. Telefonu açıp kulağına götürerek sert ses tonuyla konuşmaya başladı.

"Selim?"

"Benim Semih, Su!"

"Ne oldu?" diye sordu Semih. Eğer Su gelmemek için ısrar etmek üzere aramışsa bu kez gidip zorla getirebilirdi. Hande'yi güvenebileceği birine emanet etmek istiyordu ve o lanet kardeşi kızı kırdı diye karısını bu korunmadan mahrum edecek değildi. Karşısındaki kızın gereksiz itirazları da umrunda bile değildi. Sorusunun cevabını kısa süre sonra aldı.

"Ben sana güvenmiştim. Melih'e neden yerimi söyledin?" diyen kadının sesinde bariz bir hayal kırıklığı ve çaresizlik vardı. Belli ki o hâlâ Melih'i unutamamıştı ve bunun yanı sıra Semih'e o kadar güvenmişti ki Melih kardeşi bile olsa söylemeyeceğini düşünmüştü. Üzgün olduğu sesinden gayet belliydi.

"Ben söylemedim! Ne diyorsun sen Su?" dedi genç adam sinirle. Nasıl olurdu da kendisine inanmazdı? Ne zaman yalan söylemişti ki Semih? Su onun kardeşi gibiydi. O sırada arkadan Selim'in sesini duydu. "Manyak karı! Ver şunu!" diyordu o ses.

"Seni kaba adam! Ben bunu birazdan bir yerine sokacağım! Bırak da konuşmam bitsin!"

"Sapık çıktı bir de! Beni mi taciz ediyorsun sen?" diyen Selim'in sesini duyan Semih onların telefonu unutup kendi aralarında bir tartışmaya giriştiğini anlamıştı. Kendisi de çok normal sayılmazdı ama yine de neden çevremde bir tane normal insan yok ki, diye düşündü. Sonunda Su tartışmadan galip çıkmış olacak ki kendisine cevap veren ses onun sesiydi.

"O zaman Melih şu an nasıl oluyor da bir motosikletle peşimizden geliyor? Bütün İstanbul'u gezdik! Benzin bitecek birazdan ama senin bu lanet ağabeyin peşimi bırakmıyor!"

"Tamam, ararım şimdi ben onu. Ben dikkatini dağıttığımda izinizi kaybettirin. Tam on dakika sonra arayacağım. Kaçmaya da kalkma! İstersem seni bulurum! Biliyorsun!"

"Biliyorum." dedi kadın sesini sinirli bir hâle getirerek.

"İyi o zaman." dedi ve telefonu kapattı. Semih karşıdan ses gelmediğini fark edince telefonun kapandığını anladı. Atlatması gereken önemli bir yemek vardı ve bu psikopatla, manyak kardeşiyle ayrıca da Selim ile psikopat arasındaki problemle sonra ilgilenebilirdi. Merdivenlerden inen Hande'yi görünce nutku tutuldu. Bir kadına nasıl olur da giydiği her şey bu kadar yakışabilirdi ki? Kapıyı açarken sinirle mırıldanıyordu. "Sana çarşaf almalıydım. Bu bedenini ancak öyle gizleyebilirdim! Lanet olsun! Hazinemi paylaşmak istemiyorum!"

Semih yol boyunca fazlasıyla gergindi. Altı üstü bir iş yemeğiydi ama Berk'in de orada olacağını bilmek rahatsız ediyordu adamı. Eğer o lanet herif karısı hakkında tek kelime eder ya da ona asılmaya kalkarsa ona yapacağı işkenceleri düşünüp rahatlamaya çalışıyordu. Hande bu kadar güzel olmak zorunda mıydı sanki? Bu kadını doğduğu an bir kuleye kapatmalıydılar. Orada da 'Siyah Mercedesli Prensi'ni beklemeliydi. Ki doğal olarak bu kişi kendisi oluyordu, o Berk denen üretim hatası değil.

Arabayı park edip indiğinde şakaklarını ovuşturdu. Derin bir nefes aldı ve koluna giren karısıyla içeri yürüdü. Hande'yi korkutmak ya da germek istemiyordu. Gerçi bu kadın onu bir adamın kafasını dağıtırken görmüştü. Yine de kendisine kafa tutmaktan geri kalmayacak kadar cesur olduğu da ayrı bir gerçekti.

Hande adamın kendisininkiyle kenetlenmiş koluna diğer elini koyup hafifçe okşadı. Adamın sinirli olduğunu biliyordu. O yüzden de ağzını açmadı. Korktuğu için değildi aslında bunu yapması, sadece ona destek olduğunu böyle belli ediyordu.

İçeri girdikleri an başını kaldırıp etrafa bakındı. Çok kalabalık değildi ve göz önünde bir ortam olmamasına rağmen oldukça lükstü. Ayrıca kimse başını kaldırıp onlara bakmıyordu. Genelde gittiği ortamda dikkat çekerdi Hande. Gerçi Semih'le olduğu zaman sanki "Hey, millet bana bakın!" diye bağırıyormuş gibi herkes onları izliyordu.

Semih masaya yaklaştıklarında karşısında gördüğü adama ters bir bakış atmadan edemedi. Aynı zamanda karısının kolundaki elini de sıkılaştırmıştı. Vermek istediği mesaj fazlasıyla açıktı. Herkesle tek tek el sıkıştı. Adamla el sıkışırken ne kadar tiksinse de gözlerini onun gözlerine dikti. Hande ile onun el sıkışmasına izin vermeden kızı diğer köşeye yönlendirdi. Onu oturttuktan sonra hemen yanındaki sandalyeye de kendisi oturdu. Herkes yerlerine oturduğunda gerginlik yok gibiydi. Berk ve Semih dışında tabii. Berk ise rahat bir tavırla sandalyesine yaslanıp "Hoş geldiniz, biz de yolda başınıza bir şey geldi zannettik. Bu kadar gecikince..." dedi.

Semih ise ters bir şekilde, karısını süzen adama uyarıcı

bakışlar atarken cevap verdi; "Hayır, belki yakınlarda bir volkan falan patlar da lavları arasında kalarak ölürsün diye ümit ediyorduk sadece."

Berk de dâhil masadakiler bu bir şakaymış gibi sadece güldü. Oysa Semih çok ciddiydi bu söylediğinde. Berk de bunu gayet iyi biliyordu. Hande ortam gerilmeden kocasının koluna hafifçe dokunup onun dikkatini kendi üzerine çekerek "Acıktım ben hayatım." dedi.

Semih onun 'hayatım' demesiyle gülümsemeye başladı. Bu egosunu tatmin ediyor aynı zamanda karşısındaki adama Hande'nin tamamen kendisine ait olduğunu gösteriyordu. Masadakiler de önceki haftalarda çıkan haberleri biliyordu ama Semih'in yaptığı basın açıklamasından da haberleri vardı. Garson masanın diğer tarafından siparişleri almaya başlamıştı. Kısa süre sonra genç garson yanlarına geldi. Semih bir süre menüye bakıp hemen kararını verdi.

"Bana bir Urfa kebabı, içecek olarak da ayran istiyorum." dedi. Hande o siparişini verdiği anda garsona dönüp "Ben de Urfa kebabı alayım." dedi. Semih bu davranışları karşılığında Hande'nin bir sürprizi hak ettiğini düşünüyordu. Karısına güzel bir hediye alacağını aklına not etti. Hande kendisine ne içeceğini soran garsona "Kola" diye cevap verince Berk araya girip "Kola mı içeceksin?" diye sordu. Semih sert bakışlarını karısından karşısındaki adama çevirdi. "Sana ne? İstediğini içer!" Herkes biraz gerilmiş gibiydi. Kavga çıkacağını düşünüyorlardı.

"Onun mide rahatsızlığı var. Kola içmesinin yasak olduğunu bilmiyor musun yoksa?"

Semih bir an sinirlendi ama sonra kendisini toparladı. "Bu seni hiç alakadar etmez."

"Semih!" dedi Hande yavaşça. "Tartışmana gerek yok. Ayran içebilirim."

"Sorun senin ne içtiğin değil, bu adamı ilgilendirmediği."

"Biliyorum ama biraz sakin olamaz mısın?" diyen kadına Semih sadece önüne dönerek cevap verdi. Hande bunun 'hayır olamam' demek olduğunu elbette anlamıştı.

Masadaki herkesten sonra esmer kadın ve Berk de siparişini vermişti. Ardından da ekledi; "Ortaya da bir salata ama içinde domates olmasın. Hande Hanım domates yemiyor."

Hande sinirle, bu adam deli mi, ne yapmaya çalışıyor, diye düşündü. Semih gerçekten kalkıp Berk'i öldürebilirdi ve Berk de onu kışkırtıyordu.

"Yiyorum! Yanlış biliyormuşsun. Hatta ben domatesi çok severim. Lütfen salata bol domatesli olsun!" dedi meydan okurcasına. Sinirleri bozulmuştu. O an Berk ile daha önce nişanlı olduğuna pişman oldu. Anlama sorunları mı vardı bu adamın? Artık onu sevmediğini neden anlamıyordu ki? Üstelik başka birinin karısına asılmaya hiç mi utanmıyordu?

Semih, Hande için sinirini bastırmayı denedi. Yemekleri gelince kadının hızlı bir şekilde yediğini gördü. Belli ki bir an önce yemeğini bitirip gitmek istiyordu. Kendisi de öyle hissediyordu. İleride oturan Jale Hanım ve eşi Şinasi Bey ile konuşan Semih'in gözleri sıkça Hande'ye dönüyordu. Arada konuşmaya Hande de dâhil oluyordu ama iş konusuna girince yemeğine dönmüştü.

Berk'in yanındaki kadın neredeyse hiç konuşmamıştı. Hande içinden "Kendisine bir robot bulmuş daha ne istiyor? Ölmek istiyorsa daha acısız yolları var! Ölme ihtimali olmasına rağmen kendisinin domates sevmediğini söyleyip ne yapmaya çalışıyor ki?" diye düşündü. Ortaya gelen salatadan da her ne kadar domatesi sevmese de yiyebildiği kadar yedi.

Sonunda yemeğini bitirmişti. Tatlı siparişi vermek istemiyordu ama garson gelip de siparişler verilmeye başlanınca o da bir puding alabileceğini söyledi.

Tabii Berk yorum yapmazsa ölür! Araya girdi. "Çikolatalı pudingi sever o..." dedi. Masada oturan herkes Berk'in tutumundan rahatsız görünüyordu. Garson adama tuhaf bir bakış atarken Hande tam, hayır çilekli alacağım, diyecekti ki Semih araya girdi.

"Biz artık kalkalım en iyisi, sizlere ayıp olmaz değil mi?"

Berk bu kez yorumda bulunmadı. Semih onu boğmamak için kendini sıkıyordu. Adam da bunu anlamıştı galiba. Sustu o yüzden. Diğerleri de Semih gitmezse olayın büyüyeceğini anladıklarından itiraz etmediler gitmelerine. Semih karısıyla arabaya binip otoparktan çıktı. Az ileride yol üzerindeki karanlık bir yerde durunca Hande kaşlarını çattı: "Ne oldu, neden durdun?"

"Hande arabadan çıkma olur mu?"

"Ne?"

"Birazdan arabadan ineceğim. Peşimden gelme!"

Hande yutkundu. Başını 'tamam' anlamında sallayıp camdan dışarıyı izlemeye başladı. Semih'in başına iş almamasını umuyordu. Adam onun endişesini hissetmişti. Kadını kendine döndürdü. Elini onun çenesine koyup başını hafifçe kaldırdı. "Korkma, işimi bilirim ben. Bana bir şey olmayacak."

Kadın tekrar başını salladı. Tekrar cama döndü. Başını yaslayıp dışarıyı izlemeye devam etti. Karanlıkta bir şey görmüyordu ama öylece bakıyordu işte. Yolun diğer tarafından gelen beyaz arabanın farlarıyla biraz etraf aydınlandı ve hemen sonra Semih onu tekrar arabada beklemesi için uyarıp arabadan indi. Hande onu arabanın ön camından izlerken o arabayı durdurup Berk'i indirdi. Adam onu ormanlık tarafa götürürken Hande esmer kadının hâlâ orada olup olmadığını merak etti. Semih'in başını derde sokabilecek bir şey olsun istemiyordu. Araba boş gibiydi. Semih adamı bir ağaca ittirdi. "Derdin ne senin aptal herif?"

"Hiçbir şey." dedi adam rahat bir tavırla. Ağaca yaslanmış, kollarını göğsünde bağlamıştı.

"Karım hakkında yorumlarda bulunmayı kes! Yoksa ben senin kafanı keseceğim."

"Onun hâlâ beni sevdiğini biliyorsun. O yüzden yemekte olmaktan rahatsızdın! Çünkü o eskiden benimdi! Seni bırakıp tekrar bana geleceğini biliyorsun. Er ya da geç Hande ait olduğu yere dönecek ve ne olursa olsun ben onu kollarıma bekliyor olacağım." demesi üzerine Semih hışımla adama yürüdü ama ona vurmadan yumruk yaptığı elleriyle kükrercesine konuştu. "Benim lan o! Piç! Benim karım o! Bana ait! Sadece bana!"

Adamın yakalarını kavradı. Gözleri ateş saçıyordu âdeta. Onun alaycı bakışlarına daha fazla tahammül edemedi ve sert yumruğunu indirdi. Berk elini kaldırınca Semih hızlı davranıp bir yumruk daha attı ve cebindeki çakıyı çıkardı. Adamın elini ağacın gövdesine koyup bıçağı sert bir şekilde serçe parmağına batırdı. Adamın boğuk sesi ağaçlık alanda yankılandı.

Semih sinirle adama doğru "Bu ellerini parçalayacağım ki bir daha hiçbir kadına dokunama pis ellerinle..." dedi. Sonra bıçağı adamın kulağına götürdü. Hareket ettirmeden önce hızlıca etrafa baktı. Hande onu dinlemeyip arabadan inmiş olabilirdi. Onu korkutmak ya da kendisinden tiksindirmek istemiyordu. Kimseyi göremeyince "Kulaklarını keseceğim ki Hande'nin o güzel sesini bir daha duyama!" dedikten sonra kulağına bir çizik attı sonra da gözünün kenarına doğru derisine bastırarak, derin bir yara açarak çekti bıçağı. "Gözlerini yerinden çıkaracağım ki onun o güzel yüzünü göreme bir daha!" diyerek ağzına doğru çekti bıçağı bu kez. "Dilini keseceğim ki onun o güzel adını bir daha ağzına alama!"

Bıçağı aşağı indirip bu kez adamın erkeklik organının üzerine getirdi. "Ve seni hadım edeceğim ki bir daha onun peşinde dolanma."

Semih arabaya döndüğünde Hande hiç konuşmadı. Semih'in üzerinde tek kan izi bile yoktu. Sessiz bir yolculuktu. Semih'in 'Bana aitsin' mırıldanmaları dışında... Sonunda Hande dayanamadı. "Ne yaptın ona?" diye sordu.

Semih sinirle ona döndü. "Ne fark eder?"

Hande yutkundu önce ve sonra konuşmaya başladı; "Benim için fark etmez, sadece başın belaya girsin istemiyorum."

"Sana söylemiştim. Öyle bir şey olmayacak." dedi Semih. Sonra da arabayı sağa çekip kadına eğildi. Onu da kendisine çekip dudaklarına bir öpücük kondurdu. Hafifçe geri çekildikten sonra "Benimsin!" dedi adam. Bunu defalarca tekrarlamasına rağmen hâlâ sanki bunu daha çok söylerse doğru olacakmış gibi devam ediyordu. "Sadece benim!"

Eve ulaşana kadar da son konuşmaları oldu bu. Eve girdiklerinde Yağız'ı görünce şaşırdı Hande. Semih ise hiç şaşkın değildi. Belli ki tahmin etmişti onun evde olduğunu. Kapıyı da evin içindeki korumalardan biri açmış olsa gerekti. Koltuklardan birine rahat bir şekilde yayılmış adama doğru yürüdü Semih. "Hoş geldin."

"Hoş buldum, gömleğin kırışmış ve ceketinin kolunda kan izi var. Adamı öldürdün mü?" diye sordu. Hande o ana kadar fark etmediği adamın kolundaki küçücük izi görünce şaşırdı. Yakından bile zor görülebilecek kadar küçüktü. Demek ki Yağız çok dikkatli bir adamdı.

"Öldürmedim." diye mırıldandı Semih.

"Sadece üzerine saldırdı." diye araya girdi Hande. "Kızgın bir boğaya kırmızı yemek masası örtüsü tutarsan olacağı bu işte..." diye de devam etti.

"Handeciğim..." diye söze başlamıştı ki Yağız, Hande sözünü böldü. "Ya deme şunu! Handeciğim ne ya? Sen eşcinselmişsin gibi geliyor öyle deyince."

"Sen bana eşcinsel mi dedin az önce?" derken tek kaşı kalkmıştı Yağız'ın.

"Of! Kapat şu konuyu ya! Kasap can derdinde koyun et derdinde." dediği sırada Semih onu yumuşak üç kişilik koltuğa bırakıp kendisi de yanına oturdu.

"O söz benim bildiğim öyle değildi."

"Çok da umrumda."

"Her neyse, kırmızı masa örtüsü ha? Hiçbir matadorun boğalara masa örtüsü tuttuğunu bilmiyordum." dedi Yağız, Semih ise sadece onları izliyordu.

"Ne matadoru be? Ondan olsa olsa matagötüm olur! Ayrıca boğalar zaten renk körü, ha pelerin tutmuşsun ha masa örtüsü ne fark eder ki?" demişti ki iki adam da kahkahayı bastı. Bu kadının yaratıcı kelimeleri fazlasıyla komik ve eğlenceliydi.

"Matagötüm ha? İspanyollar sanırım seni tanısalardı o kelimeyi bir daha kullanmazlardı."

"Sanki çok da umumda." diyerek dil çıkardı genç kız. Sonra hiç beklemediği bir şey oldu. Semih büyük koltukta uzanıp başını genç kadının kucağına koydu. Ardından da mırıltıyla "Çok yorgunum kadınım. Başım ağrıyor. Burada uyuyabilir miyim?" dedi. Hande de Yağız da şaşkınca genç adama bakıyorlardı. Bu hareketler hiç Semih'e göre değildi. Kadın o kadar tuhaf hissediyordu ki bir an ellerini nereye koyacağını şaşırdı. Yağız ise bedenini geri atmış, koltuğa iyice yayılarak rahat tavrına hemen geri dönmüştü. Hande sonunda adamın saçlarıyla oynamaya başladı. Semih'in durumundan şikâyetçi bir hâli yoktu. Hatta memnun bir mırıltı duyuldu. Genç kadın kocasının saçlarıyla oynarken Yağız'a "Eve nasıl girdin?" diye sordu.

"Sence nasıl olabilir?" derken alaycı bir şekilde sırıtıyordu Yağız.

"Ne bileyim? Bacadan mı?"

"Noel Baba mıyım ben? Ne işim var bacada? Hem bu evin bacası bile yok! İçerideki adamlardan biri açtı tabii ki ufaklık."

"Ufaklık mı? Ben evli barklı kadınım artık be ne ufaklığı! Evde kalmış hödük seni!"

Yağız cevap verecekti ki Semih'in uyuduğunu görüp sustu. Belli ki kardeşi cidden çok yorulmuştu ve onun uykusunun hafif olduğunu da biliyordu Yağız. El işareti ile Hande'ye Semih'in uyuduğunu işaret etti. Sonra da yine el işaretleri ile gideceğini anlatıp evden ayrıldı. Semih uyurken hiç ses çıkartmıyordu. Bu bazen Hande'yi korkutuyordu çünkü ölü bir adam gibi uyuyordu Semih. Hande zaten işlerinden dolayı devamlı ona bir şey olacak korkusuyla yaşıyordu. Sonuçta Semih normal bir işe sahip değildi. Kim bilir kaç tane pis adama bulaşmıştı? Yarım saat sonra adam gözlerini araladı. Sonra da Hande'yi görüp doğruldu. Kadını kendine çekip ona sarıldı ve başını da onun boyun boşluğuna koyup küçük öpücükler bırakırken "Hadi gidip yatalım." dedi. Kadın aklındaki şeyi söylemeden uyursa unutacağını bildiği için "Semih?" diye mırıldandı. "Efendim?" derken Semih kadını kucağına alıp ayaklanmıştı bile. "Telefona ihtiyacım var." Adam başını hafifçe geri çekip kadının gözlerine baktı. "Öyle mi? Neden?"

"Çünkü teknoloji çağındayız bay taş devri adamı! Dumanla mı haberleşeyim? Ya da posta güvercini mi kullanayım? Arkadaşlarım var benim. Onlarla konuşmak, görüşmek istiyorum. Ayrıca alışverişe falan da gitmem lazım."

"Benden uzaklaşırsan seni bulacağımı biliyorsun değil mi?"

"Biz evliyiz. Senden niye uzaklaşayım ki?"

"Tamam, telefonunu veririm ama hâlâ dışarı çıkman yasak. O Berk itinin numarası da silinecek o telefondan. Sana ayarladığım korumalar yarın gelecek. Ondan sonra istediğin gibi alışverişe gidebilirsin. Arkadaşlarına da o zaman gidersin..."

"Semih, korumaya ne gerek var ki?"

"Benim karımsın Hande. Yani benim bir parçamsın artık ve ben karımı korurum. Karım olman benim yarım olduğun anlamına gelir. Anladın mı?"

"Hiç söyledim mi bilmiyorum ama abartılı bir korumacı yanın var." diyen kadın yumuşak yatağa oturdu. Semih kenarda duran iki çift birbirinin aynısı olan ve Hande çok beğendiği için aldıkları siyah eşofman takımlarından kendine ait olanı giydi. Onun söylediği şeye cevap verme ihtiyacı bile hissetmiyordu. Kendine göre haklıydı. Hande de giyinip makyajını temizledi ve yatağa girdi. Örtüyü üzerlerine çekmeden önce kadının alnına sıcak dudaklarını değdirdi adam ve Hande ateşi olduğunu fark etti. Adam öylesine sıcaktı ki sanki alev alacak gibiydi. "Semih!" diye mırıldandı. "Senin ateşin var."

"Senin de var bebeğim. Çok ateşlisin." dedi sırıtarak adam da. Ama hâlsizdi biraz. Bünyesi zayıftı.

"Semih hastasın sen! Bir soğuk duş al!"

"Ama uykum var." dedi adam ve sonra da kendini yatağa bırakıp gözlerini kapattı. Hande onun uyuduğunu anlayınca yatakta oturup beklemeye başladı. Ona bir şey olmasını istemiyordu. O yüzden de sabaha kadar başında bekledi genç kadın. Belirli aralıklarla adamın ateşine baktı. Çok düştüğü söylenemezdi. Hande sirkeli suyla ıslattığı bezi adamın başına koydu. Semih bazen uyanıyor ama hastalık bedenini yorgun düşürdüğü için uyandığının bile farkına varamadan uyuyordu.

Kadın arada esniyor ama adamı rahatsız etmemek için ses yapmıyordu. Sabaha doğru aşağı indi ve mutfakta domates çorbası hazırladı. Yapabildiği iki yemekten birinin çorba olduğuna sevindi. Sıcak çorbayı kâseye koyup masaya bıraktı. Sonra da salona gitti. İçeri girdiğinde Semih orada oturuyordu. "Günaydın." dedi adam uyuşuk bir sesle. Kadının gözlerinin altı şişmişti.

"Günaydın." derken esnemeden edememişti.

"Neden erken kalktın?"

"Uyku tutmadı gece, sabah da kalktım seni rahatsız etmemek için."

"Rahatsız olmazdım. Yatsaydın sen keşke."

"Ben iyiyim. Sen kendini nasıl hissediyorsun?"

"Başım ağrıyor biraz, bir de boğazım... Dün yağmurda yürüyünce oldu galiba. Gelsene yanıma." deyip elini vurdu Semih yanındaki boşluğa. Hande oturduğu an onu gıdıklamaya başlamıştı ki kadın geri kaçıp koltuğun diğer ucunda dizleri üstünde kalktı. "Ya! Hasta hâlinle benimle uğraşıyorsun!"

"Ev ne kokuyor?" dedi Semih alâkasız bir şekilde. Gerçekten güzel bir koku vardı.

"Ben sana çorba yaptım." diye cevap veren kadına baktı Semih. Onun nasıl çorba yaptığını daha önce öğrenmişti. Güzel kokuyor olabilirdi ama tadının nasıl olacağını tahmin bile etmek istemiyordu. "İçinde ne olduğunu..." dedi ve burnunu çekti genç adam. "Sormaya bile korkuyorum. Allah rızası için kolalı deme bana!" diye devam etti.

"Ben burada sen iyileş diye çorba yapıyorum sen benimle dalga geçme derdindesin. Küstüm sana! Git o eski aptal ve salak ve geri zekâlı ve maymuna benzeyen sevgilin yapsın o zaman sana çorba." dedi Hande. O kadar duraksayarak ve bağlaç kullanarak konuşmuştu ki Semih gülmeden edemedi. Sonra karısının suratını buruşturduğunu ve kırıldığını görünce kaşlarını çatıp "O alnındaki ne?" diye sordu.

"Sana ne? Ne varmış alnımda?" dedi Hande. Birbiriyle ilgisi olmayan iki soru sormuştu ama Semih bunu duymamış gibi yaptı.

"Bir böcek galiba."

"Ne? Böcek mi?" derken kadın ne yapacağını şaşırmıştı.

"Gel de alayım!" diyen adama yaklaştı hızlıca. Adam kendisine eğilen kadını ensesinden tutup hasta olmasına rağmen güçlü bir hamleyle kendisine çekti. Dudaklarını onunkilere örttü ve bir süre sonra geri çekilip "Sen bana küsemezsin kadınım." diye mırıldanıp onu bıraktı. "Ayrıca senin elinden zehir olsa yerim." diye de eklemeyi unutmadı. "O yüzden mi, bana kolalı değil de Allah rızası için, diyordun? Küstüm işte!" derken onun söylediklerini tekrar ettiği kısımda sesini kalınlaştırmıştı genç kadın. Sonra da geri çekilmeye çalıştı ama Semih onu sıkıca sarmıştı. Bu gidişle Hande'ye de bulaştıracaktı hastalığını.

"Öyle mi küçük hanım?"

"Öyle büyük bey!" deyip yüzüne bakarak dil çıkardı kadın. "Öyleyse ben de hastalığım sana bulaşıncaya kadar seni öperim."

"Sen çorbayı içmemek için yapıyorsun bunu değil mi?" deyip suratını buruşturdu Hande. "Tamam, içme! Ben içerim!" deyip kendini çekmeye çalıştı. Hande somurtup mutfağa giderken adam peşinden yürüdü.

Sandalyeye oturdu ve önündeki çorbaya baktı bir an. Kötü görünmüyordu ve kokusu da güzeldi ama doğru kararı verip vermediğinden emin olamıyordu. Sonunda kaşığı aldı ve karısı için yediğini kendi kendine içinden tekrar ederek kaşıktaki çorbayı ağzına götürdü. Duraksamamaya çalışıyordu. Diline değen sıcak sıvının tadını ilk hissettiğinde kaşları çatıldı. Sonra da hayretle kalktı... Bu kadın madem böyle güzel yemek yapabiliyordu kendisini niye kandırmıştı ki?

Yutkunduktan sonra "Hande?" dedi şaşkınca. "Bu kadar güzel bir yemek yapabiliyordun da neden söylemiyordun acaba?"

Hande gülümsedi önce. Sonra da "Ben normalde yemek yapamıyorum." dedi.

"Bunu uzaylılar mı getirdi?"

"Hayır, ben yaptım"

"Ani gelen ilham?"

"Değil! Sadece domates çorbası ve makarna yapmayı biliyorum. Domates çorbasını da ben sevmiyorum. Hastasın diye yaptım."

"Sıkça hasta olmam gerektiği anlamına mı geliyor bu?" derken bir kaşık daha almıştı Semih. Hande'ye telefonunu vermişti. Ardından da salondaki koltuğa uzandı. Kendisini hâlâ yorgun hissediyordu. Hande telefonu aldığında mesajlara baktı.

Pelin Kemancı

-Hey!

-Artık mesajıma cevap verecek misin?

-Ne aşk! Semih'ten ayrılınca bana mesaj at!

-Öldün mü? O adamın seni öldüreceğini biliyordum zaten...

-Helvanı yiyoruz! Un helvası, sen severdin!

Hande mesajları okuyunca güldü. Pelin deli dolu bir kızdı. Ondan başka mesajlar beklenemezdi. Diğer mesajlardan devam etti,

Yelda Değirmen

-Hande, Berk kapıya dayandı! Seni istediğini bağırıp duruyor. Ayrıca haberleri gördün mü?

O iğrenç yakıştırmaları görmez olsaydım, diye düşündü Hande. Berk'in yaptığını hiç unutmayacaktı. Onu nasıl bu kadar küçük düşürebilirdi?

Bilal Laleli

-Sana bol şans tatlım. Kocanı memnun et! Yoksa tabancasındaki mermilerle ilişkiye girmek zorunda kalabilirsin.

Hande sinirle dişlerini sıktı. Bilal'i öldürse miydi acaba? Sonra aldırmamaya karar verdi. Bilal onunla normalde de dalga geçiyordu sonuçta. Sonra annesini aradı. Telefonu kısa süre sonra açılmıştı.

"Anne, benim Hande! Nasılsın?"

"İyiyim kızım, aklına geldiğime şaşırdım şimdi."

"Anne ya! Dalga geçme! Telefonuma Semih el koymuştu yeni aldım."

"Her neyse, anneannen de sana ulaşmamı istiyordu."

"Neden?"

"Hastaneden çıkmış. Damadını görmek istiyor kadın."

"Semih'e sormam lazım gidip gidemeyeceğimizi. Neyse, ben nasılsınız diye sormaya aramıştım. Ararım yine! Semih hasta biraz. Onunla ilgilensem iyi olur."

"Geçmiş olsun dileklerimizi ilet! Hadi görüşürüz. Bir ara da babanı ara! Adam bekliyor kaç gündür kızım arasın diye."

"Tamam anne." dedi ve telefonu kapattı genç kız. O telefonla konuşurken Semih de kendi telefonuyla birine mesaj atmıştı. Adamlarından biri olan Umut'a Hande hakkında bütün her şeyi bulmasını söyledi. O Berk itinin Hande hakkında kendisinden daha çok şey bilmesini kabullenemiyordu. Daha önce Hande hakkında araştırma yaptırmıştı –kaçtığı zamanama bu kadar detaylı bilgi istememişti.

Hande'nin konuşması bitince telefonunu orta sehpaya bıraktı ve kadına baktı Semih.

"Bana ne soracaksın?"

"Anneannem hasta olduğu için düğüne gelememişlerdi dedemler. Bizi görmek istiyorlarmış. Antalya'da oturuyorlar. Gidebilir miyiz?"

"Antalya mı? Siz İzmirli değil misiniz?"

"İzmirliyiz. Ama dedem emekli olunca Antalya'ya taşınmış. Sonra da oraya yerleşmişler."

"Tamam, bu akşam yola çıkarız." dedi adam.

"Ama sen hastasın. İyileşmeni bekleyebiliriz."

"Ben iyiyim. İlaç içer iyileşirim. Çorba da iyi geldi."

Yolculuk boyunca radyodan çalan hareketli şarkılara eşlik etmişti Hande. Bildiğini tamamen söylüyor bilmediğini de kafasından uyduruyordu. Semih onun bu hâliyle eğleniyordu. Yol boyunca onu izledi. Arabayı adamlarından biri sürüyordu. Ne kadar iyi olduğunu söylese de Hande onun hasta olduğu ve araba kullanamayacağı konusunda ısrar etmişti. Arabadan inip müstakil evin bahçe kapısına yürüdüler. Kapıyı açıp içeri girdiklerinde Semih şaşırdı. Evin bahçesi rengârenk çiçeklerle doluydu. O kadar güzel duruyordu ki... Belli ki yaşlı çift bahçeleriyle çok ilgileniyordu. Beyaz kapıya ilerlediler. Hande kapıyı çalınca yaşlı bir kadın açtı. "Kimsiniz?" diye sordu kapıdakilere. Semih ise şaşkınca bakıyordu. Kadın torununu tanımıyor muydu yani?

"Anneanne benim Hande!" dedi genç kadın.

"Yine mi bel ağrısı için alet satacaksınız be kızım! İstemiyorum işte! Bey oğluma ver sen onu!" deyip kapıyı kapattı kadın. Semih, Hande'ye bakıp tek kaşını kaldırdı.

"Anneannem ve dedem biraz unutkan da." diye açıklama yaptı.

"Biraz? Torununu pazarlamacı zannediyor kadın."

"Bekle." dedi ve tekrar kapıyı çaldı. Kadın kapıyı tekrar açarken sinirle "Ne laf anlamaz insanlarsınız siz!" diye söyleniyordu ki Hande'yi görünce yüzünde bir gülümseme oluştu. "Kızım, sen mi geldin benim küçük Handem! Ben de az önceki kadın geldi zannettim. Gel içeri geç." derken kapının önünden çekildi. Semih de içeri girince Hande anneannesine adamı gösterdi.

"Anneanne bak, bu benim kocam Semih." diye tanıştırdı.

"Memnun oldum çocuğum." dedi kadın.

"Ben de memnun oldum efendim. Sizinle tanışmak büyük şeref benim için."

"Biz seninle ne zaman tanıştık çocuğum? Hande, bu kim kızım?"

"Kocam anneanne."

"Ne zaman evlendin sen? Hiç de haberimiz olmadı!"

"Sen hastaydın ya, gelememiştin hani?"

"Nereye gelememiştim?"

"Geçen seneki festivallere, sen hep İzmir'deki festivallere gelirdin ya." dedi Hande. Aynı zamanda salona yürüyorlardı. Yaşlı kadın içeri seslendi. "Bey, bak kim gelmiş... Torunun..." diye seslendi. Sonra Semih'e döndü. "Bu kim kızım?"

"Annemler evlatlık aldı bunu anneanne." derken sırıtıyordu Hande.

"Hatırladım, hatırladım! İki ay önce demişti annen!" diyen kadına kahkaha atmamak için zor tuttu kendisini Hande. Semih ise tersçe bakıp "Ben senin kardeşin miyim?" dedi Hande'nin kulağına.

"Boş ver! Zaten unutur şimdi!"

"Bir şey mi dedin hanım?" diye ses geldi içeriden. Adamın kulakları zor duyuyordu. Yaşlı kadın içeri doğru "Hande gelmiş bey! Bir de Leyla ona koruma tutmuş galiba! Bir adam var yanında." dedi. Semih kaşlarını iyice çattı. 'Koruma nereden çıktı ya? Bir koruma olmadığım kalmıştı!' diye geçirdi içinden. Kadın içeri doğru tekrar seslendi. "Pek de suratsız bu adam!" dedi. O sırada salona girmişlerdi. Yaşlı bir adam sallanan sandalyeye oturmuş televizyondaki iç çamaşırı defilesini izliyordu. Yaşlı kadın sinirlice "Seni sapık adam! Yaşın gelmiş seksene hâlâ izlediği şeylere bak!" dedi.

"Açık kalmış hanım! Ben açmadım ki!"

O kadar sevimlilerdi ki Hande gülmeden edemedi.

Yatma vakti gelince Hande ve Semih'i ayrı odalara koymuşlardı. Semih'i Hande'nin koruması sanıyorlardı çünkü... Semih defalarca Hande'nin odasına girmeye çalışmış ama her defasında başarısız olmuştu. Bir kere daha deniyordu. Elini kapı koluna koydu. Anında o kadının sesini duymuştu. Bu kadın pusuda mı bekliyordu?

"Sen kızımın odasına mı gidiyorsun bakayım?"

"Ama teyze o benim kar..."

"Sus!" derken Semih'in hâlâ kapı kolunda olan eline, elindeki ince odunla vurdu kadın. Semih elini çekip "Ah, acıdı ama..." diye şikâyet ederken kadın sinirle "Uzaklaş bakayım! Uzaklaş buradan! Seni kuzuya saldırmaya çalışan kurt! Uzak dur benim kızımdan!" dedi.
"İyi de Hande benim..."

"Bak hâlâ konuşuyor! Murat! Bu adam kızın odasına girmeye çalışıyor." diye bağırdı kadın içeri doğru. İçeriden elinde bastonla gelen adam küçük bir çocuk gibi elini göğsüne koyup diğer elini onun üstüne bastırarak yüzünü buruşturmuş bekleyen adama baktı. "Kaç kere diyeceğim ben..." dedi önce. Sonra dudaklarını birkaç kez birbirine değdirip buruşmuş suratındaki beyaz kaşlarını çatarak devam etti. "Genç onlar hanım... Bırak artık çocukları. Bak, Mecnun olmuş dağları delmiş çocuk."

"Ferhat değil miydi dağları delen?" diye mırıldandı Semih. Yaşlı çift pek duyamıyordu. O yüzden onu anlamadılar. Semih tam adamdan destek almanın verdiği sevinçle kapı koluna elini koymuştu ki balık hafızalı adam birden bastonuyla onun bacaklarına vurup "Hırsız var!" diye bağırmaya başladı. "Kimsin sen? Evimizde ne arıyorsun be adam?"

Semih ise ne yapacağını şaşırmıştı. Şimdi de hırsız mı olmuştu yani? Tam kaçacakken kadın adamı durdurup "Bey, seni tanıştırmadım mı? Bu adam Hande'nin koruması!" dedi. Semih ise elini başına vurup, yine başa döndük, diye düşündü...

SEKİZİNCİ BÖLÜM

Yaşlı adam bastonunu sallayarak "Git yat artık velet!" dedi. Semih'e velet mi demişti o adam? Semih bir an inanamadı! Yok artık! Yaşlı insanlar oldukları için –aslında sadece Hande'nin akrabaları olduğu için- sesini çıkarmadı. Odasına döndü ve gözlerini kapattı ama bir türlü uyuyamıyordu. Hande'ye sarılmak, onun kokusunu almak istiyordu. Birden aklına ona telefon verdiği geldi. Neyse ki arabadayken o telefonu vermeyi unutmamıştı. Kendi telefonunu alıp onu aradı. Telefon uzun süre çaldı ama karşı taraftan cevap gelmedi. Semih sinirle telefonu bir yerlere fırlatmamak için kendisini zor tutuyordu. Bir kere daha aradı. Sonunda karşı taraftan cevap gelmişti.

"Alo!" Hande'nin sesi uykulu geliyordu.

"Hande!"

"Efendim Semih?"

"Yanıma gelsene"

"Manyak mısın? Dedem seni av tüfeğiyle vurur!"

"Dedenin av tüfeği mi var?"

"Hayır, yine de gidip alır gelir!"

"Boş versene! O almak için evden çıktığında ne için çıktığını bile unutur!"

"Dedeme bunak mı demek istiyorsun?" dedi Hande.

"Öyle değil mi?"

"Öyle mi?"

"Değil mi?"

"Öyle mi?" diye cevap veren Hande'nin sesiyle Semih bunun uzayacağını anlayıp bu tartışmaya son verdi. "Öyle! Boş ver! Hande! Ben uyuyamıyorum."

"Koyun say!"

"Seni saysam?"

"Kapat gözlerini say." dedi ve telefonu kapattı Hande. Semih onu tekrar aradı. Hande açmıyordu. O da mesaj yazmaya karar verdi. *Eğer telefonunu açmazsan dedeni vururum! Silahım yanımda! Öptüm... Ama dudaklarından!*

Semih gönder tuşuna basarken gülüyordu. Hande'nin tepkisini bekledi. Çok beklemesine de gerek kalmamıştı. Diğer odadan tiz bir çığlık geldi. Sonra Semih tekrar aradı kadını. Hande telefonu açmıştı. "Ne var be adam? Ne?" diye bağırdı.

"Senin için neler yaptım hâlâ seni göremiyorum! Çemkirme bana!"

"Tamam anne!" dedi Hande dalga geçerek. Sonra da devam etti. "Hem ne yapmışsın ki?"

"Dağları deldim tek başıma, çölleri aştım bir tek ben! Erleri yendim... Neyse, boş ver!" dedi adam. Hande'nin kahkahasını duydu diğer taraftan.

"Söylesene gerisini de!"

"Seni bir elime geçirirsem var ya..." demişti ki konuyu değiştirmeye karar verdi. "Deden bana velet dedi."

"E ne yapayım? Gidip döveyim mi?"

"Sen sadece yat uyu Hande! Yat uyu!"

"İyi geceler hayatım! Tatlı rüyalar! Yastığa falan sarıl artık!"

"Yastığım sen değil!"

"Bu cümle çok romantik oldu bak kaydediyorum bunu."

"Of! Neden bana eziyet ediyorsun be kadın? Neyse, ben ışınlanmam bile gerekse bu gece bir ışınlanma aleti yapar oraya gelirim!" dedi ve telefonu kapattı. Hande diğer odada kahkahalar atıyordu. Semih'i hiç bu kadar çaresiz görmemişti.

Sabah uyandığında beline dolanmış bir kol ve sırtında sıcak bir vücut hissetti Hande. Önce tek gözünü açıp nerede olduğuna baktı. Sonra da diğer gözünü açtı. Bir önceki gece olanları hatırlayınca hemen başını çevirdi. İlk önce kafasında bir acı hissetti. Sonra ise Semih'i gördü. Kafasını onun kafasına çarpmıştı. Adam da gözlerini açtı. Elini başına koyup "Ne kafa atıyorsun be kadın? Zaten kalın kafalısın!" diye söylendi.

"Sensin kalın kafalı!" dedi Hande. Sonra da ona kalın kafalı dediği için odasına nasıl olmuşsa girmenin bir yolunu bulan bu adamdan intikam almak amacıyla bağırmaya başladı: "Dede! Anneanne! Yatağımda bir ayı var! Dede! İmdat!"

Semih onun bağırması üzerine kulaklarını kapatıp "Hani ayı?" diye sordu. Hande bunu duyunca ağlanacak hâline gülse mi ne yapsa bilemedi.

"Semih ayna getirmedim! Sen göremezsin o yüzden."

"Sen bana mı ayı dedin?"

Kadın "Başka ayı da mı var?" demişti ki içeri dedesi ve anneannesi girdi. Dedesi gözlerini irileştirip sonra da bastonunu kaldırarak Semih'e vurdu. "Seni pis sapık!"

Anneannesi araya girdi birden. "O kadınlara ilgi duymuyormuş." diyen kadına baktı genç adam. Bir bu eksikti! Şimdi de eşcinsel mi olmuştu yani? Yok artık! Daha önce Hande de bunu sormuştu! Bir an kendisinden şüphe etti Semih. Gerçekten dışarıdan eşcinsel gibi mi görünüyordu? Hayır! Hiç de öyle değildi! Tam cevap verecekti ki vazgeçti ve Hande'yi birden kendine çekip dudaklarını onun dudaklarına bastırdı.

Sonra da kendisine şaşkınca bakan yaşlı çifte "Eşcinsel falan değilim! Torununuzun kocasıyım ben!" diye gürledi...

Bir saat sonra masaya oturmuşlardı ve kimse konuşmuyordu. Kahvaltılarını yaptıktan sonra salona geçip oturdular. Hande'nin dedesi Semih'e dönüp "Bana bir bardak su getiriver evladım." dedi. Hande'nin anneannesi zaten mutfaktaydı. Semih gidip bir bardak su getirdi ve adama uzattı. Adam ona sanki uzaylıymış gibi bakınca ne diyeceğini bilemedi. "Bu ne evladım?"

"Su"

"Neden getirdin?"

"İçmeniz için! İstediniz ya!"

"Sen benimle dalga mı geçiyorsun?" dedi ve suyu alıp Semih'in üstüne döktü adam. Semih ise sinirle "Bu genetik galiba! Üstüme su dökülmesinden bıktım artık!" dedi.

Telefonu çalınca susup telefonunu açtı. "Alo, öyle mi? Geliyoruz!"

Telefonu kapatır kapatmaz Hande'ye döndü. "Gitmeliyiz."

"Ama neden?"

"Küçük Hande kolunu kırmış! Hastanede tutturmuş 'Hande abla gelmezse kolumu o beyaz kaba koydurtmam' diye! Beyaz kap alçı oluyor. Kıskanıyorum ama! Benim yeğenim eskiden bir şey olduğunda yanında beni isterdi şimdi seni istiyor."

"E sen biraz eski modelsin ya! Ondandır."

"Senin dilin yine çivi gibi sivrilmiş!"

"Belli, söylediklerim batıyor galiba!" dedi ve dil çıkardı kadın.

Yaşlı çiftle vedalaşıp evden çıktılar. Uçakla döneceklerdi. Semih biletleri yoldayken ayarladı. Eve uğramadan hastaneye gelmişlerdi. Küçük kızın nerede olduğunu öğrenip oraya gittiler. Odaya girdiklerinde küçük Hande'nin ısrarcı ve ince sesini duydular.

"Baba! Kafana bir vururum o kutuyla kafan da kolum gibi olur!"

"Kızım ne işin vardı ki o ağacın tepesinde!"

"Anne yukarından aşağısı nasıl görünüyor merak ettim! Bir daha yaramazlık yapmayacağım söz! Hadi gidelim lütfen!"

"Tatlım koluna alçı yapsınlar gideceğiz."

"Ama anne alçıyı ev tavanlarına yapıyorlarmış! Ben ev miyim? Kolum ev tavanı mı?" dedi. Yağız araya girip "Sanem bu çocuk böyle şeyleri nereden öğreniyor?" diye sordu.

"Bir bilsem!"

Hande o sırada araya girip "Ne var bilmeyecek? Televizyondan falan duymuştur." dedi. Küçük kızın oturduğu sedyedeki boş kısma oturdu Hande.

"Oo, Antalya güzeli gelmiş."

Yağız'ın cümlesinin maksadı Semih'i kızdırmaktı ama Semih cevap vermeden Hande konuştu.

"Bulaşmazsan ölürsün değil mi?"

"Hayır, ama ölürsem bulaşamam!"

"Mantığına hayranım diyeceğim de olmayan şeye nasıl hayran olunur bilemiyorum."

Küçük kız araya girince tartışmaları bölündü. "Hande abla!" diyen sesi sinirliydi. "Efendim güzelim?" dedi Hande, "Sen onunla tartışmaya mı geldin yoksa beni görmeye mi?"

"Tabii ki seni görmeye! Ne oldu koluna bakalım?"

"Ağaçtan düştüm!"

"Ağaca nasıl çıktın?"

"Merdiven vardı! Ben de yukarıdan aşağısı nasıl görünüyor merak ettim!" dedi. Sonra ağaya kalkıp Hande'ye yaklaşarak kulağına eğildi. "Ağacın üstünde kuş yuvası vardı! Yumurta bırakmış kuş! Onları alıp yiyecektim ama annem kızdı bana! Ben de gizlice çıktım almak için! Onlara söyleme!" dedi. Hande gülmemek için dudaklarını birbirine bastırdı. Bu çocuk nasıl bir zekâya sahipti böyle?

"Şimdi kolunu alçıya almalarına izin verecek misin?"

"Canım acıyor!"

"Acımayacak."

"Söz mü?"

"Söz!" dedi Hande gülümseyerek. Küçük kız sonunda kolunu alçıya almalarına izin vermişti. Sorun hallolunca da herkes evlerine gitti.

Sabah kahvaltı yaparlarken dışarıdan bir korna sesi gelince "Geliyorum şimdi." deyip dışarı çıktı Semih. O çıkana kadar dışarıdaki öküz kornaya basmayı sürdürdü. Semih kapıyı açıp çıkmıştı ki gelenin Selim ve Su olduğunu gördü. Pazar günü olduğu için evin içindeki korumalar izinliydi. Evde Hande'den başka kimse yoktu. Semih dışarıda tartışan çifti izliyordu.

"Kolumu kırdın be hayvan herif!"

"Senin kolunun ne işi var benim götümde?"

"Kıçına çok da merakım yok! Sen üstüme yürüdün! Kolumu sıkıştırdın! Koca götlü seni! Beyninden çalıp kıçına koymuşlar senin!"

"Sansürlü konuş azıcık! Senin gibi bir kızın ağzına yakışıyor mu diyeceğim ama senin gibi bir kızı daha önce görmediğim için bilemiyorum."

"Tabii göremezsin! Benim gibisi gelmez bir daha bu dünyaya!"

"Allah'a çok şükür! Ya gelseydi? O zaman yeni nesil için felaket olurdu!" Semih araya girince ikili susmak zorunda kaldı. Ama en son Su "Piç!" demeden de duramamıştı. "O küfrü ben senin münasip bir yerine…"

"Selim! Bir kadınla ne biçim konuşuyorsun sen? Azıcık centilmen ol!"

"Ondan olsa olsa centilalien olur!"

"Bana yaratık dedi."

"Sen hiç aynaya bakmadın mı? Bunu biliyor olmalısın." dedi Su. Semih onlara susmaları için bağırınca ikisi de sustu. Semih'in uyarısı pek hoş değildi. "Beyinlerinizi dağıtmamı istemiyorsanız kapatın o çenenizi yoksa bu gidişle birazdan konuşacak bir çeneniz de olmayacak!"

İçeri girdiler. Beraber kahvaltı yaparlarken Hande ve Su iyi anlaşmış hatta kahvaltıdan sonra salona geçip aralarında sohbet etmeye başlamışlardı. Hande merak edince Su, Semih'in geçmişinden bazı şeyler anlatmaya başlamıştı.

"Bu üçü birlikte kol kola girmişler, sağa sola savrularak geliyorlar. Bir de şarkı söylüyorlar. Hangi şarkıyı söyleseler beğenirsin? 'Küçük kurbağa, küçük kurbağa araban nerede? Arabam yok, arabam yok yüzerim derede' diyerek geliyorlar. Şarkı öyle olsa neyse ama o da öyle değil. Bunlar arabayı kaybetmişler. Yürüyerek çarşıdan eve gelmişler. Sen evi görmüşsündür. Çarşıya pek de yakın sayılmaz. Bütün yolu böyle gelmişler. İnanabiliyor musun? Bir de Daltonlar gibi büyükten küçüğe dizilmişler. Üç mafya kol kola, sarhoş ve çocuk şarkısı söylüyor. Görseydin gülmekten ölürdün."

"O hâlde düşünemiyorum üç kardeşi!" dediği sırada Semih yanlarına geldi.

"Muhabbetinizi bölüyorum hanımlar ama haber vermek istedim, Melih buraya geliyor."

Bunu Hande'yi ilgilendirdiğinden değil, Su'ya haber vermek için söylemişti. Kızacağını biliyordu ama haberi olmamasından daha iyiydi bu.

"Ne? Ciddi misin?" diye cırladı genç kız. Herkes ona dönmüştü. Sinirle kalkıp Semih'e doğru yürüdü ve önce onu bütün gücüyle ittirip iki adım geri gitmesine sebep oldu ve sonra da işaret parmağını adamın göğsüne koyup ateş saçan gözlerle "Senden nefret ediyorum Semih! Onu neden çağırdın?"

"Kimi?"

"Ebemi! Kimi olacak Melih'i tabii ki!" diye bağırırken Hande araya girip şaşkınca "Melih senin eben mi? Boş zamanlarında ebelik yaptığını bilmiyordum!" dedi.

Semih ona dönüp "Saçmalama Hande! Melih saklambaçta bile ebe olmazdı. Ayrıca Su doğduğunda Melih iki yaşındaydı!" diye cevap verdi.

"İki yaşında ebe! Hiç duymamıştım!" dedi. Amacı gerginliği yumuşatmaktı. Melih ile bu kızın arasında neler olduğunu bilmiyordu ama anlattığı birkaç anıdan anladığı kadarıyla eskiden aralarında sevgi ya da benzeri bir şey varmış. Su, Hande'ye baktı önce ve sonra Semih'e döndü tekrar. "Sen biliyorsun! Neden gittiğimi bilmiyormuş gibi mi yapacaksın? Eğer o buraya gelirse senin için çalışmam!"

"Ne yapayım? Barikat mı kurdurayım yola? Öğrenmiş işte! Beni aradı ve senin yanımda olup olmadığını sordu ben de mecbur söyledim. Yalan söylemek prensiplerime aykırı!"

"Prensiplerine tüküreyim Semih! Gidiyorum ben!" deyip arkasını dönmüştü ki Semih onu bileğinden tutup geri çevirdi.

"Hiçbir yere gitmiyorsun! Aptalca davranmayı kes! Gerçeklerden kaçamazsın anlıyor musun? Bunu sadece onun için mi yapıyorum sanıyorsun? Senin için de yapıyorum! Sizin için yapıyorum! Ama sen nankörce davranıyorsun! Gittiğinden beri perişan hâlde. Seni sevdiği belli... Ortalıkta devamlı bir saatli bomba varmış gibi dolanıyor. Ben kardeşimi tanıyamıyorum Su! Tanımadığım bir Melih ile geçirdim beş yılımı! Artık yeter! Yirmi yedi yaşındasın! Çocukça davranışlarını kenara bırak! Onun kadar sen de üzülmedin mi? Öyleyse yazık! Eğer Melih'i hiç sevmediysen, gram değer vermiyorsan çık git şu kapıdan. Durdurmak için adım atarsam namerdim."

"Anlamıyorsun değil mi? Yapamam Semih! Yapamayacağım. Onu görmeye hazır değilim!"

"Beş yıl oldu. Hazırsın, sadece korkuyorsun."

"Korkuyorum ve tereddütlüyüm. Onu görürsem bir daha yapamam! Gidemem! Anlamıyorsun beni! Bir kere gittim ve canım ne kadar yandı biliyor musun? İstanbul bana ne kadar boş geldi? O kalabalıkta hep eksik birisi vardı. O şehirde olan hiçbir insan önemli değildi o olmadıktan sonra ve ben alıştım. Bir daha başa dönemem!"

"Seni eşek kafalı! Bir daha gitmene izin vereceğimizi mi sanıyorsun? Unut bunu! İstanbul'da yaşamayacaksın bir daha. Bu günden sonra bir daha Melih'i görmek istemezsen onu buradan uzak tutarım ama o kadar. Gidemezsin."

"Bunu neden yapıyorsun?"

"Çünkü senin benim gözümde Sanem'den hiçbir farkın yok. Ve ben kardeşlerim üzülürse üzülürüm. Anlıyor musun?"

"Tamam" dedi Su sonunda. Sonra da aklına gelen şeyle tekrar Semih'e dikti gözlerini. "Sen bana eşek kafalı mı dedin?"

"Öyle dedim!"

"Sen kendi göt kafanı görmüyor musun?"

"İstanbul sana hiç yaramamış. Ağzın çok bozulmuş senin. Acı biber sürmek lazım."

"Hıh!" diye bir ses çıkardı ve başını diğer yöne çevirdi Su. Semih genç kadına baktı. "Su, Hande'yi sana emanet ediyorum. Bundan sonra senden istediğim şey onun korumalığını yapman."

"Semih ben..." diye itiraz cümlesini kuracakken adam onun sözünü kesti. "Onu kimseye emanet edemem. Senden başka hiç kimseye emanet edemem."

"Bilmiyorum. Burada olmak istemediğimi biliyorsun."

"Burada olmak istemiyormuş gibi yapıyorsun. Aslında deli gibi Melih'i görmek istiyorsun. Adını duydukça gözlerinin içi parlıyor. Biliyorum, onu hâlâ seviyorsun."

"Onu seviyorum. Sorun da bu zaten! Onu sevmeseydim gitmeme gerek kalmazdı."

"O da seni seviyor Su. Onu dinle. Dediğim gibi, sadece bir kere."

"Tamam! Lanet olsun tamam!"

Semih akşam gelemeyeceğini, işi olduğunu söyleyip evden çıktıktan sonra çok geçmeden kapı çaldı. Hande kapıyı açtı ve Melih içeri girerken o da bahçeye çıktı. Onları yalnız bırakmak istiyordu. Su içeri giren adamı görünce ne tepki vereceğini şaşırdı. Melih karşısında duruyordu. Bunca zamandan sonra, bu kadar özlemin üstüne onu görmek... Çok tuhaftı. Kalbinde tuhaf bir hareketlilik hissetti genç kadın. Oturduğu yerden kalktı. Melih önce öylece durdu. Sonra da kadına yaklaştı. İlk tepkisi şaşırtıcıydı. Birden bağırmaya başlamıştı. "Sen beni nasıl bırakıp gidersin ha? Bunca yıl nasıl benden saklanırsın? Bunu bana nasıl yapabildin Su?"

"Bana bağırma." dedi sakince kadın. Başka ne tepki verebilirdi ki? Hande onun üzülmemesini diliyordu. Aralarında geçen şey her neyse Su daha önce çok yaralanmış gibi görünüyordu.

Melih evden çıktığında Hande içeri girdi. Su'nun yüzünden hiçbir şey belli olmuyordu. Üzgündü muhtemelen. Eğer mutlu olsaydı bunu saklamaya çalışmazdı. Belki de sinirliydi. Hande ona sormamaya karar verdi. İsterse kendisi anlatırdı zaten. Akşama kadar ikisi arasında pek konuşma geçmedi. Ekmek arası bir şeyler yiyip uyumak için ayrıldıklarında saat hayli erkendi. Hande kocası olmayınca odada uyumak istemediğinden salondaki koltukta yattı. Uyumadan önce Semih'i aradı ama adam telefonunu açmadı. Sabah Semih erkenden gelmiş ve karısının üstünü örtüp o uyanmadan yukarı çıkmıştı. Üstündeki kanlı kıyafetleri bir an önce değiştirse fena olmazdı. Hande onu bu hâlde görürse korkabilirdi. Hızlıca bir duş alıp üstünü giydi. Aşağı indiğinde karısı hâlâ uyuyordu ve yine üstünü açmıştı. Semih içinden, inatçı cadım, diye geçirdi ve ardından karısını kucaklayıp odaya taşıdı. Yatağa yatırıp üstünü örttüğünde Hande gözlerini açmadan homurdanmış ve ardından yine uykusuna dönmüştü. Semih aşağı inip bir süre şirket dosyaları ile ilgilendi. Ardından televizyonu açıp spor kanallarında gezindi. Hande uyanıp etrafına bakındı. Burnundaki naneli koku da neydi? Semih mi gelmişti? Belli ki onu odaya taşıyıp tekrar gitmişti. Yavaş adımlarla odadan çıkıp aşağı indiğinde Semih'in koltuğa yayılmış bir şekilde haberleri izlediğini gördü. "Günaydın." dedikten sonra son basamağı da inip ona doğru yürüdü.

"Günaydın."

"Dün neden gelmedin?"

"İş..." diye mırıldandı Semih sadece. Yalan söylemek istemiyordu. Bu da yalan değildi. Onun mesleği belliydi. Bu da onun işi oluyordu. Öyleyse teknik olarak yalan söylemiş sayılmazdı.

"Ne gibi bir iş?" derken Hande kaşlarını kaldırmıştı. Tek kaşını kaldırabilseydi kesinlikle ikisini kaldırmak yerine tek kaşını kaldırırdı ama o an bunu düşünüp yakınmayacaktı. "Her zamanki gibi." dedi adam. Adam dövmek onun her zamanki işlerinden biri sayılırdı. "Semih! Ben... Seni merak ettim. Bütün gece gelmedin. Seni aradım ama telefonunu da açmadın. Ne yapıyordun?"

"Bilmesen daha iyi."

"Neden?"

"Of!" dedi ve ardından televizyonun sesini kısıp Hande'ye doğru döndü. Ona biraz yaklaştı. Romantik olmayabilirdi ama düşünceliydi. Karısının üzülmesini istemiyordu. Ya da kendisinden korkmasını. Yine de bu kendisinden ödün vereceği anlamına gelmiyordu. Madem bilmek istiyordu ona ne yaptığını söyleyecekti.

"Benim işimin ne olduğunu biliyorsun değil mi? Kirli işler yapıyorum. Dün de bizimle aynı ihaleye katılamayacağını anlamayan bir adamın kardeşini dövdüm."

"Ve..." diye mırıldandı adam. Tekrar televizyona dönmeden önce bir cümle daha kurdu. "Beni sorgulaman hoşuma gitmiyor Hande." Sessizce oturup televizyondaki spor haberlerini izlerlerken Semih'in, sehpanın üzerinde duran telefonu çalmaya başladı. Hande'nin gözü ise ekranın üstündeki isme takılı kalmıştı. Nergis de kimdi?

Bir haftadır Hande o Nergis denen kadının kim olduğunu düşünüp duruyordu ve kafayı yiyecekti neredeyse. Semih o gün telefonda çok kısa cümleler kurmuş ve en sonunda telefonu kapatıp cebine koyarak hiçbir şey olmamış gibi davranmıştı. O günden sonra da o kadından konu açılmamıştı. Hande birkaç kez onun telefonunu gizlice alıp karıştırmayı denediyse de başarılı olamamıştı. Her girişimi ne yazık ki hüsranla sonuçlanmıştı. Semih'e sorsa hesap soruyormuş gibi olacaktı ki kocası bundan hoşlanmadığını açıkça belirtmişken bir kez daha yaparsa muhtemelen bunu hoş karşılamazdı. Hande o kadının kim olduğunu öğrenmezse de dayanamayıp Semih'in silahını aldığı gibi sokağa çıkacak ve bulduğu bütün Nergislerin kafasında delik açacak, sonra da ibret olsun diye onları Boğaz Köprüsü'ne asacaktı. Ayağını sinirlice yere vururken Semih ağzına bir peynir atmış, rahat bir tavırla kahvaltısına devam ediyordu. Önündeki kahvaltı tabağında bulunanların dış dünyadan daha çok ilgisini çektiği barizdi.

Hande dudaklarını büzüştürdü ve çatalını alıp tabağındaki zeytinlerle oynamaya başladı. Çatal birkaç kez tabağa çarpmıştı ki bir anda elinden çatalın alındığını hissetti. Semih çatalını almış, zeytine batırmıştı ve ona uzatıyordu. Hande ona gözlerini devirip çatalı aldı ve ucundaki zeytini eliyle çıkarıp tekrar tabağa koyarak oynamaya başladı. Bunun üzerine Semih kendi çatalını tabağının kenarına bırakıp Hande'ye baktı. "Sorun ne?" "Hiç..." deyip hafifçe omuz silkti. Sanki çok da umurundaydı. Bir haftadır böyle ilgisizdi ve Hande'nin tavrını fark edemiyordu. O ise gittikçe daha çok bozuluyor ve daha soğuk davranıyordu. Semih belli ki sonunda karısıyla ilgilenmeye tenezzül etmiş, onun tavrını fark etmişti.

"O zaman neden bana verdiğin iddia kuponunu yatırmayı unutmuşum gibi davranıyorsun? Bir haftadır böylesin. Özel gününde olduğunu düşünüp bir şey demedim ama seni anlamıyorum. Uçakta bile benimle konuşmadın."

Ve evet Kıbrıs'a gelmişlerdi. Hande yol boyu onunla mecburi şeyler dışında konuşmamıştı. Belki sebebini anlar ya da en azından sorar sanmıştı ama... O daha yeni soruyordu. Üstelik her şeyin de farkındaymış.

"Gerçekten anlamadın mı?" diye sordu merakla. O kadınla konuştuğu andan beri bozuktu araları ve Semih sebebini anlayamıyor muydu? Zeki bir adamdı o. Düşünse elbette bulabilirdi. "Bak, ben düşünceli bir adam değilim tamam mı? Yaptığım bir şey seni kırıyor, üzüyor veya kızdırıyorsa bunu bana açıkça söylemediğin sürece bu sadece canımızı sıkmaya sebep olur. Tabii küçük şeyleri büyütmeni kastetmiyorum."

"Tamam." diye mırıldandı huzursuzca ve elindeki çatalı

Semih gibi tabağının kenarına bırakıp Semih'e baktı. Söyleyeceği şeyden utanıyordu ama merak içini kemireceğine söyleyip kurtulmak daha iyi olacaktı. "Nergis kim?"

"Hangi Nergis?"

Semih kaşlarını kaldırmış merakla ona bakıyordu. Hande ise içine dolan neşeyle kalkıp salsa bile yapabilirdi. Demek kim olduğunu hatırlamıyordu. Gülmemek için yanağının içini ısırdı.

"Şey... Telefonla konuşmuştun ya hani?"

"Nergis... Ah! Anladım." dedi Semih ve ardından şüpheyle ona baktı. "Korumalığını yapacak diğer bayan. Yakında o da gelecek. Neden sordun?" Hande şimdi utançtan yerin dibine girebilirdi. Ah, o çenesini tutsaydı yakında zaten kim olduğunu öğrenecekti. Yine de Semih onları tanıştırırken dayanamayıp kadının ve Semih'in üstüne saldırarak "Bir de metresini evimize mi getirdin?" diye bağırıp ona da rezil olacağına sadece Semih'e rezil olması daha iyiydi. En azından o kocasıydı.

"Ben..." diye mırıldandı. Semih'in bunu duymadan onu rahat bırakmayacağını bildiği için tek nefeste söyleyiverdi. "Seni kıskandım."

Semih ise kahkaha attıktan sonra Hande'ye inanamazca bir bakış attı. Karısı gerçekten çok kıskançtı. Yine de Semih onu bu hâliyle çok seviyordu. Konuyu değiştirmek için orta sehpanın üstünde duran ve gözüne yeni çarpmış olan -ah, hadi ama onu nasıl olur da yeni görürdü?- playstationu göstererek "Bana mı aldın?" diye sordu.

"Bize aldım diyelim."

"Semih! Ciddi olamazsın!" derken Hande sevinçle yerinden kalkmış ve uçarcasına oraya gitmişti. Onu incelerken gerçekten neredeyse dans edecekti. Kocası gerçekten mükemmel bir adamdı!

"PES oynayalım mı? Ne olur! PES oynayalım." derken

kendisine doğru gelen kocasına doğru koşup sarıldı. Dudaklarına küçük bir öpücük kondurup geri çekilirken Semih gülümsüyordu. "Ben ortada bir şey olmazsa oynamam ama." dedi. Bu sırada Hande ondan biraz uzaklaşmıştı. "Neyine?" diye sordu Hande meydan okurcasına.

"Ne istersen..." derken ona kurnaz bir bakış atmıştı Semih. "Ama yapamayacağın şeyleri söyleme." dedi onu gaza getirmek için. Hande parmağını ona sallayıp "Bana meydan mı okuyorsun? Ben yapamayacağım şeyleri söylemem! Sen söyle. Eğer korkmuyorsan..." dedi. Semih kurnazsa o daha kurnazdı. "Ben gol atarsam seni öperim. Ama masum olanlardan değil. Sen gol atarsan beni öpersin. Ama o da masum olanlardan değil." dedi Semih.

Hande kaşlarını çattı. Bu adam işini biliyordu!

Semih karısını kendisine çekti ve bedenleri birleşirken elindeki oyun kolunu koltuğa attı. Hande'yi öpmeye bayılıyordu ve işin gerçeği bunun için her an fırsat kolluyordu. Televizyonun ekranında Hande'nin attığı golün tekrarı gösterilirken Semih dudaklarını onun dudaklarıyla birleştirmişti bile.

Hande kendisini geri çektiğinde başını Semih'in göğsüne yaslamıştı. Nefesini düzene sokunca "Gol attım!" diye haykırdı. Futbol onun tutkusuydu. Maçın sonuna kadar bir daha ikisi de gol atamadı. Semih birkaç kez bilerek gol yemeyi denemiş, Hande bunu fark ettiğinde ise sinirle "Semih! Hile yapma!" diye cırlamıştı. Semih de ona "cazgır!" deyip oyuna dönmüştü. Hande'nin adamlarına çelme takmasının onu kızdırdığını fark edince, gol atamadığı için sıkılıp onu kızdırmak amacıyla adamlarına çelme takmaya başlamıştı.

Oyun bittiğinde ise Hande bütün sinirini unutmuş kazandığı için sevinçle dans etmiş ve en son kendisini koltuğa atmıştı. Semih oyunu kapatıp karısının yanına oturduğunda Hande esnemekle meşguldü. "Hâlâ uykun mu var?" diye sordu Semih kaşlarını kaldırarak.

"Olamaz mı?"

"Zaten inek gibi uyudun. Daha ne uykusu?"

"Yuh ama! Uyuduğum saati mi sayıyorsun! Ayrıca ne demek inek gibi uyudun ya? Çok odunsun!"

Semih omuz silkerken karısının beline kolunu dolayıp birden onu kendi kucağına çekmişti. Hande yüzüne gelen saçlarını çekerken somurtuyordu. "Bana inek dedin!" "Demedim." diye itiraz etti Semih. Oldukça rahat bir tavrı vardı. Bir kolunu kalkmaması için belinden çekmemişti. Diğer eliyle ise onun düzelttiği saçlarını karıştırıyordu. "Ya!" diye itiraz ederek bağırırken kalkmaya hiç de niyetli görünmüyordu Hande. İnatla saçlarını düzeltiyordu. Semih ise aynı istikrarla onun kızıl saçlarını tekrar bozuyordu. "Bu akşam dışarı çıkacağız." dedi ve kadının küçük burnunu sıktı. Hande "Semih!" diye cırladığında ise suratını buruşturmuştu. Ah bu karısının cırtlak sesiyle ne yapacağını bir bilseydi!

"Bağırma be güzelim! Deldin kulak zarımı!"

"Sen de sıkma burnumu o zaman!"

Semih elini karısının üstüne silip "Elimi sümük yaptın zaten! Seni pis sümüklü!" diye dalga geçti. Elinde bir şey yoktu ama onu kızdırmayı da seviyordu işte. Hande tekrar cırladığında ise gerçekten sağır olacağına inanmaya başlamıştı. Sesinde cam kırabilme potansiyeli vardı. Şu işkence ettiği adamlara Hande'nin cırlayan sesini mi dinlettirseydi acaba? Ama o zaman karısının sesini kıskanırdı. En iyisi kendi yöntemlerine devam etmesiydi.

"Ben sümüklü değilim!" diye cırlamaya bir süre daha devam etti. Ve sonra başını saklayabileceği tek yer olan kocasının göğsüne gömdü. Baykuş değildi ya başını geriye çevirsin. Baykuş demişken o hayvanlara hem hayranlık duyuyor hem de korkuyordu. Lego gibi takmalı kafaları olduğuna inanıyordu. Küçükken gece perdeyi açarsa cama yapışık, kocaman gözleriyle ona bakan bir baykuş göreceğine inanıyordu ve bu büyüdüğünde fazlasıyla utanç duyduğu çocukluk korkularından biriydi. Maazallah Yağız duysa bir ömür dilinden düşmezdi hani!

"Tamam, tamam! Değilsin!" derken gülüyordu Semih.

"Ya! Dalga geçmesene!" deyip omzuna hafifçe yumruk attı.

"Ne dedim ben şimdi? Değilsin dedim ya!"

"Ama gülüyorsun! Alay ediyorsun benimle! Hem gece dışarı çıkacağız derken benim fikrimi aldın mı acaba?"

"Almaya gereksinim görmedim."

"Neden? Sadece sen ve egon mu gidiyorsunuz yoksa?"

"Yok, sen de geliyorsun tatlım. Bir de sümüklerin var tabii! Onları da çocuğumuz niyetine götürürüz. Maşallah bir bebek kadar çok sümüğün akıyor. Sümüklü seni!"

"Semih!"

"Ama burnundan baloncuklar çıktığını daha söylememiştim ki!"

"Bırak beni!" dedi sinirle. Kalkmak için debelenirken düşmese iyiydi. Bu sakarlıkla bileğini tekrar incitmeyi istemezdi. O normal bir insan değildi. Tek bileği incinince kıskanmasın diye diğerini de incitiyordu. Tamam, kıskanmasın diye değildi bu! Onun aşırı sakarlığının sonucuydu ama... Her insanın başına gelebilecek şeylerdi bunlar! Mesela her insan kolunu buzdolabına, kafasını kapıya, parmağını musluk ucuna sıkıştırabilirdi.

"Bırak ya!" diye çıkıştı Hande tekrar. Kuş gibi çırpınıyordu ama Semih'in kolları çelikten bir kafes gibiydi ne yazık ki.

"Olmaz." dedi Semih başını iki yala sallarken. "Bırakamam seni şapşalem benim."

Hande başını geri çekip omuzlarından onu ittirdi. Semih ise sadece gülüyordu. Birden Hande'yi kucaklayıp ayağa kalktı. Hande çırpınırken o sadece küçük bir bebek taşıyormuş gibiydi. Karısını yere bıraktı ama elini kavrayıp dolabının karşısına geçirdi. Kapağı açıp askıdaki elbiselere baktı. Hande'nin üstünde tuhaf yazılar ya da baskı olmayan yeni elbiselerinden bir tane çıkarıp üstüne tuttu. Karısı onunla evlenmeden önce üzerinde *You're a Bitch, Fuck You, Go To Hell, Vete al Diablo* ve buna benzer şeyler yazan tişörtler ve altına eşofman altı, kot pantolon ya da şort giyerek gezdiğini biliyordu ki Hande bu huyunu hâlâ ev içinde sürdürüyordu. Semih bu tip şeyler giymemesi için ona bir dolap dolusu kıyafet almış olsa da Hande inatla eski kıyafetlerini giyiyordu. Semih onları atmaya kalktığında ise şiddetle karşı çıkıyor, kıyafetleri atarsa onu da peşinden atacağını söylüyordu. Ki bunu normal bir dille değil kendini yırtarcasına bağırarak söylediğinde daha etkili olacağına dair olan inancını da desteklercesine yırtınıyordu. Beyaz, uzun kollu, örgü elbiseyi onun eline verdi. "Bunu giy bu akşam." diye emir vermekten de geri kalmadı.

"Ama neden?" derken Hande dudaklarını büzüştürmüş itiraz edercesine kocasına bakıyordu. "Çünkü gideceğimiz yere senin küfür baskılı tişörtlerinden daha uygun."

"Sadece bu gecelik." diyerek elinden aldı. Kesinlikle sadece bir geceliğine giyecekti! Mecbur kalmadıkça tişörtlerinden vazgeçmeye niyeti yoktu. Bu aralarında büyük bir kavgaya sebep olsa bile.

DOKUZUNCU BÖLÜM

Hande yemekleri çatalıyla parçalayıp kaşlarını çatarak incelerken Semih onu izliyordu. "Hande şu yemeğe atomu parçalamaya çalışan bilim adamı gibi bakmayı keser misin? Yesene artık!"

"Bu hiçbir şeye benzemiyor ki! Beni iskender yemeye falan götürseydin ya." diye çıkıştı Hande. "Seni Kıbrıs'ın en lüks restoranına getiriyorum ve sen beni fırçalıyorsun. Nasıl anormal bir şeysin sen ya? Senin beynin nasıl çalışıyor anlamıyorum ki ben."

"Ben mi dedim getir diye? Getirmeseydin o zaman." dedi ve tabağı eliyle masanın ortasına ittirip kollarını göğsünde bağladı ve arkasına yaslanıp başını diğer tarafa çevirdi. "Yemem bunu ben! İskender istiyorum."

"Ya delireceğim ya seni boğacağım şurada Hande. Bu yemek için on tane iskender parası ödedim ben."

"Bu kuş yemi kadar şeye mi verdin o kadar parayı? Ben de seni akıllı sanırdım! Saf mısın sen? Kazıklamışlar seni de ayakta uyuyorsun. Sonra da mafyayım diye göğsünü gere gere geziyorsun. Dışarıdan biri duysa buna o kadar para verdiğini, alnına keriz yazısı yapıştırırlar senin."

"Sen bana saf ve keriz mi dedin?"

"Ben demedim de, ben desem iyi, boy boy manşetlere çıkacağına ben diyeyim daha iyi bence."

"Eğer bir kez daha bana hakaret edersen seni omzuma atarım ve eve gidince de iyi bir ceza bulurum sana! Manşetlere bak o zaman nasıl çıkıyoruz? O yüzden sus bence!" Hande onun dediğini yapacağını bildiğinden sustu ve etrafına bakınmaya başladı. Semih yemeğini yedikten sonra ayağa kalktı. "Hadi gidelim."

Hande de kalktı ve Semih hesabı ödeyene kadar toparlandı. Arabaya yürürlerken Hande midesinden gelen gurultuyla gözlerini önce midesine dikti, sonra Semih'e döndü. "Semih midem sana bağırıyor."

"Anlamadım?" derken kaşlarını kaldırmıştı adam. "Diyorum ki midem... Beni aç bıraktığın için sana çok kızmış, kükrüyor." Semih onun bu hâline gülüp kolunu uzattı ve boynunu koluyla kavrayarak onu kendisine yaklaştırdı. "Midenden bir özür dilemem gerekiyor sanırım bu durumda?"

Hande olumlu anlamda başını sallarken hevesle "İskender yemeye mi gideceğiz?" diye sordu. Semih ise susup yürümeye devam etti. Arabanın önüne geldiklerinde Hande aynı soruyu tekrar soracaktı ki vazgeçti. Semih inat ettiyse nasıl olsa söylemeyecekti. Bu durumda sorup durmanın anlamı yoktu. Gidince görecekti.

Deniz kokusu burnuna dolunca gülümsedi Hande ve tahta masaya oturdu. Deniz biraz aşağıda ve az ileride parlıyordu. Ay gökyüzünden ışıklar saçıyor ve onun ışıkları denize vurup ihtişamına ihtişam katıyordu. Rüzgâr ılık ılık esiyordu. Hande kaşlarını çattı ve "Beni böyle bir yer dururken dört duvar arasına mı götürdün yani?" diye homurdandı. "Bir saat yol geldik farkındaysan? Üstelik yol boyu mızmızlanıp, söylenip durdun. 'Senin yüzünden açlıktan öleceğim, böğrüm ağrıyor açlıktan, ölürsem mezarıma iskender koyun, daha gelmedik mi? Hâlâ mı gelmedik?' deyip duran bendim galiba?"

"Hiç de bile! Ben ağzımı bile açmadım!"

"Kapanmayan şeyi bir daha nasıl açabilirsin ki zaten?"

"Sen bana geveze mi demek istiyorsun?"

"İstemiyorum, açıkça söylüyorum."

"Odun!" deyip dil çıkardı ve sağına döndü Hande. Garson geldiğinde ise asık suratıyla başka yöne bakıyordu. Semih siparişleri verdi. "İki iskender." demişti ki Hande atıldı. "Bir de lahmacun." Semih tek kaşını kaldırıp karısına baktı. "Onu kim yiyecek güzelim?"

"Ben!" dedi Hande. Semih kahkaha attı. Garson da gülmemek için kendisini zor tutuyor gibiydi. Hande onlara baktı ve sinirle "Ne? Yiyemez miyim?" diye sordu. Semih ise gülmeye devam ediyordu. Garson güldüğünü gizlemeye çalışıyordu ama anlaşılmayacak gibi değildi. "İçecek olarak ne alırsınız efendim?" diye sorduğunda gülüşünü biraz olsun bastırmış ve Hande'nin delici bakışlarından kaçınmak için başını Semih'e çevirmişti. "İki ayran olsun." dedi ve garson koşar adım uzaklaştı. Hande hırs yapmıştı. Kesinlikle hem iskenderi hem de lahmacunu yiyecekti.

Yemekler geldiğinde ise kısa bir an pişman oldu. Yiyecekleri yerin aşçısı belli ki malzemeden sakınmamış bilakis fazla cömertçe davranmış hatta eline ne geçtiyse doldurmuştu. Hande inatla son lokmaya kadar yerken Semih kendi yemeğini bitirmiş ona bakıyordu. Birkaç kez kendisini zorlamamasını söylese de Hande'deki inadın da kendisininkinden geri kalır yanı yoktu. Mide fesadı geçireceğinden korkuyordu adam ama bir kere ona güldüğü için vazgeçmeyeceğini de açıkça görüyordu. Hande yemeği bitirdiğinde yürüyemeyecek kadar şişmiş bir de üstüne ilk başta belli etmemeye çalışsa da zar zor arabaya yürürken "Midem ağrıyor." diye şikâyet etmeye başlamıştı.

Semih onu kucağına alıp arabaya taşıdı. Aslında böyle bir durumda dalga geçerdi ama Hande gerçekten kötü görünüyordu. Yüzü sararmıştı. Arabayı tam çalıştıracaktı ki Hande birden arabadan indi ve kendisini arkadaki ağaçlığa attı. Bir ağacın altına kusarken sebebini bilmediği bir şekilde de gözlerinden yaşlar süzülüyordu. Ne diye inat edip yemişti ki o kadar yemeği?

Semih önce ona destek olmuş, kusması bitince arabanın ön koltuğuna, arabanın kapısını açık bırakarak yan bir şekilde oturtup peçete ile ağzının kenarlarını küçük bir çocuk gibi silmiş ardından ilerideki büfeden su alıp getirmişti. Onun gözyaşlarını elleriyle silerken kızıl saçlarını da yüzünün gerisine çekti. "İyi misin şimdi?"

"Biraz midem bulanıyor hâlâ." dedi Hande burnunu çekerek. Semih onu küçük bir çocuğa benzetiyordu. Hande su ile ağzını çalkaladıktan sonra Semih'e baktı. "Ağzımda kötü bir tat var." diye mızmızlanırken Semih onu kendisine çekti ve dudaklarını öpmeden hemen önce "Kocanın sözünü dinlemezsen böyle olur işte." diye mırıldandı. Hande içinden, odun, insan öpeyim de geçsin der, diye geçirirken kollarını onun bedenine sardı. Midesi hâlâ bulanıyordu ama Semih'in ağzına kusacak kadar iğrenç olmadığına inanıyordu. Arabaya binip tekrar yola koyulduklarında Semih, Hande ile dalga geçmekle meşguldü. "Kuş kadar midene öküz kadar yediğinde olacakları da görmüş olduk."

"Bak üstüne kusarım. Dalga geçme! Zaten hâlâ çok kötü midem bulanıyor." dedi kadın sinirle. "Üstüme kusarsan ben de senin üstüne balgam atarım. Hem ben mi dedim sana o kadar çok ye diye? Aptal!"

"Sensin aptal! Pislik! Midem bulanıyor diyorum, hâlâ iğrenç şeylerden bahsediyorsun ya."

"Ne yapmamı bekliyorsun? Oradan tıp okumuş doçent doktor falan gibi mi görünüyordum? İlk yardım bilgim bile yok benim."

"Normaldir." diye mırıldandı Hande ve başını bacaklarına koyup camdan dışarı bakmamaya çalıştı. Yediklerinden belli ki hâlâ midesinde kalmıştı çünkü ağzına geliyordu ve bu iğrençti.

"İstersen durdurayım arabayı, hava al biraz."

"Beş dakikada bir durursak sabaha anca evde oluruz. Ben... Dayanabilirim sanırım."

"Kusacak gibi görünüyorsun."

"Ciddi misin? Çok anormal bir durum. Neden acaba?"

"Benimle uğraşmayı kes kadın!"

"Semih! Kusacağım şimdi. Dur!" dedi Hande aniden. Ah! Bu mide bulantısı çok kötüydü. Semih hemen arabayı sağa çekmişti ve Hande o an kendini dışarı atmıştı. Neyse ki ağaçlık yolu daha geçmemişlerdi. Bir ağaca yaslandı ve temiz hava almaya çalıştı. Semih de arabadan inmiş Hande'nin biraz uzağında durmuştu. Hava alabilmesi için ondan uzak duruyordu. Hande kızıl saçlarını ensesinde toparladı ve yüzünü açığa çıkardı. Kendi kendisine küfrederken Semih'i de es geçmiyordu. Ne vardı ona gülüp, hırs yapmasını sağlayacak sanki? Eve yürüyerek gitmesi imkânsızdı ve o arabaya binmek istemiyordu. Kendini toparlamadan arabaya binecek hâli yoktu.

"Ben arabaya binemeyeceğim." dedi Semih'e doğru. Bir eliyle saçlarını tutarken diğer eli midesinin üstündeydi. "Aslında aklıma bir şey geliyor ama... Olur mu ki acaba?"

"Ne gibi bir şey?"

"Arabada eter var. Pamuk da var. Biraz koklasan bayılırsın. O arada da eve gitmiş oluruz."

"Sen ne zekisin öyle ya! Adamın aklına gelen şeye bak! Arabanda eter mi taşıyorsun?"

"İşimin ne olduğunu unutuyorsun galiba? Genelde eter yerine başka şeyler kullanırım ama acil durumlar için o da gerekli oluyor. Kocanın işini kabullen artık. Ayrıca bu hâlde bile benimle tartışmayı nasıl beceriyorsun?"

"İki elim kanda da olsa seninle tartışabilirim ben."

"Tahmin edebiliyorum."

"Semih bak kafana ayakkabı atacağım şimdi. Ya öleceğim burada! Gidip bana doktor bulsana!"

"Bana emir vermeyi kes kadın. Bak seni burada ölüme terk eder ve giderim. Sen de bir iskender bir de lahmacun yediği için ölen ilk insan olarak tarihe geçersin."

"Dalga geçme benimle!"

"Bak! Kocanı dinlemedin Allah çarptı seni Allah!"

"Aptal! Ben yedim lahmacunu da iskenderi de! Senin sözünü dinlemedim diye birden durduk yere midem ağrımaya başlamadı."

"Bir daha bana aptal dersen seni burada bırakır giderim. Bak burası ağaçlık sabaha kadar kurt mu gelir, ayı mı yer seni bilemem."

"Ya doktor bulsana! Hâlâ konuşuyorsun."

"Nereden bulayım Hande? Etrafına bir bak bakalım? Acaba yolun hangi tarafındaki ormanda bir doktor vardır? Sence maymunlara mı yoksa pandalara mı sorayım tıbbi bilgileri olup olmadığını!"

"Burada maymun ya da panda bulursan ikisine de sor sen."

"Benden istediğin şeyin mantıksızlığını çözebilmen ne güzel!"

"Ya burada boğazıma bıçak soksalar, üstüme kaplan salsalar sen yine böyle izleyecek misin? Bir de kamera getir de bari çekip eğlenirsin."

"Aslında haklısın. Bu hâlini kameraya çekmem lazım. İleride sözümü dinlemezsen izletir, hatırlatırım beni dinlememenin sonuçlarını."

"Egoist!"

Semih ona cevap bile vermedi. Zaten Hande de çok az

da olsa kendisini toparlamıştı. Arka koltuğun kapısını açtı ve camı görmeyecek şekilde yatmadan önce "Biraz hızlı sür. Tabii arabanın mahvolmasını istemiyorsan." dedi. Semih omuz silkip sürücü koltuğuna geçti ve hastaneye doğru sürmeye başladı. Hastaneye geldiklerini görünce şaşırdı. Semih odununun onu eve götüreceğini sanmıştı.

"Yürüyebilecek misin?"

"Bacağım kopmadı, sadece midem bulanıyor."

"İyilik yaramıyor ki sana da. Ya ukala oluyoruz ya da ukala cevaplar alıyoruz."

Hande ona dil çıkardı ve hastaneden içeri girdi. Doktor önce Semih'e sonra da Hande'ye baktı. Hande ile özel olarak konuşmuş, birkaç tahlil yapmıştı. İkisi de en fazla midesi yıkanır diye düşünmüştü ama bu kadar şeyin başka bir sebebi olmalıydı değil mi? Semih endişesini belli etmemeye çalışıyordu. Aslında endişeli olduğunu belli ederse Hande'nin korkacağını düşündüğü için sanki olağan şeylermiş gibi davranıyordu. Belli etmese de karısını düşünüyordu elbette. Doktor, Hande'ye döndü ve "Mide bulantınızın sebebi tam olarak çok yemek yemiş olmanız değil." dedi. Hande kaşlarını kaldırdı. Semih de tek kaşını kaldırmış kadının ne diyeceğini bekliyordu. Hande bir yandan dönüp Semih'e, bak senin sözünü dinlemememle ilgisi yokmuş bay ego yığını, demek için yanıp tutuşsa da doktorun diyeceğini de merak ediyordu. Mide bulantısı geçmişti fakat yorgundu. Uykusu gelmişti ve bir an önce ne olduğunu öğrenip eve gitmek istiyordu. Hatta doktor gelmeden önce Hande, Semih'i eve gitmek için ikna etmeyi denese de Semih "Bunca zaman boşuna mı bekledim? Hem buraya gelene kadar araba ne kadar benzin yakmıştır biliyor musun? Boşa mı gitsin? Sonucu öğrenelim, gideriz." demiş ve konuyu kapatmıştı.

Normal kocalar karısını düşünürken Semih arabasının yakıtına ödediği parayı düşünüyordu. Hande ne kadar ormantik, odun dese de bu bile ona az kalıyordu. Semih onu düşünse de sözlü olarak ifade etmiyordu. Önemli olan benzin değil Hande'ydi. Yine de onun bunu bilip şımarmasına gerek yoktu.

"Öyleyse ne?" diye sordu sonunda Semih sessiz kalan doktora. Kadın ise ikisine tekrar bakıp sonunda ikisini de şoke eden cümleyi kurdu, "Tebrik ederim Hande Hanım, bir bebeğiniz olacak."

Semih o kadar şaşırmıştı ki ne dediğinin farkında olmadan sordu, "Çocuk mu evlat edineceksin?"

Hande şaşkınca Semih'e baktı. İlk tepkisinin bu olmasını beklemiyordu. Hadi ama! Bu adam nasıl Boğaziçi İşletme okumuştu Allah aşkına? Bunu gerçekten çok şaşırdığı için söylüyor olmalıydı! Semih bu kadar aptal olamazdı.

"Şapşal! Şoka girdin galiba." deyip omzuna hafif bir yumruk attı. Semih ise olayı yeni kavrıyor gibiydi. Suratı şaşkın ördek yavrusuna dönmüş sanki bir uzaylıyla konuşuyormuş gibi bir ifadeyle karısına bakıyordu. "Yani şimdi... Yani sen... Sen hamile misin? Bizim bebeğimiz mi olacak?"

Hande ilk defa onun bu kadar şaşırdığını ve heyecandan ne söyleyeceğini bilemediğini görüyordu. Semih her zaman otoriter tavırlar takınırdı ama o an bir çocuktan farkı yoktu. Hande gülümseyip onaylarcasına başını sallayınca Semih daha da heyecanlandı. Hayatında duyabileceği en güzel şeydi bu.

"Ben baba mı olacağım yani?"

Hande tekrar başını onaylarcasına sallayınca Semih elini onun karnına koydu ve sanki hissediyormuş gibi hafifçe okşadı. Elini çekip karısının alnını öptü. Başını onun başına dayadı ve fısıldayarak "Harika bir haber bu." dedi.

Hande birden ayakları yerden kesilince ne olduğunu anlayamadan ufak bir çığlık attı. Semih nasıl bu kadar hızlı bir şekilde çekilip onu kucağına almıştı? Bu adam gerçekten anormaldi! "Seni yormayalım öyleyse."

Eve geldiklerinde Hande arabadan indiği gibi koşarak içeri girdi. Semih peşinden gelip çatık kaşlarıyla karşısına dikildiğinde oturduğu koltukta büzüşüp suç işlemiş bir çocuk gibi alt dudağını dişlemeye başladı. Semih sinirli bir şekilde "Çocuk gibi koşmak artık yasak sana!" dedi.

"Ama bebek gibi kucakta taşınmak istemiyorum." derken bu kez ısırdığı alt dudağını sarkıtmıştı. Ellerini de önünde bağlamış hafif yere eğik başını kaldırmadan gözlerini yukarı dikerek suçlu bakışlar atıyordu.

"Eğer kendini yormayacağına söz verirsen ben de seni sürekli kucağıma almam. Ayrıca artık ben ne dersem o olacak."

"Zaten hep sen ne dersen o oluyor."

"Yani durum değişmeyecek demek oluyor bu." dedi adam ve ardından koltuğa oturdu. "Biz Türkiye'ye ne zaman döneceğiz?"

"Hafta sonuna kadar işlerimi halledeceğim. Aslında daha çok işim vardı ve buradan da Amerika'ya gidecektik ama Türkiye'ye dönsek daha iyi olur. Doğuma kadar en azından bir yere gitmeyelim. Hem annemler de yanında olursa daha iyi olur."

"Dönünce annemlere de gidebilir miyiz?"

"İstersen uğrarız ama çok kalamayız."

"Anneannemlere de uğrar mıyız?"

"Bunak yaşlılara mı? Hiç sanmıyorum. Beni dövüyorlar onlar ve inan bana dünya üzerinde beni dövebilen iki insan onlar sadece. Eğer elimde kalmalarını istemiyorsan -ki o contaları eskimiş nenenle deden lafın gelişi değil gerçekten elimde kalabilir- bence bunu bana hiç önermemiş ol."

"Ama Semih onlar çok yaşlı. Torunlarının çocuğu olacağını öğrenmek isterler."

"Telefonla söyle Hande... Bak, telefon diye bir icat var böyle durumlar için."

"Ama onlar telefonun açma düğmesini bilmiyorlar ki. Hatta telefonu müzik kutusu sanıyorlar. Bir kere anneannem telefonu müzikli takoz diye bir bacağı sağlam olmayan yemek masasında o kırık ayağın altına destek olarak koymuştu. Kadın telefondan bihaber yaşıyor. Kırk yılın başı bir hatırlıyor onun ne olduğunu."

"Hande bak sen de diyorsun nasıl manyak insanlar olduğunu. Biri bastonlu Jüpiterli diğeri de bunak Neptünlü."

"Anneanneme ve dedeme böyle mi diyorsun gerçekten? Sana inanamıyorum ya. Yaşlı insanlar onlar. Arada birazcık hatırlama problemi yaşıyor olabilirler ama dünya tatlısıdır onlar. Tulumba tatlısı gibiler."

"Ya sorma! Şerbetsiz tulumba tatlıları! Ne birazcık sorunu Hande? Senin anneannen ve deden aynadaki yansımalarının kendileri olduğunu bile unutacak kadar bunaklar. Eğer telefona cevap veremiyorlarsa mektup yaz."

"Anneannem okuma bilmiyor. Dedemin de gözleri görmüyor tam."

"Dumanla haber ver o zaman Hande ama hiçbir kuvvet beni oraya götüremez. Zaten haber versen ne olur ki, mektup yazsan sonunu okuyana kadar, telefonla arasan cümleni bitirene kadar, dumanla haber versen onun tamamını görene kadar unuturlar bile."

"Lütfeeeen!" dedi Hande. Ellerini çenesinin altında bağlamış yavru kedi bakışlarını atıyordu.

"Ah! Tamam! Ama bir şartla."

"Ne şartı?"

"Sen benim babaanneme ve dedeme iki gün dayan karşılığında ben de senin anneannene ve dedene dayanacağım tamam mı?"

Hande hevesle başını sallayıp sevinçle ayaklandı ve ona sarıldı. "Yavru köpeklere benzediğini söylemiş miydim?" diyen Semih'in sesinden sonra ondan ayrılıp kaşlarını çattı. "En azından senin gibi boz ayıya benzemiyorum. Dikkatini çekerim boz ayı dedim. Kutup ayıları sevimli oluyor ya. Ondan sen onlara benzemiyorsun. Böyle kocaman, kahverengi, korkutucu, iğrenç olanlara benziyorsun." derken eliyle de söylediklerini ifade eden hareketler yapıyordu. O hâliyle hayli komikti doğrusu. Ona dil çıkarıp arkasını dönmüştü ki Semih belinden kavrayıp kadını kendisine geri çekti. Dudaklarını kulağına yaklaştırdı ve ardından "Sen de o korkutucu, kahverengi, kocaman, iğrenç bir boz ayıya benzeyen adamın karısısın güzellik. Bunu bilmek... Egomu tatmin ediyor sanırım." diye fısıldadı.

Hande dirseğini ona geçirdi ve "Bırak beni!" diye bağırıp çırpınmaya başladı. "Seni ego çuvalı! Boş ego yığını! Kaba adam! Yontulmamış odun!"

"Çıksana kollarımdan çıkabiliyorsan." diye meydan okudu Semih ona ve ardından onu yürütüp camdan duvarın önüne getirdi. Manzarayı izlerken Hande hâlâ bağırıp çırpınıyordu. Semih ise onu kızdırdığını bilerek özellikle yapıyordu ama ona sarılmak da çok hoşuna gidiyordu. "Bak kuşlar ne güzel." dedi bir kolunu kaldırıp yukarıyı gösterirken "O kuşlar kafana sıçsın inşallah!"

"A...aa! Çok ayıp karıcığım! İnsan kocasına öyle beddua eder mi hiç?" Hande daha da sinirle çırpınıp bağırmaya başladı. "Ne cırtlak sesin var senin öyle ya! Sendeki bu ses var ya kargada bile yok. Ben de senin güvenliğinden endişeleniyorum. Asıl çevrendekilerin güvenliğinden endişelenilmeli bence! Senin yüz kilometre yakınındaki bütün varlıkları bağırarak kaçırma potansiyelin var." dedi.

"Benimle dalga geçmeyi kes ve hemen bırak beni. Ayrıca az önce kuş dediğin o şeyler yıldız. Gece gece ne kuşu?"

Semih onu duymamış gibi daha sıkı sarıldı ve "Bak yıldız kaydı! Hadi bir dilek tut." dedi. Hande onun dengesizliğine kafa yormadan kayan yıldıza baktı. "Ben öyle batıl şeylere inanmam!"

"Sonra da odun ben oluyorum." diye homurdandı Semih. "Çöz kollarını gidip yatacağım ben."

"Seninle bir oyun oynayalım mı?"

"Çocuk muyuz biz?"

"Kutu kutu pense oynayalım demedim Hande! Oyunumuzun tek kuralı şu; konuşmak yok! Yani 1,2,3 tıp gibi! Ben de biraz kafamı dinlendireyim değil mi ama?"

"Peki, konuşursam ne olur?" derken bir yandan da başını çevirip kaşlarını kaldırarak bakmıştı ona. Semih onun kulağına doğru yaklaşarak en tahrik edici sesiyle fısıldadı, "Öpeceğim!"

ONUNCU BÖLÜM

"Hadi Hande! Ağaç oldum burada be kadın! Hani hazırdı her şeyin?" diye aşağıda söylenip duran ve odada volta atan adamı izlemekten başı dönmeye başlamıştı Su'nun. "Gidip bakmamı ister misin?" diye sordu sonunda. Onu izleyip durmaktan daha iyiydi. Ayrıca devamlı söylenmesinden de... Kıbrıs'ta bulundukları bir ay içinde Semih'in vaktinin yarısı söylenmek ve bağırmakla geçmişti. En azından Su orada olduğu sürece gördüğü buydu. Hande ise tam bir cadıydı. Onu sinir etmek hoşuna gittiği için bu konuda elinden geleni yapıyordu.

"Bak ve eğer beş dakika içerisinde inmezse onu burada bırakıp gideceğimi söyle." Su, başını salladı ve sonra ağır adımlarla merdivenleri çıkmaya başladı. Semih biraz daha beklerse veya söylense onun için çok da bir şey değişmezdi. Karısını asla bırakıp gidecek değildi. Merdivenlerin son basamağını çıktığında telefonu çalınca duraksadı. Belli ki Semih biraz daha bekleyecekti. Telefonunu çıkarıp açtı ve kulağına dayayıp ağır adımlarla odaya yürümeye devam ederken bir yandan da konuşmaya başladı.

"Alo?"

"Su, benim Nergis! Sabah aramışsın ama görmedim. Bir sorun mu var?"

"Yok, sadece Türkiye'ye dönüyormuşuz ve Semih hemen toparlanmamızı söyledi. Sana da haber vermemi istemişti de ondan aramıştım."

"Türkiye'ye mi dönüyormuşuz? Neden?"

"Hande hamileymiş. Ailesinin yanında olması daha iyi olur diye. Neyse işte sen toparlanmana bak. Biz yola çıkacağız birazdan sen de yetişirsen bizimle gelirsin olmadı havaalanında buluşuruz. Uçak öğlen birde."

Bir ayda neler değişmişti böyle? Su, Melih ile hâlâ anlaşabilmiş değildi. Onun kendisinden sonra başkasıyla evlenmiş olmasını kaldıramıyordu. Üstelik kadına evlenme teklif etmiş, sonra nikâhtan bir gün önce onu kına gecesinde terk etmişti. Su her şeyden sonra ne kadar zaman geçerse geçsin onu affedemiyordu. Yaşadıklarını unutup ona güvenmek öylesine zordu ki...

Hande'nin odasına girdiğinde onu göremeyince şaşırdı. Yatağın üzerinde hazır bir valiz duruyordu ama genç kadın görünürde yoktu. Banyodan gelen öğürme sesiyle o tarafa gitti ve Hande'nin klozete eğilmiş kustuğunu görünce yanına ilerledi hızla. Saçlarını ensesinde toparladı ve ona destek olmaya çalıştı. Hande sabah zaten iyi bir kahvaltı yapmamıştı, üstüne bir de yediklerini kusması berbat bir şeydi. Midesindekiler boşalınca ise ağzındaki acı tat tekrar midesini bulandırdı ama kendisini toparladı ve gözünden süzülen yaşlara engel olamadı. Başını çekip klozetin kapağını kapattı. Şifonu çekmek için klozetten destek alarak doğruldu. Zorlukla sifona basıp klozetin kapağını kapattı ve üstüne oturarak kendini toparlamaya çalıştı. "İyi misin?" diye sordu Su endişeyle. Hande başını hafifçe iki yana salladı.

"Hâlâ midem bulanıyor biraz."

"Bekle sana su getireyim." diyen Su odadan çıkıp mutfağa gitmek için aşağı inerken Hande de kalkıp ağzını çalkaladı ve yüzünü yıkadı. Bu hâlde o kadar yolu nasıl çekecekti hiçbir fikri yoktu. Belki de anneannesi ve annesine daha sonra gitmeliydi. Şayet o kadar yorgunluğu kaldırabileceğinden emin değildi.

Semih banyoya girince gözlerini devirdi. "Gelmene gerek yoktu. İnecektim şimdi." "İn diye gelmedim Hande. Tamam, inmeni çok beklediğim için kızdım ve neredeyse gelecektim ama kustuğun için geldim. İyi misin diye bakmak istedim. Hani düşünceli kocalar böyle yapar ya genelde... Yani galiba!"

"Normalde düşüncesiz olduğunu kabul ediyorsun yani? Galiba hı? Öğrenirsin kocacığım zamanla."

"Kadın milleti değil mi? Hepsi aynı işte! Düşünsen suç düşünmesen odun! Yok! Yaranamıyorum ben sana. Senin için endişelendim diyorum. Duydun mu? Ben dedim bunu. Ben!"

"Evet, bay küçük dağları ben yarattım! Duydum. Bu egoyla başkasını düşünebilmek de özel yetenek olsa gerek."

"Seni ne düşünüyorsam! Şeytan diyor at omzuna dinleme mide bulantısı falan al götür de sonra aklıma geliyor ya gömleğime kusarsan diye yapamıyorum işte."

"Tek derdin gömleğin yani! Şu gömlek kadar değerim yok gözünde. Sen beni damızlık olarak görüyorsun Semih. Çocuk yapma aleti miyim ben? Şimdi yine iyi günlerin! Yarın öbür gün karnım şişince de duba gibi oldum diye başka kadınlara gidersin sen."

"Hande iyi misin güzelim? Seninle evlendiğimizden beri başkasına baktım mı ben? Şerefsiz miyim ben kadın? Gül gibi karım var, karnında çocuğumu taşıyor. Başkasına bakar mıyım sanıyorsun?"

"Bakmaz mısın?"

"Bakmam tabii Hande! Bu arada gül derken dikenli olarak bahsetmiştim. Hatta kaktüs olsun o ya. Gül sana çok az kaldı. Yine de ben kaktüsümle mutluyum. Biraz anlayışı kıt ama olsun. Tane tane açıklarım ben ona her şeyi."

"Ya! Sensin anlayışı kıt!" dedi ve onun göğsüne bir yumruk attı Hande. Semih de numaradan göğsünü tutup nefes alamıyormuş gibi yapmaya başladı. "Ah, bir de eli çok ağır! Erkek Fatmam benim."

"Ya! Dalga geçme benimle. Sensin erkek!"

"Bunu hiç inkâr etmedim ki!" derken alayla gülüyordu Semih. Karısı nasıl bu kadar tatlı olabiliyordu? Hande ona dil çıkardı. Sonra banyodan çıkıp odada yürümeye başladı. "Semih, bak ne diyeceğim. Anneme ve anneanneme gitmekten vazgeçtim. Eve gidelim hemen. Midem dayanmayacak bu yolculuğa."

"Sen nasıl istersen öyle yapalım." dedi Semih ciddi hâline bürünerek. Bu konuda onun isteği ön plandaydı. Bebeğe ya da Hande'ye zarar gelsin istemezdi. Ayrıca o bunak yaşlıları –anneannesi ve dedesi- çekmektense evine gidip bacaklarını uzatarak televizyon izlemeyi tercih ederdi. Bir de karısını göğsüne yatırıp saçlarını okşamayı. Yataktaki valizi tek eliyle kavrayıp kaldırırken, gelirken getirdikleri üç valizin giderken tek valiz olmasının şaşkınlığını yaşıyordu. Sayılarının artacağını düşünmüştü ama iki valiz yok olmuş, bir tane kalmıştı. Emin olmak için sordu yine de "Sadece bu valiz mi var?"

"Evet, sadece o!"

"Hadi gidelim o zaman." dedi ve Hande önde o arkada merdivenleri inmeye başladılar. Aşağıda Nergis ve Su konuşuyordu. "Sanki biri bana su getirmek için inmişti aşağıya?" diye iğnelemekten çekinmedi Hande kadını. Su da elindeki bardağa bakıp gülümsedi. "Kusura bakma ya unutmuşum ben."

Hande kendisine uzatılan suyu içti ve bardağı mutfağa bırakıp döndü. Nergis'i bir zamanlar kıskandığına inanamıyordu. Bir hafta aklından çıkaramadığı ve Semih ile ilişkisi olduğunu düşündüğü kız gotik çıkmıştı. Semih ile böyle birini yan yana düşünemiyordu bile. Kocası böyle şeylere kesinlikle ilgi duymuyordu. Bir ara kaşına yaptırmak istediği piercinge nasıl karşı çıktığını ve bedendeki metallerden –küpe de dâhil- nefret ettiğini kesin bir dille belirttiğini ve hatta öyle insanlardan tiksindiğini söylediğini hatırlıyordu. Belli ki Nergis sadece arkadaşı olduğu için katlanıyordu ama ona başka bir sevgi beslediğini iddia etmek için aptal olmak gerekirdi. Semih ancak onunla dalga geçiyordu. Kıza metalli diye hitap edip onu sinir etmek de hobileri arasındaydı.

Arabanın önüne geldiklerinde Hande arka tarafa geçti. Ön tarafta midesinin bulandığını söyleyince öne Su geçti ve Nergis de Hande'nin yanına oturdu. Su radyoyu ayarlarken Semih onun eline vurdu. "Çek elini! Kıytırık şarkılar dinlemekten bıktım! Abuk subuk şeyler açmana izin vermeyeceğim!" deyince Su kaşlarını çattı. "Sen zevksizsin bir kere! Bir insan nasıl pop şarkı sevmez anlamam ki! Hit bunlar hit!"

"Ya sorma! Hitmiş! Biraz Incubus, Linkin Park dinle de kendine gel! Hadi illa Türkçe dinleyeceğim diyorsan aç bir Cem Adrian! Ama yok! Hanımefendi müzikten ne anlar!"

Semih ve Su birbirlerini yerken uzun bir yolculuk da başlamış oldu. Ah bir de kazasız belasız bitseydi.

"Hadi bak bunu da ye tamam." Deniz Hanım gelinine ve oğluna şaşkınca bakıyordu. Hamit Bey ise onların hâline gülmemek için kendini tutmaya çalışıyordu. Aslında Amerika işini yapamadığı için oğluna kızgındı ama hem torun haberi hem de oğlunun hâli bütün kızgınlığını almıştı. Semih'i bu hâlde göreceğini asla düşünmezdi. Hande ağzı dolu olduğu için başını diğer tarafa çevirirken kaşlarını çattı. O ballı ekmeği yemek istemediği belliydi ama Semih ona zorla yedirmeye çalışıyordu. "Bak buna yağ da sürdüm. Tadı çok güzel! Bunu da yemelisin. Bu son! Söz!"

Hande ağzındakini yutunca "Ya doydum diyorum. On kere bu son dedin ama patlayacağım birazdan. Bu son diyerek masanın yarısını yedirdin bana." diye çıkıştı. Belli ki çevrelerinde kim olduğu umurlarında değildi. Deniz Hanım evlerinde bir haftadır bu şekilde her konuda birbirlerini yediklerini düşününce onları çağırmakla iyi ettiğini düşündü. Oğlu geldikleri gün yanlarına getirmişti Hande'yi ama sonra onu eve kapatmış ve sanki felçli gibi davranmaya başlamıştı. Bunu da telefonda Hande söyleyince öğrenmiş ve bütün aile kahkahalarla gülmüştü.

"Ama bebeğimiz büyümez o zaman. Yemen lazım diyorum. Zaten kürdan gibisin." "Sensin kürdan." diye ona karşı çıktıktan sonra Hande dediği şeyin saçmalığını fark etmişti. Semih mi kürdandı? Hadi ama! Ondan bir kürdan olmayacağı kesindi. Hamit Bey sonunda araya girdi. "Oğlum bak bu böyle olmaz. Bırak yemek istediği kadar yesin kız."

"Baba ona bıraksam hiçbir şey yemeyecek ki. Hatta dinlenmeyecek bile. Ayaklarına beton döküp eve zorunlu hâle getireyim istiyor."

"Odunsun Semih. Katıksız odun! Ayrıca katır inadı var sende."

"Bak..." dedi Semih ama sonra sinirle kalktı ve Hande'yi kucakladığı gibi kapıya doğru yürümeye başladı. Kapıdan çıkmadan önce içeridekilere "Eğer bir daha torununuzu görmek isterseniz siz gelirsiniz çünkü Hande bir daha doğuma kadar gelmeyecek." dedi.

Eve giderlerken karısının somurtan yüzünü görünce normalde asla yapmayacağı bir şey yapıp arabayı kenara çekti ve büfeden bir çikolata alıp arabaya geri döndü. O üzülsün istemiyordu ki. Sadece sağlıklı olsunlar istiyordu. "Al!" diye kabaca ona uzatınca Hande çikolatayı çekerek aldı ve koltuğuna yayılıp çikolatayı ağzına burnuna bulaştırarak yedi. Kahvaltıdan ağzında kalan bal ile karışan çikolata yüzünden yüzü yapış yapış olmuştu. Üstelik elleri de bundan nasibini almıştı. Ellerini havada tutarken Semih "Sakın elini arabaya süreyim deme." diye onu uyardı. Karısı tam bir çocuk gibiyken nasıl bir çocuk büyüteceklerdi ki?

"Semih?"

"Efendim?"

"Arabayı durdursana!"

"Niye?"

Eliyle camdan ilerideki çeşmeyi gösterdi. "Orada ellerimi ve yüzümü yıkamazsam birazdan arabanı batıracağım da ondan."

Semih arabayı kenara çekince Hande kapıyı dirseğiyle açıp indi ve çeşmeye doğru yürümeye başladı. Adam da inip onu takip ederken Hande "Üşüdüm!" deyince oflayarak dönüp Hande'nin montunu aldı. Montu kadının omuzlarına bırakıp saçlarını geride topladı. Hande yüzünü yıkadıktan sonra Semih'in kolunun altına girip arabaya geri döndü.

"Düşündüm de, bazen düşünceli olabiliyormuşsun sen de. Bak, ilerleme var."

Arabaya bindiklerinde Semih'in gözlerini devirmesiyle arka camın kırılması bir oldu. Silahın tok sesine karışan cam sesini duyunca kadını boynundan tutup aşağı itti. Belinden silahı çıkarıp arabanın camını indirdi. "Sakın doğrulma!"

Başını çok az çıkarıp arkaya baktı. Arka taraftaki tek arabanın camından çıkmış dışarı ateş eden adamı görünce kaşlarını çattı. Hande'ye telefonunu uzattı. "Başını kaldırmadan hızlı aramayı aç. Selim'i ara!"

Kadının elleri titriyordu. Korkudan midesi bulanıyordu.

İçinden defalarca kez "Allahım ne olur Semih'e bir şey olmasın." diye geçirdi. Yolun ortasında birine ateş açmak nasıl yapılabilirdi ki? Bu kadar gözü kara insanlar onları orada öldürecekti işte. Sabahın erken saatleri olduğundan yol da boştu. Kadın elleri titrese de adamı aramayı başardı. Telefonu hoparlöre verdikten kısa süre sonra açıldı. "Alo, ağabey?"

O sırada silah sesi geldi. Ve hemen sonra Semih konuştu: "Selim, Akpınar'dayım. Peşimizde silahlı adamlar var. Kışmanlar'a doğru gidiyorum. Adam topla, gel!"

Selim cevap vermeden kapandı telefon. Hande eğildiği yerde büzüşmüştü. Semih ona ya da bebeğe bir şey olmasın istiyordu ama karısıyla ilgilenebilecek durumda değildi. "Semih kusacağım."

Hande'nin sesi ağlamaklıydı. "Sakin ol. Torpidoyu aç ama başını sakın kaldırma. Orada poşet vardı."

Hande söylenileni yaptı. Poşeti çıkarıp ağzına tuttu. Kusarken ağzındaki tat ve burnuna gelen kan kokusu daha çok midesini bulandırdı. Kusmaktan söyleyemiyordu adama ama kan kusuyordu. Söylese de onun o an bir şey yapamayacağını, sadece panikleyeceğini biliyordu. Koyu renkteki kana baktı ve gözlerini kapattı. Korkuyordu. On dakika kadar silahlı çatışma devam etti. O dakikaya kadar Semih adamlarla tam olarak çatışmış sayılmazdı çünkü Hande yaralansın istemiyordu. Onları atlatmayı denemişti sadece. Selim'in ve diğer adamların olduğu iki araba karşıdan geldi. Semih o aradan geçip adamlardan kurtulurken Selim ve diğer adamlar arkadaki arabayı sıkıştırmıştı. Onları göremeyecek kadar uzaklaşınca durdu Semih. Kadına döndü ama Hande hâlâ büzüşmüş hâlde duruyordu. "İyi misin?"

Hande başını kaldırdı. Eli ağzının üstündeydi. Ağlıyordu. "Korkuyorum. Semih çok korkuyorum."

"Geçti. Atlattık onları. Sakinleş, iyisin. İyiyiz."

"Kan geldi kusarken. Bebeğe bir şey olduysa ne olacak?"

"Ne? Kan mı kustun? Hastaneye gidiyoruz. Ağrın falan var mı? Çok mu kötüsün? Kahretsin! Kahretsin!"

"Ağrım yok! İyiyim. Sadece hızlı ol lütfen."

Semih yol boyunca panik hâlindeydi. Bir taraftan da o değil Hande panikmiş gibi onu sakinleştirmeye çalışıyordu. Hastaneye girdikleri an ortalığı ayağa kaldırdı. Hande ne zaman yanından alındı, ne zaman her şey bitti anlamadı bile. Doktor açıklama için yanına geldiğinde gerginlik, endişe onu yiyordu.

"Hande Poyrazoğlu'nun eşi siz misiniz?"

"Evet, benim."

"İçeride sizi bekliyor. Bir sorun yok. Sadece boğazın arka bölümlerinden gelen az miktarda kanı yuttuğu için kusarken kan gelmiş. Endişelenmenize gerek yok. Bir de hanımefendinin tansiyonu düşmüş. Şu anda iyi, sadece biraz endişesi var. Siz onu sakinleştirebilirsiniz sanırım."

Semih içeri girip karısının toparlanmasına yardım ederken nihayet sakinleşmişti. O da hâlâ biraz endişeliydi ama az önceki hâliyle kıyaslanamazdı bu. Hande oturduğu sedyeden kalkmadan ona sarıldı adam. Ağladığı için gözleri hâlâ kırmızıydı kadının. Semih ona ilk defa öyle şefkatle sarılıyordu. Ve ilk defa ondan özür diledi. "Bunları sana yaşatmaya hakkım yoktu. Benim yüzümden oldu. Ama senin korkacağını düşünmedim."

"Kendim için değil, senin için ve bebeğimiz için korktum."

"Biliyorum. Ama kendin için kork bundan sonra. Sen kendin için korkarsan benim için de korkmuş olursun. Sana bir şey olmadığı sürece ben hep iyiyimdir."

Kadın adama sarılarak, onun kollarında, güvende hissederek çıktı hastaneden. Arabaya tekrar binmek istemiyordu. Semih taksi çevirdi. Taksi de çok güvenli değildi ama arabasının arka camı kırıktı. Vedat'a arabayı alması için mesaj attı.

Selim kadar olmasa da Vedat'a da çok güvenirdi. Taksiyle eve dönene kadar Hande yorgunluktan uyuyakalmıştı adamın kollarında. Hamilelik onu yoruyordu. Bir de yaşadıkları olay üzerine eklenmişti. Eve döndüğünde Hande'yi yatağa yatırıp üstünü örttü. Evin ısısını o üşümesin diye arttırıp salona indi.

Yarım saat kadar sonra Selim adamları depoya alamadığını ama kenarda sıkıştırıp öldürdüklerini mesaj atmıştı. Selim işini iyi yapıyordu. Polisle başları derde girmesin diye açıktan saldırmamış olmalıydı. Muhtemelen arabaları yok etmeye gidiyordu. Arkasında iz bırakmaması gerekiyordu. Hepsinin ölmesi can sıkıcıydı. Bunu kimin yaptığını tahmin etse de emin olamıyordu. Berk'e yaptıklarından sonra karşılık geleceğini biliyordu. Yine de onun –bu durumdan ne kadar nefret etse de- Hande'yi sevdiğini düşündüğünden ona zarar vermeyecek bir şey yapacağını düşünmüştü.

Öğlen saatlerinde Yağız aradı adamı. Kadın daha uyanmamıştı. Semih telefonu açıp kulağına götürdü.

"Semih, nasılsın?"

"İyiyim, sen?"

"Ben de iyiyim. Melih ile oturuyoruz. Akşam maç yapalım dedik. Gelecek misin?"

"Yok, bu sefer gelemem."

Hande'nin ona ihtiyacı olabilirdi. Evde olması daha iyi olacaktı. O sırada Hande de merdivenlerin en alt basamaklarını iniyordu. Kendine gelmiş gibiydi. Kocasının yanına oturdu ve ona sarılıp başını adamın göğsüne gömdü.

"Hanım köylü mü oldun lan? Karın mı izin vermiyor kılıbık Semih?"

"Gelmiyorum işte. Uzatma ağabey."

"Canın mı sıkkın senin? Ne oldu?"

"Sabah saldırıya uğradık. Hande iyi değil. Evde olacağım."

"Kim saldırdı? Öğrendin mi bir şeyler?"

"Yok, araştıracağım."

"Tamam, haber verirsin. İstersen adam göndereyim?"

"Yok, yeterli korumam vàr. Yarın holdinge gelince konuşuruz." Telefonu kapattığında Hande başını kaldırdı. "Kiminle konuştun?"

"Yağız ağabeyim aramış. Maç yapacaklarmış, oraya çağırıyor." Normalde hesap vermezdi. Bunu söylemekte sıkıntı görmediğinden söylemişti. "Gidelim."

"Olmaz. Daha bu gün saldırıya uğradık. Seni hayatta götürmem. Ben de gitmeyeceğim."

"Lütfen! Gidelim. Oturup izleyeceğim Sen beni korursun. Koruma koyarsın etrafa olmaz mı?"

"Evde PES oynarız. Dışarı çıkmak güvenli değil."

"Çok sıkılıyorum. Hem hava da alırım."

"Tamam, gidelim. Bak seni göreceğim bir yerde oturacaksın. Gözümün önünden ayrılmak yok."

"Tamam. Söz."

Semih sözünden hiç dönmezdi ama Hande'nin kafasının dağılması gerekiyordu. Her zaman maç yaptıkları halı saha etrafına akşama kadar bir sürü adam dikti. Yağız'a gitmeye karar verdiğini mesaj attı. Çıkmadan önce yemeklerini yediler. Yol boyu üç araba onları takip etti. Semih koruma işini son olaydan sonra abartmıştı.

Arabadan indiklerinde kızı sahanın tamamını görebilecek bir yere oturttu. Kendisi de onu görebileceği bir konumda oynayacaktı. Etrafta Hande'nin gördüğü adamlar dışında da fazlaca kişi onu izliyordu. Semih bir şey olursa önce Hande'nin korunması konusunda kesin talimat vermişti. Maç başladığında Hande arada gaza gelip Semih'e tezahüratlar yapıyor, bazense kızıyor ağzından kimsenin onun ettiğine inanmadığı küfürler çıkıyordu. Semih maçta sıkça Hande'yi kontrol ediyor; Melih, Yağız ve Çetin'in gözleri de arada Hande'ye çevriliyordu. Kadın izlendiğini biliyordu ama rahatsız olmamaya çalışıyordu.

Maça ara verdikleri an Semih yanına geldi. Hande ona elindeki su şişesini uzattı. Havluyu da bir an uzatacak gibi olduysa da vazgeçti. Adamın terini havluyla o sildi. Herkes onları izliyordu ama Semih bu durumdan rahatsız olmadı. Aksine içinde tuhaf bir huzur, mutluluk vardı. Maçın son dakikalarında durum berabereyken Semih'in yakaladığı gol fırsatı ile Hande heyecanla ayağa kalktı. Bir eli yumruk olmuş sallanıyor, diğer taraftan da gücü yettiğince onu destekler cümlelerle bağırıyordu.

Semih onu mutlu etmek için daha çok gayret göstererek golü attığı an karısına doğru koştu. Ona sarıldı, onu öptü. "Bu senin içindi." Kadın kollarını onun boynuna dolamıştı. Gülüyordu. Semih oyuna geri döndü. Son dakika bittiğinde adamın ilk yaptığı şey diğerlerinin tişörtlerini, formalarını çıkarmasını önlemek olmuştu. Terlemiş de olsalar, akraba veya arkadaş da olsalar karısının önünde yarı çıplak olmalarını istemiyordu. Diğerleri bu duruma somurtuyordu ama hepsi oradaki kendi eşleri olsa kendilerinin de izin vermeyeceğini bildiğinden ses etmiyordu. Çetin ile Yağız diğer takımda olduğundan kaybedenlerden paraları toplamış, baklava almaya giderlerken Semih, Hande'nin yanına oturmuştu. Diğerleri etrafa yayılmış, dinleniyorlardı.

"Üşüdün mü? Serin sanki hava?"

"Hayır, üşümedim. Oynamasam da güzel vakit geçirdim. Getirdiğin için teşekkür ederim."

Semih bir şey söylemedi. Zaten Yağız ve Çetin iki tepsi baklavayla gelmişlerdi. Yağız cebinden ambalaj içerisindeki çatalları çıkarıp herkese dağıttı. "Bu sefer kıroluk yapıp elle yemek yok beyler. Yenge hanıma ayıp olmasın."

"Benim için sorun değil. Elle yemek istiyorsanız sorun yok."

O böyle dese de herkes çatalla yedi. Tepsiler götürüldükten sonra Semih karısını belinden tutup kalkmasına yardımcı olarak arabaya yönlendirdi. Eve girdiklerinde de uyuması, dinlenmesi için odaya gitmesine ısrar etti. Onunla çocukmuşçasına ilgileniyordu. Hande de son zamanlarda ona daha az itiraz eder olmuştu.

Semih gece geç saatlere kadar işlerle ilgilendi. Saat ikiye doğru telefonu çaldı. Kaşlarını çattı. Selim arıyordu. Muhtemelen kim olduğunu bulmuştu. Yoksa o saatte aramazdı.

"Ağabey, araba Orhan Beyhan'ın halasının eşi üzerineymiş. Bu iş büyük bir ihtimalle Beyhan Holding'in işi, yarın ihale var ağabey bence teklifi değiştirelim. Bu öylesine bir saldırı olamaz. Belki dikkatimizi başka yere çekmek istediler. Adamlar öldürmek için değil yaralamak ya da göz korkutmak için saldırıyor gibiydi."

"Tamam, geliyorum ben holdinge orada konuşuruz."

Telefonu kapattığı gibi ceketini alıp evden çıktı. Bahçedeki korumalar arasında Vedat'ı buldu. "Holdinge gidiyoruz. Sadece sen benimle gel, diğerleri kalsın."

Arabaya binip uzaklaşırlarken Semih, Vedat'ı bırakıp başka adamla mı gitse diye düşünmüştü ama o kadar çok adam karısını koruyabilirdi herhâlde.

Sabah eve döndüğünde saat erkendi. İhaleden sonra Orhan Beyhan'ı nasıl öldüreceklerini planlamışlardı. Hande'yi kontrol etmek için odaya çıktı. Kadın uyuyordu. Adam derin bir nefes aldı. Onun güvende olduğunu görmek içine su serpmişti. On dakika kadar sonra Su ve Nergis geldi. Onlar görevleri olmadığı hâlde kahvaltı hazırlarken Semih eve bir bayan çalışan alması gerektiğini düşünüp Vedat'a güvenilir birini bulmasını söyledi. Selim geceden sonra evine, dinlenmeye gitmişti. Vedat ihaleden sonra gidecekti. Onun yerine Selim geri gelecekti.

Hande de uyanınca kahvaltılarını yaptılar. Öğlen Semih,

Vedat'la evden çıkıp ihale için gitti. Binaya girdiğinden beri huzursuzdu. Kaybedecek gibi hissediyordu. İhale başladığı hâlde Beyhan Holding'den kimse gelmediğini görünce rahatlamıştı ama dakikalar geçtikçe içine bir kurt düştü. Oradaki dört holding tekliflerini verecekken Semih daha fazla sabredemeden kalktı. Hande ile konuşmalı, iyi olduğunu öğrenmeliydi. Yağız ve Melih onun yanındaydı ama en azından Çetin'den Hande'nin yanında olmasını rica etmediğine pişmandı. Su ve Nergis iyiydi işinde ama onların gücü bir yere kadardı. Evdeki onlarca adama olan güveni saniyeler içinde yıkılmıştı. O dışarı çıkarken Melih, Yağız ve Vedat şaşkınca adama baktılar. Ne olduğunu içerideki kimse anlamamıştı. Hande'yi aradı. Ulaşılamıyordu. Tekrar aradı ve sonra tekrar ama cevap alamıyordu işte.

Öfkesi endişesinin üstünü örtmeye yetmiyordu. Diğer arabasının camı kırıldığından beri kullandığı arabaya bindi. Bu ona kurulmuş bir tuzak olabilirdi, yolda onu öldürebilirlerdi. Yanında hiç koruma yoktu ama Hande o an daha önemliydi. Direksiyona iki defa yumruk attı. Kafasını bir yerlere vurmalıydı. Nasıl onu bırakıp evden çıkmıştı? Selim ya da Vedat'ı orada bırakmalıydı. Öleceğini hissetti. Hande'ye bir şey olduysa ölecekti. Göğsü sıkışıyordu. Nefes alamıyordu. "Nasıl yaptım bunu? Nasıl! Nasıl bu kadar aptal olabildim?"

Daha eve ulaşmamıştı, bir şey olduğu kesin değildi ama hissediyordu adam. Onun yokluğunu kalbinin üşümesinden, o boşluktan hissediyordu.

ON BİRİNCİ BÖLÜM

"Hande!"

Daha evin kapısını açtığında ona seslenmişti. Cevap gelmedi. Bu sefer içeri girip merdivenleri çıkarken âdeta kükredi: "Hande!" Cevap yoktu. Odaya girdiğinde Su'yu gördü. Vurulmuştu. Etrafını kan gölü kaplamıştı. Nergis yoktu. Kapının önündeki adamların hâlâ yerinde olduklarını görmüştü oysa Semih.

Su'yu kucağına alıp arabaya taşırken aklı Hande'deydi. Onun arkasından gelen arabayı fark etmemişti. Yağız ile Melih gelen arabadan indi. Melih, Su'yu gördüğü an önce şaşırdı, sonra kadını kendi kucağına aldı.

"Ne oldu?"

Diğer adamlar da kadını o hâlde görünce şaşkınlıkla dönmüş Semih'i izliyordu.

"Hande ve Nergis yok! Su vurulmuş."

Semih, Hande yok, derken içinde bir şeylerin öldüğünü hissetti. Nasıl yoktu?

Kapıdaki onca adama döndü, "Hande nerde lan? Karım nerde?" Kimse cevap vermeyince kaşları daha çok çatılabileceğini kanıtlar gibi aşağı indi. 'Kahretsin!' diye düşündü adam.

"Onu hemen bulun! Bulmazsanız hepinizi öldürürüm lan! Hepinizi!"

Sesi gök gürültüsü gibiydi. Karısı yoktu. Bu defalarca beyninin içinde döndü. Öyle çaresiz, öyle yalnız hissediyordu ki! Neredeydi o? Karısı neredeydi? Beş saatte herkesi ayağa kaldırmıştı. Bütün adamları Hande'yi arıyordu ama bulabilen yoktu. Kendi de bir şey bulamıyor, bulamadıkça deliriyordu. Ağlayacak gibi hissediyordu kendini. O hiç ağlamazdı ki. Güçsüzleşmemek için direniyordu. Güçsüz olmadığını bilmek istiyordu. Karısını bulacak kadar güçlü olmak zorundaydı. Kardeşleri yol üzerindeki yerlerin kameralarını aramakla meşguldü, Çetin ve Vedat onların adam kaldırdıklarında kullandıkları mekânları arıyor, Selim kapıdaki adamları sorguluyordu.

Olanlar Hamit Bey'in kulağına gitmişti. Semih kapısına dayandığında yaşlı adam bunu bekliyordu. Çok şaşırmadı. Semih babasına her zaman boyun eğmezdi ama ilk defa karşısına bütün öfkesiyle, karşısındaki babası değil de düşmanıymış gibi çıktı. "Orhan Beyhan ile derdin neydi? Neden karımı kaçırdı?"

"Adamın gelini olacak kızla evlendin. Sence bu yeterli bir sebep değil mi?"

"Baba! İkimiz de biliyoruz ki bütün bunların bir sebebi ve bu sebep Hande değil."

"Öfkeni anlıyorum. Kendine gel ve git karını ara. Bu şekilde ne çözebileceğini sanıyorsun?"

Semih telefonu çalınca Hande'nin bulunduğunu söyleyecekleri umuduyla açtı. Yağız "Semih, Nergis'i bulmuşlar. Hande'den bir haber yok ama ben de hastaneye geçiyorum. Sana adresi mesaj atarım. Git bir bak istersen." dedi.

"Tamam, gönder. Nergis nasıl? Ne olmuş anlattı mı?"

"O baygın, yaralanmış. Yolun ortasında arabadan atmışlar büyük ihtimalle."

"O hayvan herifi bulduğumda ölmek için yalvaracak."

Telefonu kapattığı gibi evden çıktı. Babasına ne derse desin öğrenemeyeceğini anlamıştı. Adres mesaj olarak gelince iki adamıyla birlikte oraya yol aldı. Ulaştığında etrafta on beş kişilik bir grup arama yapıyordu. Ağaçlık alana dağılan grup dışında yolun diğer tarafındaki uzun otların arasında arayanlar da vardı. Orada olmadığını anlamışlardı ama bir ümit arıyorlardı işte. Bir saat kadar aradıktan sonra Hande'nin orada olmadığından emin olmuşlardı. Bütün gün herhangi bir şey bulamadılar. Sanki kadını uçarak götürmüşlerdi. Gerçi yeri yarıp oradan da götürseler Semih onları bulacaktı. Akşam arayanların bir kısmı eve dönmüştü ama yarısından çoğu Bursa'da gidilebilecek bütün ıssız yerleri arıyorlardı. Gerekirse bütün Türkiye'yi hatta dünyayı arayacaklardı.

Dördüncü günün sonunda hâlâ başladıkları yerde sayıyorlardı. Hande'yi bulmaya dair hiçbir şey yoktu ellerinde. Uykusuz, Handesiz, öfkeli Semih katlanılabilir gibi değildi.

"Delireceğim artık!" diye gürlerken çoktan delirmiş gibi görünüyordu. Karşısındaki adamların yüzlerine öyle sinirli bakıyordu ki kocaman adamlar bile ondan korkuyordu. Gözlerinin altı uykusuzluktan kızarmış ve yüzünün rengi gitmişti. Elleri devamlı yumruk hâlindeydi ve inanılmaz derecede başı ağrıyordu.

"Hâlâ nasıl bir şey bulamazsınız ha? Dört gün oldu Hande ortalarda yok. Onunla ilgili hiçbir şey yok!" dedikten sonra duvara bir yumruk attı. Elinin eklem yerleri sızlıyordu. Her yeri yumruklamaktan soyulmuştu. Sanem merhem sürmek istediğinde izin vermemişti. Elini başına götürüp şakaklarını ovuşturdu.

Karısını istiyordu. O yanında olmadığı sürece rahatça yemek yiyemeyecek, uyuyamayacak ve hatta nefes bile alamayacaktı. Boğulduğunu hissediyordu. O içindeki boşluk gittikçe büyüyor huzursuzluğu her dakika artıyordu ve ilk defa endişeyi iliklerine kadar hissediyordu. Nergis de Su da hâlâ gözlerini açmamıştı. Neler olduğunu bile bilmiyordu.

"Dağılın!" diye bağırdı adamlara ve sonra kapıdan giren beyaz arabayı görüp o tarafa yürümeye başladı. Melih arabasını park edip sürücü koltuğundan indi. "Neden geldin? Bir şey öğrendin mi?"

"Hayır, nasıl olduğuna bakmaya geldim."

Eve doğru yürürken Semih ellerini yine yumruk yapmıştı. Telefonunun melodisini duyunca cebinden çıkardı ve açıp kulağına götürdü.

"Semih Poyrazoğlu?"

"Evet, benim! Ne var?"

"Çok sinirlisiniz. Bir sorununuz mu var? Durun tahmin edeyim! Karınız mı kayıp acaba? Diyorum ki burada kızıl saçlı asabi bir güzel var. Ona ne yapacağıma karar veremedim. Bir de arayıp kocasına sorayım dedim. Ne önerirsiniz? Ne yapayım sizce? Ben kollarına jiletle kesikler açıp ufaktan başlayayım dedim."

"Bir kadınla uğraşacak kadar aşağılık bir herifsin lan sen. Bırak karımı! Yoksa oğluna yaptığım sana yapacaklarım yanında hiç kalır."

Arkadan Hande'nin çığlığını duyunca ne yapacağını bilemedi Semih. Ona ne yapıyorlardı?

"Boş konuşuyorsun küçük Poyrazoğlu boş. Baban da böyleydi senin. Dikkatsiz ve burnu büyük! Bak şimdi kapatıyorum. Haber vereyim dedim sadece. Benden haber bekle. Ya da bekleme. Karın ne kadar dayanır bilmem."

"İt oğlu it! Seni bulduğumda ölmeyi dileyeceksin. Allah şahidimdir ki sen ölmek için yalvaracaksın."

"İyi uykular Semih Bey. Tabii uyuyabilirseniz. Karınızın bu gece pek uyuyabileceğini sanmıyorum ben."

Semih bağıracaktı ki telefon kapandı. Sinirden telefonu bir yerlere atmak istiyordu ama bunun Hande ile aralarındaki tek bağı koparacağını biliyordu. Yaralı eline aldırmadan tekrar duvara yumruk atacakken Melih aceleci davranıp onu tuttu. Semih sinirin de etkisiyle olduğundan çok daha güçlüydü ve Melih onu tutmakta zorlanıyordu.

"Sakin ol! Semih! Sakin! Hande'yi bulacağız. Sadece sakin ol."

"Bırak beni. Hemen! Defol!" diye bağırdı Semih. Dört gündür hiçbir şey bulamamışlardı ve artık kimseyi dinlemeyecekti. Gidip karısını kendisi bulacaktı. Gerekirse fare deliğine bile bakacaktı ama o bulacaktı işte.

"Semih!" dedi Melih de sinirle. "Tek başına bir bok yapamayacağını biliyorsun. Benim sevdiğim kadın şimdi hastanede. Ben de mi seninle bir olup ortalığı yıkayım? Kaç yıldır ondan uzaktım, nerede olduğunu bilmiyordum. Millete mi bağırsaydım? İşe yarıyor mu? Dört gündür gördün işte böyle olmuyor."

"Bu zamana kadar aradınız da siz bir bok mu becerdiniz? Sen en azından nerede olduğunu biliyorsun. Bilmediğin zamanda da Su düşmanının elinde değildi." dedi ve evin girişindeki askılıktan anahtarları alıp arabaya doğru yürüdü. Arabasına bindiği gibi de gaza basıp evden çıktı. Melih de arabasına bindi. Semih'in kaza yapacağından endişeleniyordu. Arabanın hızını arttırıp karanlıkta kaybolmak üzere olan siyah arabayla arasındaki mesafeyi kapatmaya çalıştı.

"Nereye gidiyor bu ya?" diye homurdandı Melih. "İyice keçileri kaçırdı."

Semih takip edildiğinin farkındaydı. Ama bunu umursamayacak kadar sinirliydi. Çatık kaşlarla yola iyice odaklandı. Ara sokaklardan geçip şehrin çıkışına sürdü. O daracık sokağın başında arabasını park edip sinirle indi ve ilerideki küçücük apartmana girip daracık merdivenleri çıktı. Üçüncü kata gelince kapıya sinirle vurup beklemeye başladı. Bu adamın bir gün işine yarayacağını hiç düşünmemişti.

"Kim o?" diye gür bir ses geldi içeriden.

"Ben Semih Poyrazoğlu! Mete Gürpınar'ı görmeye geldim."

Kapı açılınca karşısındaki iri adama aldırmadan içeri girdi ve ilerideki bir adamın yönlendirmesiyle başka bir kapıdan geçip kirli bir cam kapıyla daha karşılaştı. O kapıyı da geçince nihayet karşısında yaşlı adamı gördü.

"Hayırdır koçum?" dedi adam onu görünce. Semih'i beklemediği belliydi.

"Bana birinin yeri lazım. Sen bana birini ararsan gel hangi deliğe girse bulurum demiştin. Ben de geldim."

"Kimi arıyorsun?"

"Orhan Beyhan'ı arıyorum. Şu çakma mafya var ya. O şerefsiz lazım bana. Hem de hemen!"

"Hemen mi? Ne yaptı o sana? Neden bu kadar çabuk istiyorsun?"

"Karımı kaçırdı. O iti bulamazsam ve karıma bir şey olursa yakarım her şeyi. Andım olsun yakarım." dedi sinirle.

"Tamam, bekle." dedi ve önündeki koltuğu gösterdi. Semih koltuğa otururken adam da telefonundan bir yeri aradı. O karşı tarafın açmasını beklerken Semih de elindeki kuruyan kan lekelerine bakıyordu.

"Bana biri lazım. Orhan Beyhan! Bulun hemen." diye emirler yağdırıp telefonu kapattı. "Benden haber bekle." dedikten sonra Semih kalktı. Apartmandan çıkınca Melih'i gördü ama görmemiş gibi yaptı. Diğerlerine de haber vermeliydi. Onu bulana kadar durmayacaktı. Ve saatlerce durmadı da. Sabaha karşı tekrar telefonu çaldığında arabasındaydı. Telefonu çıkarıp açtıktan sonra kulağına götürdü. "Ne?" diye bağırdı.

"Çok sinirlenmişsin. Aa! Ben daha karının hâlini görmeden bu kadar kızacağını bilseydim bunu yarına saklardım. Bekle bak sana ne göstereceğim." dedikten sonra telefonu kapattı. Semih sinirden kuduruyordu. Ah o herifin sesini duyup da bir şey yapamamak, Hande'nin o herifle olduğunu bilmek nasıl da canını yakıyordu.

Telefonundan mesaj sesi gelince açtı ve bir video gördü. İlk başta siyah bir ekran göründü. Sonra ise sedye üstüne yatırılmış, elleri kolları zincirli bir kadın... Yüzü görünmüyordu ama kızın saçlarından anlamıştı Semih. O Hande'ydi. Birden üç adam girdi objektife. Semih'in içindeki öfke volkanı daha da büyüdü, lavlar yaktı saçının en uç telinden ayak parmağına kadar bütün bedenini. Adamlardan biri bıçakla kadının saçlarını yana çekti. Diğer taraftan çektiği için yüzünü yine göremedi ama yanağını da çizdiğini irkilen bedenden anlamıştı. Ve sonra kadının bluzunun bir kısmını kesti adam. Diğeri karnına bir çizik atarken Hande bir çığlık attı ve zincirlere rağmen kollarını çekmeyi denedi. İkinci çizikten sonra genç kadının "Bebeğim" diye inleyen sesini duydu Semih. Hande acıyla inliyordu. Kendinden önce bebeğini düşünüyordu. Semih izleyecek gücü bulamıyordu kendinde ama karısının ne durumda olduğunu bilmek için videonun sonunu görmeliydi.

Kadının kollarına ve vücudunun diğer yerlerine o kadar çok çizik açmışlardı ki en son sesi kesildi. Belli ki bayılmıştı. Yüzüne dökülen suyla acı bir çığlık atıp tekrar ayıldı kadın ve üçüncü adam elindeki demiri yan taraftaki ateşe tuttu. O kadına yaklaşırken ekran karardı önce ve o demiri Semih'in kalbine saplayan acı çığlık geldikten sonra video birden kesildi. Semih direksiyona bir yumruk attı ve defalarca kafasını vurdu.

"Dayan! Seni kurtaracağım. Sadece dayan Hande. Yalvarırım biraz dayan."

Adam arabayı deniz kenarına çekti. Oturup bir süre denizi izledi. Kafasını toplamalı, mantıklı davranmalıydı. Hande'yi düşünüyordu sadece. Onun huysuzluklarını, çocuk gibi davranışlarını. Yanına biri oturunca başını çevirdi. Yağız gelmişti. Sustu, onun konuşmasını bekledi. Konuşursa Semih'in onu da kovacağını biliyordu.

"Çok yoruldum." dedi Semih gözleri denizi izlerken. "Onu arayıp bulamamaktan, elini tutamamaktan çok yoruldum. Onun benim yüzümden bu durumda olduğunu bilmekten..."

"Yani? Böyle oturup onun ölmesini mi bekleyeceksin?"

Biri onu kendinde tutacak şeyler söylemeli, umudunu kaybetmemesini sağlamalıydı. Yağız bu görevi üstlenecekti. "Ona çok değer veriyorum. Benim yüzümden bir şey olursa... Ne yapacağım ben? Kahretsin."

"Kendini topla biraz!"

"Lanet adamı bulduğumda elimden kurtulmak için ölmeyi dileyecek. Karımı o zaman doyasıya seveceğim. Ellerini sıkıca tutacağım ve asla bırakmayacağım. Ben tuttuğum eli yarı yolda bırakmam."

"Kalk hadi." dedi Yağız oturduğu yerden kalkıp elini Semih'e uzatarak. Semih onun elinden destek alarak kalktı ve yüzüne vuran rüzgârda Hande'nin nefesini hissetti. Karısı zarar görmüş olabilirdi ama hâlâ yaşıyordu ve Semih onu bulacaktı. Öleceğini bilse yine de bulacaktı. Bütün yaralarını sarabileceğine inanıyordu.

Bütün gün Hande ya da o adam hakkında en ufak bir şey bulmak için her yeri ayağa kaldırdı ama hiçbir şey bulamadı. Üstelik hiç kimse bir şey bulamıyordu. Her yerde gözü kulağı olan Mete ve Tahir bile bir şey bulamamışlardı henüz.

Gece ikiye doğru Çetin aradı. Semih o saatlerde içkisini içiyor, uykuya direnmeye çalışıyordu. Uyursa bir şey kaçırır, bir bilgiyi geç öğrenir diye korkuyordu. Arada bir saatliğine sızıyordu. Ancak o uykularla duruyordu. Hande olmadan uyumayı istemiyordu.

"Efendim Çetin?"

Sesi bile çıkmıyordu artık neredeyse.

"Su uyandı. Bilmek istersin belki diye düşündüm."

"Geliyorum."

Evden çıkacakken bir kere sendeledi. Araba süremeyeceğini anlayınca adamlarından biriyle çıktı yola. Hastaneye girdiği gibi Su'nun kaldığı odaya çıktı. İçeride Melih vardı. O dışarı çıktığında Semih girdi. Yağız da peşinden girmişti. Semih bir şey duyarsa kimseye söylemeden çıkar giderdi çünkü. Onu takip etmek zor oluyordu.

"Su, iyi misin?"

"Evet, ben iyiyim. Hande nasıl? Bir şey söylemediler."

"Hande yok Su. Onu götürdüler."

"Özür dilerim Semih. Ben elimden geleni yaptım."

"Ne oldu o gün? Eve nasıl girdiler?"

"Anlamadım ki. Hande odadaydı. Biraz midesi bulanıyordu. Nergis onun yanındaydı. Ben mutfakta ilaç arıyordum. Doktoru aradım. Hamilelikte hangi ilaçlar zararsız olur diye sordum. Sonra yukarı çıkıyordum. Ses duyup geri döndüm. Her yeri aradım. İki kere baktım ama kimseyi göremedim. Yukarı çıktım. Evdeki tek hedef o olabilirdi çünkü. Daha tek kelime edemeden beş kişi girdi içeri. Nasıl oldu anlamadık. Nergis ile başa çıkmayı denedik. Ben vuruldum. Silahta susturucu vardı. Kimse gelmedi. Hande çığlık atacaktı ama ağzını kapattılar. Onu götüreceklerken Nergis'in araya girdiğini gördüm. İçeri birkaç kişi daha girdi. Ben kendimde değildim. Başka bir şey hatırlamıyorum. Adamların yüzünü görmedim. Maskeliydiler. Nereden girmiş olabileceklerini de bilmiyorum. Nergis bu kadarını anlatmıştır zaten herhâlde. Ben üzgünüm, bilmeyi isterdim ama başka hiçbir şey bilmiyorum."

"Nergis anlatamadı çünkü kendine gelemedi. O da zarar görmüş. Yolda arabadan atmışlar."

"Of! Bir şey bulabildiniz mi?"

"Hayır, hiçbir şey yok. Neyse dinlen sen. Ben gitsem iyi olacak."

Eve dönüp tekrar içkiye verdi kendini. Geceleri içiyor, sabah karısını arıyordu. Elindeki kadehte olan kırmızı sıvıya çevirdi gözlerini ve parmaklarının arasındaki kadehle oynamaya başladı. Kadehi hafifçe çeviriyordu. Sıvı dalgalanarak bardağın iç yüzeyini dolaşırken Semih o bardağın içinde sanki o adamı boğuyormuşçasına bir ifadeyle izliyordu. Dudaklarına götürdüğü kadehten bir yudum daha aldı. Bardağı dudaklarından çekip az önceki gibi oynarken bu defa bakışlarını camdan dışarıya dikmişti.

Başındaki şiddetli ağrı gün geçtikçe artıyordu ve artık katlanılmaz bir hâl almıştı. Normalde olsa sinirlendiğinde içinde fırtınalar kopardı ama şimdi sadece bir boşluktan ibaretti. Öyle bir boşluktu ki bedenini içine çekiyor, ruhunu sürüklüyor ve bir girdap gibi onu yok ediyordu. Gözlerini bile kapatamıyordu. O video gözlerinin önüne geldikçe delireceğini hissediyordu. Çaresizliğin ne olduğunu ilk defa tadıyordu.

Semih'in baygın bakışları bile ne kadar yorgun olduğunu gösteriyordu. Birden ayağa kalkıp bağırarak bardağı diğer duvara fırlattı. "Kahretsin! Kahretsin!"

Kapının iç tarafında bekleyen Selim irkildi. Evdeki korumalardan biriyle görevini değiştirmişti. Semih iyi değildi. Bir şey olur diye sürekli ya Selim ya Vedat yanındaydı. Hızlı adımlarla yürüyüp onun önüne geçti. "Sakin ol!" diye uyarıda bulunsa da Semih onu umursamadı. "Rahat bırak beni!" Gözlerinden âdeta ateş fışkırıyordu.

"Semih!"

"Ne Semih? Ne? Semih yok artık! Tamam mı? Yok! Git hepsine söyle. İstemiyorum kimseyi. Sizin bana yardıma çabaladığınız falan yok. Beni yalnız bırak artık."

Selim onun sinirli hâlinden dolayı geri çekildi. Ne yapsa ne dese onun için boş olacaktı. Bunu biliyordu. Yine de onu kendi hâline de bırakamazdı. Semih ile yıllardır çalışıyordu. Beraber büyümüş sayılırlardı. O sadece patronu değil kardeşi gibiydi.

Masanın üstündeki telefonun melodisi odaya dolunca Semih onu hafifçe geri ittirip telefonunu aldı ve açıp kulağına götürdü. "Ne var?"

"Bir adres var elimde ama dün adamlar oradan ayrılmış." dedi telefondaki kişi hemen konuya girerek.

"Hande yanlarında mıymış?"

"Bilmiyorum. Sadece aradığın adamın oradan çıktığını duydum."

"Neresi?"

"Denizli, Buldan'da bir sokak..."

"Denizli mi? Yani Bursa'da değiller miydi? Ya da İstanbul falan?"

"Adam göz önünde olmayan bir yeri tercih etmiş. Üstelik bu mevsimde oralarda pek turist olmaz. Sessiz sakin bir yer..."

"Ben evden çıkıyorum. Havaalanına gitmem lazım. Sen bana adresi mesaj at."

"Bu saatte nasıl gideceksin? Üstelik tek gitmesen iyi olur. Kalabalıklarmış. En az on beş kişi diyorlar."

"Sen neredesin şimdi?"

"Sokaktan yeni çıktım. Kamera vesaire aratıyorum etrafta."

"Geliyorum. Uçak indiğinde ararım."

"Tamam."

Sesi duyduktan sonra telefonu kapatıp cebine koydu ve konuşurken çıkmaya başladığı merdivenlerin son basamağından sonra karşıdaki odaya girdi. Telefonunun şarj aletini ve her duruma karşı hazır bulundurduğu çantayı alırken Selim kapalı kapıyı sertçe açıp içeri girdi. Semih'in seri hareketlerine aldırmadan "Ne yapıyorsun sen?" diye sordu sinirle. Normalde olsa onunla hayatta böyle konuşmazdı.

"Gidiyorum!" diye cevap verip çıkışa doğru yürüyen adamın peşinden o da yürümeye başladı. "Nereye?"

"Cehenneme!" diye cevap verdi ve merdivenleri hızlıca indi. Portmantoda asılı deri ceketi alırken yağan yağmura aldırmadan dışarı çıktı. Gece olduğu için hava soğuktu.

"Ben de geliyorum!" diye bağıran adamın sesini yere şiddetle çarpan yağmur damlalarının gürültüsü arasından duymuştu ama durmadı. Kapıdan yeni giren, görev değişimi için gelmiş olan Vedat'a "Benimle geliyorsun! Çabuk ol!" diye bağırdı ve bahçede duran siyah cipe bindi. Kapıyı kapatmadan önce Selim'e "Git dinlen sen de. Kaç gündür ayaktasın. Ben kızgınlığımdan bağırıp duruyorum. Biraz da bu çeksin. Bir şey buldum galiba."

Kendi kadın korumalarından Yasemin arka koltuğa geçince kaşlarını kaldırdı. "Sen nereye?"

"İkiniz de yorgunsuzun efendim. Ben size yardımcı olmak istiyorum. Gelmemde bir sorun var mı?"

Yasemin inatçıydı. Ne derse desin inmeyeceğini biliyordu aslında Semih. O yüzden ona aynadan ters bir bakış attı. "Eğer yapacağım şeylere engel ya da bana ayak bağı olursan seni vururum!" dedi tehditkâr, tok bir sesle.

Vedat da yanındaki koltuğa binince arabayı resmen bağırtarak hareket etti ve normalde olması gerekenden kat kat daha hızlı bir şekilde o virajlı yollardan geçmeye başladı. Tehlikenin farkındaydı ama Hande'yi bulmaya bu kadar yaklaşmışken duramazdı.

"Uçağı hazırlat!" dedi Vedat'a doğru. Vedat emre sorgusuz itaat ederken Yasemin "Delirdin mi?" diye cırladı. "Bu havada uçağa mı bineceksin? Ölmek mi istiyorsun ha?"

Semih arabayı aniden durdurdu. Yol boş olduğu için arkadan gelen arabanın çarpma gibi bir ihtimali yoktu. Yasemin adamla üç yıldır çalışıyordu. Genelde bahçede çalışırdı. Dışarıdaki güvenliklerden olduğu için Su ve Nergis kadar yakın değildi Semih ile.

"İnebilirsin. Ama çabuk ol" dedi adam.

"İnmeyeceğim."

"O zaman sus! Kapa çeneni tamam mı? Ne olursa olsun, öleceğimi de bilsem Hande'yi bulacağım." diyerek arabayı tekrar çalıştırıp hızlandı.

Havaalanına geldiklerinde uçak daha hazır değildi ve Semih hem içkinin etkisini hem de yorgunluğu bir arada yaşadığından Vedat kantinden ona sert bir kahve aldı. Semih sıcak olmasına rağmen kahveyi bekletmeden içti. Uçak hazır olduğu an gitmek istiyordu.

Yarım saat sonra nihayet her şey hazırlanmıştı. Yasemin lavaboya gidiyorum diyerek yanlarından ayrıldığı an Yağız'a mesaj atmıştı. Melih'in uykusu ağır olduğu için mesaj sesine uyanmayacağını biliyordu ama Yağız çıtırtıya bile uyanırdı. Yani mesajı görme ihtimali çok daha yüksekti. Melih uyanıksa bile Su ile ilgileniyor olsa gerekti zaten.

Geri döndüğünde Semih ayaklanmıştı. Vedat oradaki güvenlikle bir şeyler konuşuyordu. Semih siyah pantolonunun kemerinden silahını çıkarıp oradaki güvenliğe verdi ve ardından içeri geçti. Vedat onu görünce eliyle hızlı olması için Yasemin'e işaret yaptı. Uçağa bindiklerinde kadın çok yorucu bir gün geçireceğini bildiğinden gözlerini kapatıp uyumaya çalıştı. Gerçekten eğer ayak bağı olursa Semih onu öldürmese bile geri gönderirdi ki o deli, başına buyruk davranacağı için ve Vedat da bir an gözünü kırpmadan dediklerini yapacağından o ikisini yalnız bırakamazdı. O uyumasına rağmen Vedat da Semih de bütün yolculuk boyu uyanıktılar.

Denizli'ye ulaştıklarında güneş henüz kendini tam göstermese de hava hafiften aydınlanmaya başlamıştı. Yağmur yoktu. Hızlı bir şekilde telefondaki adrese giderlerken Yasemin dilini tutamadan "Sizce bu kadar az kişi olmamız doğru mu?" diye sordu.

"Sen hiç susmaz mısın?"

"Sadece bu kadar delilik ölümümüze sebep olacak diye

korkuyorum. Sadece biz değil Hande'nin de hayatı tehlikede şu an."

"Hande'ye ne yaptığını biliyor musun sen?" diye sinirle bağırdı Semih. "İstemiyorsan git Yasemin. Ben Hande'yi bulmadan gitmem."

Semih apartmana girdi ve kapısı açık olan evin içine adımını atar atmaz yerdeki kan izlerini gördü. Hızlı ve tedbirsiz bir şekilde içeri girerken Vedat ve Yasemin de peşinden geldi. Ev bomboştu. Sadece... Sadece penceresi falan olmayan bir odada bir tane sedye vardı. Semih sedyenin kenarındaki kurumuş kanı görünce dişlerini sıktı. Vedat o sırada evi arıyordu. Yasemin ise apartmana bakıyordu. Binanın her yerini aradılar ama hiçbir şey yoktu başka. Dışarı çıktıklarında Semih sinirden delirecekti. Telefonunu çıkarıp Mete'yi aradı.

"Binadan şimdi çıktım. O piçi bulduğum yerde geberteceğim. Siktiğimin apartmanında bir bok yok. Sen bir şey buldun mu?"

"Ne bir kamera var ne de doğru dürüst tanık. Zaten mahalle neredeyse unutulmuş bir yer. Tek bir şey öğrenebildim. Üç tane Beyaz Chevrolet Cruze ile gitmişler. Plakasızmış üç araç da. Şimdi arıyorum."

"Tamam! Bulduğun an bana ver. Ben de çıkışlardaki görüntülere bakacağım."

"Tamam."

Semih telefon kapandığı an Vedat'a döndü. "Bana bir araba bul. İki saat vaktin var. Hızlı ol." Vedat yanlarından ayrılınca Yasemin'e döndü. "Sen şimdi etrafta kim ne görmüş ne duymuş bir ara. Mete aramış ama daha geniş bir arama yap. Çevredeki mahallelere falan da bak. Bir şey olursa çaldırırsın."

"Tamam."

"İki saat içinde sana dönerim. Bulduğun her şeyde Hande ile en ufak ilgisi varsa ya da şüpheli bir durum olursa beni hemen haberdar et. Küçücük bir şeyi bile atlama ve anında bilgim olsun."

"Tamam Semih! Biliyorum." diyerek iki apartmanın arasından arka tarafa geçti. Semih de mahalleden çıkıp ilçe merkezine doğru yürümeye başladı. O da etrafı arasa iyi olacaktı. Mete'nin adresini gönderdiği eve girdiğinde adam ekranlardan birine bakıyordu. Semih'i görünce başını ona çevirip eliyle gelmesini işaret etti. "Gel. Bak şuradaki arabalara."

Semih yanına gelince tekrar konuştu.

"Bak şurada üçe ayrılıyorlar görüyor musun?" derken eliyle monitörü gösteriyordu. "Araçların gittiği yolları takip ettim. Bir tanesi Afyon'a gidiyor. Bir yerden sonra izini kaybettiriyor. İkincisi Uşak'a gidiyor. Üçüncüsü ise Isparta'ya... Üçü de bir yerden sonra izini kaybettiriyor. Yine de girdikleri sokaklar pek tekin yerler değil. Oradan sonra araba değiştirip başka yere gitmiş olabilirler de. Elimdeki tek bilgi bunlar."

"Hangi yoldan gitmişler?"

"Çivril yolunda iki araç Dinar'a kadar beraber gitmişler. Diğeri Sivaslı'dan yukarı çıkıp Uşak'a gitmiş. Dinar'a tam girmeden iki araçtan biri Kızılören yoluna giriyor. Daha sonra da dediğim yollara devam etmişler."

"Yolda araçlar hiç benzinlik gibi bir yerde durmuşlar mı?"

"Hayır. Hiç durmadan devam etmişler."

"Nasıl ya? Adam resmen bizimle oynuyor." derken Semih'in telefonu çalmaya başladı. Telefonunu alıp ekrandaki bilinmeyen numarayı görünce sinirle açtı.

"Semih? Duyduğuma göre beni arıyormuşsun. Yazık! Karın burada çığlıklar atarken. Dur bekle dinleteyim diyeceğim ama sesi kısıldı belki biraz zor duyarsın." dedi ve bir süre sessizliğin ardından "Kocana merhaba de..." dediği duyuldu. Ardından Hande'nin acı verici çığlığı...

"Ona ne yaptığımı merak ediyor musun? Neyse boş ver,

bilmek istemezsin. Bak Allah'ın işine elin buraya uzanamadı galiba. Neydin sen? Türkiye'nin en korkunç mafyası mı? Karını çok korunaklı bir evde tutuyordun? Ama ben senden daha zeki ve tehlikeli çıktım."

Hâlâ kadının çığlıkları geliyordu ve Semih donup kalmıştı. Onun o kadar acı çekmesine dayanamıyordu. Ne yapacağını da bilmiyordu. Çaresizlik ve öfke bütün bedenini sarmıştı.

"Elimde kızgın bir demir var. Karının neresinde iz bıraksam seçemiyorum. Yüzünde bırakacağım ama bu güzel yüze yazık olacak. Göğsüne ne dersin? Ya da belki daha başka bir yerine, sen seç istersen."

"Piç herif!" diye gürledi Semih. "Eğer karımın tek bir çığlığını daha duyarsam mağmada bile olsan, uzaya dahi çıksan seni bulurum ve inan bana bulduğumda senin için..." demişti ki karısının bir çığlığını daha duydu. Telefonu duvara fırlatıp bir aslan gibi kükrerken gözleri alev almışçasına yanıyordu. Gözünden yaş aktığını hissetti ama elini uzatıp silmedi.

"Başka bir şey yapacağım." dedi nihayet kararlı bir sesle. "O adamın karısı, annesi, kardeşi, kızı neyi varsa bulun bana. Hemen!"

İçeri Vedat girdiğinde ona döndü. "Buldunuz mu bir şey?"

"Çetin'e Afyon, Isparta ve Uşak'ta adamın gitme ihtimali olan yerleri araştırmasını söylemiştim. O da bir şey bulmuş. Adamın kız kardeşinin Isparta'da bir villası var. Dağ başında bir yer. Kardeşi başkasıyla evli olduğundan soyadı farkı var ve biz buna dikkat etmemiştik. Orada olma ihtimalleri çok yüksek."

"Çabuk ol. Gidiyoruz." derken kendisi de dağınık odanın çıkışına hızlı adımlarla yürümeye başlamıştı. Yasemin'le kapıda karşılaştılar. O, Vedat ve Mete arabaya bindiğinde Semih gaza basmıştı. Bir an önce orada olmalıydı. Eğer karısı oradaysa ona kavuşmak istiyordu. Üstelik o herifi de elinden kaçırmayacaktı. Bu yaptıklarını yanına bırakacağını sanacak kadar aptal olduğunu sanmıyordu.

"Semih Bey yorgun görünüyorsunuz ve içkilisiniz. İsterseniz arabayı içimizden başka biri kullansın." diye önerinde bulunan Yasemin'e baktı ve yola geri döndü. Onu duymamış gibi yapacaktı. Yasemin kendi kendine konuşabilirdi. Gaza biraz daha yüklendi. Isparta girişinde Semih, Vedat'a döndü.

"Nereye gideceğiz?"

"Gönen'e." deyince yol ayrımından döndü. Şehri çok iyi bilmese de arabadaki navigasyon cihazı çok işine yarıyordu. Bahsedilen villanın biraz gerisinde arabayı park etti. Evin çatısı bulundukları yerden görünüyordu. Önce Semih indi ve belindeki silahını çıkarıp eve doğru yürümeye başladı. Biraz ilerlemişti ki ağaçların arasından geçip arkadan gitmeye karar verdi. En azından kapıda birileri varsa dikkat çekmezdi.

Evin arkasındaki geniş çitlerden atlayıp büyük bahçeye gittiğinde ümidi tükenmeye başlamıştı. Hande'yi bu kadar savunmasız bir yerde tutacaklarına inanmıyordu. O kadar acele etmişti ki diğerlerini arkada bıraktığının farkında bile değildi. Boynuna dolanan bir kol hissedince ani bir hareket yapması sonucu kolunda keskin bir acı hissetti. Bıçak kolunu derinden kesmişti. Yine de dirseğini arkasındaki kişinin nefes almasını engelleyecek şekilde ona geçirdi. Neyse ki bu tip durumlara alışkındı. Arkasını döndüğünde takım elbiseli bir adamı görünce bir an Hande'nin orada olma ihtimali olduğu düşüncesi güçlendi. Adamın kafasına sıksa çok ses yapacak ve dikkat çekecekti. O da boynunu kırmayı tercih etti. Adam daha hamle yapamadan silahını beline yerleştirip adamın başını kavradı ve ufak bir hareketle kırdı.

İçeri giderken kolu kopsa umrunda değildi. Karısı oradaysa isterse son nefesi olsun yine oraya girecekti. Diğerleri ön taraftan gitmeyi tercih etmişlerdi. Semih ile kapıda karşılaştıklarında Yasemin kolu için bir şey diyecek olduysa da

Semih'in sert bakışları üzerine sustu. İçeri girdiklerinde böcek yuvasından farksız bir yerle karşılaştılar. Hayli kalabalıktı ve onları bu kadar az kişiyle yenmeleri gibi bir durum söz konusu değildi. Vedat çıkmadan önce Çetin ve Hamit'e bilgi verdiği için şanslılardı.

Onlar gelene kadar idare etmeleri gerekiyordu ama Semih'in yarası onu zorluyordu. Kan kaybettiğinden dolayı gücü düşüyor görüşü bulanıklaşıyordu. Buna rağmen "Lan it! Buldum seni şerefsiz. Çık ortaya." diye bağırdı. Kimsenin çıktığı falan yoktu.

Mete ve Yasemin oradakileri oyalarken Vedat merdivenlere yöneldi. Hande eğer oradaysa büyük ihtimal alt kattaydı. Aşağı indiğinde kimsenin olmadığını gördü. Hepsinin yukarıda olabileceğini düşünmüştü ama orada kadını yalnız bırakmayacaklarını biliyordu. Bu yüzden odalardan birinde Hande olmadığını bildiği hâlde her yeri aradı.

Tahmin ettiği gibi de onu bulamamıştı. Semih'e bunu söylerse yıkılacağını biliyordu. Yukarıdan gelen silah sesleri artınca o da hızlıca merdivenleri çıktı. İçeride bir karmaşa olduğunu fark ettikten sonra ilk gördüğü şey Yağız'ın yüzü oldu. Melih, Çetin ve başka adamlar da içerideydi. Demek yetişmişlerdi. Semih yerde baygın yatıyordu. Anlaşıldığı kadarıyla kafasına darbe almıştı. Sert bir darbe olsa gerekti ki başından kan akıyordu. İçerideki adamları temizledikten sonra Yağız ve Çetin, Semih'i omuzlarına yaslayıp arabalardan birine taşıdılar.

Yasemin ve Mete geldikleri arabaya binerken diğerleri de gelen arabalardan diğerlerine yerleştiler. Bursa'ya döneceklerdi muhtemelen ki Semih uyandığında bundan hiç memnun olmayacak, ortalığı dağıtacaktı. Durumu hiç iyi değildi. Kaç gündür ne uyuyor ne de yemek yiyordu. Herkese karşı olduğundan daha öfkeliydi ve çaresizlikten nereye çatacağını şaşırmıştı. Yol üstündeki bir hastanede durduklarında Semih'in durumunun Bursa'ya gidene kadar dayanamayacağını anlamışlardı. Üstelik bünyesi zaten güçsüzdü. Hastanede kendine tam olarak gelmesi için iki gün uyuttular. Kendine gelmeye başladığı an karısının adını sayıklamaya da başlamıştı.

Sonunda tam olarak uyanacağı gün odada sadece Yağız, bir hemşire ve doktor vardı. Ne tepki vereceği belli olmazdı. Doktor kolundaki yaranın pansumanını yaparken o da gözlerini açmıştı. İlk başta kendine gelemese de ilk verdiği tepki kükrercesine doktora bağırmak olmuştu.

"Çek lan elini!" diye bağırdı Semih doktora. Ardından ağır bir küfür savurup yattığı yerden kalkmaya çalışınca Yağız omuzlarından bastırarak ona engel oldu. Zaten bıçağın yarası canını yakmıştı. Acıyla inledi ama buna aldırmayacak kadar delirmişti. Başına yediği darbeden dolayı gözlerini odaklamak bile zordu oysa. Ağabeyine baktı. "Onu bulamadınız değil mi? Kaçırdınız adamları!" diye bağırdı sinirle. "Eğer karımın tek bir çığlığını daha duyarsam herkesi... Ailem de dâhil herkesi vururum."

Doktor onun sinirine karşı elinde sakinleştirici bir iğneyle ona doğru yürürken Semih'in dikkatini çekmediğini sanıyordu ama o dikkatli bir adamdı. Ani bir hareketle Yağız'ın belindeki silahı çekti ve çok seri bir şekilde hareket edip içeridekilere doğrulttu. Yavaşça ayaklanırken "Uzak durun benden." diye gürledi. Askılıktaki ceketinin cebindeki telefonun melodisini duyunca bir an duraksadı. Telefonu dikkatlice eline aldı. Gözünü bir an olsun içeridekilerden, özellikle ağabeyinden ayırmıyordu.

Telefonu açıp kulağına götürdü. "Alo?"

"Yengeyi buldum." dedi karşı taraftaki ses.

"O iyi mi?"

"Telaş yapmanı istemiyorum ama sanrım değil. Kanaması var."

Adam bununla panikledi ama hemen kendini topladı. Telefonunu kapattıktan sonra odadaki küçük dolaptan gömleğini, askılıktan da ceketini aldı. Odanın küçük lavabosuna girip gözlerini bir saniye olsun abisinden ayırmadan kapıyı kapattı ve kilitledi. Üstünü değiştirdikten sonra telefonunu siyah kot pantolonunun cebine koydu ve kendisini zorlayan koluna aldırmadan silahını her duruma karşı hazır tutarak kapıyı açtı. Neyse ki sadece gömleğini ve deri ceketini çıkarmışlardı. Kapıyı açtığı an silahı almak üzere hareket yapan Melih'e doğrulttu silahını bu kez. Hepsinin kendine engel olacağını biliyordu. Sadece Yağız'ı atlatmak onu zorlardı ama yanında Melih varken bu zorluk neredeyse imkânsıza dönüşecek gibiydi. Üstelik yaralıydı da. Bu durumda yapabilecek tek bir şeyi vardı. Silahı kendi kafasına dayadı. "Eğer gitmeme engel olursanız kendimi vururum." derken sesi kararlıydı. İlk başta kimse geri çekilmese de Hamit Bey geri çekilmelerini söyledi. Oğlunun kararlılığını görüyordu.

Semih kendini hastanenin dışına attığı an ceketinin cebinden telefonunu tekrar çıkardı. Koşmaya başlamadan saniyeler önce karşı taraftan gelen "Alo" sesini duymuştu. Açıkçası zaten karısına kavuşmadan kendini vurmak gibi bir düşüncesi yoktu. "Osman, karım nasıl?"

Anayola çıktığında gözleriyle bir taksi durağı aradı ama yoktu. Yoldan çevirdiği birine taksi durağının yerini sormadan önce "İyi görünmüyor." cevabını da almıştı. "Ölmesine izin verme. Ne yaparsan yap ama onu yaşat."

"Hastaneye yetiştirmeye çalışıyoruz."

Sinirden kuduruyordu. Karısını bulduğuna bile sevinemiyordu ki büyük ihtimalle bebeği kaybetmişlerdi. Her şeye rağmen bencil yanı ya da belki kalbi bebek yerine Hande'nin yaşamasını tercih edeceğini bağırıyordu. Evet, bebek de kendi çocuğuydu ama tekrar bir çocukları olabilirdi. Onun için üzülse bile Hande ölürse kendi hayatı da kararacaktı. O olmadan onun parçası olan bir çocuğu ister miydi bilmiyordu. "Neredesiniz? Onu nerede buldunuz?"

"Abi adam bizi kandırıyormuş. Denizli'ye hiç gitmemiş.

Adamlarını göndermiş ama yengeyi önce Bolu'ya sonra da Erzincan'a götürmüşler. Onları şehir merkezinde, dört yolda yakaladık. Şu anda hastane arıyoruz."

"Yoldayım." derken bulduğu duraktaki taksilerden birine binmişti. Neyse ki cüzdanı yanındaydı. "Hemen havaalanına!" Taksi şoförü bir şey söylemeden arabayı çalıştırırken Semih karşı taraftaki adama döndü. "O baygın mı?"

"Tam olarak değil. Yani acı dolu sesler çıkarıyor ama kendinde olduğunu da söyleyemem. Gözleri kapalı."

"Ah! Lanet olsun. Herif nerede?"

"Bursa yolunda. Orada siz dönene kadar tutulacak."

"Ölmesin. Onun ölümü benim ellerimden olacak."

"Tamam." diyen sesin huzursuzluğunu duyunca adamın onları kışkırttığını anladı ama bir şey söylemedi. Onu öldürmelerine izin veremezdi. O öyle kolay ölmeyecekti. Eğer olur da Hande'yi kaybederse o adama yapacakları sadece aklındakilerle sınırlı kalmayacaktı.

"Konuşsam beni duyar mı acaba?" dedi karşı tarafa. En azından karısına sesini duyurup bir şekilde ona destek olmak istiyordu ki zaten onca zamandan sonra şu aralarındaki mesafe hiç bitmek bilmeyecekmiş gibi geliyordu. Ona kavuşacağına bir türlü inanamıyordu. Onun elini tuttuğu an bir daha asla bırakmayacaktı.

"Sanmıyorum. Sanırım bizi duymuyor."

Havaalanına gelince adama parayı uzatıp taksiden indi ve aceleci adımlarla içeri yürüdü. Hızlıca ilk uçağa bir bilet alırken bir saat beklemesi gerektiği için sinirlenmişti. O süre içinde bir şeyler yemeye karar verdi. Elini dağınık saçlarının arasından geçirdi ve kafeteryaya yürüdü. Havaalanında çok yolcu yoktu. Uçak havalandığında bile huzursuzdu. Hande'yi görmediği sürece rahat hissedemeyecekti. Hâlâ nefes alamıyor, boğulduğunu hissediyordu. Gözlerini kapattı ve uçak inene kadar uyumaya karar verdi.

Gözlerini uçağın indiğini belirten anonsla birlikte açtı. Nihayet karısına kavuşacaktı. Erzincan Havaalanı'ndan çıktığında hastane için kısa bir yolu daha vardı. Kiraladığı arabaya binip hızlı bir şekilde merkeze doğru yola çıktı. Telefonunun şarjı azdı ve idareli kullanması gerekiyordu. Olması gerekenden daha hızlı gidiyordu. Merkeze girdikten sonra telefonunu alıp Osman'ı aradı.

"Osman ben merkezdeyim. Hangi hastanedesiniz? Hande'nin durumu nasıl?" "Mengücekgazi Eğitim ve Araştırma Hastanesi'ndeyiz. Ağabey durumu gelince konuşsak?"

Semih bir an sinirle kaşlarını çattı. Eğer iyi olsaydı zaten söylerdi değil mi? Öyleyse Hande iyi değildi.

"Ona ne oldu?"

Sesi öyle sinirli çıkmıştı ki adam itiraz etmeden cevap verdi. "Çok kan kaybetmiş. Durumu iyi değil. Doktor her şeye hazırlıklı olmamızı söyledi. Ağabey istersen annesine babasına da haber ver. Olur da yengeyi kaybedersek diye..."

"Olmayacak öyle bir şey. Hande o hastaneden sapasağlam çıkacak."

Telefonu kapattığında arabanın hızını da arttırmıştı. Yarası canını yaksa da görmezden geliyordu ki bezin üstündeki kan lekelerine bakılırsa pansuman yapılması gerekiyordu. Bir süre sonra hastanenin otoparkına arabasını park edip içeri girdi. Osman onu hastanenin giriş katında karşıladı.

"Hande nerede?"

"Ameliyata aldılar. Yani ilk geldiğimizde."

"Hâlâ ameliyatta mı?"

Adam başını salladı ve Semih'i ameliyathaneye yönlendirerek yürümeye başladı. Ameliyathane önünde beklerken adam dayanamayarak adamına dönüp sordu, "Gerçekten çok mu kötüydü?"

İçeriden bir doktor çıkınca Semih sorduğu sorunun ceva-

"Küçük ukala neler öğrenmiş. Bak şimdi seni dizime yatırıp nasıl dövüyorum ben. Değerli vaktiymiş!" dedikten sonra kaçmaya başlayan küçük kızı belinden tutup omzuna attı. Küçük kız çığlık atarken "Kibar da değilsin ayrıca. Bir hanımefendiye böyle mi davranılır?" demekten de geri kalmıyordu.

"Hah! Hanımefendiymiş. Senin dilin benim boyumu geçmiş ufaklık."

Küçük kız debelendikten sonra kurtulamayacağını anlayınca durdu. "İndir beni artık dayı. Bak Hande abla dışarı çıkmaktan vazgeçecek senin yüzünden."

"Hande dışarı mı çıkacakmış?" deyip kaşlarını çattı ve kızı omzundan indirip yüzüne bakacak şekilde kucağında tuttu. Küçük kız işaret parmağıyla adamın alnına iki kez vurup "Burada ne taşıyorsun sen dayı? Az önce dedim ya bizi parka götür diye." derken cırlıyordu. Yağız küçük kızın Hande'yi yorduğunu düşündüğünden kızı odadan çıkarmıştı ama Hande'yi dışarı çıkmaya ikna ettiğine inanamıyordu.

"Bunu Hande ablana sordun mu?"

"Seni kot kafali!" dedi küçük kız Karadenizli gibi. Televizyonda Karadenizli bir adamın konuşmasını dinlediğinden beri Yağız'a ve babasına kot kafali deyip duruyordu. Belli ki konuşmada dikkatini çeken tek şey oydu. Aklında o kelimenin anlamını ne olarak tasarlamıştı o tartışılırdı tabii. "Sormasam sana neden öyle diyeyim?" Melih onların konuşmalarını duyunca şaşkınca kaşlarını kaldırdı. Hiçbirinin beceremediğini şu bacak kadar kız becermişti. Daha ne diyecekti ki? Kendi ailesi olmasına rağmen onların önüne bile çıkmayan kadını dışarı çıkmaya ikna etmişti. Melih küçük kızın yanağından bir makas aldı. "Aferin sana ufaklık."

"Dayı çocuk musun ya? Yanağımı kopardın neredeyse." diye azarladıktan sonra yanağını ovuşturdu. Çok şımarık bir kız olmuştu ama yine de zekiydi. Sonra elini kaldırıp "O öyle olmaz. Çak ortak." dedi. Melih de Yağız da ona şaşkınca bakarken "E... Ne bekliyorsun? Çaksana." dedi sinirlice. Küçücük kaşları çatılmıştı. Melih onun eline hafifçe kendi elini vurunca küçük kız gülümsedi. "İşte böyle."

"Küçük cadı! Bana kot kafali, ona ortak! Bak şu bücüre."

"Çünkü sen çok kot kafalisin."

Yağız onun saçlarını karıştırıp bozdu ve küçük kızı yere bıraktı. "Git Hande ablana söyle hazırlansın küçük sıpa."

Hande koşturarak kadının odasına giderken Melih ve Yağız da salona yürüdüler. Hava almak Hande'ye iyi gelebilirdi. Tabii bunu önce doktorlarla konuşsalar iyi olacaktı. Semih arabasının saatine baktı. Tam bir saat kırk dört dakika olmuştu. Eve on altı dakika içinde dönecekti. Karısına söz vermişti. Adamın işini bitiremediğine yakınsa da işi diğerleri tamamlayacaktı. Zaten kendi büyük kısmını halletmişti. Adam acıdan bilincini kaybedince Semih karısına verdiği sözü hatırlamış ve oradan çıkmıştı. Çıkmadan Vedat'a iş bitince adamın ölümünü ve nasıl öldüğünü diğer karanlık adamlara yaymasını istemişti. Tabii sebebiyle birlikte... Artık kimse Semih'in karısına el uzatamazdı. Adam apartmana girdiğinde merdivenlere yönelmişti ki Çetin onu durdurdu. "Hande'nin yanına bu kanlı gömlekle mi gideceksin?" dedi.

"E ben başka kıyafet almadım ki yanıma."

"Bekle de Melih'e mesaj atalım indirsin aşağı bir gömlek."

Çetin telefonunu çıkarıp Melih'e mesaj attı ve beklemeye başladılar. Kısa süre sonra mesaja cevap geldi ama Melih aşağı inmemişti.

"Ne diyor? Niye gelmiyor da cevap yazıyor?"

"Evde değillermiş. Yengeyi parka götürmüşler."

Semih bir an şaşkınca baktı. Hatta Çetin'e deliymiş gibi bakmıştı. "Oğlum dalga mı geçiyorsun benimle ya? Yeğeni götürmüştür onlar."

"Yok ya, 'küçük cadıyla yengeyi parka getirdik' diye cevap verdi."

Semih kaşlarını çattı. Şaşırmıştı. Hande nasıl olmuş da dışarı çıkmıştı ki? "Sor bakalım hangi parktalarmış?" derken yukarı yürümeye de başlamıştı. Üstünü değiştirip o da gidecekti. Hande kendine mi gelmişti acaba?

Gerçekten kendini topladıysa bu çok iyi bir haber olacaktı. En azından kendine zarar vermeyeceğinden emin olabilecekti. Tabii önce görmesi lazımdı. Üstünü değiştirip parka ulaştığında dalgınca bankta oturmuş ve küçük kızı izleyen karısını gördü. Ayaklarını bankın ucuna koymuş, başını da kendine çektiği dizlerine saklamıştı. Belli ki hâlâ yüzünü saklıyordu. Sadece küçük kız için dışarı çıkmıştı. Zaten etraf boşaltılmış olduğundan çok da sıkıntı yaşamadığını düşündü. Hayat, Hande'nin yanında oturuyor ve herhangi bir durumda müdahale etmek için bekliyordu.

Semih yanına yürüdü ve bankın arkasına gelince hafifçe eğilip karısına sarıldı. Hande'nin irkilip titrediğini görünce bir an sinirlense de bir şey söylemedi. Zamanla alışacaktı nasıl olsa Hande. Ona zaman tanımalıydı.

Hande gelenin Semih olduğunu fark edince zaten tepkisi geçmişti bile. Hayat, kadının yanından kalkıp Semih'in oturması için yer açarken diğer bankta oturan Melih'in yanına geçti. Hande, Semih'e sokulup yüzünü adamın boynuna gömerken babasını gören küçük Hande babasını görmenin heyecanıyla salıncaktan atlayıp koşmaya başlamıştı ki dengesini kaybedip yere düştü. Semih de herkes gibi oturduğu yerden kalkacakken Hande'nin boynundan düşüp banka çarpmak üzere olan başını son anda tuttu. "Hande?" derken diğerleri küçük kızın yanına gitmişti.

Hande ise başını kaldırmıyordu. Semih onun yüzünü çevirip saçlarını geri atınca gözlerinin kapalı olduğunu fark etti. Bu kadar kısa sürede uyuyamayacağına göre karısına bir şey oluyordu ve Semih kalbi endişeyle çarparken ayağa kalkıp karısını tek hamlede kucağına aldı ve "Hayat! Buraya gel. Bir şeyler yap. Karıma bir şey oluyor." diye bağırdı.

Semih arabayı süren Yağız'a "Daha hızlı." diye çıkışırken aynı zamanda arka koltukta Hande ile ilgilenen Hayat'a da "Ne oldu ona? Neyi var?" diye sorup duruyordu.

"Bırak da işini yapsın kadın, sakin ol biraz." dedi Yağız ona. Semih'in önüne dönmeye niyeti yoktu. Çatılı kaşlarının ardından kadından cevap beklemeye devam etti.

"Bilmiyorum. Kanaması var. Bebeği kaybedebilir. Sorun bebek muhtemelen ama emin değilim. Bir iç kanama da olabilir. Zaten başına ve vücuduna aldığı ağır darbelerden dolayı bundan şüphelenmiştik ama sen hastaneden geldiğinizi söyledin ve öyle olsa ortaya çıkardı diye düşündük. Şimdi izin verirsen onunla ilgilenmem lazım. Lütfen dön önüne ve sakin ol. İşime engel oluyorsun."

Semih önüne döndü ve sinirle karışık endişe içerisinde sağ bacağını sallamaya başladı. Çatık kaşları yola bakıyordu ama kendini durduramıyordu. Arkaya dönmek istiyordu. Dönerse de kadının işine engel olacağını biliyordu.

Nihayet hastaneye girdiklerinde Semih karısının yanında olmak istese de zorla onu kapının dışında tutmuşlardı.

Yarım saat boyunca defalarca kalkıp içeri girecek olduysa da Yağız ve Melih tutmuştular Semih'i. İçeriden Hayat çıkınca Semih hızla ayaklandı. Hayat o bir şey sormadan "Sorun yok... Anne de bebek de iyi! Biraz yorulmuşlar sadece ve Hande'nin vücudu çok yorgun olduğu için bebek onu iyice zayıf düşürmüş. Beslenmesine dikkat etmeli ve düzenli şekilde yürüyüşler yapmalı. Yüzmek de olabilir. Bunlar ona iyi gelecektir. Bunları yaparken önemli olan kendini çok yormaması."

"Anladım. Artık karımı görebilir miyim?"

"Bekle de odaya alsınlar. Zaten şimdi uyuyor."

İçeriden sedye üzerinde karısı çıkarılınca Semih de peşlerine takıldı. Onu yalnız bırakmayacaktı. Hande odaya alınınca o da içeri girip kendisine gelmesini bekledi. Hande uyandığında eli ilk önce karnına gitti ve "Bebeğim" diye inledi. Üzgün, acı çekiyor gibiydi sesi. Belki de bebeğini kaybettiğini düşünüyordu. Semih yerinden kalkıp yanına yürüdü ve ellerini tuttu karısının. "O iyi, bir şeyi yok, sadece biraz yorulmuşsun." dedi.

Hande gözlerini kaçırdı. Semih'e bakamıyordu. Sanki her seferinde ona sorun çıkarıyor gibi hissediyordu kendini. Onun ayağına dolanan bir bağ gibi... "Teşekkür ederim." diye mırıldandı. Semih şaşkınca ve anlamamış bir şekilde ona bakıyordu. "Yanımda olduğun için." diye açıkladı kadın.

Semih boğazını temizledi ve bir daha asla söylemeyeceği bir şey söyledi, "Sen nerede olmamı istersen orada olurum Hande."

Ardından elini karısının kalbinin üstüne koydu. "İstersen kalbinde, istersen aklında, istersen her nefesinde, kalp atışında... Ama istemesen de olacağım tek yer senin yanın olacak."

Kadının kalbi öyle yaralanmıştı ki ne derse desin Semih'e inanmıyordu ve Semih başka ne yapacağını ya da diyeceğini bilmiyordu. Hande dolu gözlerini pencereye çevirmiş dışarıyı izliyordu. Semih'e diyecek bir şey bulamadığında, suçluluk duygusu arttığında başka şeylerle ilgilenmeyi tercih ediyordu. Semih bunun farkındaydı ama sessiz kalıyordu. Bir şey söyleyip üstüne gitmek istemiyordu. Hande'ye kendini toparlaması için zaman tanıyordu. Eğer bu zaman içerisinde toparlanamazsa aptal doktorları umursamayıp kendi yöntemlerini deneyecekti. Hande'nin konuşması için konu açma çabasıyla "Şehir içindeki başka bir eve gideceğiz." dedi Semih ama karısı değil cevap vermek başını çevirip ona bakmadı bile. Nedenini sormadı. Semih kaşlarını çattı.

"Hayat uyandığında çıkabileceğimizi söylemişti. Gidip işlemleri halledip geleceğim. Yağız ve Melih seninle bekleyecek."

Hande bir an, işlemleri onlar yaptırsın sen yanımda kal, diyecek olduysa da vazgeçip sustu. İnsanlardan kaçamazdı sonsuza kadar. Yine de susarak yaşayabileceğini biliyordu. Semih'in çıkmasının ardından içeri giren iki adama da bakmadı Hande. Semih'e yaptığı gibi sadece pencereden dışarıyı izledi. Melih ve Yağız da onun bu tavrına karşın tek kelime etmediler. Semih hastanenin koridorunda yürürken tanıdık bir yüz görmesiyle bir an duraksadı. Karşıdan gelen kadın yanındaki adama bir şeyler anlatıyordu. Kadın önüne dönüp onu görünce gözleri şaşkınlıkla irileşti. Semih de yüzünü tam olarak görünce emin olmuştu. Uzun zamandır görüşemedikleri bir aile dostlarının kızıydı karşısındaki. Semih'in önünde durunca yanındaki adam da durdu.

"Semih?"

"Ağabey kızım, ağabey! Kaç kere söyleyeceğim! Üç yaş büyüğüm ben senden üç!"

"Ve yirmi dört yıldır üç yıl için çabalayıp duruyorsun. Demeyeceğim. Melih, Yağız ve sen aynısınız. Bu arada onlar nerede? Ya da dur, sen burada ne arıyorsun?"

"Melih ve Yağız da buradalar. Karım hamile, bayılınca onu buraya getirdik."

"Evlendin mi?"

"Yaa... Seni hayırsız Ömrüm Hanım! Evlendim. Sen telefonunu açsaydın düğüne davet de edecektim ama..."

"Ben miyim hayırsız? Hadi oradan! Sen ulaşmak istesen ulaşırdın bana. Bal gibi biliyoruz."

"İşin şakası bir yana çok aceleye geldi aslında. Doğru dürüst kimseye haber veremedik. Gerçi baban gelmişti düğüne. Bir sen yoktun bir de Ayda."

"Haberim olsa gelirdim de benim hiç haberim olmadı."

Semih kadının yanındaki adama baktı ve sonra tekrar Ömrüm'e döndü. "Bu kim? Sevgilin falan mı?"

"Yok, ne sevgilisi ya? Bu Ricardo... Bir cinayet davasında tanıklardan biri, ayrıca bizim Ayda'nın arkadaşı."

"Hmm... Neyse tutmayayım ben sizi. Görüşürüz sonra. Müsait olduğunda görüşelim seninle. Seni karımla tanıştırırım hem."

"Olur. Görüşürüz." dedi kadın da. Semih onların yanından ayrılıp işlemleri yaptırdıktan sonra geri döndü. Hastaneden çıkıp başka bir eve gittiklerinde Hande yatacağı odayı sormuş ve hemen odaya çekilmişti. Melih ve Yağız diğer eve gitmiş, kadınları evlere götürmüştü. Semih ve Ümit salona geçerken Hayat da Hande'nin yanına gitmişti.

"Ümit, Hande'nin iyileşmesi ne kadar zaman alacak?"

"Bedensel olarak mı? Ruhsal olarak mı?"

"İkisi de..."

"Bedensel olarak bir-iki aya iyileşecektir. Bebek doğduktan sonra zaten hiçbir sorun kalmayacaktır. Ruhsal olarak ise bu çok daha uzun bir zaman alabilir. Belki de çok daha kısa... Ona bağlı. Belki anlatırsa rahatlar aslında."

"Benimle konuşmuyor."

"Sana psikolojik destek alması iyi olabilir demiştim."

"İyi bir psikolog bulalım o zaman. Ben bu gece Hande ile konuşayım."

"Tamam, istersen ben araştırırım."

"Olur."

Semih açık televizyona boş gözlerle bakarken beyninin içi Hande ile doluydu. Başı ağrıyordu artık. Geç bir saatte odaya girdiğinde karısı uyanıktı. Hayat ve Ümit çoktan yatmışlardı. Semih odanın lambasını kapatıp karısının yanına uzandı.

"Senin için bir psikolog araştırıyorum." diye hemen konuya girdi. Hande bir şey söylemedi. Zaten ne diyecekti ki?

"Beni yanlış anlama. Sadece bana anlatmadıklarını belki başka birine anlatabilirsin diye."

"Kimseye hiçbir şey anlatmak istemiyorum."

Bu cümleden sonra başka bir şey söylemedi. Gözlerini kapattı ve arkasını döndü. Semih de kollarını karısını beline doladı.

Üç gün geçti. Kadın yalnız başına korkudan uyuyamasa da bedeni yorgun düşünce gözleri kendiliğinden kapanıyordu. O gün Semih onu yüzme ya da yürüyüş için zorlamadı. Sadece yemek vakti bir şeyler yemesi için zorlamış sonra rahat bırakmıştı. Gece de sessizce ona sarılıp uyumuştu. İki gün yine sıradan bir şekilde geçmiş, Semih onu ya yürüyüşe ya da yüzmeye zorlamış ve bunu yaparken de ona eşlik etmişti. Hande bir yandan bunları yapmak istemese de bir yandan da yaparken rahatladığını hissediyordu. O gün yürürlerken Semih kadının üşüdüğünü hissedip yanında taşıdığı kalın şalı kızın omuzlarına bıraktı. Onun için her şeyi düşünüyordu.

Hande başındaki yara bandını saklamak için bere; yüzünü kapatmak için atkı kullanıyordu.

"İlk defa seninle evlendiğime pişman oldum."

Bu cümleyle günlerdir ilk defa kadının dikkatini çekmişti. Hande başını yoldan ona çevirmese de kaşları kalkmıştı. İçindeki burukluk gözlerini kapladı. Tek kelime etmedi yine de.

"Eğer seninle evlenmeseydim başına bunlar gelmeyecekti. Her gece titreyişlerin kalbimi sarsmayacaktı. Benim kalbimde zelzele olsa umrumda değil. Sana bir şey olmadıkça benim dünyam var olur da, senin bir gözyaşının oluşturduğu sel beni nasıl yıkıyor bir bilsen. Beni silip süpürüyor."

Yürümeye devam ettiler. Semih, kadının tepkisizliğine rağmen onu dinlediğini biliyordu.

"Kendimi bir pislik gibi hissediyorum aslında. Sen bebeğimizi düşünürken ben sadece senin kurtulman için dua ediyordum. O önemli olmadığından değil ama senin için senden olan çocuğum da dâhil herkesten vazgeçebileceğim için."

Hande cebine koyduğu elini hafifçe yumruk yaptı. Ağlamamak için direniyordu. Adama kızamazdı. Yoldaki ıslak çam ağaçlarının yanından geçiyorlardı.

"Ağladım be kadın. Yokluğuna ağladım, çektiğine ağladım. Titredim korkudan. Bacaklarım taşımadı beni. Bu kadar güçsüz olmamıştım ben hiç."

İleriden eve doğru dönerlerken konuşmaya devam etti Semih, "Sobadan çıkarıp kömür yutsam ancak böyle yanardım."

Ve sonra sustu. Eve kadar kuş sesleriyle yürüdüler. Hande yine kendini odaya kapattı. Semih ona doğru koşmuştu ama Hande'nin ördüğü duvarlara çarpıp yaralanmaktan başka sonuca varamamıştı işte. Yürüyüşleri eskiden sadece on dakikayken şimdi yarım saati buluyordu. En azından Hande bedensel olarak daha geç yorulur olmuştu, iyileşiyordu. Bir de ruhundaki yaraları sarabilseydi. Sonunda Semih de tırlatıp bir tımarhaneye kapatılacaktı olan o olacaktı. Adam da odaya girdi. Yatağa oturmuş, sırtını başlığa yaslamış etrafa bakınan kızın karşısına oturdu.

"Aç mısın?"

"Hayır"

"Canın bir şey istiyor mu?"

"Hayır?"

"İstersen seni uyuman için bırakabilirim?"

"Hayır! Hiçbir şey istemiyorum. Sadece burada dursan olmaz mı?"

"Ama ben istiyorum. Artık benimle konuşmanı istiyorum mesela. Sana yaklaşmama izin vermeni istiyorum. Sen elinde kendine bir silah doğrultmuş duruyorsun ve seni sadece izlememi istiyorsun. Benim yerime kendini koy ve düşün. Ne kadar zor biliyorum. Yine de beni de anla istiyorum. Sana hemen her şeyi atlat demiyorum. Sadece sana destek olmama izin ver diyorum. Şimdi gideceğim. Sana düşünmen için zaman vereceğim. Gece gelirim. O zamana kadar kararını ver.

Eğer böyle davranacaksan ben de istediğini yapıp senden uzak duracağım."

Tam odadan çıkmak üzereydi ki Hande'nin yalnız kalmaktan korkabileceğini düşünüp başını geriye döndürdü. "Selim, Vedat, Hayat ve Ümit burada olacak. Yalnız olmayacaksın. Ayrıca telefonum açık. Eğer kendini kötü hissedersen ara."

Hande ondan uzak durmaya karar verse bile Semih onu kendinden daha uzağa itmeyecekti ama onun iyi olması için bu gerekiyorsa bunu da yapardı. Her şeyi deneyecekti. Bu bir savaşsa Semih kazanacaktı.

ON ÜÇÜNCÜ BÖLÜM

Hande biriyle konuşmak istiyordu. İstiyordu ama yapamıyordu. Dili lal olmuştu sanki. Semih'i ve söylediklerini biraz daha düşünürse delirecekti. Üstelik bu adam anlamıyor muydu? Nasıl acı çektiğini görmüyor muydu? Ona biraz daha zaman tanısa ne olurdu ki? Biliyordu, Semih sabırsız ve odun bir adamdı ama son zamanlarda olan davranışları... Hande ne istediğini bilmiyordu. Bir yanı Semih ile eskisi gibi olmak istiyordu ama Hande eskisi gibi hissetmiyordu ki.

Odadan çıkıp salona geçti ve orada oturan Vedat'a "Arkadaşımı çağıracağım. Adresi bilmiyorum. Sen ona yeri tarif eder misin?" dedi. Pelin ile uzun zamandır konuşmuyorlardı ve madem birileriyle konuşacaktı o zaman önce yaşadıklarını bilmeyen biriyle konuşmalıydı. Pelin hem ona yakındı hem de son zamanlarda olanları bilmiyordu. Vedat ona şüpheyle bakınca Semih'in yine en korumacı adamlarından birini başına diktiğini anlamıştı kadın. Adam belki ona kızıyordu ama giderken bile sırf korkmasın diye yalnız olmadığını belirtmiş, bir şey olması durumunda onu aramasını söyleyerek de ne kadar endişelendiğini belli etmişti. Semih'in sevgisini ve verdiği değeri ifade etme şekli kelimeleri değil davranışlarıydı. Ya da başka cümlelerin ardına gizliyordu söylemek istediği şeyi.

"Semih istersem çağırabileceğimi söylemişti."

"Tamam." dedi Vedat. Nasıl olsa kendisi evdeydi ve herhangi bir durumda müdahale edebilirdi. Hande, Semih'in ona yeni verdiği telefona ezberindeki numarayı girip aradı ve cevap bekledi. Kısa süre sonra da karşıdan tiz sesli bir "Alo" gelmişti.

"Pelin?"

Ve bir anda karşıdaki kız cırlamaya başladı. Hande de telefonu kulağından uzaklaştırıp beklemeye başladı.

"Hande? Seni deli kız! Kaç ay oldu ne arıyorsun ne soruyorsun. Öldük burada meraktan öldük. Ama yok! Hanımefendinin aklına gelir miyiz biz hiç? Bak kızım..."

O. devam ederken nihayet bitmek tükenmek bilmez nefesi bitmiş ve nefes almak için duraksadığı arada Hande telefonu kulağına götürüp "Bana gelsene. Konuşuruz." dedi. "Sesin durgun geliyor. Bir sorun mu var?" diye soran Pelin'i duymazdan geldi. Muhtemelen endişelenmişti çünkü Hande genelde bitmeyen bir neşeye sahip olurdu ve Pelin'in bütün cırtlak sesiyle saydığı şeylere rağmen inatla, neşeyle cevap verirdi. "Şimdi sana adresi tarif etmesi için birini veriyorum. Yeni taşındık da nerede olduğumuzu bilmiyorum. Onun söylediği adrese gel lütfen."

"Tamam." dedi Pelin ve ardından Hande telefonu Vedat'a verdi. Pelin'in uzatmayacağını biliyordu çünkü ne kadar uzatırsa uzatsın Hande'den bir cevap alamayacağının bilincindeydi Pelin. Genelde canı sıkkın olduğunda çok üstüne gitmezdi. Yaklaşık bir saat sonra Pelin gelmişti. Hande merkezden uzakta bir yerde olduklarını zaten fark etmişti. Arada alışveriş için giden kişiler geç geliyordu. Demek ki uzak bir yere gidiyorlardı. Hande kızı içeri davet etti ve Semih'in Hande için hazırladığı dinlenme odasına girdikleri an kadın sıkıca arkadaşına sarıldı. Pelin de ona sarıldı ve ayrıldıklarında şaşkınca Hande'nin yüzüne baktı. "Ne oldu sana böyle?" derken sesi çok şaşkın, endişe doluydu. Birden aklına bir şey gelmiş gibi gözleri dehşetle büyüdü ve inanamıyormuşçasına "Yoksa kocan mı yaptı bunu?" diye sordu. Hande telaşla ellerini sallayarak "Hayır, hayır, hayır! Semih bana elini kaldırmaz. Bunların sebebini boş ver. Sorma olur mu? Sadece ben uzun zamandır görüşemediğimiz için seni özledim. Diğerlerini de ama ancak seni çağırabildim. Her şeye rağmen en yakın arkadaşım sensin, biliyorsun ve benim konuşacak birine ihtiyacım var."

Hâlâ ayakta durduklarını fark edince cam kenarına karşılıklı koyulmuş iki yumuşak koltuğu göstererek "Otursana, ben de kahve yapıp geleyim." dedi. Pelin koltuklardan birine otururken Hande de odadan çıktı.

Mutfağa girdiğinde Ümit bir sürahiden su dolduruyordu. O da yanından geçip ısıtıcıya su doldurmaya başladı. "Ben de ilaçlarını getirecektim."

"Yemekten sonra içmem gerektiğini sanıyordum?"

Hande ısıtıcının kablosunu prize takıp tezgâha yaslanarak Ümit'e bakmaya başladı. Adamın uzun boyundan dolayı başını biraz kaldırması gerekmişti.

"Hayat yemen için bir şeyler hazırladı." diyerek masadaki tepsiyi gösterdi kadına. Hande ilk günler sıkça ilaçlarını içmeyi unuttuğu ya da bilerek içmediği için artık düzenli olarak Hayat, Ümit ya da Semih ilaç saatlerini takip edip ilaçları ona götürüyor ve içene kadar da başında bekliyorlardı. Hande ilaçlar uykusunu getirdiği için içmeyi reddediyordu aslında. Günün on sekiz saatini uyuyarak geçirmek güzel bir duygu değildi. Diğerleri ise bedeninin dinlenmesi gerektiği konusunda ısrar ediyorlardı.

"Sizi çok yoruyorum değil mi?" diye bildiği bir şeyi özür dilercesine sordu.

"Mahir Bey bu iş için bize bir dünya para ödüyor."

"Bu da bir teselli tabii... Daha az sorunlu hastalarınız da olabilirdi. Meltem Hanım gibi siz de geldiğiniz gün, sorun yok, deyip gitmeliydiniz aslında."

Meltem, Mahir Bey'in yani Semih'in dedesinin gönderdiği kadın doğum uzmanıydı ve bebekle ilgili bir problem olmadığını söyleyerek geldiği gün gitmişti.

"Aslına bakarsan bu daha rahat bir iş, hastanedeki onca hasta yerine bir kişiyle ilgilenmek tabii ki tercihim. Eminim Hayat için de böyledir. Hem ben hâlimden fazlasıyla memnunum. Tabii sen kendine dikkat etmezsen ve başına bir şey gelirse Semih'in bizi öldüreceği düşüncesinin olmadığı zamanlar için konuşmalıyım."

"Bu kendime dikkat etmem gerektiği anlamına geliyor öyle mi?" derken suyun kaynadığını belli eden 'tık' sesi duyuldu ve ısıtıcının ışığı söndü. Hande iki kupaya kahve, süt eklerken adam "Aç bir şekilde kahve içmeyeceğini düşünüyorum? Üstelik mide rahatsızlığın var." dedi.

"Bir bardaktan bir şey olmaz."

"Onu içmene izin veremem. Önce yemek yemen lazım. İlaçlarını da içtikten sonra belki..."

"Hazırlamış bulundum." dese bile onu içemeyeceğini biliyordu. Ümit ona o kahveyi içirmemekte kararlıydı ve bunu Semih'in sıkı emirlerinden dolayı yapıyordu. "Hayır dedim. Doktor olan benim değil mi? Sözüm dinlenmeli biraz ama. Hadi, git arkadaşınla ilgilen. Ben de birazdan ilaçlarını ve yemeğini getiririm."

"Tamam." derken sesi isyan eder gibiydi. Elindeki tek kupayla odaya döndü ve arkadaşının önüne bıraktı. Karşısındaki koltuğa oturdu ve bir süre suskun oturduktan sonra kafasındaki binlerce cümleden bir tanesini söyledi. "Semih bana çok kızgın."

Bir süre daha sustu ve sonra devam etti. "Ya da belki kırgın... Ona haksızsın diyemiyorum ama bir yanım da ne olursa olsun yanımda olacağını bilmek istiyor. Pelin ne yapacağım bilmiyorum."

"Aranızda kötü bir şey mi geçti? Neden sana kızdı?"

"Aslında sorun aramızda bir şey geçmemesi. Ona uzak ve soğuk davranıyorum ama anlamıyor. Ben henüz yirmi yaşındayım ve onun kadar olgun değilim bazı şeyleri sandığı kadar kolay sindiremiyorum. Söz konusu Semih ya da bebeğim olsa bile."

"Bebek mi? Hamile misin? Kilo aldığını sanmıştım." derken Hande'nin karnındaki küçük şişliğe bakıyordu kız. Sesi çok şaşkındı.

"Evet, hamileyim." derken Hande sesinin hüzünlü çıkmaması için çaba göstermiş ve hatta yüzüne yalancı bir gülümseme yapıştırıp hüznünü saklamıştı.

"Hande seni tanırım. Bir şeyler var. Seni çok üzen bir şey ve bu Semih'ten başka bir şey. Yüzündeki yaralar kendiliğinden olmadığına göre... Üstüne gelmek istemiyorum ama anlatmak istersen sonuna kadar hiç yargılamadan dinlerim, biliyorsun. Her şeye rağmen anlattığından anladığım kadarıyla sana ne yapman gerektiğini söyleyeyim. İlişkiniz zor bir dönemden geçiyor. Semih'e soğuk davrandığını söyledin. Sen demek ki bu süreçte ondan uzaklaşmışsın ama o senin ona sığınmanı istediği için sana kırılmış ya da kızmış. Belki de sadece kendine kızmıştır. Senin için yeterli olamadığını düşünüyordur belki de. Her ne olduysa, neden düştüysen kendin kalkmaya çalışıyorsun ama çırpındıkça yerdeki çamur üstüne bulaşıyor sadece. Ona izin ver, elini tutup seni kaldırsın. Onun da buna ihtiyacı var."

Hande konuşacakken odanın açık kapısını tıklayıp "Gelebilir miyim?" diye sordu Ümit başını içeri uzatarak.

"Tabii... Mamalarım gelmiş." dedi Hande. Kendini bebek gibi hissetmesine neden oluyorlardı. Hande iyi olduğunu göstermek için kendince en iyi yolu bulup onu alaya almayı tercih etmişti. Elinde tepsiyle içeri giren Ümit'in kaşları şaşkınca kalksa da hemen toparlanıp tepsiyi kadının önüne koydu.

"Hepsi bitecek. Kesin emir."

"Semih'ten mi?"

"Hayır, benden küçük hasta..."

Hande önüne döndü. Ümit, Pelin'e aç olup olmadığını sorarken Hande kaşığı almış çorbayla oynuyordu. Ümit kaşlarını çattı. Hande her yemek geldiğinde aynı şeyi yapıp yemeden geri çevirmeye çalışsa da asla olmayacağını biliyordu. Yine de öyle inatçıydı ki her gün aynı şeyi yapıyordu.

"Allah aşkına zorla mı ağzına tepeyim istiyorsun? Ye artık!"

Hande kaşığın ucuna azıcık çorba alıp ağzına götürdü. Canı hiç istemiyordu. Günde üç öğün yemek ona göre değildi. Öğlenleri yemek yemezdi ki o normalde. Yüzünü buruşturdu. Kaşığı geri tabağa bırakırken "Şekerli olmuş bu." diye şikâyet etti. "Yemekten anlamıyorsun da tattan da mı anlamıyorsun? Çorbaya şeker mi konur hiç?" dedi Pelin. Ah, şu Hande hiç öğrenemeyecekti yemeklerle ilgili şeyleri. Bu yeteneksizlikle evde kalmadığı için şanslıydı.

"O yemekler gayet güzel hanımefendi. Şimdi hepsi bitecek. Çok ciddiyim zorla yediririm. Ya da Semih Bey'i ararım o gelir yedirir."

Hande'nin gözleri parladı bir an. Kendi arayıp Semih'i çağırsa Semih endişelenecekti ve gelecekti ama bir şey olmadığını görünce tavrını sürdürebilirdi. Oysa Ümit arayıp çağırırsa gelirdi ve Hande o zaman Semih'e biraz daha yakın davranmayı deneyebilirdi. Hem akşama kadar da beklememiş olurdu. Öyle de oldu. Ümit, Hande ısrarla yemeği yemeyip bir de üstüne, kocam olmazsa yemem, diye tutturunca önce onun koca bir bebek olduğunu söylemiş ardından Semih'i aramıştı. Pelin ile daha sonra görüşmek üzere vedalaştılar ve Hande arkadaşını uğurlayıp kocasını beklemeye başladı. Ümit elinde tepsi kızın peşinde geziyor Hande de evin içinde ondan kaçıyordu.

Semih eve geldiğinde Hande ve Ümit'in bağrışmasını duyup şaşırdı. "Sana diyorum. Ye şunu bak kötü olacak. Kaşıkla sokacağım birazdan boğazına. Soğudu bu buz oldu. Hem daha diğer yemekler var. İlaç saati geçiyor."

"Bana ne? Ba-na-ne diyorum sana. Semih gelmezse yemem."

"Yok! Ne bebeği canavar çıktın sen be. Hayat, Vedat neden kaçtı sanıyorsun odalarına? Üstüme yıktılar bu işi. Yesene ya."

"Yemem. Yemeyeceğim işte."

Semih kapıyı kapatıp içeri girdi ve sesleri takip etti.

"Bari masadan in."

"Olmaz! İnersem zorla ağzıma tıkıyorsun onu."

Adam içeri girip salondaki masanın üstüne çıkmış elleri belinde, aşağıdaki Ümit'e bağıran karısına ve elinde kaşık, tabakla ona uzanıp yine sinirle bağıran adama baktı. Kaşları şaşkınlıkla kalkarken Hande onu fark edip masadan indi ve kocasının yanına gidip ona sarıldı. "Hoş geldin." diye mırıldandı. Başını onun boynuna gömmek için parmak uçlarında yükselmişti. Semih şaşkınlığına rağmen karısının belini kollarıyla sararken Hande başını geri çekti ve kocasının gözlerinin içine baktı. "Semih... Bana kızgın olmanı istemiyorum."

Adam önce yutkundu ve sonra kollarını kadının beline dolayıp onu bedenine yasladı. Handem, diye geçirdi içinden. Güzel kızılım... Nasıl özlemişti onu. Varken yoktu ya o yanında içi acıyordu o zaman. Sonra biraz geri çekildi. Kaşları çatılmıştı. "Hamile kadınsın ne işin var masa üstünde? Ya bir bacağı kırılsa? Bir de koşuyorsun. Eh, be deli kadın! Çağırsan gelirdim sana. Zaten can atıyordum kollarımda olmana, ne diye kendine de bana da eziyet ediyorsun?"

"Emin misin? Yolda kalmayın sonra?"

Semih adama bakmadan önündeki bilgisayarda bir şeyler yapmaya devam etti. Hande iki aydır biraz daha kendinde olsa da daha tam toparlanmamıştı. Semih ona yeterince fırsat sunmuştu ama artık bebekleri büyüyordu ve Hande daha fazla üzülemezdi. Yeni yılda her şey farklı olmalıydı. Ayrıca olmadığı biri gibi davranmaya çalışmaktan sıkılmıştı. Hande'nin mutlu olması için Semih elinden geleni yapıyordu ama Hande her ne kadar arada cadılık yapsa da ya da Semih'e sığınsa da mutlu değildi.

Geceleri kâbuslar görüyordu, sayıklıyordu ve yemek konusunda Semih'e fazlaca zorluk çıkarıyordu. Üstelik öyle inatçıydı ki Semih olmadığı sürece ağzına tek lokma koymuyordu. Semih daha Hande'nin düzelmeye başladığı günden beri kendi yöntemlerinin daha etkili olacağını biliyordu. Her şeye rağmen elinden geldiği kadar romantik bir adam olmaya çalışmıştı. En azından yemek vakitlerinde evde oluyordu.

"Gideceğiz. Bu gece yeni bir yıla gireceğiz ve artık Hande'ye tanıdığım vakit doldu."

"Biraz acımasızca davranmıyor musun? Zaten elinden geleni yapıyor."

"Bu zamana kadar yaptı ama olmuyormuş demek ki. Şimdi de ben elimden geleni yapacağım. İşime karışılmasını sevmem biliyorsun."

"Ah, tabii... Sen Hande'ye yumoş bize hâlâ... Neydi? Dur şimdi hatırlayacağım... Kütük! Evet! Buldum bize hâlâ kütük!"

"Yumoş? Sanırım gerçekten değiştiğime inanıyorsun." dedikten sonra başını kaldırıp oturduğu koltuğu geri ittirerek ayaklandı. Askılıktaki ceketini alırken Yağız'a bakmadan

"İşe gideceğim. Sen de gel istersen. Bak bakalım yumoş nasıl olurmuş." diye alaycı bir sesle mırıldanıp kapıya yürüdü. Yağız onun ardından çıkarken Semih çoktan asansör kapısına ulaşmıştı bile.

Gömleği dâhil siyah olan takım elbise tertemiz ve ütülüydü ama belli ki Semih temiz çalışmayacaktı. Genelde kravat takmazdı ki o an da öyleydi zaten. Yağız onun aksine beyaz gömlek ve gri takım tercih etmişti ama o da kravat takmayı seven bir adam değildi. Melih onlardan daha salaştı ama takım elbise giydiği zamanlarda kravatını da takardı.

Asansöre girdiklerinde Semih ceketinin iç cebindeki sigara paketini çıkardı. Uzun zamandır sigara içmiyordu ama canı sıkkın olduğu zamanlarda arada içerdi. Önce içinden kendine alıp dudakları arasına sıkıştırdı. Yağız'a uzatınca adam geri çevirirken bir de şakacı bir sesle "Ben almayayım. Sen böyle çok seksisin bebeğim. Seni izlemeyi tercih ediyorum." dedi.

Semih sigarasını yakıp paketle çakmağı cebine attıktan sonra dudaklarındaki sigarayı çekip "Bana mı asılıyorsun lan?" dedi.

"Eskiden ağabey vardı şimdi lan olduk ya la!"

"Ergen misin sen acaba?"

Asansör durup kapıları açılınca ilk önce Semih çıktı. O arabasına giderken Yağız da sırıtarak onu takip ediyordu. Keyfi yerindeydi ve kardeşiyle uğraşmayı seviyordu. O da arabaya bindiği an Semih arabayı çalıştırdı. Yağız "Şimdi öğle yemeğini kaçırma sakın bak! Hayır, yani geç kalırsın falan sonra kılıbıklığın hasar görür." dedi.

"Kılıbık?" diye alayla homurdanan adam abisini duymazdan gelmeyi tercih edecekti artık. Yoksa birazdan kendilerini bekleyen adama yapacaklarını ona da yapacaktı.

"Kime gideceğiz?"

"Aslında gitmeyebiliriz de. Ben bütün enerjimi birazdan üstünde harcayabilirim."

"Hande yetmedi galiba? Erkeklere de mi ilgi duyuyorsun artık?" derken şaşkın çıkarmıştı sesini Yağız. Biraz daha uzatırsa cidden iyi olmayacağını bilse de içinden kıs kıs gülmeden duramıyordu. Semih sinirle "Ya sabır!" deyip önüne döndü ve gaza yüklendi. Yağız yol boyunca konuşsa da Semih onu dinlememek için elinden geleni yapmıştı. Fabrikaya geldikleri an önce Semih indi ve sinirle içeri girdi. Elleri kolları bağlı adamın yanındaki Selim'in üstü başı kan olmuştu ki zaten adamın yüzüne bakılınca sebebi belli oluyordu.

"Bu it mi çalmış paramı?" dedi Semih kaşlarını çatarak. Yağız ıslık öttürerek içeri girip ardından sessizce onları izlemeye başladı.

"Üç aydır şirketten para yürütüyormuş ağabey. Bizi hayli de zarara sokmuş. Beyinsiz adam öyle yüklü para kaldırmış ki zaten belli olmaması imkânsız. İlk iki ay küçük paralarla başlamış, bakmış kimse çakmıyor birden miktarı arttırmış."

"Öyle mi?" dedi öldürücü bir sakinlikle. "Benden para çalmak ha? Bakalım gerçekten beyinsiz olduğu için mi çalmış yoksa kendini çok zeki sandığı için mi? Getirdin mi oyuncağımı?"

Yağız bir an kaşlarını kaldırdı. Semih en son oyuncak dediğinde iki yıl önceydi ve bir adamın dişlerini, tırnaklarını kerpetenle söküp yaralarına tuz basmıştı. Tabii bu en insaflı hâliydi. Daha önce yaptıkları mide kaldıracak türden şeyler değillerdi. Hande'den sonra bu işlerde daha insaflı olduğundan dolayı olsa gerek ki bazıları meydanı boş bulmuş ve cesaretle Semih'e karşı gelmeye başlamışlardı. Selim cebinden çıkardığı şeyi Semih'e uzatırken Yağız merakla "O ne lan?" diye sordu.

Semih işini görmek için adama doğru yürüyüp eliyle adamın başını geri yatırırken Selim de Yağız'a cevap verdi, "Eskiden Mısırlılar ölüleri mumyalarken beyinlerini bu kancayı burunlarından sokarak parçalar ve çıkarırlarmış."

"Semih gittikçe yaratıcı oluyorsun koçum." derken adamın acı bağırtıları duyuluyordu ve Yağız işin en mide bulandırıcı kısmına gelmeden "Nergis'i arayıp hazırlıklar bitti mi diye sorsam iyi olacak." diyerek dışarı çıkmıştı. Selim biraz daha alışkın olduğundan o içeride kaldı.

Semih dışarı çıktığında üstündeki gömlek ve ceket kanlanmış olsa da pantolon temizdi. Yağız "Her seferinde daha mı temiz çalışıyorsun ne?" dedi.

Semih bagajdan yedek gömlek ve ceketini çıkarıp üstündekileri çıkarmaya başladığında Yağız arabaya yaslanmış onu izliyordu.

"Lan sapık mısın nesin? Git başımdan." dediğinde üstüne geçirdiği gömleğin düğmelerini ilikliyordu Semih.

"Baklavaların diyorum güzelmiş."

"Siktir!" dedi Semih ve ardından Yağız ona alaycı bir şekilde sırıtıp arabaya geçti. Semih eski kıyafetlerini bagaja bıraktı ve sürücü koltuğuna geçti. Selim içerideki adamı temizlerdi.

Adam eve girdiğinde Hande salondaydı. Pencerenin önündeki koltukta pencereye dönük şekilde dizleri üstünde durmuş dışarıyı izliyordu. Yüzündeki yaralar ve morluklar eskiye oranla daha iyi durumdaydı. Gidip karısının belinden tuttu ve onu kaldırıp koltuğa oturttu. Kendi de yanına oturduktan sonra elini karısının karnına koydu. Hafifçe onun karnını okşarken tek kelime etmedi. Hande de konuşmuyordu. Zaten alışmıştı Semih'in böyle arada suskunca karnını okşamasına. Başını kocasının omzuna koydu ve kızıl saçları onun omzundan aşağı sarkarken gözlerini kapatıp öylece bekledi.

Semih bir süre sonra Hande'nin alnını öpüp kalktı. Hayat ve Ümit'e izin verecekti. Yılbaşını aileleriyle ya da arkadaşlarıyla geçirebilirlerdi ki zaten iki aydır o evde hapis kalmışlardı. Hem akşam Hande'yi dışarı çıkaracaktı ve onlar baş başa vakit geçirirken doktorların evde beklemesine gerek yoktu.

Hayat ve Ümit evden çıkarken Semih karısının yanına geri dönmüştü.

"Akşam için hazırlan ve kalın giyin."

Hande oturduğu yerden kalkamayacak kadar yorgun hissediyordu. Kendini zorlayarak kalkıp odaya gitti. Dolabını açıp kıyafetlerini incelerken uzun zamandır dar pantolon, baskılı tişört giymediğini fark etti. Yine de onlardan elini çekip Semih'in aldığı hamile elbiselerine bakındı. Beli rahat, İspanyol paça beyaz pantolon ile bol ve pastel turuncu tonlarında bir kazak çıkardı. Saçlarını tarayıp düzeltirken aynada bir süre yüzüne baktı. Yaralarının üzerinde işaret parmağını hafifçe gezdirdi ve ardından geri çekilip saçlarını taramaya devam etti. Yaraları için olan merhemleri çıkmadan kullansa iyi olacaktı.

"Küçük bir valiz hazırla Hande. Belki birkaç gün kalırız." diye bağırdı içeriden Semih.

Hande nereye gideceklerini merak ediyordu ama çok da umrunda değildi. Aynaya bakarken saçlarını biraz kısaltmaya karar verdi. Beline kadar gelen saçları şekilsiz bir hâle gelmişti. Belki omuzlarının ya da göğsünün hizasında kestirebilirdi. Tabii bunu bebek doğduktan sonra yapacaktı. Elindeki tarağı bırakıp üstündeki bol elbiseyi çıkardı ve hazırladıklarını giymek için kıyafetleri bıraktığı yatağa doğru yürüdü. Uzun zamandır ya Semih'in kıyafetlerini giyiyordu ya da dolaptaki bol elbiseleri giymeyi tercih ediyordu. Normalde elbise giymezdi.

Giyindikten sonra dolabın altındaki valizi çıkarıp yatağın üstüne koydu ve birkaç parça kıyafet ayırdı. Semih'in gömlek ve tişörtlerinden de koyup valizi kapattı. Artık onun kıyafetlerini ortak giyiyorlardı. Başka bir valiz daha çıkarıp Semih için kazak, pantolon, iç çamaşırı doldurdu ve o valizi de kapatıp kol çantasına telefon, kimlik gibi diğer eşyalarını doldurdu.

Odadan çıkıp mutfağa girdiğinde Semih salonda televizyon karşısına geçmiş zap yapıyordu. Bir kanalda maç sunan spikerin sesini duyunca ne zamandır maç izlemediğini fark etti. Oysa o maç izlemeyi ne çok severdi. En büyük tutkularından biriydi futbol.

"Semih?" diye seslendi içeri ve yukarıdaki su bardaklarına baktı. Sandalye çekip kendi de alabilirdi bir tane bardak ama sandalyeden düşerse bebeğe bir şey olabilirdi ve Hande bebek konusunda oldukça dikkatli davranıyordu. Zaten Semih de elinden geleni yapıyordu. Kapı eşiğinde, omzunu kapının pervazına yaslamış bir şekilde Hande'nin başını tepeden çekip kendini fark etmesini bekleyen adam hafif bir gülümsemeyle kadını izlemeye devam etti. Hande nihayet ona dönünce kaşlarını çattı ve ellerini beline koyup "Neden geldiğini söylemiyorsun?" diye çıkıştı. Sinirle geri dönmüş yine bardaklara bakmaya başlamıştı.

Semih belinden kollarını dolayıp başını kızın omzuna koydu. "Tamam, kızma hemen."

"Semih, sana bir şey soracağım." dedi Hande. Kafası öyle dalgındı ki aslında, senden bir şey isteyeceğim, diyecekti.

"Sor." dedi adam alaylı bir sesle. Karısını kendine döndürürken gözlerindeki alaycı parıltıları kadın da gördü. "Ben aradığın cevabı kesin biliyorumdur."

Hande onun omzuna elini vurup sinirli bir şekilde "Sadece bardak isteyecektim. Canım vişne suyu içmek istiyor." diye homurdandı.

Semih uzanıp yukarıdaki bardağı indirdi. Ayrıca evi Hande'ye göre ayarlamak için tadilat yaptırmayı da aklına not etti. Hande bardağa dolaptan aldığı vişne suyunu doldururken Semih'e "İster misin?" diye sordu. Semih yüzünü buruşturdu. Ev yapımı da olsa vişne suyu içmezdi. O ekşi şeyleri çok sevmezdi zaten.

Hande omuz silkti. Vişne suyunu yerine koyarken Semih de masanın kendine yakın olan sandalyesini çekip oturdu. Hande dönüp karşısına oturdu. Vişne suyundan bir yudum alırken Semih sessizce onu izliyordu.

"Valizleri hazırladım." dedi kadın.

"Kalın şeyler almışsındır umarım. Dağ başında bir eve gideceğiz. Hem şehirden uzakta kafa dinleriz ve Yağız gibi gereksizler sürekli evimize dalmaz hem de dangalak işçilerle uğraşmak zorunda kalmam. Sen de biraz kendini toparlarsın."

"Çok ayıp! Ağabeyine ve işçilerine hakaret etmemelisin."

"Emin ol onlar da arkamdan sövüyordur ve ayrıca hak ediyorlar."

Hande omuz silkip vişne suyundan bir yudum daha aldı. Semih'in hakaretlerini o ne derse desin devam ettireceğini bildiğinden dolayı çok da tartışmaya girmek istemiyordu.

Hava kararmaya başlayınca Semih ayaklandı ve odadaki valizleri alıp aşağı indirdi. Onları cipe yerleştirdikten sonra tekrar yukarı çıktı. Hande son kez evin içini kontrol ediyordu. Her şeyin kapalı olduğuna emin olunca hole çıktı. Semih de içeri yeni girmişti. Askılıktaki pardösüsünü üstüne geçirirken Hande de askılıktan yağmurluğunu aldı. Semih onun aldığı şeyi görünce kaşlarını çattı. "Onu mu alacaksın? Üşürsün. Delirdin mi?"

"Olmaz bir şey Semih. İçine giydiğim kazak kalın zaten. Hadi gidelim."

"Bak seni uyarıyorum orası soğuktur. Gerçekten üşürsün."

"Ya diyorum ya bir şey olmaz. Hadi gidelim."

"Sen bilirsin ama dondum dersen vermem bak üstümdekini."

Aşağı indiklerinde Semih, Hande'nin oturacağı koltuğu biraz geri yatırdı. Her şeyi ayarladıktan sonra önce Hande sonra da Semih bindi arabaya. Yol boyunca Hande arada dışarıyı izlemiş, arada uyumuş ve bazen de telefonuyla uğraşarak vakit geçirmişti.

Hava karanlık olduğu için camdan pek bir şey görünmüyordu. Zaten şehirden çıktıklarında etraftaki binalar da yok olmuş boş bir yolda ilerlemeye başlamışlardı. İçerisi serinlemeye başlayınca Semih ısıtıcıyı açtı. Yolları az kalmış olsa da Hande giydiği incecik şeyle üşürdü.

Evin demir kapısının önüne arabayı park ettiğinde önce Hande indi. Birden soğuk çarpınca hafif bir titreme bedenini ele geçirse de kendini toplayıp hâlâ yağmakta olan kara aldırmadan ağır adımlarla bahçenin demir kapısına yaklaşıp bir miktar karı avucunda toparladı. Semih arabadan indiği an yüzüne çarpan buz gibi şeyle bir an afalladı. Ardından karlar yüzünden aşağı düşerken karısına baktı.

"Küçük cadının canı oyun mu istiyor?"

Hande onun bakışlarının altındaki hinliği görünce demir kapıyı açıp içeri girdi ve kapıyı kapattı. Semih sanki açamayacakmış gibi çok uzaklaşmadan bir miktar kar daha attı adama. Semih ikinci kez vücuduna çarpan karla içeri girdiği kapıdan, kendinden uzaklaşan kadına doğru yürüdü. Onun bedenini kollarıyla sarıp kadını kara yatırmadan hemen önce "O iş öyle değil böyle yapılır küçük hanım." diye de alayla gülümsedi.

"Gel buraya!" dedi Semih elini açık şekilde davet edercesine ona doğru uzatarak. Hande başını iki yana sallayıp alt dudağını büktü ve kızıl saçlarını savurarak başını yan çevirdi. Semih oturmuş, karşısında ayakta dikilen ve sırılsıklam olduğu hâlde yanına gelmemekte ısrar eden, her şeye rağmen soğuktan donduğu gözle görülür derecede belli olan karısına bakıyordu.

"Hande buraya gel! Beni kızdırmak istemezsin değil mi?"

Hande bir adım geri attı ve kollarını göğsünde bağladı. Bunu yaparken tek amacı Semih'e olan tavrını göstermek değildi. Bir amacı da üşüyen vücudunu iyice birbirine sarmaktı. Ah, şömineye gitmek için Semih'in dibinden geçmesi gerekmese ne güzel olurdu. Bir de tabii o şömineyi yakmak için odun bulması gerekiyordu. Bu soğukta bir daha dışarı çıkmak isteyeceğini sanmıyordu. Umutsuzlukla göğsünde bağladığı kolları iki yanına düşmüştü ki Semih bir anda hafifçe doğruldu ve uzun kollarıyla onu tutup kendine çekti ve Hande ne olduğunu anlamadan kendini Semih'in bacakları üzerinde oturur hâlde buldu. Üstelik Semih o güçlü kollarını vücuduna dolamıştı. Semih'in –Hande'nin bir parfüm için asla vermeyeceği bir parayı verip aldığı- Gucci Guilty Intense parfümünün kokusu genç kadının burnuna doldu. İşin gerçeği Hande o kokuya o kadar para vermeyecek de olsa kokuya bayıldığı gerçeğini değiştiremezdi.

"Çek kollarını. Bu yaptığın çok acımasızca." derken dişleri arada birbirine çarpıyordu ve titriyordu. Semih onun montunun önünü açtı ve kollarından çıkarmaya çalışırken Hande ona engel oldu. "Ne yapıyorsun? Donuyorum burada."

"Eh be güzelim bir kere de bana karşı çıkmasan? Görüyorum donduğunu zaten. Ben de ıslak kıyafetlerle hasta olma diye çıkarıyorum. Sana dedim değil mi bu incecik şeyi mont diye alma, su geçirir bu diye."

"Eskimo montu aldırıyordun bana neredeyse. Sanırsın Sibirya'da yaşıyoruz."

Hande üşüdüğü için sesini çıkarmadan onun montunu ve kazağını çıkarmasına izin verdi. Hatta çocuk gibi kollarını kaldırarak ona yardımcı oldu. Aslında üşüdüğü için büzüşse de ona engel olamayacağını biliyordu. Semih ıslak kazağı ve montu koltuğa bıraktıktan sonra kızın atletini de çıkardı. Onu da kazağın üstüne bırakıp kızın bembeyaz ve buz gibi tenine baktı. Eğilip onun henüz çok hafif bir çıkıntı olan karnına bir öpücük kondurdu. "Bu bebeğimize." diye fısıldadı. Semih bebeğine karşı sevgi doluydu. Bu bebek Hande'yi ayakta tutuyordu. Semih, Hande'ye karşı olan sevgisini bile açıkça gösteremezken bebeğine karşı olan sonsuz sevgisini göstermekten bir an çekinmiyordu.

Başını kaldırıp mavi gözleri ile kadının gözlerine baktı. İçinden "Benim kadınım, benim çocuğumun annesi..." diye geçirdi. O güzel gözlerin sahibi sadece kendiydi. Şimdi karşısında duman rengine dönmüş o mükemmel gözler yalnızca kendisine aitti. Kadının dudaklarına kendi dudaklarını bastırıp küçük bir öpücük bırakıp geri çekildi. Böyle küçük aşk oyunları, küçük romantik hareketler ona göre değildi ama elinden geleni yapıyordu, ne yazık ki kadın ruhundan anlamıyordu.

Geri çekildiğinde kendi montunun düğmelerini çözmeye başlamıştı bile. Aynı anda "Bu da benim için..." diye fısıldadı.

"Ya ben?" diye sordu kadın. Gözlerinin içi parlıyordu. Artık o kadar da üşümüyordu. Semih onun içini sıcacık yapmıştı. Kalbi alev almış gibi yanıyordu artık. Bütün vücudunda dolaşan ılık kanı onu ısıtmıştı bile.

"Senin için başka bir şeyim var." dedi adam gülümseyerek. Ardından çıkardığı montunu kızın omzuna koyup kollarını nazikçe ona uzun geleceğini bildiği kol kısımlarından geçirdi. Fermuarı çekip düğmeleri ilikledikten sonra onun içinde kaybolan kadını kucağından kaldırıp yanına oturttu. Belki de onu karların içine sokmadan önce düşünmeliydi. Bir an o kendisine kar topu atınca Semih de engel olamamıştı işte. Şimdi biraz pişmandı. Onun incecik vücudunun titrediğini gördüğünde içi acımıştı.

"Gidip bodrumdan odun alana kadar beni burada bekleyebilir misin? Hem sana arabadan valizini de getiririm. Böylece hasta olmadan seni güzelce giydiririz."

"Tamam. Burada uslu bir çocuk gibi oturacağım ama çabuk gel olur mu?"

"Olur." dedi gülümseyerek. Tam salondan çıkacaktı ki Hande kendine engel olamadan ona seslendi.

"Semih?"

Semih başını ona çevirip ne diyeceğini bekledi. Hande yerinden kalktı ve ona doğru yürüdü. Eli üstündeki montun düğmelerine gitmişti. "Montunu al ama! Üşürsün sen. Ben nasıl olsa evdeyim. Kendi montumu giyerim bir süreliğine."

Semih onun düğmeyi çözmek için uğraşan, soğuktan kızarmış ve titrek ellerini sıcacık iri elleriyle kavradı. "O sende kalsın. Siz iki kişisiniz ve bir erkeğin görevi kadınıyla çocuklarını korumaktır. Benim bünyem soğuğa dayanıklıdır. Sen onu sakın çıkarma ve söz verdiğin gibi usluca beni bekle." dedi. Onu bırakırken kapıya yürüdü ve evden çıkıp kapıyı çekti. Yerde hiç bozulmamış karların üstüne basarak arabasına doğru yürüdü. Kar hâlâ yağmaya devam ediyordu. Lapa lapa yağan kar kazağına, saçlarına, yüzüne, ayakkabılarına düşüyordu. Büyük siyah cipin bagajındaki valizi çıkarıp yanına koydu ve bagajı kapatıp arabayı kilitleyerek evin yan tarafındaki odunluğa geçmeden valizi kapıya bıraktı. Oradan işini görecek kadar meşe odunu alıp geri döndü ve anahtarla kapıyı açıp içeri girdi. Büyük salona girdiğinde Hande'nin koltukta büzüşmüş olduğunu görünce hemen şömineyi yaktı. Valizden ona kalın kıyafetler seçti ve giyinmesine yardım etti. Onu şöminenin karşısına oturturken sabah hazırlattığı sofraya bir göz attı. Masada türlü yemekler vardı. Neyse ki soğuk da yenilebilecek yemekler hazırlatmıştı.

Şöminenin karşısındaki koltuğun üstüne bırakılmış kalın battaniyeyi örtmeden önce kadının başını kendi göğsüne yasladı. Kalın battaniyeyi daha çok onun üstüne gelecek şekilde üstlerine örtüp kollarını ona doladı.

Hande duygusal ve psikolojik bir çöküntü içindeydi ve

hâlâ tam olarak güldüğü söylenemezdi. Hiçbir şeyle tam olarak mutlu olamıyordu. Doktor onu mutlu etmesi gerektiğini söylemişti ve Semih bunun için neler yapabileceğini, Hande'nin hoşlanabileceği her şeyi düşünmüştü, herkese sormuştu ama bir türlü onu tam olarak mutlu edememişti. Aslında kar yolları kapatmasaydı daha güzel bir gece planlamıştı ama kar yağınca ve yollar kapanınca biraz sıkıntı yaşamıştı.

"Semih ellerim üşüyor." deyince adam kızın ellerini iki eli arasında sıkıca tuttu ve ovuşturmaya başladı. Bir süre sessizce oturdular. Sonra Hande kısık sesiyle konuşmaya başladı: "Bu... Sen benim iyi olmadığımı düşünüyorsun. Değil mi?"

"Neden öyle söyledin?"

"Çünkü sen böyle şeyler yapacak bir adam değilsin. Semih haklısın, iyi değilim ama deniyorum. Bebeğimiz için ve senin için deniyorum. Fakat bu çok zor... Her gece rüyamda doğuramayacağım bebeğimizi görerek uyanıyorum ben. O ağlıyor ve minicik ellerini bana uzatıyor. Ben onun ellerini tutamadan uyanıyorum. Ama ona uzanıyorum."

Semih karısının ağladığını hissedebiliyordu. Avucunun içinde ısınmış olan ellerini biraz daha sıktı. Ağlamasını istemiyordu. Bu canını yakıyordu. Hande'nin de canının yandığını biliyordu.

"Karnın aç mı?" diye sordu konuyu değiştirip kafasını dağıtmak için. "Öyle olsa gerek. Sevdiğin yemekleri hazırlattım. Hadi bir şeyler yiyelim."

Kadını yavaşça kaldırdı ve battaniyeyi onun omuzlarına örtüp masanın bir yerine onu oturttu. Onun hemen yanındaki sandalyeye oturup masadaki yiyeceklerden birine uzandı. Hande de bir şeyler yemek için kendini zorladı. Karnı açtı ve bebeği için de Semih için de yemesi gerektiğini biliyordu.

Yemeğin sonunda Semih masanın ucundaki tabaktan lokum alıp Hande'ye uzattı. "Tatlını da ye." Hande üstünden dökülen pudra şekerlerine aldırmadan lokumu tek seferde yedi. Onu çiğnerken Semih ne kadar sevimli olduğunu düşünüyordu.

"Hâlâ üşüyor musun?" Hande başını olumsuz anlamda salladı. "Senin için bir şeyim olduğunu söylemiştim. Görmek ister misin?"

Bu defa merakla baktı ve başını hafifçe eğip 'evet' anlamında bir işaret yaptı. Semih elinden tutup kızı kaldırdı. Onu dışarı götürdü ve arka bahçedeki bozulmamış kar yığınının üzerine yatarken kızı da çekti. Hande onun yanına yattı ama başını adamın göğsünün üzerine koydu. Semih belindeki silahını evde bıraktığına memnun olmuştu şayet şu durumda silah ile pek rahat olabileceği söylenemezdi.

Bir süre yağan karı izlediler. Semih kollarını ona sardı.

"Senin için daha güzel, daha pahalı şeyler yapabilirdim ama sen doğal şeyleri daha çok seviyorsun. Ben de sana seveceğin bir şey aradım."

Cebinden küçük, parlak bir şey çıkardı ve zincirinden tutup kızın gözlerinin önüne sarkıttı. Hande ucunda sallanan parlak bir kar tanesi olan kolyeye baktı. Elini uzatıp kolye ucuna dokundu ve sonra zarifçe onu iki parmağıyla tuttu. Semih zinciri bırakınca zincir Hande'nin elinden aşağı doğru sarktı.

"Bu kar tanesi bana seni hatırlattı. Seni avuçlarımın içine alıp korumak istiyorum ama orada eriyip yok olmandan endişeliyim. Tutarsam eriyeceğini, tutmazsam yere düşüp ezileceğini biliyorum. Ne yapmalıyım peki?"

"Ben erimeye razıyım ama avuçların arasında değil kalbinde erimek istiyorum. Orada kalp atışlarını hissederek, orada olduğumu bilerek... Sen küçük bir soğukluk hissedecek ve orada olduğumu bileceksin. Her kalp atışında, her nefes alışında... Ben senin nefesin değil kalp atışın olmak istiyorum."

Semih ona sıkıca sarıldı. Hande zaten onun kalp atışlarıydı. Her şeyiydi. Yaşama sebebiydi... Hande kolyeyi sol göğsüne bastırdı. Zincirini açtı ve Semih'e takması için uzattı. Semih onun hafifçe kaldırdığı başının altından kolyeyi taktı ve sonra da onun saçlarına bir öpücük kondurdu. Birden telefon melodisi duyuldu.

Semih telefonu açtı ve ekrandaki ismi görünce megafona verdi. Babası arıyordu ve büyük ihtimal yeni yıl yaklaştığı için aramıştı. "Oğlum…" dedi adam karşıdan.

"Efendim baba?"

"Yeni yıla bir dakika kaldı. En azından gelinim ve senin sesini duyarak girelim dedik. Telefonu megafona al."

"Megafonda zaten baba."

Arkadan saniye sayma sesleri yükselmeye başlamıştı. Melih, Yağız, Su, Deniz Hanım, Sanem, Çetin, Küçük Hande hepsi oradaydı.

10… 9… 8… 7… 6… 5…

Semih Hande'yi kaldırdı ve dudaklarını onun dudaklarına bastırdı. Aynı zamanda sıkıca ona sarılmıştı.

3… 2… 1… Ve havai fişek sesleri…

Semih geri çekildiğinde ikisi de nefes nefeseydi. Karşı taraftan gelen "Mutlu yıllar!" bağırtılarını ikisi de duymuyordu o an. Hande fısıltıyla "Aşklı yıllar…" dedi.

"Bebeğimiz, sen ve ben dolu bir yıl geçireceğiz… Bizli yıllar."

Hande'nin gözünden bir damla yaş süzülünce Semih onun gözünden süzülen yaşı başparmağı ile sildi. Onunla dolu bir yıl geçirmek diliyordu gerçekten ve Hande'yi mutlu edecek şeyi biliyordu. Hayatında ikinci defa biri için şarkı söyledi. İkincisi de Hande'ydi. Ve bu sefer kulağına, kısık sesle, sadece onun duyabileceği şekilde söylemeye başladı.

Bir istiridyenin kıymetli incisini

Sakladığı gibi saklarım seni…

Bir bahar dalının narin tomurcuklarını

Sakladığı gibi korurum seni çok derin…

Bir armağan gibi Tanrı'dan bana

Kış güneşinde altın kirpiklerin…

Ben seni çok sevdim…

Ben seni çok sevdim…

Belki zordur anlaması sessizliğimden…

Ben seni çok sevdim…

Ben seni çok sevdim…

Sen oku kelimeleri gözlerimden…

Ve hayatında ilk defa birine onun için çok anlamlı olan o sözü söyleyerek kalbinin kapılarını ardında kadar açtı. "Ben seni çok sevdim."

Hande duyduğu ayak sesleriyle yattığı koltukta doğruldu. Yukarıdaki odalar aşağıdan daha soğuktu. Şöminenin başındaki koltuktan geriye bakınca merdivenlerden inen Semih'i gördü. Adam elindeki baltanın sapını omzuna yaslamış üstündeki siyah kot pantolonla aşağı iniyordu. Üstüne gömlek ya da kazak giymemişti. Islık çalarak aşağı kadar inip mutfağa geçerken Hande'nin şaşkın bakışlarını fark etmemişti. Amerikan mutfak olduğu için Hande onu rahatça görebiliyordu. Adam sürahiden bir bardağa su doldururken baltayı bırakmamıştı. Suyunu içip arkasını döndüğünde nihayet kendini izleyen şaşkın bakışları görmüştü.

Karısına doğru yürüdü ve onun saçlarını karıştırırken Hande'nin çığırmalarına aldırmadan bir de eğilip saçlarına dudaklarını bastırdı. Kirli sakallarına takılan saçlar doğrulduğunda karışan saç topluluğu arasında kayboldu.

Hande bir baltaya bir de adama baktı. "Neden baltayla geziniyorsun?"

Ellerini saçlarına daldırmış ve karışık saçlarını düzeltmeye çalışıyordu. Aralarında koltuğun arkası vardı ve Semih dizlerini koltuğun arkasına yaslamıştı.

"Odun keseceğim. Şöminede yakmak için ihtiyacımız var."

"Üstüne neden bir şey giymedin?"

"Sorguya mı çekiliyorum?" derken Semih hafifçe kaşlarını çatmıştı.

"Üşürsün." dedi Hande. Onun hasta olmasını istemiyordu. Dışarıdaki kar seviyesi az değildi ve hava hayli soğuktu.

"Bir şey olmaz. Gelirim birazdan. Sen yalnız kalabilir misin azıcık?"

"Ben de gelsem?"

"Delirdin iyice kadın. Hamile kadının bu soğukta ne işi var dışarıda?"

Hande dudaklarını büzdü ve kaşlarını çattı. "Dün kara yatırırken öyle demiyordun ama." diye çemkiririrken Semih de kaşlarını çatmış, boştaki elini dağınık saçlarından geçirmişti.

"Kocaya çemkirilmez!"

"Dışarı çıkmana gerek yok bence. Sobada seni yakabiliriz. Egolu odun seni!"

"Dilimiz pabuç kadar olmuş bakıyorum. Palyaço pabucu hem de!"

Hande cevap verecekken koltuğun yanındaki sehpada duran Semih'in telefonu çalınca kaşlarını çatıp sustu. Telefonu alıp kocasına uzattı. Semih telefonun ekranına bakınca kaşlarını çattı o da. Bir küfür homurdanıp telefonu açtı ve kulağına götürürken elindeki baltasıyla bir cellat gibi dış kapıya yürüdü. Hande ayaklanıp adamın peşinden giderken üstündeki eşofmanlarıyla üşüyeceğini düşünüp kurumuş yağmurluğunu giydi ve Semih'in de pardösüsünü alıp kapıya yürüdü. Kapının anahtarlarını alıp dışarı çıktığında Semih'in bağıran sesine doğru ilerledi.

"Senin ben var ya!"

Semih baltayı yere bırakmış, kömürlük ve ev arasındaki boşlukta volta atıyor ve sinirle kükrüyordu. Karısını görünce ağzına gelen küfrü yuttu. O genelde kadınların yanında küfretmezdi. Bu onun prensiplerinden biriydi. Çatık kaşları, sinirle koyulaşmış gözleri ile Semih bir ölüm meleği gibiydi. Hande sessizce onu izlerken elindeki anahtarı cebine koydu. Semih'in montunu da diğer elinde tutuyordu. Telefonu konuştuğu adamın yüzüne kapatıp karısına doğru yürüdü ve elleriyle onun kollarını kavradı. "İçeri gir."

Sesi kızgınlığını yansıtıyordu ve Semih sinirini Hande'den çıkarmak istemiyordu. Ama kadın inatla başını iki yana salladı. Onu yalnız bırakacak değildi. Üstelik eğer yalnız kalırsa saatlerce odun keserek sinirini atmaya çalışacak ve üşüyüp hasta olacaktı. Hande gitmeye hiç de niyetli değildi.

"Hande içeri gir!" diye tekrar ederken sesini yükseltmişti Semih. "Sana zarar vermek istemiyorum. Gir içeri."

Hande sadece başını eğdi. Semih sinirle yürüyüp yerdeki baltayı aldı ve çıkardığı odunları bir kütüğün üzerinde parçalamaya başladı. Öyle sinirli vuruyordu ki Hande onun kızdığı kişiyi parçaladığını düşündüğünü tahmin etti. Nefeslerinden çıkan buğu havaya karışırken uzunca bir süre Semih'i izledi. O sinirini atana kadar konuşmak istemiyordu. Üşümesine rağmen içeri girmedi. Adam arada başını kaldırıp sinirle ona baksa da o da tek kelime etmiş değildi.

Hande bir süre sonra onun üşümeye başladığını düşündü. Semih tepki vermese de o soğukta üşümemek imkânsızdı. Cesaretini toplayıp boğazını temizledikten sonra "Bunu giysen?" diye mırıldandı. "Hasta olmanı istemem."

Semih sinirle ona döndü. "Karışma işlerime Hande. Ben sana içeri geç dediğimde sen geçiyor musun?"

"Tamam, içeri geçeceğim ama sen de bunu giy olur mu?"

"Ver şunu." dedi ve pardösüyü alıp üzerine geçirdi. "Sen de donmadan geç içeri."

Hande onu bu kadar kızdıracak ne olduğunu merak ediyordu. Sorsa muhtemelen işleriyle ilgili olduğunu söyler geçiştirirdi ya da o kadarına bile zahmet etmeden işlerine karışmamasını söylerdi ki ikincinin daha yüksek ihtimal olması Hande'nin canını sıkıyordu. Bazen kendini Semih'in hiçbir şeyi gibi hissediyordu. Ne yazık ki Semih kendi ile ilgili her şeyi anlatan bir adam değildi. Hatta hiçbir şeyi anlatmazdı. Hande kendi anlamak zorundaydı onu. Üstelik kadın bir kitap gibi açık olmak zorundaydı. Semih onu anlamıyordu. Zaten Semih de bunu açıkça ifade etmişti.

İçeri girip şöminenin başına geçtiğinde gerçekten üşüdüğünü fark etti. Koltuktaki battaniyeye sarınıp şöminede yanan odunların seslerini dinlemeye başladı. Sıkça kendini yorgun hissediyordu ve uyuyordu ama o an hiç uykusu yoktu. Koltuğa uzanıp tavana çizilmiş desenleri incelemeye başladı. Bir yandan can sıkıntısıyla şarkı mırıldanıyordu. Semih akşam film izleyeceklerini söylemişti ama akşama kadar öylece oturacak mıydı? Üstelik belki sinirli olduğu için bundan vazgeçebilirdi.

Semih bir saat kadar sonra içeri bir miktar odunla girdiğinde şömine sönmek üzereydi. Soğumaya başlamış olan salon kapının açılmasıyla daha da soğumuştu. Adam odunları şömineye bıraktı ve üstü açık şekilde uyuyan karısının üstünü örttü.

Neyse ki siniri dinmişti. Pardösüyü kuruması için tekli koltuğun arkasına astı ve duş almak için yukarı çıktı. Hande'yi yürüyüş için dışarı çıkaracaktı daha. Gerçi hava çok soğuk olduğu için birkaç gün ara verebilirlerdi yürüyüşlere ama onu eve hapsetmek ya da öyle hissettirmek istemiyordu. Üstelik şehirde olmayan temiz hava bulundukları yerde fazlasıyla vardı.

Banyoya girip soğuk suyla duş aldıktan sonra saçlarını havluyla kurulayıp üstüne bir eşofman takımı giydi. Üstündeki eşofman takımı onu ısıtmaya yetecek kadar kalındı. Kendi pardösüsünü Hande'ye verecekti. Donsun istemiyordu. Tabii önce bir şeyler yemeliydi.

Aşağı indiğinde Hande'nin yine üstünü açtığını gördü. Karısının üstünü örttükten sonra şöminede ellerini ısıttı ve ardından elini onun eşofman üstünün altına sokup karnını okşamaya başladı. Bebeğin cinsiyetini ay içerisinde öğreneceklerdi. Hande'nin karnı olması gerekenden daha az belirginleşse de bebekle ilgili bir tehlike yoktu. Yine de Semih karısının sağlıklı beslenmesi için ve biraz daha kilo alması için elinden geleni yapıyordu. Ona ne kadar sinirlense de ve Hande ne kadar ona odun dese de sağlık söz konusu olunca odunluğundan vazgeçiyordu.

Hande'yi kaybetme korkusunu bir kere yaşamıştı ve onu somut bir şekilde kazanmışken tekrar aynı şeyleri yaşama niyetinde değildi. En kötüsü de onu kaybederse Hande olmadığı hâlde hayali varlığıyla yaşayacak kadar delirebilirdi. Onsuz yaşayabilirdi elbette ama hayatında ilk defa bir insana bu kadar çok değer veriyordu. İlk defa kendini birine öylesine açmıştı. Düşüncelerini, duygularını kapatmış, her şeyinden vazgeçmişti bu işe girerken. İlk başlarda endişeleneceği bir ailesi olursa işlerini yapamayacak, onları koruyamayacak olmaktan korkuyordu. Eğer eşi, çocukları olursa onlara zarar verilmemesi için her şeyini riske atmak istemezdi ki zaten evlendikten sonra işlerden biraz da olsa elini ayağını çekmiş daha çok holdingdeki dosya işleriyle ilgilenmeye başlamıştı. Bu şekilde Hande'yi koruyabileceğini sanmıştı ama meydandan el ayak çekince adı mafya dünyasından silinmeye ya da aşağı düşmeye başlamıştı. Bu da artık onun eski gücünde olmadığını düşünen insanlara intikam ya da sırf hırs sebebiyle ailelerine zarar verme yolu açmıştı.

Elinin altında hissettiği o şişliğin kendi bebeği olduğunu

düşünmek Semih'e inanılmaz derecede tuhaf hisler yaşatıyordu. Hayatında hiç tatmadığı kadar değişik bir şeydi.

Elini çekip Hande'nin üstünü iyice örttükten sonra sönmek üzere olan ateşi harlandırdı. Ev ısınana kadar da mutfağa geçip iki tane sandviç hazırladıktan sonra bir bardağa da dolaptaki sütü doldurdu. Kadının ilaçlarıyla beraber hazırladıklarını tepsiye koyup Hande'nin yattığı koltuğun yanındaki sehpaya bıraktı.

Cep telefonunu kapatıp salonun uzak bir yerine bıraktıktan sonra boş koltuğa oturup Hande'yi izlemeye başladı. Hande'nin mırıltısını duyunca uyanmaya başladığını düşündü ama kadın gözlerini açmadı. Üstelik acı çekiyor gibiydi. Vücudu cenin pozisyonunu alıp ağzından acı dolu bir inleme dökülünce adam onun kâbus gördüğünü anladı. Yerinden kalkıp Hande'nin uyuduğu koltuğun kenarına oturdu ve onun yüzünü elleri arasına aldı. "Hande?"

Kadın hâlâ gözlerini açmamıştı. Alnında biriken ter damlalarını yeni fark ediyordu Semih. Tekrar "Hande?" dedi ama sesini biraz yükseltmişti. Yine de çok yüksek sesle söyleyip onu iyice korkutmak istemiyordu. Kadının yanağını eliyle okşadı ve ardından uyanması için omuzlarından tutup hafifçe sarstı. Nihayet gözlerini açtığında kadın bir an afallasa da ardından Semih'e sarıldı.

İlk zamanlar gördüğü kâbuslardan uyandığında ağlıyordu ama artık bunu yapmamaya başlamıştı. Üstelik kâbuslar gittikçe daha az korkunç hâle geliyordu. Kaybettiği bebek gün geçtikçe siliniyordu. Sonsuza kadar bununla yaşayacak değildi.

Semih'ten ayrıldığında daha iyi durumdaydı. "İyiyim." diye mırıldandı onu da rahatlatmak için. Adamın nane, toprak karışımı kokusunu duydukça rahatlamıştı. Sehpadaki tepsiyi görünce gözlerini devirdi. Semih ilaçlarını getirmeyi unutmamıştı. Bir yığın hap, şurup içmek iğrençti ama bebeği için içiyordu. İçmezse Semih muhtemelen zorla ağzına tıkardı. Hepsinin hangi saatte olduğunu ezberlemişti.

Semih onun neye gözlerini devirdiğini anladı ama tepki vermedi. Nasıl olsa Hande ne tepki verirse versin yemeğini de yiyecek ilaçlarını da içecekti. Tam kalkacaktı ki tepsinin yanındaki telefonun ışığı yandı ve çalmaya başladı. Semih ekrandaki 'Yağız' yazısını görünce Hande'ye vermek yerine telefonu açtı. Yağız zaten muhtemelen Hande'yi değil onu arıyordu. Ona ulaşmanın da ne olursa olsun bir yolunu buluyordu. Beş dakika kafa dinlemelerine izin vermiyorlardı.

"Ne var?" dedi kabaca. Yağız da ondan kibar bir tepki beklemiyordu.

"Babam sana ulaşamayınca merak etmiş."

"Merakınızı giderdiğime göre artık rahat bırakırsanız sevinirim."

"Başına bir şey geldi sandık aptal. O adam peşimizdeyken..."

"O adam benim peşimde değil. Bıçakçı deyip duruyor ama sana ulaşamadıkça bana bulaşıyor. Kendi sorumsuzluğunu bana yükleme."

"Her neyse! Ne olursa olsun bu kadar aptal olamazsın. Seni uyarmıştım. İnatla gittin oraya ama sadece bir gece kalacaktınız. Dönecektin. Kendini düşünmüyorsun de aileni de mi düşünmüyorsun? Oraya, kimsenin yardıma gelemeyeceği dağ başına önlemsiz gidip Hande'yi de kendini de tehlikeye nasıl atarsın. Kim sorumsuz?"

Semih kendisini izleyen karısına arkasını dönüp cama yürüdü ve koyulaşmış gözlerini dışarı dikti. "Buraya savunmasız geldiğimi mi sanıyorsun? Bir bok bildiğin yok. Buraya bizden başka kimse giremez. Ben izin vermediğim sürece kuş bile uçamaz. Artık kapayın çenenizi. Sen de git kendi işlerini kendin çöz. Evlendim ben farkında mısınız bilmiyorum ama bir bebeğim olacak. İlgilenmem gereken bir karım var. Yeterince iş gördüm sanırım. Beni, bizi artık rahat bırakın biraz. Nefes almaya ihtiyacımız var. Anlamıyor musunuz?"

Karşıdan bir süre cevap gelmedi. Ardından sadece "Dikkat edin." diyen ses duyuldu ve Semih telefonu kapatıp kendi telefonunun yanına bırakırken Hande yerinden kalkıp ona doğru yürümüş. Beline sarılıp başını sırtına yaslamıştı. Semih arkasını dönüp kollarından birini karısının omzundan aşağı sarkıttı ve boştaki eliyle de başını kendi göğsüne yasladı. Onu korkutmuş olmak istemiyordu. Hande biraz titrese de korkmuyordu. Semih yanında olduğu sürece nasıl korkabilirdi ki? Ona güveniyordu. O güvendesin diyorsa güvende demekti. Bunu demesine bile gerek yoktu. Hande, Semih'in önlem almadan onu böyle bir yere getirmeyeceğini biliyordu. Yine de ailesine karşı olan davranışları fazla fevriydi. Çok asabi bir adama dönüşmüştü Semih. Belki de Hande'ye gösterdiği o sabrı ve anlayışı başkalarından çıkararak dengelemeye çalışıyordu. Adam değişik bir yapıya sahipti. Denge anlayışının da normal olması beklenemezdi.

Hande kendini geri çekti ve koltuğa yürüdü. Semih de onun ardından bir süre bakıp bir şey demeden peşinden gitti ve yanına biraz mesafe koyarak oturup aralarına hazırladığı tepsiyi koydu. Hande sandviçlerden birini alıp ağız dolduracak şekilde ısırdı. Ağzının kenarından çıkan yeşillikler umrunda değildi. Ağzındakini uzun bir süre çiğnemeye uğraşıp nihayet yuttuğunda "Benim için bir şeyler yapman inanılmaz." dedi ve tekrar büyük bir ısırık aldı. Semih bardaktaki sütü gözleriyle işaret edip "O bitecek." dedi. "Ve bu duruma çok alışmasan iyi olur küçük cadı."

Hande ağzındakini yuttu ve bardaktaki sütten bir yudum aldı. Semih ile konuşmayacaktı. Üstelik elindeki şey çok lezzetli geliyordu. Belki de çok aç olduğu için böyle lezzetli geliyordu. Ya da Semih hazırladığı için ama ne olursa olsun Hande yemekten büyük keyif alıyordu. Yemeği bittikten sonra Semih'in kolunu tuttu ve o daha ne olduğunu anlamadan çekip onun koluna ağzını sildi. Semih bir an ona baktı ve ardından her ne kadar saçma olsa da mutlu olduğunu hissetti. Hande uzun zamandan sonra eskisi gibi davranmaya başlamıştı ve koluna değil ağzını silmek burnunu silse umursamazdı.

Hande hiçbir şey yapmamış gibi önüne döndü ve şömineyi izlemeye başladı. Semih bardaktaki suyu ve hapları uzattı. Hande adamın avucundaki hapları sırayla içtikten sonra şurupları da içti. Ağzında acı bir tat olsa da hiçbirine itiraz etmiyordu. Son olarak sehpadaki merhemleri sürmesi gerekiyordu ama onlar biraz bekleyebilirdi.

Buruşturduğu suratını adama çevirdi "Çok iğrenç." diye mızmızlandı. Bütün ilaçları içtiğine göre birazcık huysuzluk yapmaya hakkı vardı. Çocuk gibi ilgi istiyordu. Semih biraz yaklaşıp onu öptü ve geri çekildi. Hande buruşturduğu suratını düzelttikten sonra "Bu tam olmadı ama on üzerinden üç alır." dedi.

"Üç mü? On üzerinden hesaplayamayacağın gibi de olabilirdi ama bebek var ve sen yorulma istiyorum. Kaşınma bence."

"Tamam, bir şey demedim say."

Hande tepsiyi alıp götürürken Semih onu izledi ve sonra koltuktan kalkıp televizyonu görebilecekleri şekilde ayarladı salonu. Hande mutfak tezgâhına yaslanmış onu izliyordu. İşi bitince karısına doğru yürüdü. Belini sarıp onu çekerek kapının önüne yürüttü. Kendi pardösüsünü onun üstüne giydirdi. Kapını açtığında kadın kaşlarını kaldırdı. "Sen?"

"Üşümüyorum."

Hande kaşlarını çattı. Ne derse desin bu adam onun önüne kendini koyup bir kere düşünemiyordu. İlerideki patikayı yürürlerken Hande'nin birkaç kez ayağı kaymış, düşme tehlikesi atlatırken Semih'in koluna tutunmuştu. Gün batımında yürümek güzeldi ama kış olduğu için biraz hızlı geçiyordu. Zorlanarak da olsa yürüdü kadın. Semih bile yürümekte zorlanıyordu. Biraz daha yürüyünce yoruldu kadın. Semih'i geri itip düşüyormuş gibi yaptı.

Adam kadını tutmak için çabalarken kendini karların üstünde uzanmış, ona sarılan bedenle buldu. Hande biraz geri çekildi. Adamın gözlerine dikti gözlerini. Semih üstünde mont olmamasına rağmen üşüdüğünü hissetmiyordu.

Kadın elini kaldırıp adamın gözlerinden elmacık kemiklerine kadar okşadı. "Bana ağladığını söylediğin zaman, geçmişe dönüp gözyaşlarını silmek istedim. Burada izleri var. Hâlâ kendine kızıyorsun, üzülüyorsun. Üzülme, kızma."

ON DÖRDÜNCÜ BÖLÜM

Semih odaya girdiğinde onun eşofmanlarından birinin içinde kaybolmuş Hande'yi görünce gülümsedi. "Senin kendi pijaman yok mu? Niye benimkileri giyiyorsun küçük cadı?"

"Seninkiler daha rahat." dedi ve yatağa girip ortaya yatarak her tarafı kapattıktan sonra yorgana iyice sarındı kadın. Semih'e ne yer ne de yorgan kalmıştı. Adam üstünü giyindikten sonra tek kaşını kaldırarak karısına baktı. Bu kadın gerçekten isterse o yatağa giremeyeceğini mi sanıyordu yoksa canı oyun mu istiyordu? Semih ikinci seçenek olduğunu tahmin ediyordu ama onu kızdırmak için elleriyle belini kavrayıp ileri ittiği karısından kendine açtığı yere yattı. Yorganın da bir kısmını üstüne çekip ona arkasını dönünce Hande onu kalçasıyla itmeye çalıştı ama onun iri bedenine karşı kendi cılız bedeninin hiç şansı olmadığını biliyordu.

"Semih! Bu yatak iki kişilik biliyorsun değil mi?"

"Evet, bebeğim iki kişiyiz işte."

"Hayır! Sen git ben ve bebeğime yeter burası ancak."

Bu defa ikisi birbirine dönmüştü ve Hande ayaklarıyla, elleriyle onu ittiriyordu. Semih ona yaklaşınca kadının buz kesmiş elleri ikisinin arasında, Semih'in göğsüne yaslı şekilde kalmıştı. Adam karısının dudaklarına kendi dudaklarını bastırdı ve yumuşak bir şekilde öptü onu. Hande ona karşılık vermeyince kaşlarını çattı. Bu kadın cidden onunla savaşabileceğini mi sanıyordu. Adam onu daha sert öpmeye başlamıştı ama Hande yine de karşılık vermedi. Dirençli ve inatçıydı. Ah şu inatçılığı yok mu? Semih bayılıyordu ona. Adam ellerini kadının kalçasına koyup onu kendine çekince Hande, Semih'in göğsündeki ellerini güçsüzce ittirme çabasıyla hareket ettirdi ama ne yazık ki bu bir işe yaramadı ki o da bunun bilincindeydi. Adam üstündeki eşofman üstünü kalçalarına kadar sıyırmıştı ve elleri rahat durmuyordu.

Yine de Hande pes etme niyetinde değildi. Semih onun inadını anlayınca kadının üstündekini iyice sıyırıp bir elini kadının göğsüne götürdü. Dudaklarını nefes almak için geri çektiğinde Hande kendini toparlamak için aklına gelen ilk kelimeyi söyledi. "Yemek..."

"Hı?"

"Böyle yemek yapmayı nereden öğrendin?" diye sordu. Aklına başka bir şey gelmiyordu. Daha doğrusu gelen şeyleri o an söylerse aklını oyalayacak değil daha çok Semih'in istediğine yönlendirecek şeylerdi. Semih onun bu hâline güldü ve şişmeye başlayan dudaklarına doğru fısıldayarak cevap verdi. "Yemek kursuna gittim."

"Senin gibi birinin yemek yapabilmesi çok şaşırtıcı."

"Bu bir hakaret mi?"

Semih diğer elini de yukarı çıkardı. Hande kendine engel olamayarak inleyince Semih sırıtarak ellerini çekti. "Bak bana direnmenin anlamı yok. Hem bu on üzerinden en az sekiz alırdı."

"Sadece beş."

"Emin misin?"

"Tamam! Yedi olsun o zaman." deyip sırtını dönmeye çalıştı ama Semih onu çekip onun başını kendi göğsüne yaslarken üstünü de örttü. Semih homurdandı ve ardından kısık sesle "Uyu artık." diye şikâyet edercesine konuştu. Hande gözlerini kapatıp iyice adama sokuldu ve küçük bir kıkırdamadan sonra olduğu yerde Semih'in kokusunu çekerek uykuya daldı.

Hande uyandığında ilk önce nane ve toprak karışımı koku doldu burnuna. Yataktan çıkmak istemiyordu ama kurtlu gibiydi. Uyanıkken hareket etmeden duramazdı ve Semih'i uyandırmak istemiyordu çünkü adam ilk uyandığı zaman normalin daha üstünde sinirli oluyordu. Özellikle de onu bir başkası uyandırırsa. Hande bu kadar uykucu birini daha görmemişti. Tabii son zamanlarda bu konuda onun kat kat üstünde olduğu gerçeği göz ardı edilirse.

Adamın göğsünden yüzünü uzaklaştırdı ve üstündeki ağır kolu kenara bırakıp yavaş hareketlerle yataktan çıktı. Aşağı inip kahvaltı hazırlayabilirdi. Üstelik canı sıkılıyordu. Bir yanı -ki bu kesinlikle muzip olan ve dinlememesi gereken yanıydı- Semih'i kızdırıp eğlenmek istiyorken diğer yanı buna şiddetle karşı çıkıyordu.

Açık duran valizlerden birinin üstünde duran Semih'in buz mavisi gömleğini aldı ve üstündekini çıkarıp yerine onu giydi. Altına da rahat ve bel kısmı geniş, siyah bir tayt geçirip dağınık saçlarını ördü. Aslında dağınık bir topuz yapacaktı ama Semih'in onu hep pasaklı hâliyle gördüğünü düşündü. Zaten kilo alıyordu ve geçmeyen yara izleri, yanık izleri vücudunu kötü gösteriyordu, en azından biraz düzgün olabilirdi. Belki ileride estetik ameliyatla o izleri biraz olsun kapatabilirdi. Şimdilik bebeğe zarar gelmemesi için tehlikeli ya da yorucu şeylerden uzak duruyordu ve bir süre de hastane görmek istemiyordu.

Ördüğü saçlarını kol çantasından çıkardığı siyah, lastik tokayla tutturup odadan çıktı. Merdivenlerden inerken ayağına çorap giymediğine pişman oldu ama bir daha odaya dönerse ses yapıp Semih'i uyandırabileceği için dönmedi.

Hem mutfağa inip kremşanti bulacaktı daha. Mutfakta bütün çekmecelere bakıp bir paket kremşanti buldu. Onu tezgâha bırakırken aklında toz şeklindeki bu şeyi nasıl krema hâline getireceğini düşünüyordu. Acaba içine ne konurdu? Hiç kullanmamıştı ki. Belki de bir yemek kursuna yazılmalıydı. Tabii Semih onun bu isteğini üçüncü dünya savaşına katılmayı istemiş gibi karşılayıp şiddetle karşı da çıkabilirdi şayet Hande evde yemek yapmaya kalkarsa muhtemelen ev zaten savaş alanına dönecekti. Hatta belki galaksiler arası bir savaşa bile dönebilirdi.

Tezgâhta duran beyaz paketi eline alıp incelemeye başladı. Üstünde nasıl yapıldığı yazıyordu herhâlde. Hande arkasında yazılı tarife göre olması gerekenden biraz daha katı hazırladığı kremşantinin olduğu kabı alıp yukarı çıktı. Çıplak ayaklarıyla parmak ucunda seri adımlarla çıktığı merdivenlerin sonuna geldiğinde adam uyandığında çok kızacağını bilmesine rağmen, kararından şüphe etse de dönmedi. Hem o kadar uğraşıp hayatında ilk kez kremşanti hazırlamıştı.

Büyük yatağın kenarına oturup bir elindeki kaba bir de dağınık, masum bir şekilde uyuyan Semih'e baktı. Alt dudağını ısırdı ve sonra serbest bırakıp büktü. Elindeki kaba parmağını batırıp, parmağına bulaşan kremşantiyi Semih'in kaşının hizasına yavaşça sürdü. Semih huysuzca homurdanınca Hande bir an duraksadı ama o tekrar uykuya devam edince diğer kaşına da aynısını yaptı. Adamın burnuna, yanaklarına ve dudaklarına parmağıyla çizdiği şekiller bitince kabı da alıp mutfağa indi. En son adamın dudaklarına sürdüğü parmağında kalan kremşantiyi yalayıp temizledikten sonra boş kaba su koyup elini de yıkadı. Salona geçip koltuğa gömüldü ve üstündeki örtüye sarıldı. Adam uyanınca çok sinirleneceğini biliyordu ama ne tepki verir bilmiyordu. Gerçi bebek olduğu için biraz insaflı olabilirdi. Ama sadece biraz...

Şömine yanmadığı için içerisi biraz serin olsa da üstündeki örtü onu sıcak tutuyordu. Elini karnına koyup hafifçe okşarken bir an ölen bebeği aklına geldi. Hafifçe gözleri dolsa da hemen kendini toparladı. Hayatta kalan bebeği için dayanıklı olması gerekiyordu. Diğer bebeği için olan yas süresini uzattığında ne olduğu ortadaydı. Semih'i kendinden uzaklaştırmak istemiyordu.

Üstündeki ona büyük olan mavi gömleğe gözü takılınca hayatında ilk defa çevredekilerin deyimiyle 'doğru düzgün' giyindiğini fark etti. Üstelik Semih kokuyordu. Onun kıyafetlerini giymek çok hoşuna gidiyordu.

Beş-altı dakika geçmişti ki bir kükreme sesi duydu. "Hande!"

Bu kadar çabuk uyanmasını beklemiyordu. Etrafına bakınıp saklanacak yer ararken kıkırdamasına engel olamıyordu. Uzun zamandan beri Semih ile böyle atışmamışlardı. Ah, hadi ama! Hiç saklanabileceği bir yer yoktu. En son mutfak tezgâhının en arka kısmına geçti. Merdivenlerden inerken görünmeyecek tek yer orasıydı. Tabii Semih salak değildi. Onu kesinlikle bulacaktı ama Hande onun kendisini bulana kadar azıcık sakinleşeceğine inanıyordu. Sadece azıcık...

Bunun olmayacağını da biliyordu ki merdivenlerden gelen sinirli ayak seslerine bakılırsa doğru tahmin ediyordu. Semih elini yüzünü yıkadığı gibi aşağı inmişti. Tezgâhın arkasından hafifçe uzanıp kendisine bakan ve hemen geri çekilen kızıl kafayı görünce o tarafa yürüdü ve yere eğilmiş, deve kuşu gibi kafasını saklamış karısının hâline gülecek gibi oldu ama yüzünde zor tuttuğu o sinirli ifadesini koruyarak ani bir hareketle kadını dikkatlice omzuna aldı. Bebeğe bir şey olsun istemediğinden iki eliyle de belinden tutup ona destek oluyordu. Hande küçük bir çığlık atarken Semih "Seni kötü kadın! Kremşanti ha? Hem de bana!" dedi sinirli bir sesle. Semih kendi etrafında dönüp "Şimdi görürsün sen!" derken Hande "Semih! İndir beni kusacağım şimdi kafana!" diye çığırıyordu.

"Ya! Kus bak ne oluyor. Kremşantiyle yüzüme yaptığını ben de senin yüzüne kusmukla yaparım."

"İğrençsin ya. İndir beni. Özür dilerim tamam ya. İndir hadi."

Semih onu banyoya götürüp ıslatacaktı ama hasta olabilir diye vazgeçti. Hem karısı çok güzel olmuştu. Onu koltuğa bıraktı ve sonra "Seni bu seferlik affediyorum. Defterine yazdım bunu. Bebek doğunca acısını çıkaracaklarım arasında." diyerek alnını öptü. Kestiği odunlardan getirip şömineyi yaksa iyi olacaktı. Aslında dönmeyi düşünüyordu o gün ama aç yola çıkacak değillerdi. O zamana kadar da Hande üşüsün istemiyordu.

"Ben biraz odun alıp geleceğim. Sen burada uslu uslu oturacaksın ve beni bekleyeceksin."

Hande çocuk gibi başını sallayınca Semih kapıya doğru yürürken gülümsedi. Yüzündeki kremşantiyi ilk fark ettiğinde kızsa da sonradan Hande'nin eskisi gibi davrandığını fark edince bütün siniri geçmişti.

Odunlarla beraber eve dönünce Hande'yi kahvaltı hazırlarken buldu ve kaşlarını çattı. Bu kadın 'otur' kelimesinden ne anlıyordu Allah aşkına? En kısa sürede bir çalışan alsa iyi olacaktı. Zaten bunu düşünüyordu. Hande hamile olduğu için Semih onun iş yapmasını istemiyordu. O kaçırılmadan önce bu konu hakkında adamlarından biriyle konuştuğunu hatırlıyordu. Yine de sesini çıkarmadan şömineye yürüdü. Bu seferlik ses etmeyecekti. Hande çok mutlu görünüyordu. Onun moralini bozmak istemiyordu.

Kadın işi bitince bir bardağa çay bir bardağa da Semih'in içmesi için onu sürekli zorladığı sütten doldurdu. Semih masaya geçtiğinde yanmaya başlayan odunların sesi salonu doldurmuştu. Hande önündeki reçeli dilimli ekmeğe sürerken parmağını hafifçe kesti ve istemsizce inledi. Semih ona kaşları çatık bakınca elindeki kanı fark edip ona doğru yürüdü. Parmağını elleri arasına alıp baktı. Kan hafif de olsa Hande bir an kanı görünce korkuya kapıldı. Kan görünce aklına o karnındaki kesikler geldi. Bebeğini kaybettiği… Semih kadının titrediğini fark edip yüzüne bakınca korktuğunu anladı ve o an karısını çekip sarıldı. "Sakin ol!"

Semih karısını bırakmadan kenardaki çekmeceye uzanıp içinden bir yara bandı çıkardı. "Kapat gözlerini." diye mırıldandı. Hande onu dinleyip gözlerini kapattı ve elini adama uzattı. Aralarında çok az bir mesafe vardı ve Hande boştaki eliyle onun gömleğini sıkıca tutuyordu. Canı yanmasa da kendini kötü hissediyordu. Semih işi bitince onun parmağını ucuna dudaklarını bastırıp geri çekildi. "Tamam açabilirsin."

Hande gözlerini açtı ve parmağına baktı. Sonra onun için endişelenen Semih'e iyi olduğunu göstermek amacıyla hafifçe gülümsedi. Reçel sürdüğü ekmeğe baktı. Elinden kan bulaşmamıştı. Onu adama uzattı. "Bu senin için."

Semih ekmeği alırken gülümsedi. "Sakarın biri olsan da yanımda olman bana huzur veriyor."

"Sen de ormantiksin ama ben bir şey diyor muyum? Gerçi şu sıralar ormanımsıtiksin."

"O ne demek oluyor Hande? Ben senin lügatini anlamıyorum tahmin edeceğin gibi."

"Bu ormantik ama romantiğe yakın demek."

"Bu değişik kelimeleri çok düşünüyor musun? Bazen çok merak ediyorum senin aklın nasıl çalışıyor? Dünyada senin gibi düşünen başka insan var mıdır?"

"Hayır! Ben özelim."

"Biliyorum." dedikten sonra ağzına bir zeytin attı adam. Hande'nin verdiği ekmek bitmişti bile. Hande ise boş peynir yiyordu. Semih onun yediklerine –daha doğrusu yemediklerine- dikkat ediyordu. Biraz daha eşelediği peynirden başka bir şey koymazsa ağzına müdahale edecekti. Her şeyden yemesi gerekiyordu. Domates konusunda müsamaha gösterse de diğer besinleri almak zorundaydı. Kadın, adamın dik bakışlarını fark edince ilerideki çilek reçeline batırdı çatalını ve hemen ağzına götürüp sevimli bakışlarından attı adama. Semih onun hâline gülümseyecek gibi olduysa da vazgeçti. Hâlâ bir şeyler yemiş değildi. Zeytini ona doğru uzattı. Hande cam kaptan bir zeytin alıp ağzına attı. Ardından adamın uzattığı diğer bütün kahvaltılıklardan aldı. Semih ekmeği işaret edince biraz da ekmek attı ağzına. Kesinlikle tıka basa doymuştu. Yine de adam çayını içerken o da sütünü içti. Semih'e bırakırsa adam çocuğa yapıyormuş gibi içine bal da ekliyordu ama Hande çok tatlı şeyleri yemezdi.

Kahvaltı bitince Semih masayı toparlarken Hande de çantaları hazırladı. Dönmek istemiyordu ama bulundukları yer soğuktu. Üşüyordu ve biraz insan içine karışmak iyi gelebilirdi. Sürekli Semih ile olmaktan şikâyetçi değildi ama o odun kesmeye falan gittiği zaman evde yalnız kalmak onu korkutuyordu.

Hem Pelin ile yeni görüşmüşlerdi ama arkadaşlarını çok uzun zamandır görmediğini fark etti. Ayrıca üniversiteyi sadece bir yıllığına dondurmuştu. Yeni dönemde başlaması gerekecekti. Gidip unuttuğu şeyleri hatırlamak için tekrar yapmalıydı. İki senesi kalmıştı ve o kadar puanla kazandığı bölümü bitirmek istiyordu. Bebek eğer erken ya da geç doğum olmazsa haziranda doğacaktı ve okul sezonu açıldığında çok küçük olacaktı. Hande onu birine emanet etmek istemiyordu. Muhtemelen bu sebeple zorunlu derslerin dışında girmezdi. Kocasının parasıyla bir şeyler yapmak istemiyordu ama eğer mecbur kalırsa ondan da yardım alabilirdi.

Valizleri aşağı indirecekti ama Semih'in buna kızacağını düşündüğü için sadece kol çantasını ve yukarı bıraktığı yağmurluğunu alıp indi. Semih de şömineyi söndürmüş, evdeki son kontrolleri yapıyordu. "Semih, valizler hazır yukarıda." deyince adam ona döndü.

"Tamam, sen arabaya geç ben de onları alıp geleyim." derken merdivenlere, Hande'nin olduğu tarafa yürüyordu. Cebinden çıkardığı anahtarları yanında geçerken kadına verdi. Hande de arabanın anahtarlarını yağmurluğunun cebine koyup dışarı çıktı. Arabanın ön koltuğuna yerleştikten sonra çantasından telefonunu ve kulaklığını çıkardı. Biraz müzik dinleyebilirdi. Hem bu sayede araba kullanırken Semih'in de dikkatini dağıtmamış olurdu.

Semih arabaya binip kadından anahtarları aldı. Valizleri bagaja yerleştirirken kalın bir şey almadığına pişman olmuştu. Hande o incecik şeyle üşüyecekti. Kendi montunu çıkarıp onun üstüne örttü ve ısıtıcıyı açtı. Hande bir an gülümser gibi oldu. Aklına onu istemeye geldikten sonra İzmir'den Bursa'ya dönerken adamın üstüne örttüğü battaniye gelmişti. Bu adam Hande'nin üşümemesi konusunda çok özveriliydi.

"Hafta sonu Anıl ile İstanbul'a gitmem gerekiyor."

"Neden?" diye sordu kadın şaşkınca. Kocası yanında olsun istiyordu. Henüz ondan uzak kalacak kadar iyi değildi. Hiç olmayacaktı ama yine de işte o sıra ona daha çok ihtiyaç duyuyordu. Onun yaralarını iyileştiren ne o merhemler, ne de ilaçlardı. Onun tek ilacı Semih'ti.

"İş için gitmem gerekiyor. Önemli olmasa gitmezdim zaten. Seni de götürürüm ama çok yorulacaksın ve orada yalnız kalacaksın. Lina gelmeyecekmiş. Hem o da seninle görüşmek istiyordu. İstersen bize gelsin."

Hande dudaklarını büzüştürdü. Ne olursa olsun, ne kadar önemli olursa olsun ve Semih buna çocukluk da dese Hande trip atacaktı. Onu yanında istiyordu çünkü.

ON BEŞİNCİ BÖLÜM

Semih kendini koltuğa attı ve ardından odaya geçmek üzere olan karısına seslendi. Kadın ona dönmeden odaya girince yüzünü buruşturdu. Tek gözü kısılmış kaşları tuhaf bir şekil almıştı. "Bu neyin tribi ya?" diye homurdandı. Cidden İstanbul konusunu uzatıyor olamazdı herhâlde. Mecbur olmasa gitmezdi. Yine de bir şekilde para kazanması lazımdı. İhaleye katılacaklardı. Semih gidip şirketlerle bir ön görüşme (!) yapacaktı. Elbette paraları vardı. Oraya gitmezse açlıktan ölecek değillerdi ama ileride çocuklarına ne kadar büyük bir sermaye bırakırsa o da işleri o kadar büyütür ve gelecek nesillere o kadar iyi, parlak bir gelecek sağlardı. Türkiye'nin en zenginleri arasında olmaları para tükettikleri gerçeğini değiştirmiyordu. Bu kadar paralarının olmasının tek nedeni de gereksiz para kaybetmemeleriydi. Kimin hangi ihalede ortaya ne süreceğini bilmek onlara çok büyük kazanç sağlıyordu.

Semih yerinden kalkıp Hande'nin peşinden gitmeyecekti. Nasıl olsa Hande yanına gelecekti. Gelmeyecek bile olsa gece aynı yatakta yatacaklardı. Hande ona ne kadar trip atabilirdi ki? 'Ben karşı konulamayacak bir adamım' diye biraz egosunu tatmin ettikten sonra elindeki kumandayla kanalları gezmeye başladı. Bir kanalda futbol yorumu yapılan programlardan birine denk geldiğinde aklına Hande'yi bir maç için stada götürmek gelmişti. Hamileyken bu sıkıntı olabilirdi ama belki doğumdan sonra onu stada götürürdü.

Hande çantalardaki eşyaları çıkarıp temiz olanları dolaba, diğerlerini de kirli sepetine koyuyordu. İşi bittikten sonra valizi yerine koydu ve telefonunu alıp yatağa uzandı. Arkadaşlarından birine uzun zamandan sonra mesaj atacaktı ve ne yazacağını bilmiyordu. "Selam" mı? Fazla pişkin olurdu. Ama başka bir şey de gelmiyordu aklına. Rehberden Bilal'in ismine bastı ve "mesaj yaz" kısmına girdi. Bir süre öylece bekledikten sonra geri çıkıp numaraya basarak aradı. Öyle daha kolay olacaktı. Karşı taraftan kısa süre sonra cevap gelmişti.

"Alo?"

"Bilal?"

"Hayırsız! Sen arar mıydın bizi ya? Ben dedim kocası maço ve bizimle görüşmesini engelliyor galiba."

Hande onun Semih'e maço dediğini duyunca kıkırdadı. Semih bunu duymasa iyi olurdu. Ayrıca Bilal gibi vurdumduymaz biriyle arkadaş olduğuna hâlâ şaşırıyordu. Bilal umursamazlığının etkisi olarak fazla açık sözlüydü. Aklına geleni söylerdi. "Kocama laf söylemeyelim lütfen." dedi yapmacık kızgın bir sesle.

"Vay! Gül güzeli kocasını da korurmuş."

Bilal ona genelde böyle hitap ederdi. Bunun sebebi onun gül gibi koktuğunu düşünmesiydi. Bunu ifade etmekten de çekinmezdi. Hande kıkırdadı. Arkadaşlarını cidden özlemişti. "Tabii ki koruyacağım bay çokbilmiş. O hem kocam hem de bebeğimin babası."

"Be-bebek derken?"

"Hamileyim seni aptal. Hiç arayıp sormadığınız için bilmezsiniz tabii." dedi tavır yapar bir ses tonuyla. Bilal şaşkınlıktan cevap veremiyordu. Bir süre sonra mutlu bir ses tonuyla "Dayı mı oluyorum şimdi ben?" diye sordu.

"Akrabalık bağlarını da ben mi öğreteceğim? Siz benim kardeşim sayılırsınız. Bu yüzden Taner de sen de tabii ki benim ufaklığımın dayıları oluyorsunuz."

"Kız mı yoksa erkek mi?" dedi adam sanki onu duymamış gibi.

"Henüz belli değil ama bu hafta öğreneceğim."

"Okul ne olacak? Bebek doğduktan sonra devam edecek misin?"

"Evet, tabii ki devam edeceğim. Sadece bir sene kaybetmiş olacağım ama çok önemli değil."

"Diğerleri biliyor mu? Yani bebeği?"

"Sadece Pelin biliyor. O da yeni öğrendi."

"Kardeşim diyorsun bir de bize hiç söylemiyorsun. Bu ne biçim kardeşlik? Gerçekten senin için endişelendik gül güzeli. Seni görmeye gelmiştik ama bulamadık. Nerede olduğunu söyle de arada ziyaretine gelelim bari. Sen hayırsızsın madem gelmiyorsun bırak da biz yapalım."

"Ben de bilmiyorum ki. Yeni taşındık yani o yüzden ama Semih'e sorar mesaj atarım."

"Tamam, dur kapı çalıyor. Bekle bir dakika." dedi ve ardından bir hışırtı sesi geldi. Hemen ardından da tahtaya çarpan ayakkabı tabanının sesleri. İki-üç dakika sonra tekrar Bilal'in sesi duyuldu. "Hande?"

"Nihayet gelebildin. Çok sıkıldım. Kapatacaktım neredeyse."

"Kapatsaydın da gelip o telefonu... Neyse bak kim geldi?"

Arkadan Taner'in "Lan! Kimle konuşuyorsun?" diyen sesi geldi. Belli ki adamın bulunduğu odaya yeni girmişti.

"Bizim gül güzeliyle."

"Vay! Bizi hatırlıyor muymuş küçük hanım ya?"

"Yeğenimiz olacak onu bile yeni öğrendim oğlum ne hatırlaması?"

"Ne yeğeni lan?"

Küçük bir sessizlikten sonra telefondan Taner'in sesi geldi. Belli ki telefonu Bilal'den almıştı. "Küçük hanım? Ne diyor bu gönyesiz?"

Ve işte birbirlerine hitap şekilleri... Taner genelde Bilal'e 'gönyesiz' derdi ve Bilal buna çok tepki vermezdi ama içlerinden başkasına da kendisi için 'gönyesiz' dedirtmezdi.

"Ne diyormuş?" dedi Hande anlamamış gibi.

"Bak bir de anlamamış ayağına yatıyor. Oyalama beni de anlat. Ne iş yeğen falan?"

"Ne olacak işte hamileyim. Bebeğim olacak. Doğal olarak yeğeniniz..."

"Ve sen bunu bize şimdi söylüyorsun?"

"Teknik olarak şimdi değil bir dakika önce söyledim."

"Bak bir de dalga geçiyor bacaksız."

Ve Hande'ye de 'bacaksız' ya da 'solucan' diyordu. Hande bunu umursamazdı genelde. Hem samimi geliyordu. 'Sanırım aklımdan ciddi anlamda sorunlarım var' diye düşündü.

"Melis ve Yelda nasıl?" diye sordu. Pelin ile görüşmüştü ama Yelda ya da Melis'i görmemişti. Onlarla da konuşmamıştı.

"İyiler. Yani ne kadar iyi olunursa işte vizeler falan..."

"Çalışın köleler." diye dalga geçti Hande onlarla.

"Biz mezun olup sen son seneni okurken görürüm seni ben ama köleliğini ertelemiş sefil köle. Benim son senem hem."

"Ya... Ne sefil kölesi, bugüne bugün Poyrazoğlu ailesinin geliniyim ben."

"Bak... Bak! Bir de hava atıyor. Adamın kafasını kızdır da sıksın kafana göreyim seni o zaman."

"Ya ne pozitif arkadaşlarım var benim. Pelin de aynı muhabbeti yapmıştı. Evlenmeden önce."

"Hı! Hatırladım. Kaçmış mıydın sen? Şimdi evlisiniz ama. Ataerkiliz biz kızım diyorum sana işte. Bir de feminist olacaktın sen. Adam sözünü geçirmiş."

"Sizi arayanda kabahat! Hem..." dedi ve sustu. 'Kocam kılıbık' derse ve bu Semih'in kulağına giderse iyi olmazdı. 'Hanım köylü' de olmazdı. "Hem Semih normal bir erkek değil. Ben hâlâ kadınların erkeklerden üstün olduğunu düşünüyorum."

"Bunu yüz yüze konuşuruz. Tabii artık kaç ay sonra aklına gelirsek."

"Ya! Uzatmayın işte. Hem ben aramadım da siz sanki Türkiye kazan siz kepçe beni aradınız."

"Kızım sen de demedin mi senin kocan anormal? Yanlış anlar da kafamıza sıkar diye korktuk."

"Vay ürkek ceylanlarım benim. Neyse, kapatmam lazım. Yemek yapacağım kocama."

Birden Taner kahkaha atmaya başladı ve kahkahalarının arasından zorlukla "Sen ve yemek mi? Senin kocan yiyor mu cidden o anormal şeyleri? Yağda yüzen patlıcanlar... Dur neydi kayıklı, gemili bir şeydi. Hatırlayacağım şimdi. Mor kayıklar mıydı ne?" dedikten sonra tekrar gülmeye başladı. "İçine kıyma ve üzüm yaprağı atmıştın. Hepsi yağın içindeydi." Ve tekrar kahkahalar...

"Ya dalga geçmesene! Öğreniyorum ben yemek yapmayı."

"Tamam, size..." dedi ve kahkaha attıktan sonra "Afiyet olsun." diye devam etti.

Telefon kapandıktan sonra Hande suratındaki gülümsemeyle oturduğu yataktan kalktı. Telefonu kenara bıraktıktan sonra salona yürüdü. Tam kapıyı açmıştı ki Semih'e tavır yaptığını hatırladı. Suratını asık bir hâle sokup Semih'e en uzak koltuğa oturdu. Adam başını televizyondan çevirip ona bakmadı. Hande daha çok somurturken Semih bilerek ekrana bakmaya devam ediyordu. İlgi çekici bile değildi ekrandaki şey ama Hande surat asmasının bir anlamı olmadığını öğrenmeliydi. O yüzden hiçbir şey olmamış gibi davranacaktı.

Hande sonunda dayanamayıp "Semih?" diye mırıldandı. Sesi kedi gibiydi. Semih başını ona çevirdi ama gözleri hâlâ çok ilgi çekici bir şey varmış gibi televizyondaydı. Ağzından bir "Hmm?" çıktı.

"Gitmek zorunda mısın gerçekten?"

"Öyle olmasa gitmezdim Hande."

"Ama... Ben de gelsem olmaz mı?"

"Seni tehlikeye atamam anlamıyor musun?" derken gözlerini kadının gözlerine dikmişti Semih. "Olanlardan sonra seni kurtlar sofrasına nasıl atayım?"

"Yanından hiç ayrılmam? Hem bir şey olacağı varsa burada da olur."

"Hande!" diye homurdandı Semih sinirle. Bu konu uzarsa daha sert tepkiler verip onu kıracaktı ama bunu yapmayı istemiyordu. "Sen gelmeyeceksin. Orada seni koruyamam. Hem normal bir iş görüşmesine gitmiyorum. Benim işimi biliyorsun ve seni oradan uzak tutmak için her şeyi yaparken sen köpekbalıklarıyla dolu, küçücük bir fanusa girmek istiyorsun. Burada güvende olacaksın. Bunu bilerek ben de daha rahat olacağım."

"Ama ben rahat olmayacağım. Sen de tehlikede olacaksın. Benim değil senin düşmanların var."

"Ve onlar benim değil sevdiklerimin canını istiyorlar. Bak burada beni beklersen dönünce seni halı saha maçına götüreceğim. Oynayamazsın ama izlemenin bile sana ne kadar zevk verdiğini gördüm."

"Gerçekten gider miyiz?"

"Neden olmasın. Hatta doğumdan sonra İspanya'ya Camp Nou'yu görmeye götürmeyi düşünüyordum."

"Gerçekten mi?" dedi Hande sanki uzaya çıkacak ilk insanmış gibi bir heyecanla. "Ciddi misin? Yani en büyük hayalim bu benim! Semih!"

"En büyük hayalin bir stadı görmek mi yani? Ah! Şu an egom büyük hasar gördü."

"Ama sen gerçeğimsin o hayalim."

"Onu görünce o da gerçek olmayacak mı?"

"O zaman o gerçeğim sen de gerçeğime giden köprü olursun."

"Ah! Ciddi olamazsın Hande. Resmen ezdin beni. Rüyanda gör sen o stadı o zaman."

"Şakaydı. Gerçekten Semih. Lütfen! Ne olur! Lütfen! Lütfen!"

"Tamam. Başımın etini yeme şimdi hatun. Bakacağız artık."

"Çok kötüsün ya." diye homurdandı Hande ve sonra oturduğu yerden kalkıp mutfağa gitti. Karnı acıkmıştı ve bir şeyler yemek istiyordu. Tabii bunu için önce yemek nasıl yapılır onu öğrenmeliydi. En azından basit bir şeyler yapabilirdi. Örneğin ekmek içine peynir koyabilirdi. Ya da bisküvi tarzı bir şey bulup onu atıştırabilirdi. Dolapları ve çekmeceleri kurcalamaya başladı. Nihayet çekmecelerden birinde bisküvi bulunca sevinçle paketi eline alıp içeri doğru yürümeye başladı. Salona girdiğinde Semih yoktu. Evden çıkmamıştı büyük ihtimalle. Öyle olsa haber verirdi.

Hande koltuğa oturup hâlâ açık olan televizyonun kumandasını aldı ve kanalları gezmeye başladı. Uzun zamandır maç izlememişti. Denk gelirse güzel bir maç izleyebilirdi. En kısa zamanda bir forma almayı aklına not etti. Spor kanallarından birinde durup ilk yarısının sonuna yaklaşmış olan premier lig maçını izliyordu. Eski bir maç olduğu belliydi.

Yine de sonucunu bilmediği her maçı heyecanlı bir şekilde izleyebilirdi ki bu maç isterse yüz yıl önce oynanmış olsun umrunda olmazdı.

Elindeki bisküviyi ilk başta normal yese de karnı doyunca eline aldığını kemirerek oynamaya başlamıştı. Ayaklarını ortadaki sehpaya uzatıp koltuğun koluna asılı olan örtüyü üzerine örttükten sonra yumuşak koltuğa yayıldı. Gözlerini kapatırken ekranda dönen reklamın müziği hafiften kulağını dolduruyordu. Gözleri ağrıyordu. Tam uykuya dalacaktı ki omuzlarına dokunan büyük elleri hissetti ve burnuna yine o toprak nane karışımı koku doldu. Hande gözlerini aralayıp başını geri atarak adama bakınca Semih de eğilip kendi dudaklarını onun dudaklarına bastırdı. Geri çekilip boynu ağrımasın diye yanına geçti ve örtünün üzerine oturdu.

Hande'nin yarısını kemirdiği ve kalanını hâlâ elinde tuttuğu bisküviyi alıp iğrenmeden ağzına attı. Normalde başkasının ısırdığı bir şeyi yemezdi Semih ama karısının hiçbir şeyinden tiksinmiyordu. Hande uykulu gözlerini boş kalan elleriyle ovuşturmaya başlamıştı ki bir elinde kalan bisküvi kırıntıları yüzüne battı. O suratını buruşturunca Semih kadının hâline gülüp elini çekti ve kendi elleriyle hem avucunun içini hem de yüzünü temizledi.

"Umarım bebeğimiz senin gibi pasaklı olmaz."

"Pasaklı mı? Ben mi? Hiç de bile. Alakası yok."

"Tabii canım... Sen kim pasaklılık kim. Biri Çin biri Konya!"

"Çin ve Konya çok uzak mı?" dedi Hande uyku sersemi ne saçmaladığının farkında olmadan.

"Yok, Konya Çin'in başkenti Hande."

"Hayır! Çin'in başkenti pekmezli bir şeydi. Dur şimdi hatırlayacağım... Hıh! Pekin! Evet hatırladım."

"Pekin ve pekmez mi? Ciddi olamazsın."

"Ne? Benim aklımda öyle kalmış. Hem boş versene ya. Niye uzatıyorsun ki? Benim canım şey çekti. Bana şey bul... Şey..." dedi ve havaya baktı. Ocakta hangi meyve olmazdı? "Hıh! Karpuz çekti canım benim. Bir de yeşil sulu erik! Ay! Tuza batırıp yesek şimdi... Ya Semih erik istiyorum ben."

Söylerken canı gerçekten erik çekmişti. Semih oturduğu yerden kalktı ve salondan çıktı. Ciddi olamazdı değil mi? Yani cidden hiçbir şey söylemeden, şikâyet etmeden bulmaya mı gidiyordu? Hande'nin içinden bir ses 'yok kızım senin gibi kaçığın isteklerini duymamış gibi yapıp kaçıyor adam' dese de Semih'in öyle bir şey yapmayacağına inanıyordu kadın. Dış kapının kapandığını duyunca şaşkınca baktığı kapıdan bakışlarını çekip apartmanın önünü gören cama koştu ve Semih'i bekledi. Adam kısa süre sonra çıkmış ve arabaya binmişti.

Hande tekrar koltuğa çökmüştü ki çalan kapının sesiyle o tarafa doğru da yürümeye başladı. Semih bir şeyini unutmuş olsa gerekti. Ya da gitmekten vazgeçmişti.

Kapının önündeki Hayat ve Ümit'e geçmesi için yol verdi. Kapıyı kapatıp içeri geçen iki doktorun peşinden gitti. "Hoş geldiniz." derken sesi fazlasıyla neşeliydi. Hayat "İyi görünüyorsun." diye karşılık verdi. Ümit ise gözlerini devirmişti. "Ya! Tabii! Bana eziyet etmeye hazır görünüyor." Ümit bunları şakayla karışık sitem ederek söylemişti.

"Kesinlikle." diye onu onayladı Hande ve ardından elini silah şekline sokup adamın alnına dayadıktan sonra yukarı hareket ettirirken ağzından bir ses çıkardı. Sonra da birleştirdiği iki parmağının ucunu üfleyip ona göz kırptı. "Hemen bir muayene edelim o zaman hastamızı böyle neşeliyken."

Hande koltukta duran örtüyü çekip aldı ve "Kusura bakmayın ya bu kalmış." dedi mahcup bir sesle. "Sorun değil." diye mırıldandı Ümit ve kumandayı eline aldı. Televizyondaki maçın sonucunu biliyordu ve Semih onlara kendi evlerinde gibi davranmalarını söylemişti. Üstelik Hande de onlara çok alışmıştı. "Tamam, muayene işini halledelim bari ama şunu götüreyim önce."

Kadın elindeki örtüyü yatak odasına bırakıp geri döndü ve yumuşak koltuğa oturdu tekrar. Salon küçük ve sıcaktı. Ümit yerinden kalkıp kızın yüzündeki yaraları inceledi. "Birçoğu geçmiş." diye mırıldandı. "İzler için verdiğimiz kremi kullanmaya başlasan iyi olur. Şu kesikler hâlâ geçmemiş. Çok derin değillerdi aslında ama. Başka bir şey deneyelim onlar için."

Hande başını onaylarcasına sallayınca Ümit bir süre yüzündeki birkaç yaraya dokundu. Hande'nin eskisi gibi canı yanmıyordu. O kremler yaralar yüzünden gerilen tenini yumuşatmıştı.

"Tamam, kalanını ben hallederim Ümit sen biraz su ısıtsana."

"Yine bana hüsran, yine bana ayak işleri." diye yarı şarkı yarı kendi uydurduğu kelimeleri mırıldanarak mutfağa gidince Hayat, kadının üstündeki gömleği çıkarmasını istedi. Hande gömleği çıkarınca biraz üşüse de oda sıcak olduğundan hemen vücudu ortamdaki ısıya uyum sağladı. Hayat yaraları inceledikten sonra memnun bir yüz ifadesiyle "Çok iyi... Yaralar çok hızlı iyileşiyor. Şimdi sırtına bakalım." dedi.

Hande yüzüstü uzanınca Hayat, kadının sırtındaki büyük yaraların diğerlerine oranla daha yavaş iyileştiğini fark etti. Onlar için de başka merhemler kullanacaklar demek oluyordu bu. Hande toparlanıp kalkarken Hayat küçük bir deftere birkaç not aldı. Kadın gömleği tekrar giydi ve Hayat'a baktı. Hayat elindeki defteri küçük çantasına koyduktan sonra "Bebeğin cinsiyetini öğrendiniz mi?" diye sordu merakla.

"Hayır, yarın öğreneceğiz."

"Heyecanlı olmalısın."

"Kesinlikle."

Ümit elinde, üstünden buharlar çıkan su kabıyla gelip kabı Hande'nin önüne bırakınca Hayat "Ellerini üstünde tut ki buhar nemlendirsin. Yüzüne de iyi gelir. Cildinin kuruduğunu söylemiştin ama çok fazla kimyasal vücuduna iyi gelmeyebilir. Bir süre bunu deneyelim." diye açıklamada bulundu. Hande bir suya bir de kadına baktı. Tam ellerini kabın üstüne koymuştu ki kapının zil sesi duyuldu. Hande kapıyı açmak için kalkıp Ümit'in önünden geçti ve kapıyı açtı. Karşısında elinde bir kasa erikle duran Semih'i görünce ağzı şaşkınlıkla 'o' hâlini aldı. Ocak başında bu adam böyle yemyeşil erikleri nereden bulmuştu ki hem bu kadar kısa sürede hem de bu kadar fazla getirmişti? Hande tam 'ne kadar düşünceli, tatlı kocam var' diye düşünmüştü ki Semih "Daha orada ne kadar dikileceksin? Ağaç oldum meyve vermemi mi bekliyorsun?" diye homurdanmaya başladı. Bu adam hiç değişmeyecekti.

Ertesi sabah Hande üstündeki elbiseyi düzeltip kahverengi deri montunu giydikten sonra önündeki fermuarı çekip montun altına sıkışan saçlarını elleriyle dışarı çıkardı. Ellerine krem sürdükten sonra çantasını alıp odadan çıktı. Semih çoktan aşağı inmişti. Hande de salona bıraktığı telefonunu alıp "Hayat çıkıyorum ben." diye içeri seslendikten sonra ayakkabılıktan spor ayakkabılarını alıp evden çıktı. Son zamanlarda en çok yanında olan ve arkadaş olarak gördüğü kişiler Hayat, Ümit ve Vedat'tı.

Hızla merdivenlerden inip apartmanın önündeki arabaya bindi. Semih kadın bindikten sonra arabayı çalıştırdı. Kendi de heyecanlıydı ama o heyecanını sessizce içinde yaşıyordu. Genelde duygularını içinde yaşayan bir adamdı. "Rahat mısın?" diye sordu Hande'ye. Karnı büyümüş, hamile olduğunu belli edecek şekilde çıkmıştı. Gerçi Hande giydiği bol kıyafetlerle bunu çok belli etmiyordu ama Semih onun o hafif kilolu hâlini gördükçe keyif alıyordu. Hafiften yanakları da tombullaşmıştı. Kesinlikle tombul Hande çok sevimliydi. Hande başını sallayıp onaylar bir mırıltı çıkardı. Ardından "İçim içime sığmıyor. Çok heyecanlıyım." diye ekledi. "Biliyorum".

Semih'in cevabıyla kaşlarını çattı Hande. Ah! Öküz adam! Bir kere 'ben de' dese ne olurdu ki? Neyse ki kadın onun hâllerine alışmıştı. Hem öyle daha samimi geliyordu. Semih'i aşk budalası şeklinde düşünemiyordu.

"Sence kız mı erkek mi?"

Semih bir an Hande'nin heyecanlı yüzüne baktı. Dudaklarının bir kenarı kıvrılmıştı. Hande'nin tombul yanaklarını ısırmak istiyordu.

"Fark eder mi? Sonuçta o bir Poyrazoğlu olacak. Hem senin bir parçan, hem benim bir parçam olacak. Canımdan olduktan sonra cinsiyeti fark eder mi?"

Hande sırıttı ve Semih'e ışıl ışıl parlayan gözlerle baktı. Başını onun omzuna yaslayıp kokusu burnuna dolsun istiyordu ama arabada böyle bir şey yaparsa Semih herhâlde sinirlenir ve bağırırdı. Hande dudaklarını büzüştürdü. Sonra yine gülümsemeye başladı. Ellerini karnında birleştirdi ve başını eğip şişkinliğe baktı.

"Semih! Bebeğimiz için hiç isim düşündün mü?"

"Cinsiyet belli olsun öyle düşünürüz diye aklımda bir şey belirlemedim. Hem bu ortak bir karar olmalı."

En azından bazı konularda duyarlı olabiliyordu. Hande tekrar önüne döndü. Hastanenin girişindeydiler. Semih arabayı park ettikten sonra Hande araba durduğu an heyecanla indi. Semih de indi ve Hande'nin peşinden yürümeye başladı. Binaya girdiklerinde heyecanlı karısını omzundan kendine çekerek kolunu onun omzuna doladı ve saçlarının arasına bir öpücük kondurdu. Hande ona sokuldu ve koridorda o şekilde yürümeye devam ettiler.

"Otur hadi." derken onu omuzlarından hafifçe ittirip sandalyeye oturttu Semih. Ayakta durup kendini yormasına gerek yoktu kadının. Zaten her an heyecandan bayılacak gibiydi. Kalkmaması için yanına oturup kolunu onun beline doladı. İçeriden onları çağırdıklarında Hande hızlıca yerinden kalktı. Semih söylenerek peşinden gidiyor olsa da o da merak ediyordu.

Hande bir süre doktorla konuştuktan sonra ona söylenen yere uzanıp karnını açtı. Semih hemen yanında duruyordu. Hande destek almak için onun bileğini kavradı. Semih'in de gözü ekrandaydı. Doktor Hande ile ilgilenirken kadın Semih'in gözlerine bakıyordu. Heyecandan titremeye başlamıştı. Birazdan gelecek hayatında onun için en önemli olacak şeylerden birinin, ona inatla tutunan bebeğinin cinsiyetini öğrenecekti. Semih ve o artık Hande'nin hayatı olacaktı ve o buna inanamıyordu. Kim bilir nasıl bir şey olacaktı?

Kadın her şeyi hazırladıktan sonra "Şimdi bakalım bebeğimizin cinsiyeti neymiş..." derken gülümsüyordu. Hande'nin saf heyecanı, daha önce böylesini çok görse de farklı gelmişti. Sanki etrafına da kendi duygularını yayabilen bir yapısı vardı. Hande artık merak ettiği şeyi öğrenmek için son dakikalar olduğunu bildiğinden kalbi kuş gibi çarpıyordu.

Kadın kısa süre sonra onlara döndü ve Hande'nin heyecanlı gözlerine bakarak "Sanırım bir prenses gelecek." dedi. Hande heyecanla önce kocasına baktı. Ona sarılmak istiyordu. Gözünden bir damla yaş süzüldü. Erkek olsa da çok sevinecekti tabii ki ama öyle heyecanlıydı ki... Küçük bir kızı olacaktı. Hande ona sevimli küçük elbiseler, oyuncak bebekler, tokalar, renkli ayakkabılar, ihtiyacı olacak daha bir sürü şeyi alacaktı.

Semih odadan çıktıkları an ona sarılan karısını sıkıca sardı. Doktorun tavsiyelerini iyice dinlemişti. Biri eksik olmayacaktı. Hande her şeye uymak zorundaydı. Semih olmadığı süre içerisinde bu görev muhtemelen Ümit'e kalacaktı ve onun da bundan pek hoşnut olacağını sanmıyordu.

"Semih biraz alışveriş yapalım mı? Kızımıza ilk kıyafetlerini almak istiyorum. Hem bir de sen gitmeden bütün aileyi çağıracağımız bir yemek düzenleyelim. Cinsiyetini onlara da söyleyelim. Annemleri hatta gelebilirse anneannemleri de çağıralım. Olur mu?"

Semih bunu düşündü. Hande yorulsun istemiyordu ama zaten yemekleri hep dışarıdan söyledikleri için Hande'nin çok yorulacağını sanmıyordu. Evi toparlaması için de dışarıdan birilerini çağırabilirlerdi ya da kızlar yardım ederlerdi. Su ve Nergis tekrar işlerine dönmek istiyorlardı. Onları hafta sonuna çağırmayı planlıyordu. Onlar da Hande'ye çok yardımcı olacaktı. Yine de Hande'nin anneannesi ve dedesi konusunda şüpheleri vardı. Gerçi yaşlı insanlardı ve ne olursa olsun onlar da torunlarının çocuğu hakkında bilgi sahibi olmak isterlerdi. Üstelik Hande mutlu olacaktı. Sırf bunak oldukları için Semih o yaşlı insanları Hande'den uzak tutacak değildi. Belki de ömürlerinin son yıllarıydı.

"Düşüneceğim. Her şeyi ayarlayabilirsem olur. Tabii hiçbir işi senin yapmayacağının sözünü almam şartı ile."

"Tamam." dedi Hande heyecanla.

"Alışveriş işi için de Anıl'ın sahibi olduğu yerden bir şeyler alabiliriz. Hem güvenli olur."

Hande gülümsedi. Her şey çok iyi gidiyordu. Gerçi çok geriliyordu bir şey olacak diye ama fazla mutluydu. Sadece uğraşacak bir şeylere ihtiyacı vardı. Canı sıkılıyordu. Semih işe gittiğinde Ümit, Hayat ve Vedat ile vakit geçiriyor olsa da bir uğraşı olsun istiyordu. En azından okul açılana kadar. Konuyu Semih'e açmak için uygun bir zaman beklemişti.

"Semih?"

"Yine ne oldu?" derken Semih'in sesi bıkmış çıkıyordu ama aslında karısının sesini duymak hoşuna gidiyordu. Hande uzun zaman sonra son birkaç zamandır böyle cıvıl cıvıl, neşeli konuşuyordu.

"Canım sıkılıyor. Diyorum ki bir yemek kursuna yazılsam hem vakit geçiririm hem de..."

"Hayır."

"Ama neden?"

"Evin dışında bir yerde olmanı istemiyorum Hande. Hem de şu zamanlarda... Kendimi aciz hissediyorum."

"O zaman başka bir şey bul bana."

"Evde alabileceğin bir kurs olabilir. Yemek olmaz belki ama piyano çalmak ister misin? Çok iyi bir piyano hocası tanıyorum. Yakın arkadaşımdır. Eğer istersen konuşurum haftada bir ya da iki gün ders için gelir."

"Gerçekten mi?" dedi Hande heyecanla. Ama sonra yüzü soldu. Dudakları aşağı sarkarken Semih onun moralini neyin bozduğunu anlamamıştı. Kaşları çatıldı. Hande çok geçmeden "Ama benim bir piyanom yok ki..." diye söylendi.

"Çocuk gibisin Hande. Sana güzel bir piyano alırız."

"Sen harikasın." diye neşeyle konuştu kadın. Adam onun neşesi üzerine keyiflenirken arabayı kenara park etti. Arabadan inerlerken Hande karşısındaki kocaman binaya baktı. Bu kocaman alışveriş merkezi gerçekten Anıl'ın mıydı yani? Semih onun düşüncesini anlamış gibi elini karısının beline koyarken kulağına "Bunun gibi beş tane daha var Anıl'ın elinde. Adam buradan gelir sağlıyor." diye açıklama yaptı.

"Cidden çok büyükmüş."

"Hadi gidelim."

İçeri girdiklerinde Hande etrafa göz gezdirdi. Semih ise onu bir mağazaya çekti. Bir yandan da telefonunu çıkarıyordu. Hande önden girdiği altın renklerle süslenmiş mağazanın içinde gezinmeye başladı. O bebek eşyaları içinde kaybolurken Semih de Anıl'ın rehberden adını bulup aramıştı.

"Anıl? N'aber koçum?"

"İyidir, senden? Hangi dağda kurt öldü de beni aradın?"

"Bana laf atan da sanırsın her gün beni arıyor."

"Neyse, neyse ben işleri olan bir adamım. Çok tutma beni. Ne oldu?"

"Biz boş adamız zaten! Neyse, sen şimdi neredesin?"

"Ben mi? Lina ile bizim Nilüfer'deki mağazadayız."

"İşin belli oldu şimdi. Ha şunu diyeydin bana. Ben senin mağazadayım şimdi. Buradaysan uğrayayım dedim."

"Ben en üst kattayım. Gelin için bir kahvemi."

"Tamam, bizim hatun alışverişini yapsın geliyoruz."

"Bekliyorum."

Telefon kapanınca Semih, Hande'yi buldu. Kadın elinde bir bebek elbisesini tutmuş adama gösteriyordu. "Semih! Çok tatlı. Bunu alalım."

"Al kızılım ne istersen."

Hande renkli etekler, elbiseler alırken kolları dolduğu için uzanamadıklarını almaya çaba harcıyordu. Semih onun bu çabası üzerinde kenarda duran sepeti alıp kadının elindekileri içine doldurdu. Hande daha fazla eşya alırken küçük ayakkabı ve elbiseleri gördükçe oradan oraya koşuşturuyor, hepsine hayranlıkla bakıyordu. Nihayet mağazada beğendiği her şeyi alınca Semih ödemeyi yaptı ve paketleri dönüşte almak üzere bıraktı. Hande diğer mağazaları da gezmek istiyordu ama Lina ve Anıl'ın onları beklediğini duyunca alışverişi erteledi. Zaten bu kadar abartırsa bebeğinin muhtemelen giyemeyeceği kadar çok kıyafeti olacaktı.

Yukarıdaki odaya çıktıklarında deri koltuklardan birinde oturan Lina ve bilgisayar başındaki Anıl ayaklandı. Birbirleri ile görüştükten sonra koltuklara oturdular.

Lina neşeyle "Hoş geldiniz. Nasılsınız?" diye cıvıldadı. Semih' e karşı olan çekingenliği gitmiş gibiydi. Semih oturduğu yerde rahat bir pozisyon alırken Hande, Lina'ya cevap verdi. "İyi, bu odun adamla uğraşmak beni yorsa da işte..."

"Dilimiz palyaço pabucu oldu bakıyorum." dedi Semih şakayla karışık tehdit edercesine bir sesle. Hande omzunu silkti. Anıl bilgisayar başındaki koltuktan kalkıp onların oturduğu kısma geçti ve masadaki telefona uzanıp bir numarayı tuşlarken "Ne söyleyeyim size?" diye sordu. Böyle bir yeri holding gibi de kullanmak herhâlde işlerin daha kolay yürümesini sağlıyordu. Alışveriş merkezlerinin normalde yönetim katı olmadığını sanıyordu Hande.

Semih "Ben çay alırım, Hande'ye elma suyu olsun." dedi. Hande onun kendisi yerine de bir şey söylemesine ses çıkarmadı. Nasıl olsa bir şey dese de Semih inatla ona elma suyu içirecekti. Anıl, Lina'ya bakınca o da elma suyu istediğini söyledi.

"Açsanız yiyecek bir şeyler de getirsinler?"

Semih, Hande'ye baktı. Kadın başını hayır anlamında sallayınca "Yok, sağ ol... Onu boş ver de düğün ne zaman sizin?" diye sordu Semih.

"En kısa sürede! Lina'nın ağabeyleri izin verirlerse ölmeden evlenmeyi düşünüyoruz ama bu gidişle görebilirsek ancak yetmiş yaşında evleneceğiz."

"Anıl! Onlar sadece birazcık bana düşkün olduklarından."

"Tabii canım! İkisi de ne zaman yakınlaşsak nerede olurlarsa olsunlar Speedy Gonzales hızında yanımızda bitiyorlar. Elini bile tutamıyorum."

Semih onların hâline güldü ve Lina'yı biraz korkutup, eğlenmek için Anıl'a "Canını sıkıyorlarsa alayım?" dedi.

Lina hafif titreyen bir sesle "Neyi?" diye sordu. Semih'in ciddileşen suratı ve ceketinin kenarından ucu görünen silahı da gözüne çarparken içinden bir titreme geçti. Semih umursamazca omzunu silkip "Canlarını!" dedi. Sanki bakkaldan ekmek almaktan bahsediyor gibi rahattı. Gerçi onun işi düşünülünce bu normaldi. Kim bilir kaç kişinin canını almıştı?

Anıl adamın ne yaptığını anlayınca "Aslında bunu düşünebilirim." dedi. Lina irileşmiş gözlerini onlara dikince Semih gülecek gibi olduysa da ciddiyetini bozmadı. En son Hande onların kızı daha korkutacağını anlayıp "Semih!" diye cırladı. "Kes şunu. Görmüyor musun? Kızın beti benzi attı."

Semih de Anıl da kahkaha atınca Lina gözlerini kısıp onlara baktı. "Çok kötüsünüz. Yani Anıl! Anıl daha kötü." dedi biraz gerilerek. Semih onu fazla korkutmuştu. Semih ile Anıl tekrar kahkaha atarken Lina hâlâ gözleri kısık onlara bakıyordu. Kapı tıklatılınca içeri takım elbiseli bir adam girdi ve elindeki tepsiyi ortadaki sehpaya bıraktı. "Başka bir isteğiniz var mı?"

"Yok, çıkabilirsin."

Adam çıkarken Semih çay bardaklarından birini eline almıştı. İçeceklerini içip sohbete devam ettiler bir süre daha. Ardından Semih ayaklandı. "Gidelim biz artık. Zaten hafta sonu görüşeceğiz."

Hande de hemen ardından kalktı. Adamlar el sıkışırken Lina ve Hande de sarılıp vedalaştılar. Semih, Hande'yi arabaya gönderirken kendi de paketleri alıp hemen ardından gitti. Güvenli olduğunu bildiği için Hande'yi kendisinden önce göndermişti. Anıl sahibi olduğu yerlerin güvenliğine çok dikkat ederdi. Otoparkı da dâhil birçok koruma ve güvenlik görevlisiyle doluydu bulundukları yer. Üstelik normalin dışında sivil olarak, müşteri gibi korumalar da vardı.

Arabayı eve doğru sürdü. Hande dinlense iyi olacaktı. Bebek alışverişi için daha sonra tekrar dışarı çıkabilirlerdi. İstanbul'da vakit bulursa dönmeden kızı için kendisi de bir şeyler alacaktı. Eve girdiklerinde onları Hayat karşıladı. Semih salona geçerken eşyaları da boş odalardan birine bırakmıştı. Bir oda hazırlamaları gerekecekti ama bunun için önce yerleşecekleri yer belli olmalıydı. Semih bütün evlerinde, evlendiği zaman Hande için düzenleme yaptırmıştı. Şimdi bebek için de yaptırabilirdi. Önce prizleri daha güvenli hâle getirmeyi aklına kaydetti. Bunu mimarlarından en iyileriyle konuşacaktı.

Salondaki koltuğa otururken "Vedat, İstanbul planını yaptım. Ferit, Cahit, Murat, Haluk benimle geliyor. Alp, Tunç, sen ve Selim kalıyorsunuz. Burada Hande'yi koruyacaksınız. Neyse ki evin odaları fazla... Bir boş odayı açtırırım. İkisi orada kalır, biri de seninle kalır. Siz onu ayarlarsınız. Bir an Hande yalnız kalmayacak. Su ve Nergis de bu hafta dönecekler. Onlara da diğer odayı açtırın." dedi.

"Ama ağabey..."

"İtiraz etme hakkı tanımadım Vedat. Biliyorum benim korumalarımsınız ama artık Hande'yi koruyacaksınız. Olanlardan sonra onu daha azına emanet edemem. Ben kendimi korumayı bilirim. Diğerleri de iyi yetiştirilmiş kişiler."

"Sen nasıl istersen." dedi Vedat. İşleri artık daha rahat olacaktı, sadece Hande dışarı çıktığında kadınla gidip gezeceklerdi ve tehlike daha az olacaktı ama eskisi gibi tetikte olacaklardı her an. Semih birden burnuna gelen kokuyla yüzünü buruşturdu. Yanık mı kokuyordu? Ve hemen ardından Hande'nin mutfaktan gelen çığlığını duydu. Bu kadın mutfağa girmesin diye çelik kapı taktıracaktı yakında. Yine ne olmuştu?

Semih ve Ümit telaşla mutfağa ilk girenler olmuştu. Hande elindeki kaşığı lavaboya attı. Semih ocağın altını kapatıp içi yanmış salça dolu tencereyi ocaktan aldığı gibi lavabonun altına koyup suyu açtı. Hande'nin kaşları küçük Emrah şeklini almış olsa da Semih ona sinirli bakışlar atmaya başlamıştı. Ümit ise burnunu kapatmış gülmemek için dudaklarını ısırıyordu. Hande, Semih'in bakışlarından kaçmak için kaşlarını çatıp Ümit'e baktı. Semih "Ümit git bir temizlikçi çağır. Camları falan açalım. Dikilme orada öyle korkuluk gibi." dedi sinirli bir sesle. Ümit mutfaktan çıkarken Hande yine küçük Emrah'a dönmüştü.

"Gelir gelmez mutfağa mı koştun Hande? Ah! Delireceğim."

"Ama bu sefer çok inanmıştım. Gerçekten olacak gibiydi. Sadece yağ koymayı unutmuşum."

"Hadi canım! Çok önemsiz bir şeyi unutmuşsun. Tuz gibi sonradan ekleriz ne olacak. Hande sen bana kafayı mı yedirteceksin? Bak. Bu iş böyle olmayacak."

"Ben de yemek yapmak istiyorum." dedi Hande dudaklarını büzüştürüp.

"Sen hamilesin. Sadece oturup kendine ve kızımıza baksan, yemeği de her zamanki gibi dışarıdan getirtsek ne olur?"

"Kocama yemek bile yapamayacaksam nerede kaldı benim kadınlığım?" diye cırlayıp ortalığı ayağa kaldırmaya başlayan kadına doğru yürüdü adam. Tam Hande'yi susturmak için –bu biraz da bahaneydi tabii- dikkatlice tezgâha yaslayıp ona eğilerek dudaklarını kadının dudaklarına bastırmıştı ki içeri Hayat ve Vedat geldi ama onları görünce ikisi de hızlıca mutfaktan çıktılar. Semih onları fark etmişti ve dudakları Hande'nin dudaklarının üstünde kıvrılmıştı ama Hande farkında değildi. Semih dilini kadının dudaklarından içeri sokmuştu ki ayak seslerini duyunca şikâyetçi bir mırıldanmayla geri çekildi ve ardından "Burası da yolgeçen hanına döndü." diye söylendi. Kapının önündeki Ümit ise hafifçe omuz silkti.

"Bir temizlikçi çağırdım."

Semih ev için bir temizlikçi tutacaktı ama o işle ilgilenmeden önce en azından evi bir kere temizletmiş olurdu. Mutfağın savaş hâline dönmüşlüğünden bahsetmiyordu bile. Semih hâlâ Hande'nin üstüne eğilmiş olduğundan Hande kızarmaya başlamıştı. Semih önce karısının saçlarını karıştırdı ve sonra da "Sana yemek yapmayı öğreteceğim." deyip dudaklarına bir öpücük daha kondurup geri çekildi. Hande şaşkınca ona bakıyordu. Hareket bile edemiyordu. Bu dengesiz adam ciddi miydi? Gerçekten ona yemek yapmayı öğretecek miydi? Hande hep yemek yapan erkekleri çok çekici bulurdu. Tamam, her zaman değil genelde öyle olurdu.

Semih ve mutfak harika bir birleşim olacaktı. Tabii bu beceriksizlikle Semih bir satırı onun ya da kendisinin kafasına geçirebilirdi. Neyse ki kendisi hamile olduğu için Semih'in o satırı kendi kafasına geçirme ihtimali daha olasıydı ki büyük ihtimalle kafayı yiyecekti. Nihayet kendine geldiğinde sırıtarak "Gerçekten mi?" diye sordu heyecanla.

"Ne zaman yalan söylediğimi gördün ki? Şimdi çık şu mutfaktan da gelecek kadın buraları temizlesin. Yarın bakarız." Semih bunu derken ne kadar pişman olabileceğini kafasında tartıyordu. O da Hande'yle olacaktı. En fazla ne olabilirdi ki?

Ertesi gün Hande mutfak önlüklerinden siyah çiçekleri olan beyaz bir tanesini aldı ve Semih için de siyah bir mutfak önlüğü çıkarıp masanın üstüne bıraktı. Semih mutfağa girip masanın üstündeki önlüğü es geçmişti ki Hande zorla önlüğü ona uzatıp "Bunu beline bağlasan ölmezsin." diye laf saymaya başladı. Semih gözlerini devirdi. Pişmanlık mı duyuyordu biraz ne?

"Hande garson muyum ben?"

"Değilsin ama karın için şunu bağlamak bile zor mu geliyor yani?"

"Bana duygu sömürüsü yapma Hande. Onu bağlamazsam ölmeyeceksin ya."

"Yani illa ölmemem için mi yapman gerek bir şeyleri."

"Basit şeyler yapacağız. Böyle boş işlerle uğraşırsan her an vazgeçebilirim. Şimdi malzemeleri getir."

Hande masanın üzerinde duran üç saat önce dolaptan çıkardığı vanilyalı dondurmayı, pişmaniyeyi es geçecekti ki Semih eliyle gösterip "Önce onlar." dedi.

"Neden?"

"Çünkü tatlı yapmak diğer yemekleri yapmaktan daha zevklidir ve senin gibi beceriksiz bir kadın ancak öyle basit bir şeyle başlayabilir."

Hande suratını buruşturursa da sesini çıkarmadı. Semih açtığı dondurma kutusunu bir kenara bırakıp pişmaniyeyi çıkardı. "Yapman gereken tek şey bu erimiş dondurmanın içine küçük parçalara ayıracağın pişmaniyeyi ekleyip sonra kâselere koymak."

Hande onun yanında durduğunda o kadar yakınlardı ki adamın kokusu hemen burnuna gelmişti. Kadın o an adamın uzun zamandır parfüm kullanmayı bıraktığını, dört aya yakın zamandır sadece yılbaşı gecesinde parfüm kullandığını fark etti. Gerçi doğal kokusu fazlasıyla güzeldi.

Semih'in dediğini yaptıktan sonra dondurmayla pişmaniyeyi karıştırıp kâselere döktü. Adam ona küçük parçalara ayrılmış fındıkların olduğu poşeti uzattı. "Üstüne bunları ekle."

Hande onun dediğini yapınca Semih kâseleri buzluğa yerleştirdi. Hande de o sırada diğer malzemeleri hazırlıyordu. Semih malzeme listesini sabah ona vermişti. Adam çekmeceden büyükçe bir bıçak çıkarınca Hande irileşmiş gözlerle ona baktı. Semih onun hâlini görünce dudağının bir kenarı kıvrıldı ve sonra boştaki eliyle karısını belinden tutup yavaşça çekti. Hande tezgâh ve Semih arasında tezgâha dönük şekilde dururken adam kollarını onun çevresinden dolayıp önlerindeki eti dilimlemek için uygun şekle getirdiği bıçağın üzerinde karısının ellerini birleştirdi. "Bıçağı sağlam tut." diye uyarıda bulununca kadının gevşek duran elleri anında sıkılaştı.

Birkaç saat sonra her şeyi Semih yaptırmış olsa da Hande pilav, et sote –ki o hiç et sote yemezdi ama ilk defa kendi yaptığı için yiyecekti- ve tatlı yapmayı başarmıştı. Mutfağı toparlarken Hande burnuna gelen kokularla kendinden geçmiş gibiydi. Bir şeyleri kendi yaptığını bilmek ona harika hissettiriyordu.

Masayı hazırlarken Hayat, Hande'ye yardım etmiş ve ikisi birlikte her şeyi çabucak halletmişlerdi. Ümit önündeki tabağa bakarken tek kaşını kaldırdı ve sonra Hande'ye baktı. "Zehirlenmeyeceğimizden emin misin?"

"Sen zehirlensen de dünyanın pek kaybı olmaz. O yüzden içimizde onu en endişelenmeden yiyebilecek kişi sensin."

"O kadar gereksizim yani?" dedi adam kaşlarını kaldırarak. Hande ağzı dolu olduğu için başını salladı. Ümit onun hâline güldü ve tabağındaki yemekten o da bir kaşık aldı. Herkes yemeklerini yerken Semih "Bugün annenleri aradım." dedi Hande'ye.

"Hm? Neden?"

"Yemek işi için aramıştım. İki adamımı da anneannenleri almak için gönderdim. Tabii onların ne olduğunu düşünürler bilemiyorum."

"Yemek işi ne olacak?"

"Dışarıdan güvenilir bir firma ayarladım. Ayrıca annenlerin kalması için de şehir merkezindeki diğer evi açtım."

Yemeğin kalanı sessiz geçti. Yemekten sonra da biraz televizyon izleyip herkes odalarına çekilmişti. Hande kocasına sıkıca sarıldı ve gözlerini kapattı. Semih bir kolunu onun boynunun altından geçirip kadına en yakın olabileceği şekilde yatıyordu.

Sabah adam erkenden kalktı. Hande uyanmadan halletmesi gereken küçük işleri vardı ve Hande uyandıktan sonra giderse biliyordu ki Hande yine adamı sorgulayacaktı ki Semih buna sinir oluyordu. Kadının saçları yatağa dağılmış, üstü açılmış, dağınık bir şekilde yatıyordu. Semih onun üstünü örttükten sonra üstünü değiştirip evden çıktı. Holdinge doğru yola çıktığında Hande hâlâ yatağında mışıl mışıl uyuyordu.

Adam holdingdeki odasına girdiğinde Oğuz onu orada bekliyordu. İçeri girmeden önce kapıdaki sekreterine seslendi; "Gülhan bana bir kahve getir."

İçeri girdiği an ceketini askılığa asıp masadaki açık laptopa yürüdü. Oğuz kenara çekilince bilgisayarın başına geçen Semih olmuştu.

"Adam konuştu sonunda. Önümüzdeki salı günü limandan 'Hatıra' isimli bir gemiyle yükleme yapacaklar. Götürdükleri mal silah ama işimizi görür. Senin malın fiyatını kapatır ağabey."

"Tamam, alalım hepsini."

"Ağabey bu adam... Yengeyi araştırmış. Harekete geçeceğini anlamış herhâlde ki işini garantiye almaktan bahsediyordu"

"Bunu yeni mi söylüyorsun lan? Defol git gözüm görmesin seni. Hazırlıkları falan yap!"

Semih kahvesi geldiğinde telefonunu çıkarmış Melih'i arıyordu. Kısa süre sonra karşıdan cevap geldi.

"Hı?"

"Ağabey yardım lazım"

"Ne oldu lan sabahın köründe?"

"Hafta sonu İstanbul'a gideceğim biliyorsun. Bir de burada uğraştığım iş vardı. Adamdan şüpheleniyordum ki haklı da çıktım karımı takip ettiriyorlar. Onu emanet edebileceğim tek kişi sensin şu an. En iyi adamlarımı bırakacağım ama yine de bizden biri de olsa iyi olur. Yağız zaten kendi derdinde sen yardım etsen?"

"Bu hafta mı gideceksin?"

"Evet, cuma gecesi gidip pazar günü döneceğim."

"Tamam, akşam detaylı konuşuruz. Şimdi bırak da uyuyayım biraz. İçine ettiğin uykum beni çağırıyor."

"İyi zıbar o zaman." dedikten sonra telefonu kapattı Semih. En azından Melih dikkatli adamdı. Hande güvende olacaktı. Yanında o kadar kişi varken ona bir şey olmazdı. Gerçi onun yanından bile çekip almışlarken... Bu sefer öyle olmayacaktı.

Semih eve döndüğünde Hande hâlâ uyuyordu. Hayat kahvaltı masasını hazırlıyor, Vedat ve Ümit yayılmış televizyon izliyordu. Semih odaya geçti ve Hande'yi uyandırmak için yatağa yürüdü.

"Hey! Uykucu!"

"Hmm" diye homurdanıp diğer tarafa dönen kadına gülerken saçlarıyla oynamaya başlamıştı.

"Hadi kalk artık."

Hande yine homurdandı ve yastığına gömüldü. Semih acı dolu sesiyle "Ölüyorum." diye Hande'nin koluna yapıştı. Karısının ne tepki vereceğini merak ediyordu ki "Biraz sessiz öl." dedi karısı. Hiç beklediği bir cevap değildi.

"Demek öyle hanım efendi. Bakalım neler yapabiliriz?"

Adam çekmeceleri kurcalamaya başlamıştı. Hande'yi uyandırmak için ilgi çekici bir yöntem arıyordu ki masadaki çalar saati gördü. Hande yorganı kafasını örtecek şekilde çekmişti. Semih saati bir dakika sonraya kurup yorganın altına bıraktı ve biraz geri çekildi. Bir dakika sonra saatin çıkardığı inanılmaz gürültüyle Hande çığlık atarak uyanınca Semih onun hâline kahkaha attı. Hande eline geçen yastığı adamın kafasına fırlattı ama isabet ettiremedi.

Öğlene doğru kapı çaldığında herkes salonda oturuyordu. Hande diğerlerinden önce kalkıp kapıya gitti. Kapıyı açtığında kapıdaki yaşlı kadınla adamı görünce sevinçle çığlık attı. "Anneanne! Dede!"

Dedesi kadının ona sarılmasına izin vermeden bastonuyla onu kenara ittirdi. "Ben damadı göreceğim. Damadı! Çekil kenara."

Semih onu duyunca şaşkınlıkla gözleri büyüdü. "Evlerinde kaldığımda on dakika aklında tutamadı kim olduğumu şimdi 'damadım' diyor ne dengesiz adam bu?" diye geçirdi içinden ve sonra o da kapının önüne geçti. Yaşlı adamın elini öptükten sonra kadına dönmüştü ki kadın onu görmemiş gibi yanından geçip yürümeye başladı. "Kızım! Bu kim?" diye salondan bağırınca Hande koşturarak içeri gitti.

Kadın Ümit'i gösteriyordu. "Bu meymenetsiz Osman mı kızım?"

"Osman kim anneanne?"

"Var ya ananın hayırsız kocası."

"Anneanne babama niye hayırsız diyorsun? Hem benim babamın adı Osman değil ki. Murat!"

Ümit şaşkınca kadına bakarken Hayat hemen yer verdi. Kadın koltuğa otururken gözündeki kocaman gözlükleriyle önünü zor gören yaşlı adam içeri girdi. Semih'in suratına bakılırsa yine arada bir şeyler olmuştu. "Ne oldu?" diye sordu Hande adama.

"Deden beni çöpçü zannediyor."

Hande dedesinin yanına gidip koluna girdi ve adamı koltuğa oturtana kadar kendi de oturmadı. "Kızım niye beni karşılamıyorsun? Bak bu şoför evde ne arıyor?" deyip Semih'e bastonuyla vurmuştu ki Semih sinirle onlara en uzak koltuğa oturdu. Hande'yi de kendi yanına çekmişti ki kadın kaşlarını çattı. "Ne yapıyorsun?"

"İşimi garantiye alıyorum. En son seninle ayrı uyumak zorunda kalmıştık. Hatırlıyorsun değil mi?"

"Abartıyorsun." dese de konuyu uzatmadı Hande.

"Velet!" dedi yaşlı adam Vedat'a. Vedat şaşkınca bakıp elleriyle 'ben mi?' işareti yapınca adam "He sana diyorum. Git bana şalgam suyu getir." dedi.

Vedat salondan çıkarken yaşlı kadın da Hayat ile sohbet ediyordu. Ümit bu değişik insanlar karşısında sessiz kalmayı tercih ediyor ve onlara bilinmeyen madde gibi bakıyordu.

Bir saat sonra kapı tekrar çalınca kapıyı açmaya Ümit gitti. O tuhaf ortamdan ayrılmak iyi olacaktı. Yaşlı adam hepsinden bir şeyler isteyip sonra 'Bunu niye getirdin?' diye bastonla dövüyordu. Gitmeyince de gitmedikleri için dövüyordu.

Kapıyı açtığında karşısında Su ve Nergis'i görünce en azından gelenler normal insanlar olduğu için sevinmişti. Onlar içeri geçerken kapıyı kapatacaktı ki Su "Melih ve Sanem de geliyor. Aralık kalsın kapı." dedi. Ümit kapıyı bıraktı ve onların ardından içeri geçti. Onlar herkesle merhabalaşırken Melih, Sanem ve küçük Hande de içeri girmişti. Küçük Hande hemen büyük Hande'nin yanına gitmiş elini kadının karnına koymuştu. "Hande abla bebek nasıl?"

"O çok iyi küçük hanım"

"Cinsiyeti neymiş? Kız mı? Erkek mi?"

"Sana küçük bir rakip geliyor sanırım. O da tıpkı senin gibi bir prenses olacak."

"Hmmm" derken alt dudağını sarkıtmıştı küçük kız. İlk başta üzülmüş gibi dursa da sonra gözleri parlayarak gülümsedi "Olsun! Zaten benim kadar güzel olamaz." deyince içerideki herkes kahkaha atmıştı.

"Ama benim kızım da güzel olsa olmaz mı?"

"Tamam, birazcık olabilir ama benden güzel olmasın yine de."

Hande kızın başını okşadı ve ona sarıldıktan sonra yanına oturması için yer açtı. Semih küçük kızı aralarına çekerken diğerleri de boşta kalan yerlere oturuyor ya da mutfaktan sandalye getiriyorlardı. Semih arkadaki yemek odasına kocaman bir masa kurdurmuştu. Orada da bir sürü sandalye vardı. Kimse ayakta kalmazdı.

Su ve Nergis'in kenara bıraktığı valizleri görünce Vedat'a onları kızların odasına taşıması için işaret verdi. Vedat salondan çıkarken diğerleri de gelmeye başlamıştı. Ortalık kalabalıklaşınca evi de neşeli sesler sarmıştı. Daha herkes bilmiyordu bebeğin kız olduğunu. Hande'nin dedesi ve anneannesi de duymamışlardı o söylediğinde. Ağır duyuyorlardı.

Yemek masası dolarken Hande hayatında yiyeceği en güzel yemek olacağını düşünüyordu. Bütün ailesi yanındaydı ve bu çok güzeldi. Kesinlikle çok mutluydu.

Herkes yavaştan yerine otururken kapı çalınca Semih herkesi oturtup kapıyı açmaya kendisi gitti. Yüzüne yayılan gülümsemeye bakılırsa gelenin kim olduğunu o biliyordu. Bir süre sonra içeri giren Semih herkesin dikkatini çekecek şekilde boğazını temizledi. Herkes kapıya dönünce Semih kenara çekildi ve içeri üzerinden resmen asalet akan bir kadın ve siyah takım elbisesiyle 'ben buradayım' diye bağıran bir adam girdi. Semih tanımayan kişilere "Babaannem ve dedem" diye açıklamada bulundu. Hamit Bey, Deniz Hanım, Sanem, Melih, Yağız yerlerinden ayaklanmışlardı. Yağız hepsinden önce atılıp babaannesinin elini tuttu ve dudaklarına götürdü. "Hoş geldin Sultanım."

Kadın elini çekip Yağız'ın ağzına vurdu. "Seni yalaka! Hiç değişmemişsin."

"Sen de hiç değişmemişsin Mahizar Sultan. Elin hâlâ çok ağır."

"Çekil git seni eşek sıpası. Gelin hanımı görmeye geldim ben."

Hande şaşkınlıkla ayakta dikilirken ne yapacağını şaşırmış şekilde etrafına bakıyordu. Önündeki Sanem, Çetin ve Melih çekilince birden ortada kalmıştı. Kadın bir süre onu süzdü ve sonra kadının kendisine yaklaşmasını bekledi ama Hande hareket edemedi. Semih yanına gidip belinden tutarak onu babaannesinin önüne getirince Hande toparlandı. Gülümseyerek kadının elini tutup öptü ve ardından başına koydu. "Hoş geldiniz efendim." derken başı önündeydi. Yandaki adamın da elini öpüp başına koydu. Ardından kenara çekildi. Kadının dudakları yukarı kıvrıldı ve Semih'e onaylar bir bakış attı ama bunu Hande göremedi.

Yaşlı kadın ve adam yerlerine oturduktan sonra herkes

tekrar yerlerine geçmişti. Yaşlılar bir tarafta toplanmış kendi aralarında konuşuyorlardı. Hande ağabeyinin ısrarı üzerine onun yanına oturmuştu. Diğer yanında Yağız, karşısında Semih oturuyordu. Semih'in solunda Sanem, sağ tarafında Su vardı. Yavuz çatık kaşlarla Semih'e baktı ve sonra Hande'ye döndü. Birbirlerinden haz etmedikleri çok açıktı. "Bu adam seni mutlu edebiliyor mu?" diye sordu kardeşine. Hande ağzındaki sıcak çorbayı yuttuktan sonra ona delici bakışlar atan Semih'ten bakışlarını çekip ondan aşağı kalmayan ağabeyine döndü.

"Evet, mutluyum ağabey."

Yavuz, Hande'nin yüzündeki yara izine takılmıştı. Elini ince kesik izinin üzerinde gezdirdikten sonra "Bu nasıl oldu?" diye sordu.

Hande yutkundu. Nasıl açıklayacaktı ki? Tam ağzını açmıştı ki masanın diğer ucundaki Leyla Hanım ona seslendi. "Kızım tuzu uzatır mısın?"

Hande yanında duran tuzu alıp annesine uzattı. Kadın tuzu aldıktan sonra mecburen tekrar ağabeyine dönmüştü. Semih onun ne kadar zor durumda kaldığını bildiğinden "Hande? Açıklayalım mı artık?" diye sordu.

Hande kocasına minnettar bakışlar atıp başını onaylarcasına sallayınca Semih yerinde ayaklandı. "Herkes bir dakika bizi dinleyebilir mi?" diye yüksek sesle sorunca kısa bir süre çatal, bıçak sesleri duyuldu ve sonra herkes Semih'e döndü. Semih masanın etrafını dolanıp karısının yanına geldi ve o ayağa kalkınca belini, koluyla sarıp onu kendine çekti.

Hande ona yaklaştı ve sonra utangaç bir şekilde eğdiği başını kaldırdı. Boğazını temizledi ve konuşmak için sesini bulabildiğinde nihayet "Bir bebeğimiz olacağını hepiniz biliyorsunuz." diyebildi. Sonra devam etmesi için Semih'e bıraktı.

"Bugün burada, bu yemeği düzenleme sebebimiz bir arada olmak isteğimiz dışında bir sebebe daha dayanıyor. O da bebeğimizin cinsiyetinin belli olmuş olması."

Hande devam etti bu defa. "Küçük bir kızımız olacak."

Tebriklerden sonra tekrar masaya oturulmuştu. Semih yemeğini yerken Yavuz ve Hande'yi izliyordu. Yavuz kadına doğru eğildi. "Bu konuyu daha sonra konuşacağız."

Hande öksürecek gibi olduysa da toparlanıp Yavuz'u onayladı. Ağabeyi ne olduğunu öğrenmeden onu rahat bırakmayacaktı belli ki ve olanları öğrenince de Semih ile zaten açık olan arası iyice açılacaktı. Hande ağabeyi ile kocası arasında kalmak istemiyordu.

Sofradan kalkıp salona geçtiklerinde Hande, Su, Hayat, Nergis masalardakileri toparlamak için yemek yenilen odada kalmış, Sanem de küçük Hande huysuzlandığı için onu odalardan birine yatırmaya gitmişti. Semih odaya Hande'nin ilaçlarını almak için gitmişti. İçeriden konuşma, gülüşme sesleri geliyordu.

Kısa süre sonra Semih elinde ilaçlar ve suyla tekrar yemek yenilen odaya dönmüştü. Masaya ilaçları ve suyu bırakırken "Burayı toparlamanıza gerek yok. Bir saat sonra gelip toparlayacaklar." dedi. Hande ilaçlarını içerken diğerleri de içeri geçmişti.

Onlar da salona geçtiğinde Hande, yaşlıların oturduğu tarafa gitti. Hem anneannesi ve dedesi ile vakit geçirmek istiyor hem de Semih'in aile büyüklerini tanımak istiyordu.

Hande, Mahizar Hanım'ın yanına oturdu. Yaşlı kadın ona döndü ve sonra "Semih'in böyle gelin getireceğini hiç beklemezdim. Semih'in gelin getirmesi bile olağanüstü bir durum. O dedesi gibidir. Seçici çapkınlardandır yani. Bir de yakışıklıdır kerata. Yine de o insanları mutlu etmez. Etmek istemez. Sanıyor ki birilerini mutlu ederse sert görüntüsünün altında küçücük bir çocuk kalacak, herkes onu öyle görecek, zayıf olacak. Oysa farkında olmadan herkesi mutlu etmeyi başarıyor. Sana kötü davranabilir, kızabilir, bazen yaptığın herhangi bir şey sana yansıtmasa da onu üzebilir ama Semih kaybetmekten korkar güzel kızım." dedi. Hande şaşkınca kadına baktı. Onunla Semih hakkında konuşmak istemişti ama nasıl, ne soracağını bilememişti. Kadın da bunu anlamış gibi o sormadan her şeyi söylemişti ki Hande, Semih'i hiç böyle görmemişti. Semih onun gözünde korkusuz, yıkılmaz bir dağ gibiydi. Kocaman, heybetli, güçlü ve güvenilir... Bir sığınak, bir eş veya sıcacık bir kalp...

"Bunları bana neden anlattınız?" diye sordu şaşkınca.

"Çünkü buraya bana Semih'i sormaya geldin. Ben insanı gözünden anlarım. Sen bizim gibi yaşlı bunaklarla oturmaya gelmedin ya? Sıkıcı muhabbetlerimizi dinlemeye de gelmedin."

"Semih hakkında merak ettiğim çok şey var ama bunları ondan öğrenmek çok zor. Konuşmayı sevmiyor. Özellikle konu kendisiyse dut yemiş bülbüle dönüyor. Ancak onu gözlemleyerek anlıyorum. Bana kızdığında bunu belli ediyor ama üzüldüğünü bana göstermiyor. Korkularını, endişelerini –ki var mı bilmiyorum- saklıyor. Mutluluğunu bile benimle paylaşmıyor."

"O öyledir. Yine de en mert, en kıymet bilen torunumdur Semih. Ne olursa olsun seni bırakmaz. Hep döner dolaşır sana gelir. Dedesinden bilirim. Onun aynısıdır. Çektirmediğini bırakmaz ama yine de sevmeyi de bilir Semih. Bir erkeğin hayatında iki kadın olacağını da bilir. Eşine sadıktır o. Ona sorarsan bir erkek doğduğunda hayatının kadını annesidir. Evlendiğinde ise karısı... O yüzden evlenene kadar önceliği hep annesiydi, şimdi ise sensin. Üstelik ona bir çocuk veriyorsun. Gözünde senden değerli kimse yoktur şimdi. Kimse ona bakmazken seni izliyor. Konuşurken, diğerlerine belli etmeden arada seni kontrol ediyor. Sen ona bakmazken sana bakıyorsa gözlerinin içi parlıyor. Dedesini arayıp ilk defa bir şey istedi. İki tane doktor göndermesini istedi ondan. Senin içindi. Şimdi sana Semih ile ilgili başka bir şey söylememe gerek var mı?"

Hande başını iki yana salladı ve sonra kendine engel olamadan Semih'e döndü. Semih ona bakmıyordu. Yağız ile konuşuyorlardı. Hande'nin ona baktığını fark etmiş gibi gözlerini Yağız'dan çekip karısına çevirdi. Hande ona gülümsedi ve sonra önüne döndü. Anneannesi oturduğu yerde uyukluyor, dedesi ise Semih'in dedesiyle konuşuyordu. Birden Hande'ye döndü. "Yavuz, kalk gidelim. Hamama gideceğim ben." deyince Hande'nin kaşları kalktı. Etrafına bakındığında ağabeyinin salonun diğer ucunda olduğunu gördü. Demek ki dedesi ona söylüyordu. Ağabeyiyle onu da karıştırdığına göre demek ki dedesi gerçekten kör olma yolunda hayli ilerlemişti.

"Dedeciğim ben Hande. Hem bu saatte hamama gidip ne yapacaksın?"

"Yavuz, hamam diyorum. Hadi gidelim oğlum."

"Dede! Ben Hande!"

Dedesi başını kaşıyarak pencereye dönmüştü bile. Muhtemelen istediği şeyi unutmuştu. Hande yerinden kalkıp diğerlerinin yanına gitti. Herkesle biraz olsun vakit geçirmek istiyordu. Semih ve Yağız'ın yanından geçip kızların yanına gidecekken Semih onu bileğinden yakalayıp çekti ve büyük minderleri olan iki kişilik koltukta aralarına oturttu. Hande iki iri adamın arasında kalınca şaşkınca Semih'e baktı. "Ne yapıyorsun? Beni biraz rahat bıraksan?"

"Kızımla vakit geçirmek istiyorum. Onu bırakıp gidebiliyorsan git."

Hande kaşlarını çattı. Semih ile didişmek anlamsızdı. Bir süre sonra gidebilirdi. Elbet Semih'in dikkati başka şeylere yönelecekti.

Hayat ve Su çerez dolu, Sanem ve Nergis de kola, fanta bardaklarıyla dolu tepsilerle içeri girince Hande de kalkmak için hamle yaptı ama Semih hem daha hızlı hem de daha dikkatliydi. Kolunu tutup onu tekrar yanına oturttu.

"Bırak da yardım edeyim." diye söylendi. Semih onaylamaz bir ses çıkardı. "Sen hamilesin. Dinlenmen lazım."

"Ev sahibi biziz ama servisi onlara yaptırıyoruz. Ayıp oluyor. Bırak da ben de yardım edeyim."

"Onlar ailemiz Hande. Saçmalama."

Hande bir şey diyemedi. Semih onu iyice kendine çekip onun başını kendi göğsüne yasladı ve saçlarına bir öpücük kondurdu. Ardından Yağız ile sohbetine devam etti. "İki ay sonra işlere ara vereceğim."

"Neden?"

"Hande'nin yanında olmak istiyorum. Artık doğum yaklaştı. Yalnız olmadığını biliyorum ama bana ihtiyacı olabilir."

"Doğum Türkiye'de mi olacak?"

"Büyük ihtimalle. Hande istemezse yurtdışı düşünmedim ben."

Onlar kendi aralarında konuşurlarken önlerine çıkarılan sehpaya bırakılan çerezlere uzandı Hande. Kocasının ağzına leblebi uzatınca Semih ona şaşkınca baksa da uzatılan leblebiyi yedi. Hande iki kendi yiyorsa peşinden de Semih'e uzatıyordu. Antep fıstığının kabuğunu açamayınca biraz geri çekildi. "Bunu aç." diye Semih'e uzatınca Semih tek kaşını kaldırdı.

"Başka emriniz hanım efendi?"

"Semih canım çekti ama açamıyorum. Açsan ne olur?" diye kızgınca söylenen kadına gülüp elindeki fıstığı aldı ve kabuğunu kırıp karısının aralık dudaklarının arasına bıraktı. Hande tekrar başını Semih'in göğsüne yaslamadan önce kendi için koydukları meyve suyundan bir yudum aldı. Leblebilere uzandı ve bir tane kocasına uzatıp tekrar kendi yemeye devam etti.

Gece herkesi uğurladıktan sonra Semih, Hande'nin anneannesi ve dedesini kalacakları eve bırakmak için onlarla gitmişti. Aslında şoförlerden biriyle gönderebilirdi ama karısının akrabalarına karşı saygısızlık yapmış olmak istemiyordu. Bunu yapmasının sebebi onlara olan saygısından ziyade onların karısı gözündeki değerindendi.

Gelen temizlikçi grup yemek yenilen odayı toparlamıştı. Ertesi gün de salon için birileri geleceğini söylemişti Semih.

Hayat, Su ve Nergis odalarına çekilmişlerdi. Vedat da mutfağa gitmiş, su içip yatacağını söylemişti. Ümit, Hande'yi yatmadan önce muayene edecekti. Her gece ya Ümit ya da Hayat Hande'yi genel bir muayeneden geçiriyorlardı. Ümit, kullandığı ilaçlardan birkaçını artık kullanmasına gerek olmadığını söylemiş ve beslenmesiyle ilgili birkaç şeyi değiştirmişti. İkisi koltuklara oturunca Hande "İstersen sen de yat, ben Semih'i bekleyeceğim." dedi.

"Henüz uykum gelmedi. Birazdan gideceğim."

Beş dakika kadar sessizce oturdular. Hande'nin canı sıkılmıştı. Yanında duran kırlenti tutup adamın kafasına attı. Ümit ona dönünce masum kedi bakışları atarak "Elimden kaydı." dedi. Ama yüzündeki muzip sırıtış çocukluğunun tuttuğunu gösteriyordu. Ümit de kırlentlerden birini eline aldı. "Demek elinden kaydı?"

"Kesinlikle!"

Ümit o konuşurken boşluğundan faydalanıp kırlenti tam yüzüne atınca Hande şaşkınlıkla açtı ağzını. "Bana meydan mı okuyorsun?"

"Elimden kaydı." dedi Ümit onun gibi. Hande sinsi bakışlar atacak şekilde gözlerini kıstı ve sonra yüzünü normale çevirip "Benim uykum geldi." diyerek ayaklandı. Ümit onun birden vazgeçmesine şaşırsa da hamile bir kadının çabuk yorulabileceğini bildiği için inandı. Tabii Hande'nin içindeki o yaramaz çocuğu göz önünde bulundurmamıştı. Hande odaya doğru koşmadan hemen önce koltuktaki kırlenti adama attı ve koşar adım odaya giderken "Ben kazandım." diye bir zafer nidası atıp adamın şaşkın suratına karşı kapıyı kapatmadan hemen önce dil çıkarmıştı. Bu kadın kesinlikle tam bir cadıydı.

Cuma gecesi saat üçte İstanbul'a gitmek için evden ayrılmıştı Semih. Hande sırf onu uğurlamak için uykuya direnmiş ama iki buçukta bütün direnişleri boşa gitmiş, mışıl mışıl uyumaya başlamıştı. Semih gitmeden önce onu uyandırmazsa çok kızacağını biliyordu ama hem karısı hamile olduğundan dinlenmesi gerektiğini düşünmesi hem de saat hayli geç olduğundan kalktığında bir daha uyuyamayacağını bilmesi buna engel olmuştu. Zaten iki günlüğüne gidiyordu. Onu uyandırırsa Hande'nin huysuzluk yapacağını da biliyordu. Üstelik onun o mızmızlanmalarını görünce kadını bırakıp giderken huzursuz olacaktı. En güvenilir adamlarını ayarlamıştı. Huzursuz olması için bir sebep yoktu.

Evden çıkıp hızlı adımlarla merdivenleri inerken deri ceketini üzerine geçiriyordu. Cebinden arabasının anahtarlarını çıkardı ve apartmanın demir kapısından çıkınca kapının az ilerisindeki arabanın hemen önünde bekleyen Halil'e attı anahtarları. "Arabayı hazırla, geliyorum." dedikten sonra diğer taraftaki Selim'e doğru yürüdü.

"Koçum, yengen sana emanet. Kızıma da karıma da bir şey olursa ilk seni sorumlu bilirim."

"Bir şey olursa sen gelmeden ben kafama sıkarım ağabey."

Semih onun omzuna vurdu. "Kafana sıkma. Vücudunda

yeni delik açmaya gerek yok. Ben gelir gereken yerleri kapatırım."

Başka bir şey söylemeden siyah cipin sürücü koltuğuna geçti. Ferit, Cahit, Murat, Haluk da boş koltuklara geçince araç sessiz bir kaplan gibi hızlıca uzaklaştı.

Vedat ve Tunç yukarıdaydılar. Selim ile Alp de uzaklaşan arabanın ardından eve girdiler. Normalde kapıda nöbet tutan adamlar olurdu ama içeride Su ve Nergis ile birlikte altı koruma, iki doktor bir de Hande vardı. Öyle kalabalık bir yerde Hande'ye zarar gelmezdi. Hem Nergis ile Su her ne kadar dikkatli olsa da Vedat, Alp, Tunç ve Selim'in uykusu dâhi diken üstünde olur, küçük bir çıtırtı bile onları uyandırırdı. Semih adamlarını çok iyi eğitirdi. Yanına aldığı kişileri dört aşamalık bir eğitimden geçirir, eğer özel korumasıysa onun üstüne özel bir eğitim daha verirdi. Alanında uzman kişileri getirirdi eğitimler için.

Hande sabah saat ona doğru gözlerini açtığında hafif bir titreme hissetti. Ardından Semih'in yokluğunu fark ederek etrafına bakındı. Hava aydınlanmıştı. Saate baktığında avucunun içiyle başına vurdu. Kocasını uğurlayamamıştı. Hem üzgün hem de kızgındı. Semih nasıl olur da onu uyandırmazdı! Telefonunu alıp adamı aradı ama kapalıydı. Sinirle telefonu yatağın boş tarafına atıp yataktan kalktı. Somurtuyordu. Üstünü değiştirirken yeni elbiseler alması gerektiğini fark etti. Karnı gittikçe büyüyordu. Artık Semih'in kıyafetleri onu idare edecek gibi değildi. Odadan çıktığında mutfaktan gelen sesler ve kokular üzerine oraya geçti. Hayat ve Su kahvaltı için bir şeyler hazırlıyordu. Sahanda yumurtanın kokusu burnuna dolunca bir bulantı hissetti. Yumurta kokusunu normalde de hiç sevmezdi. "Yardım lazım mı?" diye sorunca iki kadın da onu yeni fark etmişti.

"Hayır, sen içeri geç istersen. Biz hallediyoruz."

"Nergis nerede?"

"Ekmek, simit, poğaça falan almaya gitti. Kalabalığız malum."

Kahvaltı saatleri zaten on-on bire çekilmişti evde. Hande uzun zamandır ancak o saatlerde kalkabildiği için her şeyi ona göre ayarlıyorlardı.

Hande tam salona geçecekken Su'nun sesiyle durdu. "Bu arada..."

Geri dönüp kadının suratına bakınca Su devam etti. "Ağabeyin seni aradı. Uyuyabileceğini düşündüğünden ev telefonunu aramış. Uyanınca onu aramanı istemişti."

"Tamam, ararım." diyerek içeri geçti. Orada Ümit dışında iki adam görünce şaşırdı. Bu iki iri adamı tanımıyordu ama Semih'in çalışanı oldukları belliydi. Başka türlü Semih yokken eve girmeleri pek mümkün değildi. Elindeki havucu kemiren adamın karşısındaki tekli koltuğa oturdu.

"Ümit bunlar kim?" diye sordu sanki adamlar konuşamıyor gibi. Ümit ağzını açamadan elinde havuç olan adam konuştu.

"Biz konuşabiliyoruz yenge. Semih ağabey gönderdi bizi. Ben Alp, bu da Tunç... Bundan sonra ağabeyden yeni emir gelene kadar seni koruyacağız."

"Kaşıkçı elması olsam bu kadar korunmam." dedi Hande ve ardından iki adamın şaşkın bakışlarına aldırmadan sehpadaki kumandayı alıp bir spor kanalı açtı. Duyduğu 'Oha' sesiyle Tunç'a döndü. Tek kaşını kaldıramayacağını bildiğinden deneyip rezil olmak yerine iki kaşını kaldırdı. "Ne?"

"Bunu mu izleyeceksin?"

"Sakıncası mı var?"

"Yok, sadece şaşırdım."

"Niye? Ben futbola ilgi duyamaz mıyım?"

Adam bir şey demedi. Sadece omuz silkti.

"Hangi takımlısın yenge?"

"Yenge yerine Hande desen? Bu çok sinir bozucu. Ayrıca Barcelona'yı tutuyorum."

"Türkiye'de takım mı kalmadı?"

"Türkiye'de takım tutmuyorum çünkü maçları beğenmiyorum ama desteklediğim bir takım olarak Fenerbahçe'yi söyleyebilirim."

"O şikeci takımı mı tutuyorsun? Hiç yakıştıramadım." diyen Tunç'tu. Alp onun kafasına vurdu.

"Lan senin tuttuğun takım çok mu düzgün? Açtırma benim ağzımı. Pis cimbomlu seni!"

"Bak sıkacağım kafana o olacak."

"Ağabeyin yanında ötmüyor borun ama. Sen anca bana diklen."

Onlar kendi aralarında tartışırken Hande kaşlarını çattı. "Bir susun da şu adamı dinleyelim." derken ekranda Rıdvan Dilmen konuşuyordu.

"Ya sen bizimle kafa mı buluyorsun? Bu adamın kim olduğunu bile bilmiyorsundur bence."

"Rıdvan Dilmen! Bak yerde bir şey yuvarlanıyor. Kapak mı o? Kavanoz kapağı sanki!"

Tunç susup önüne döndü. Bu kadına laf yetiştirmek mümkün değildi. Kapı çalınca kimse kalkıp açmaya niyetlenmedi. Hande ayağıyla Ümit'i dürtünce ilk başta adam oralı olmadı ama kadın ısrarla devam edince "Ne yapıyorsun?" diye sordu sinirle.

"Evladım olsan ayağımla severim seni şimdi elimle mi dürteyim yani?" derken ikisi de şakasına söylediğini biliyordu. Hande uzanıp eliyle dürtmeye üşendiği için ayağıyla dürtmüştü.

"Çok konuşuyorsun. Dilini mi kessek ne yapsak?"

"Hıı! Semih de seni kıtır kıtır keser."

"Mi acaba? Bence beni hediyelere boğar."

Hande ona dil çıkaracaktı ama ısrarla çalan kapı üzerine "Kalk kapıyı aç." dedi konuyu değiştirip.

"Oldu! Başka emrin? Ben miyim evin hanımı? Git sen aç."

"Hamile kadınım ben utanmıyor musun?"

"Dil de pabuç! Palyaço pabucu hem de! O dilini buradan uzatsan dilinle açarsın zaten."

"Dilimle ne alıp veremediğin var anlamadım ki?" dediğinde koridorda Selim'in kükreyen sesi duyuldu. "Lan açsanıza kapıyı. Bir uyutmadınız be."

O kapıyı açarken Hande de salondan ona bağırdı. "Görgüsüz öküz öğlen olmuş kış uykusundan kalk da kendin aç. Babanın uşağı mı var burada?"

Alp ve Tunç olanlara kahkahalarla gülerken Ümit gayet normal karşılıyordu. Alışmıştı artık. Selim içeri girip kapı pervazına yaslandıktan sonra Hande'ye döndü. "Kadın! Kadın! Yengemsin diye susuyorum."

"Susuyor musun? Böğürüyorsun be! Ayı mısın sen? İn mi burası? İnsanız biz insan."

"Bak. Deli olacağım deli. Bu kadını boğacağım bir gün." dedikten sonra salondan çıkıp mutfağa gitti. Hande oturduğu yere yayılıp televizyon izlemeye devam etti. Kısa süre sonra salona Nergis girmiş Ümit'in oturduğu üçlü koltuğun boş kısmına oturmuştu. İçeride bir tek Vedat eksikti. "Vedat nerede?" diye sordu Hande. Büyük ihtimalle uyumuyordu. Uyuyor olsa onca gürültüye uyanırdı kesin. Nergis cevap verdi, "Alışverişe gitti. Elimizdeki malzeme yetmez diye..."

Hande içeri tekrar giren Selim'e "Adam çalışkan işte." deyince Selim ona öldürecek gibi baktı. Hande de çocuk gibi başını diğer tarafa çevirdi. Selim "İnna sabirin" diye söylenirken yemek masasının olduğu odaya geçti. Hande, Selim ile uğraşmaktan zevk alıyordu. Nihayet eğlenecek bir şey bulduğuna seviniyordu. Selim bir, Ümit ikinci eğlence kaynağı olmuştu.

Selim içerideki büyük üç masadan ikisini duvarlara yaslayıp kullanılacak olana alan açtı. Masalardan iki tanesi bütün ailenin toplandığı yemek için getirilmişti. Semih onları diğer büyük evlerden birine göndermelerini söylemişti. Adam o işi öğlen halledecekti.

Hayat elindeki tepsiyle içeri girerken kenara çekildi. Kadın tepsinin altında tuttuğu masa örtüsünü sermek için tepsiyi boş masaya bıraktı. Selim içeri geçerken Su da başka bir tepsiyle yemek masasının olduğu odaya gidiyordu. Hande ve Nergis onları görünce kalkıp mutfağa gitmişlerdi. Nergis ekmekleri dilimlerken Hande de masada duran, kahvaltılıklarla dolu üçüncü tepsiyi aldı.

Sonra ağabeyini arayacağı geldi aklına. "Ben ağabeyimle konuşup geliyorum." dedikten sonra odasına gidip telefonu aldı. Hâlâ yatağın kenarında duruyordu telefon. Onu görünce Semih'e tekrar sinirlendi. Rehberden 'ayıcık' yazılı kişiyi bulup arama tuşuna bastı. Semih ona telefonu aldığında ağabeyini öyle kaydetmişti. Yavuz görse herhâlde onu gerçek bir ayının inine atar, yem ederdi.

"Alo, ağabey?"

"Hande?"

"Benim. Beni aramışsın, bir şey mi oldu?"

"Bugün seninle konuşmamız lazım. Gelir alırım."

"Konuşmamız mı lazım? Ne hakkında?"

"Ne hakkında olduğunu sen biliyorsun Hande. Neyse, işim var şimdi. Saat üçe doğru gelirim. Hazır ol, bekletme bir de kapıda."

Hande bir şey diyemeden telefon kapanmıştı. Belli ki ağabeyi yüzündeki, kollarındaki yara izlerini soracaktı. Eskisi gibi olmasa da hiçbir şey olmamış gibi de durmuyordu yaralar. Bebek doğana kadar ameliyat olmak istememişti sadece. İçine yayılan huzursuzlukla herkesin toplandığı yemek masasına geçip boş sandalyeye oturdu. Erkekler sohbet hâlindeydi. Yanında oturan Su kolunu dürttü hafifçe. "Bir sorun mu var?" Hande başını iki yana salladı ve tabağına koyduğu kahvaltılıklarla oynamaya başladı. Zeytinlerden birini çatalına batırıp ağzına atmış, diğerini çatalıyla sağa sola ittirerek oynuyordu. Bir süre sonra zeytinlerle uğraşmayı bırakıp çatalın ucuyla peyniri ezdi, parçaladı.

"Peynir, peynir olalı böyle eziyet görmedi. Peynirliğinden utandı. Yesene onu. Ne ezip duruyorsun tabağında!"

"Sana ne? İster yerim istersem de ezerim. Sana mı soracağım?" diye Selim'e çemkirdi Hande. Ümit araya girecekti ama Hayat ondan önce konuştu, "Beslenmene dikkat etmen gerektiğini biliyorsun."

"Bugün iştahım yok."

Selim araya girip "Bebeğe ya da sana bir şey olursa ağabey benden soracağını söyledi. Ya adam akıllı ye ya da ben yedireyim. Pek nazik olacağımı söyleyemem." dedi.

"Zaten senin gibi birinden de naziklik beklemem. Ben kendim yerim ayrıca."

Ezdiği peyniri çatalıyla toparlayıp ağzına attı ve meyve suyundan bir yudum alıp sonra simidini kemirmeye başladı. Elindeki simidin bir kısmını yiyip bıraktı ve sonra "Bugün ağabeyim beni dışarı çıkaracak." dedi ortaya. Haber vermeden bir yere gidemezdi. Selim ile ne kadar atışırsa atışsın Semih ona güveniyordu ve ne yazık ki Hande de o adama güveniyordu. Kocası onu koruyamayacak birine asla emanet etmezdi.

Selim kesin bir tavırla "Olmaz." dediğinde kaşlarını çattı. Ne yani? Ailesiyle görüşmeyecek miydi? Bu adam kesinlikle saçmalıyordu. Semih onlara kendisini eve hapsetmelerini söylememişti herhâlde. Ki öyle olsa en iyi adamlarını bırakmasına gerek yoktu. Evde olduğu sürece kapıya birkaç adam dikip koruyabilirdi adam onu.

"Ne demek olmaz? İzin istemedim zaten, haber verdim."

"Semih beni kıtır kıtır kessin mi istiyorsun sen? Olmaz dedim. Burada görüşürsünüz sonra gider. O kadar!"

"Hıı..." dedi alaycı bir tavırla Hande. "Hem hava almak istiyorum ben."

"Evde oksijen mi yok?"

"E sen gereksiz yere tüketiyorsun ya. Bitiyor hemen."

"Sen rüyanda gidersin dışarı. Kapıdan dışarı adımını atamazsın."

"Sana mı soracağım be?" dedi Hande ve sonra masadan kalktı. Yiyeceği kadar yemişti. Gerçi yediğinin az olduğunu biliyordu ama daha yemek de istemiyordu. Ev değil hapishane sanki, diye düşündü Hande. Bunlar da gardiyan! Hele bir çıkarma bak ben bu evi sana zindan etmiyor muyum!

Dolabında elbise bakarken odaya elinde ilaçlarla Nergis girdi. "Bunların saati gelmiş." dedikten sonra yatağa oturup Hande'nin ilaçlarını içmesini bekledi. Hande elindeki bardağı komodine bırakıp Nergis'e döndü.

"Sence ne giyeyim?"

"Nerede? Ne?" dedi Nergis anlamamış gibi.

"Dedim ya ağabeyim beni alacak diye."

"Hande sen ciddi misin? Selim 'olmaz' dediyse o iş zor biraz. Bak Semih kızar söyleyeyim. Onun sözünü dinlemen lazım."

"Semih de sülalesi de umrumda değil. Yabancıyla değil ağabeyimle görüşeceğim."

"Delisin sen. Gerçekten bak. İflah olmazsın."

"Bırak konuşmayı da bana yardım et. Ne giyeyim?"

"Şu elbise güzelmiş." derken eteği sarı tülden, göğüs kısmı kot ve kolları da kahverengi deriden, ince askılı bir hamile elbisesini gösteriyordu kadın. Hande onun üstüne hırkasını giyebilirdi. Montunu da giydiğinde üşümezdi. Zaten kış olmasına rağmen hava güneşliydi. Serin olsa da normal kış günü gibi değildi. Hande aldığı ama hiç giymediği elbiseyi dolaptan çıkardı. Uzun zamandır böyle eteği uzun elbiselerden giymemişti. Gerçi hamile kalmadan önce neredeyse hiç elbise girmiyordu. Nergis çıkınca üzerini değiştirip saçlarını taradı ve ardından üzerine örgü hırkasını giydi. Odadan çıktığında Vedat ile karşılaştı. Vedat sessiz, suskun bir adamdı. Hande, Selim'den sonra Semih'in yanında en çok Vedat'ı görmüştü ama Vedat, Selim gibi değildi. Zıt karakterdeydi. Daha ağırbaşlı, sessiz, kendi hâlinde bir adamdı. Gerçi bütün pis işlerle o ilgileniyor gibiydi.

"Vedat?" dedi Hande onu durdurmak için.

"Buyur Hande?"

Hande'ye karşı hem samimi hem de resmiydi. Bu biraz tuhaf hissettiriyordu ama aynı evde kalmaya başladıklarından beri Hande hiçbir rahatsızlık duymamıştı.

"Bana sen eşlik eder misin?"

"Nerede?"

"Ağabeyim almaya geldiğinde tek gitm..."

"Hande! Selim belki sert çıktı ama gerçekten sana bir şey olursa ağabey ne bizi yaşatır ne kendisi yaşayabilir."

"İyi ama ağabeyimi ne zamandır görmüyordum. Bugün, yarın gidecek ve onu görmeme engel mi olacaksınız? Hem gerçekten evde bunaldım. Biraz hava almak bana da bebeğe de iyi gelecek."

"Diğerleriyle konuşacağım ama... Çok heveslenme olur mu? Aramızda konuşur karar veririz."

"Ah! Kendimi hapishanede gibi hissediyorum." diye sinirle çemkirmişti ki Selim'in sesini duydu.

"Tımarhanedir o tımarhane."

ON ALTINCI BÖLÜM

Su, Nergis, Alp ve Vedat'ın onay vermesi sonucu Hande ağabeyi ile evden çıkabilmişti. Tabii yanında Vedat, Selim, Su, Nergis, Alp ve Tunç ile beraber. Yavuz onlara tuhaf bakışlar atarken Hande'ye "Üçüncü kolorduyu da getirseydin?" dedi.

"Erzincan'a kadar gidemedim ağabey ya..." dedi ve sonra sırıtarak arabaya binmek için harekete geçmişti ki Selim onu durdurdu. "Sen o arabaya binemezsin."

"Nedenmiş?" derken şaşkınca Selim'e bakıyordu. Yavuz ise kaşlarını çatmıştı.

"O araba güvenli değil. Bunlar özel arabalar. Üstelik ayrı arabada olamazsın."

Hande kaşlarını çatsa da bir şey demedi. Tam diğer arabaya geçecekken Yavuz "Kardeşim o benim. Ona zarar verecek değilim. Ki versem de o seni ilgilendirmez." dedi Selim'e. Selim de sinirle adama döndü. Aralarında Hande duruyordu. Diğerleri de arabaların kapılarını açmış binmeden duruyordu. Bir olay çıkarsa araya girmek için hazır bekleyen onlara yakın arabanın ön yolcu koltuğunun açık kapısının arkasında duran Vedat'tı.

"Ağabey onu bize emanet etti. Başına bir şey gelmesin

diye yapıyoruz bunu. Ağabeyin birçok düşmanı var. Ailesine zarar gelsin istemez. Olay çıkmasın, siz ilerleyin biz de takip edelim. Hande bizimle gelecek."

Yavuz bir şey söyleyecek olmuştu ki Hande ağabeyine sarılıp kulağına rahatlatıcı bir sesle "Sorun yok. Gittiğimiz yerde konuşuruz." dedi.

Adam huysuzca arabasına binince Hande kızların olduğu arabaya gidiyordu ki Selim "Orada sıkış tepiş oturmayın. Sen bu arabaya bin." dedi.

Hande huysuzluk yapmamak için Selim ve Vedat'ın olduğu arabaya bindi. O arka koltuğa oturur oturmaz Vedat ön yolcu koltuğuna, Selim de sürücü koltuğuna geçti. Yavuz'un arabasının ardından onlar da harekete geçmişti. Hande camdan dışarıyı izlerken Vedat uzanıp radyoyu açtı. Kanalları gezip bir yerde durdu ve geri yaslanıp o da dışarıyı izlemeye başladı.

Çarşıda bir kafenin önünde duran arabanın ardından onlar da durdu. Hande bir an etrafına bakındı. Ön arabadan inen ağabeyi kendi bindikleri arabaya yürürken Selim ve Vedat da inmişti. Yavuz'dan önce Selim kapısını açtı. Ağabeyi elini uzatınca Hande ondan destek almasına gerek olmasa da ağabeyinin elini tutup indi. İçeri girdiklerinde Yavuz ve Hande en köşedeki masaya geçti. Zaten çok kalabalık değildi. Önlerindeki masaya Vedat, Nergis ve Alp diğer yanlarındaki masaya ise Su, Tunç ve Selim oturdu. Zaten onlara yakın olan başka masa da yoktu. Yavuz oturduktan sonra bir süre sessiz kaldı. İçerisi yoğun şekilde kahve kokuyordu. Duvarlar kahverengiydi ve çok eski çağlardan kalma, otantik bir yere benziyordu. Çok hoş, rahatlatıcı bir havası vardı.

Garson siparişleri almaya gelince Yavuz mocha, Hande ise çikolatalı süt istedi. Siparişleri beklerken Hande "Ağabey, biliyorum bu yara izleri..." diye başlamıştı ki ağabeyi böldü onu,

"Bekle, siparişler gelsin sonra konuşalım. Bölünsün istemiyorum."

"Tamam."

"Bebek nasıl?" dedi ağabeyi konuyu değiştirerek. Hande gülümsedi. Eli karnına gitmişti.

"İyi"

"Doğum burada mı olacak?"

"Evet, galiba. Bilmiyorum tam olarak."

"Semih seni hep bunlara emanet edip gidiyor mu?"

Adam etraftaki korumaları süzdü. Hande de onlara baktı. Sonra ağabeyine döndü. "Hayır, genelde yanımda oluyor. Sadece bu hafta sonu gitti ama çok önemli olmasa gitmezdi." dedi. Ağabeyi, "Hande bana her şeyi söyleyebileceğini biliyorsun değil mi? O adam eğer sana zarar veriyorsa saklamana gerek yok. Kim olursa olsun umrumda olmaz seni alır götürürüm istediğin an."

"Ağabey hayır. Semih gerçekten beni gözünden sakınıyor. Bana çok iyi bakıyor."

Servisler gelince sustu Hande. Ağabeyinin gözündeki soru işaretlerini görebiliyordu ama her şeyi nasıl anlatacağını bilemiyordu. Yine de Semih'in ona zarar vermeyeceğini bilmesi gerekiyordu adamın yoksa rahat etmeyecekti. Çikolatalı sütünden bir yudum aldı. Garson oradan uzaklaşmış diğer masalara servis yapmaya başlamıştı. Boğazını temizledi. Ağabeyi gözlerinin içine açıklama beklercesine bakıyordu.

"Bu yaraları Semih yapmadı. Ben... Berk'in babası beni kaçırdı. Sanırım Berk ile ayrılmamızı oğlu hazmedemediği ve Semih'ten iyi bir ders aldığı için intikam almak istemiş."

"Ne diyorsun sen Hande? Ne zaman oldu bu? Niye haberim yok bundan? O herif ne yapıyordu?" dediğinde sesini yükselttiğinin farkında bile değildi. İçerisi kalabalık olmasa da bir grup insan onlara bakmış Selim hızla ayaklanıp onların masaya yürümeye kalkmıştı. Hande ağabeyine baktı. "Dur. Dinle beni."

Su onu durdurdu. Selim tekrar oturdu ama her an tetikteydi. Hande'ye zarar gelirse Semih onları gerçekten kıtır kıtır keserdi ki ağlaması da ona zarar geldiği anlamına gelirdi. Hande'nin gözleri dolmuştu.

"Tamam." dedi adam ve sakinleşmeye çalışır gibi derin bir nefes aldı. "Tamam, anlat."

"Neyi anlatayım?"

"Her şeyi! Nasıl oldu? Ne zaman oldu? Baştan başla anlat."

"Ben evdeydim. Korumalar vardı. Semih iş için gitmişti. Birden içeri adamlar doldu. Sonra ne oldu anlamadım. Bayılmışım. Uyandığımda bir sürü ayna olan bir odada ellerim yukarı bağlı şekilde duruyordum. Ağzıma bir bez sokuşturmuşlardı. Ayaklarım yere zor değiyordu ve canım çok yanıyordu." dedikten sonra duraksadı. Bunları Semih'e bile anlatmamıştı. Zor geliyordu. Yutkundu ama devam edemedi. Ondan sonraki zamanları bazen hâlâ kâbuslarında görüyordu ama Semih'in kokusu sanki rahatlatıcı bir etkisi var gibi onu rahatlatıyor ve bütün kâbuslarını kovuyordu.

Sütünden bir yudum aldı. Gözleri dolu olduğundan net göremiyordu. "Sonra... Sonra içeri birkaç adam girdi. Ellerimi çözdüler. Ağzımdaki bezi atıp bağırdım onlara. Tokat attılar. Sonrası çok kötüydü. Beni bir sedyeye bağladılar. Bebeğimi öldürdüler." dediğinde ağlamaya başlamıştı. Kendini tutamıyor, hıçkıra hıçkıra ağlıyordu. Yavuz yerinden kalktığında Hande kulaklarını elleriyle kapatmıştı. Ağzı açılıyor ama çığlık atamıyordu. Karanlığın içinde boğuluyor gibiydi. "Karanlık..." diye fısıldadı. "Sonra hep karanlıktı." dediğinde Yavuz ona kollarını dolamış, Hande başını onun kolları arasında saklamıştı. "Sakin ol." dedi Yavuz ama Hande onu duymadı. Hande'nin saçlarını okşayıp onu yatıştırmaya çalışırken Selim, Vedat, Su, Nergis, Alp ve Tunç da yanlarına gelmişti. Hande kriz geçiriyor gibiydi. Sanki bir çeşit sinir kriziydi bu. Onları izleyen kişilerden biri Hande'yi tanıyıp haber vermiş olacak ki etrafta birden flaşlar patladı. Selim gazetecileri görünce ağır bir küfür etti. Vedat ile Selim onları uzaklaştırırken diğerleri Hande'yi sakinleştirmeye ve fotoğrafının çıkmaması için önünü kapatmaya çalışıyorlardı. Hande sakinleşecek gibi değildi. Su "Hayat ve Ümit'i arayın. Ya da gidelim eve orada baksınlar. Burada biraz zor." dedi gazetecileri kastederek. Yavuz kadını kucağına aldı. Bebek olmasına rağmen çok kilolu değildi Hande. Diğerleri onu sakinleştirmek için her şeyi yapıyordu.

Arabalara binince Yavuz da dâhil hızlıca eve ilerlediler. Su, Hande'nin yanına binmişti. Hande "Nefes..." dedi ve krizi tutmuş astım hastası gibi nefes almaya çalıştı. Arada "Nefes alamıyorum." deyince Su "Vedat dur!" dedi. Vedat arabayı kenara çekti. Su kapıyı açıp kadını da dışarı çıkardı. Hande hâlâ nefes alamıyor, ayakta duramıyordu. Vedat ona destek oluyordu. "Ne yapacağız?" dedi adam tedirgince. "Bilmiyorum." derken Su soğukkanlı olmaya çalışıyordu ama başarılı olamadığı aşikârdı. "E-eve gidelim. Be-ben dayanırım." dedi Hande zorlukla. Sesi bile eve kadar dayanamayacağını belli ediyordu. Selim sinirle yumruğunu sıktı. Telefonunu çıkarıp Semih'i arayacaktı ama Nergis onu durdurdu.

"Önce Hande ile ilgilenelim."

"Doktorlardan birini arayın. Onlar yola çıksın. Biz de çıkalım. Hızlı olsunlar. Karşılaşırız."

"Tamam." dedi Nergis. Numarayı çevirirken Alp'e arabaya binmeleri için işaret verdi. Onlar binmişti ama Su, Selim, Hande ve Vedat hâlâ dışarıdaydı. Hande'nin yüzünün rengi değişmişti. Nergis, Ümit'e haber verdiğinde Selim, Hande'nin kafasını tutmuş ona bakabilmesi için destek oluyordu. Dikkatini toplamak için buna ihtiyacı olduğunu biliyordu en azından. "Hande, şimdi Hayat ve Ümit yola çıkıyorlar. Onları bekleyecek kadar vaktimiz yok. Arabaya binmen lazım. Biz de gidersek daha erken karşılaşırız."

Hande başını onaylarcasına salladı. Zorlukla arabaya bindiğinde bütün camları açmışlardı. Selim onların bindiği arabanın sürücü koltuğuna geçince Vedat arka arabaya gitmişti. Onlar diğerlerinden önde gidiyordu. Beş dakika sonra karşılaştıklarında Hande artık bilincini kaybetmek üzereydi. Aldığı nefes ona yetmiyordu. Hayat arabanın arka koltuğunda ilk müdahaleyi yaparken Ümit diğer koltuğu açtı. Onlara yer açmak için arabayı boşaltmışlardı. Yaklaşık on beş dakika sonra Hande kendini toparlamaya başlamıştı. En azından nefes alabiliyordu. Başında inanılmaz bir ağrı vardı. Ümit kadının başını yukarıda kalıp rahat nefes alması için bacaklarına koymuştu. Hande öyle uyuyunca eve geçmek için tekrar arabalar harekete geçti. Yavuz, Semih'e çok kızgındı. Yine de... Bir yandan da onu suçlayamıyordu. Belki de Hande'nin intikamını almıştı. Almadıysa bu işi kendisi yapacaktı. Pis işlere bulaşmışlığı olmasa da, kabadayı olmasa da kardeşinin çok acı çektiğini görerek, bilerek o adamı rahat bırakamazdı.

Eve geldiklerinde Ümit, Hande'yi kucağına alıp eve çıkardı. Su odasının kapısını açınca Hande'yi yatağa yatırdı. Son kez kontrol etti. "Durumu nasıl?" diye sordu Su. "Hastaneye gitsek iyi olurdu ama yetişmek mümkün değilmiş. Şimdi biraz dinlense yeter."

Onlar odadan çıkıp kapıyı kapattığında diğerleri salona geçmişti. Yavuz kaşlarını çatmış diğerlerine bakıyordu. Selim sinirle "Onun hamile olduğunu bilerek üzerine gitmene gerek var mıydı?" diye sordu.

"O yara izlerinin nasıl olduğunu bilmem gerekiyordu. Eğer Semih yapıyor olsaydı kardeşimi bırakıp gideceğimi mi sanıyorsun?"

"Semih değil karısı, kadınlara el kaldırmamaya özen gösterir. Kardeşine zarar vermeyeceğinden emin olabilirsin."

"O Semih'le konuşmam lazım! Ne zaman gelecek?"

"Pazar ya da pazartesi, eğer konuşacağın konu o mevzuysa..."

"Evet. O! Kardeşimin intikamını aldı mı almadı mı bilmem lazım."

"Emin ol aldı." dedi Vedat ama midesi kalkmış gibi görünüyordu. Yavuz bir şey söylemedi. Bir süre oturdular. Yavuz kalktı. "Hande uyanmayacak belli ki. Ben daha sonra tekrar gelirim."

Aklında Semih'in intikam aldığından emin olmak vardı. Şimdi olmasa da bunu daha sonra yapacaktı. O çıkarken Selim "Kafana göre iş yapman ağabeyi sinirlendirir. O sinirlenirse iyi olmaz." diye uyarıda bulundu. Altında açıkça tehdit yatan bu cümle adamın bir kulağından girdi diğerinden çıktı. Zaten Berk onun çocukluk arkadaşıydı. Bulması zor olmayacaktı. Eğer hiçbir şey olmamış gibi yaşıyorsa adam ondan unutamayacağı bir intikam alacaktı.

İki Gün Sonra

Hande apartmanın merdivenlerini çıkarken sinirle "Başımın etini yedin. Kemiklerini kemiriyorsun şimdi de. Ya yeter artık. Bir hava almaya çıkıyorum ama hava alacak alan bırakmıyorsunuz." diye homurdanıyordu. Selim sinir bozucu derecede korumacıydı. Bunu ona Semih tembihlemişti. İki gün önce gazetecilerle görüşmeye gitmesi dışında bir an bile Hande'nin başından ayrılmamıştı. Hande eve girip arkasından gelenler için kapıyı açık bıraktı. Sinirle odasına girdi. Tam kapıyı çarpıp dönmüştü ki yatakta elindeki küçük oyuncak ayıcıkla oturan, gülümseyerek ona bakan Semih'i görünce duraksadı. Semih elindeki oyuncak ayının kolunu sallayarak "Harry ve ben sana merhaba diyoruz." dedi. Sesi neşeliydi. Üstünde kot pantolon, siyah bir ceket ve içinde beyaz tişörtü vardı. Fazla yakışıklıydı. Hande sevinçle ona doğru yürüdü. Semih elindeki ayıyı bir kenara atıp ona yaklaşan karısını elinden tuttu ve dikkatli ama seri bir hareketle kendi üstüne çekti. Dudaklarını onunkilere yapıştırdı ve geri çekildi. Ardından dudağının bir kenarı mükemmel bir şekilde yukarı kıvrılırken "Seni özledim." diye mırıldandı.

Beş Ay Sonra

"Semih?" dedi Hande biraz titrek bir sesle. Adam bir saattir bıkmadan soru sorup uyumasına engel olan karısına bıkkın bir şekilde "Efendim Hande?" dedi. Belli ki Hande uyuyamadığı için kocasını da uyutmamaya niyetliydi.

"Semih?" dedi Hande tekrar. Sesi bu kez telaşlı geliyordu. Semih geri çekildi. Hande'nin yüzüne baktı. "Ne oldu?" diye sorarken onun sesi Hande'nin aksine güçlü ve gürdü. Hande alt dudağını dişledi ve ardından titrek sesiyle "Sanırım bebek geliyor." deyince Semih hızla yerinden doğruldu. Odanın lambasını yakıp dolabın yanındaki çantayı aldı. Ardından karısına yürüdü. Onunla birlikte evin çıkışına yürürken diğer odalardakilerin de kapılarını tıklatmıştı. Alp odasının kapısından çıkınca Semih ayakkabılarını giyen karısının kolunu bırakmadan "Bebek geliyor galiba. Hastaneye geçiyoruz." diye Alp'i bilgilendirdi. Her şeyi önceden hazırlamışlardı. Arabalardan birini garaja koymuyorlardı. O arabaya Hande'yi bindirip kendi de geçti ve gaza basarken telefonundan doktoru aradı.

"Duygu Hanım, Hande'nin doğumu başladı sanırım. Biz hastaneye geçiyoruz. En geç on dakika sonra orada oluruz."

"Tamam." dedi kadın ve telefon kapandı. Hande acıyla inledi ama dişlerini sıkıyordu. Henüz çok yoğun bir acısı olmasa da acı çekmiyor değildi. Semih dikkatini yola vermişti. Hande kısa süre sonra ağlamaya başlamıştı. Semih onun hıçkırıklarını duyunca bir elini direksiyondan çekti ve dikkatinin dağılmamasına dikkat ederek karısının yanağını okşadı. "Sakin ol..." diye mırıldandı. Kadının yanağındaki elini onun karnına koyup hafifçe okşadı. "Sen güçlü bir kadınsın. Dayanabilirsin. Yarın bebeğimiz kucağında olacak."

"Korkuyorum." derken hâlâ hıçkırıyor, acı çekiyor ve ağlıyordu. Semih ne yapacağını şaşırmıştı. Hastaneye ulaşmalarına az kalmıştı ama Hande iyi değildi.

"Korkma. Bir şey olmayacak. Hiçbir şey olmayacak." derken güvence verircesine Hande'nin elini kavradı. Hande'nin bacakları titriyordu. Gittikçe acısı artıyor, sancıları sıklaşıyordu. Çığlık atmamak için dişlerini sıkarken Semih'in elini daha da çok sıktı. Gözlerinden akan yaşları da engelleyemiyordu.

"Semih dayanamayacağım. Dayanamayacağım. Hayır, ben dayanamayacağım." diye sayıklıyordu. Acı arttıkça telaşı, endişesi, korkuları artıyordu. Öyle bir duygu karmaşası içine girmişti ki ne yapacağını kestiremiyordu. Semih yanında olduğundan kendini güvende hissediyordu ama doğuma gireceği anı düşündükçe iyiden iyiye geriliyordu. Her şeyden öte sedye ve doktorlar, çekeceği acı, aklına kaçırıldığı zamanı getiriyordu. Korkusu öyle büyüktü ki eğer acıya dayanamaz ölürse Semih'in doğacak çocuğu benimsemeyeceğini biliyor, bu daha da gerilmesine neden oluyordu. Eğer bu bebeğini de kaybederse o zaman da acıdan mahvolur, toparlanamazdı. Her şeyi planlamışlardı. Semih doğuma girmeyecekti ama Hande o an fikrini değiştirmişti. Semih onu o hâlde görsün istemiyordu doğumdan önce ama o an bu umrunda değildi. Sığınacak birine ihtiyacı vardı.

"Semih..."

"Geldik Hande. Bak iki dakikaya hastanedeyiz."

"Sen de benimle doğuma gir." derken derin nefesler almaya başlamıştı. Hıçkırıkları durmuş gibiydi ama histerik bir şekilde aldığı nefesler devam ediyordu. "Canım yanıyor. Sana ihtiyacım var."

"Tamam, sen nasıl istiyorsan öyle olur. Şimdi sakinleş, rahatla ve hiçbir şey olmayacağına inan."

Hastaneye girdiklerinde onları Duygu karşıladı. Hande'yi bir sedyeye yatırdılar. Onu doğuma hazırlamak için götürürlerken doktoru, Semih'e sorular soruyordu.

O sırada evdekiler de toparlanmış arabalara binmişti. Su, Yağız ve Sanem'i aramıştı. Onlar da aileye haber verirlerdi zaten. Doğuma bir ay kala Hande'nin annesi, babası da Bursa'ya geçmişlerdi. Yavuz zaten beş aydır İzmir'e ailesiyle dönmemişti. Hande'nin yaşadıklarından sonra uzak kalmak istememiş, Bursa'da iş bulmuştu.

Alp arabayı bahçeye park ettiğinde Selim'in kullandığı diğer araba daha bahçeye yeni giriyordu. Su, Nergis diğerlerinden önce girdi hastaneye. Onların peşinden diğerleri de çok gecikmeden girdiğinde Hande daha yeni doğuma alınıyordu.

Semih'i de hazırlamışlardı. Hande'nin acısından çok korkusuydu sorun. Doğum başladığında çektiği acıya rağmen Semih'in yanında olması ona güç veriyordu. Adamın elini sıkıca tutmuştu. İlk başta bağırmamak için dirense de acısı arttıkça bütün direnişi yıkılmıştı. İşin kötüsü o çığlık attıkça Semih sinirleniyor doktora kükreyerek bütün sinirini ondan çıkarıyordu. Yaklaşık yarım saat geçmişti ki Semih iyice gerildi. Hande'nin yüzünün rengi değişmiş, sesi kısılmaya başlamıştı. Gözleri baygınlaşmış, bilinci her an gidecek gibiydi ve birden Semih'in elindeki elini çekti. "Ne-nefes..." dedi. Hıçkırmaya başlamıştı. Nefes alamıyor gibiydi ki kısa sürede yüzü mor renge dönmeye başladı. Semih sinirle "Ne oluyor?" dedi. Onu da bir korku almıştı. Endişesi, korkusu öyle yoğundu ki ne yapacağını bilemeyecek duruma gelmişti. Herkes telaşa kapılmıştı. Semih'e dışarı çıkması gerektiği söylenince sinirden gözü dönmüş bir şekilde doktorun üstüne saldırdı. "Semih Bey! Eğer hemen çıkmazsanız karınıza müdahale edemeyeceğiz ve onu kaybedeceksiniz. Şimdi lütfen buradan çıkın." diyen içerideki doktorlardan başka biriydi. Semih bir an Hande'ye baktı ve onun kötü durumda olduğunu görünce sırf onun için çıktı.

Çıktığı an yanında biten ilk kişi Yavuz oldu. Semih sinirle başındaki naylon şeyi çıkarıp fırlattı. "Benimle gel Selim." dedi ve sinirli adımlarla koridorun sonuna yürüdü. Selim de adamın peşinden gidiyordu ve iyi bir dayak yiyeceğini bilse de sesi çıkmıyordu.

Arka bahçeye geçtiklerinde Semih sert bir yumruk attı adamın suratına. Selim biraz gerilese de iyi bir eğitim aldığı için dengesini sağlayabilmiş ve düşmemişti. Güçlü ve yapılı bir adamdı. Dudağının kenarından akan kanı bile silmedi. Ellerini arkasında bağlayıp dik bir duruşla Semih'ten gelecek ikinci darbeyi bekledi. Semih ikinci kez sert bir yumruk attığında çenesinde hissettiği acıyla yüzünü buruşturduysa da ellerini çözmedi. Semih üçüncü darbeden sonra onu bıraktı. Kaşının kenarı ve dudağı patlamış ve çenesi kırılmıştı büyük bir ihtimalle. "Git içeri ne gerekiyorsa yapsınlar." dedi Semih ve onu gönderip kendi de bir süre hava aldıktan sonra içeri girdi.

İçeriden bir hemşire çıkınca Semih onu durdurdu. Hande'nin durumunu öğrenmesi gerekiyordu. "Karım ne durumda?"

"Doktor amnion sıvısının yani bebeğin içinde bulunduğu sıvının kana karıştığından şüpheleniyor. Eşinizin de bebeğin de durumu kritik. Ellerinden geleni yapıyorlar ama her şeye hazırlıklı olmanız gerekiyor." dediğinde Semih'i Yağız tuttu. Eğer tutmasaydı muhtemelen Semih kadını öldürecekti.

"Ne demek hazırlıklı ol lan. Ne biçim sağlıkçısınız siz? Karımı kurtaracaksınız!" diye kükrüyordu. Yağız onu tek başına tutmakta zorlanınca Melih de ona yardım etti. Hemşire uzaklaştığında bile Semih'i bırakmadılar. Adam sinirini Selim'den çıkarmıştı ama şimdi daha büyük bir öfke bedenine geri dönmüştü. Siniri geçmeye başladığında endişesi bütün benliğini kaplamıştı. Ve gözünden bir damla yaş süzüldü. Semih kolay kolay ağlayan bir adam değildi. Herkes çok şaşırsa da kimse bu duruma sesini çıkarmadı. Kimse ona teselli edecek bir şey de söylemedi çünkü Semih'in teselliye değil Hande'ye ihtiyacı vardı.

"Gidin buradan." diye bağırdı bu sefer. "Hepiniz hemen gidin."

Söz konusu karısı olunca ailesine karşı fazla kaba olabiliyordu ama kimseyi yanında istemiyordu o durumda. Eğer Hande'ye bir şey olursa onu kendine zarar vermemesi için bir yere bile kapatabilirlerdi. Bunu biliyordu. Yavuz itiraz edecek gibi olmuştu ama Alp bunu fark edince adamı dışarı çıkarmıştı. Herkes arabalarına yerleşirken Melih ve Yağız bahçede bile olsa beklemeyi düşündüler ama babaları Semih'in onları görürse kafalarına sıkacağını bildiğinden onları da götürdü. Semih başını duvara yaslayıp ellini yumruk yapmış şekilde bir süre bekledi. "Allahım ne olur onu benden alma!" diye mırıldandı. Telefonunu çıkarıp Hayat'ın numarasını çevirdi. Karşı taraftan kısa sürede cevap gelmişti. "Efendim Semih?"

"Hemşirenin söylediği şey çok mu tehlikeli?"

"Gerçekçi bir cevap mı istiyorsun? Yoksa..."

"Gerçeği söyle Hayat."

"Bu durumda genelde bebek ve anne ölür ama..."

Gerisini dinlemeden telefonu kapattı. Selim yanına geldiğinde ellerinin arasına aldığı başını kaldırmadı. Kısa süre sonra aniden Selim'e döndü. "Silahını ver."

"Ağabey..." diye itiraz edecek oldu Selim ama vermese bile Semih'in onu alacağını bildiğinden belinden çıkarıp uzattı silahını. Çok konuşamıyordu. Sesi de net çıkmıyordu. Çenesini hareket ettirebilecek durumda değildi.

On dakika sonra içeriden bir doktor çıktı. Semih gergince yerinden kalktı. Duyacağı şeyden korkuyordu. Yine de sordu:

"Karımın durumu nasıl?" Bebeğini de merak ediyordu elbet ama hayatında öncelik her zaman Hande'nindi. O olmadıktan sonra bebeğin anlamı olamayacaktı.

"Şu anda iyi... Doğum birazdan bitecek. Irmak Hanım az önce içeri girdi ve duruma müdahale edip karınızı da bebeğinizi de kurtardı. Yine de doğum bitene kadar kesin bir şey söyleyemeyeceğim. Hande Hanım çok yorgun düştü."

Semih derin bir nefes aldı. Kalbinin öyle hızlı attığını yeni fark etmişti. Gülümserken doktora arkasını döndü. Gözünden süzülen bir damla yaşı ona göstermek istemiyordu. Hande onu ağlatan ilk kadındı ve yüzünü güldüren yine oydu. "Teşekkür ederim." diye geçirdi içinden.

Ve yarım saat kadar sonra Hande de kızı da sağlıklı bir şekilde doğumdan çıktı. Hande'yi bir odaya alırlarken Semih'e bebeği gösterdiler ve sonra Hande'nin kaldığı odaya götürdüler. Hande henüz kendine gelmemişti. Semih ise bebeği görünce ağzı şaşkınlıkla açıldı. Öyle küçüktü ki parmağı ile dokunsa kırılabilecek bir oyuncak gibiydi. Yumruk olmuş minicik elleri, kısık gözleri ve sarı saçları çok güzeldi. Ağlarken çıkardığı incecik sesi ile kendine geldi Semih. Bir süre sonra da Hande uyanmıştı. Gözlerini zor açıyordu ama kızını görmek istiyordu. "Semih..." dedi uyanır uyanmaz. "İyi misin?" Hande başını onaylarcasına salladı hafifçe. "Bebeğimiz?"

"O çok iyi." diye gülümsedi ve ardından bebeği tutan hemşire Hande'nin kucağına bıraktı onu. Hande ilk başta nasıl tutacağını bilemese de hemşire yardımıyla sonunda bebeği tutabilmişti. Semih kucağına almaya cesaret edemediği bebeği Hande'nin kucağında görünce yüzünde istemsiz bir gülümseme oluştu. Kızı ve karısı birlikte öyle büyüleyiciydi ki... Her ne kadar henüz bebeğe alışamamış olsa da tuhaf bir şekilde bebeğin kendi bebeği olması onun gururunu okşuyordu.

"Bebeği emzirmeniz gerekiyor." dedi hemşire.

"Ben gidip sana içecek, yiyecek falan bir şeyler alayım." diyerek odadan çıktı Semih. Kafeteryaya giderken Yağız'a da mesaj attı. Onların da Hande'yi merak ettiğini biliyordu. Nihayet her şey geçmişti ve Hande artık tehlikede değildi. Omuzlarından bir ton yük kalkmış gibi hissediyordu. Selim'i kafeteryada otururken görünce bir şey almadan önce onun yanına gitti. "Sen git istersen artık. Dinlen biraz. İzinlisin. İki kişiye mesaj at onlar gelip beklesin koruma olarak."

"Ağabey ben kalırım istersen."

"Oğlum senin konuşacak hâlin yok. Git diyorsam git işte."

Selim başka bir şey demeden ayaklandı ve hastaneden çıkmadan önce Uğur ile Adem'e mesaj attı. Onlar gelene kadar hastane bahçesinde bekleyecekti. Semih Hande'nin yanına gitmeden önce doktorun yanına uğradı.

"Hande ne zaman taburcu olabilir?"

"Yirmi dört saat sonra çıkabilirsiniz."

Hande'nin hastaneyi sevmediğini biliyordu. Yine de bir gün çok sorun olmazdı. Aldıklarını Hande'ye verdikten sonra oradaki bir koltuğa oturdu. Bebek, Hande'nin kucağında uyuyordu. Hande'nin de gözleri kapanmak üzereydi. O da uyuyunca Semih telefonunu çıkarıp onların fotoğrafını çekti ve not düştü: "Kızım ve karımın ilk fotoğrafı..."

ON YEDİNCİ BÖLÜM

"Adını ne koymak istiyorsun?" diye sordu Semih karısına.

"Benim aklımda var ama sen söyle önce. Senin fikrin de önemli."

"Müge nasıl?"

"Güzel. Hatta çok güzel. Çok beğendim."

"Senin aklında ne vardı?"

"Mahfer düşünmüştüm ben. Ya da Maya."

Semih bir an düşündü. Tek kaşını kaldırdı ve elini saçlarının arasından geçirdikten sonra "Maya olsun o zaman?" dedi soru sorarcasına. Hande hafifçe omuz silkti. "İstersen Müge olabilir. Gerçekten beğendim. Sadece aklımdaki isimler onlardı."

"Sen Maya ismini beğenmişsin, ben de kızımıza yakıştırdım. Maya koyalım o zaman." dedikten sonra küçük kızı dikkat ederek kucağına aldı. İçeri yeni girmiş olan Hamit Bey'e uzattı. Adam önce bebeğin sağ kulağına ezan okudu sonra sol kulağına kamet okudu ve ardından ismini koydu. "Allahım bu yavruyu İslâm fidanlığında biten güzel bir fidan olarak büyüt, İslâmî hayatta ebedî ve sabit kıl."

Dedesi küçük kızı yerine yatırdıktan sonra Hande onu sevgiyle sardı. "Mayam..." diye mırıldandıktan sonra gülümsedi.

"Ben bizimkiler gelince gidip kimlik çıkarttırırım. Sen biraz dinlen. Yorgun görünüyorsun hâlâ ve bir daha sakın beni bu kadar korkutma. Ben birileri için korkmaya alışkın değilim. Anladım, senin için endişelenmem hoşuna gidiyor ama bokunu çıkarma."

"Seni terbiyesiz adam! Çocuğun yanında dediğine bak."

"O da hemen anladı Hande. Şimdi kalkıp etrafta 'bok' diye gezecek." diye alaycı bir sesle konuştu. Hande ona dil çıkarınca Semih yine aynı alaycı sesle devam etti. "Büyü artık. Kızımız oldu sen hâlâ çocuksun."

"Ya sen gitsene!" diye cırladı Hande. Hemen ardından bebek ağlamaya başlayınca Semih yüzünü buruşturdu. "Bak yaptığını beğendin mi?" diye Hande'yi azarlayınca kadın kaşlarını çattı ve sonra bebekle ilgilenmeye başladı. Bu konuda tecrübeli değildi ama önceden bilgi almıştı. Gerek annesi, gerek kayınvalidesi Hande'ye bilgi edinmesi konusunda çok yardımcı olmuşlardı. Tabii o internetten de araştırmalar yapmıştı.

Semih onlar uyuduğunda gürültü yapıp uyandırmamak için odadan çıktı. Ailesi Hande'nin iyi olduğunu duyunca geri gelmişti. Kafeteryada oturuyorlardı. Kapının önünde kalabalık yapıp rahatsızlık vermek istememişlerdi. Kapının önünde iki adamını görünce "Kızıma ve karıma göz kulak olun." dedikten sonra hastaneden çıktı.

Yavuz kardeşinin uyandığını öğrenince diğerlerinden önce çıktı kardeşinin yanına. Ailesinde kendisine en yakın hissettiği kişiydi Hande. Onun ölmesi düşüncesi darmadağın etmeye yeterdi Yavuz'u. Belki düşüncesiz olacaktı ama odaya bir anda girdi. Öyle ki Semih'in adamları onu durduramadı. Adamın peşinden içeri gireceklerken de Yağız onları durdurdu. Herkes içeri girip Hande'yi yormasın diye diğerleri dışarıda bekledi. Yavuz'dan sonra içeri girebilirlerdi. Her ne kadar herkes bebeği merak etse de Yavuz, Hande'nin ağabeyi olarak kardeşinin yanında olması moral olur diye kimse de itiraz etmedi.

Yavuz kucağında bebeğiyle tekrar uykuya dalmış olan kardeşini uyandırdığının farkında bile olmadan maraton koşmuşçasına nefes nefese kalmış sesiyle "İyi misin?" diye sordu. Hande uyku sersemiydi. İlk başta ne olduğunu anlamasa da sonra "İyiyim." diye mırıldandı. "Sadece biraz yoruldum. Sessiz ol lütfen. Bebek zor uyudu. Sakin ol, bir şeyim yok."

"Hande ölüyordun. Nasıl sakin olabilirim? Sen... Sen ölüyordun. Hiçbir şey yapamadım."

"Gerçekten iyiyim. Bir an sadece... Sadece terslik işte... Ben hiç korkmadım bile. Sadece bebeğim için endişelendim ama ikimiz de çok iyiyiz."

Yavuz'un gözü bir an bebeğe kaydı. O anda bakışları yumuşadı, yüzü rahat bir ifade aldı.

"Bu küçük şey şimdi benim yeğenim mi yani?"

Hande titrek, ağlamaya ramak kalmış, duygulu bir sesle "Evet, dayı oldun." diye cevapladı onu. "Kucağına almak ister misin?" diye sordu ağabeyinin heyecanına karşın.

"Hayır." diye hemen karşı çıktı Yavuz. "Ben onu tutamam. Çok küçük."

Semih gibi iri bir adamın kollarında kırılacak gibi durmasına rağmen Semih bile bebeği kucağına almak için çok çekinmemişti. Gerçi o yeğeni Hande'den alışkındı. Biraz korksa da belli etmemişti. Yavuz ise ilk defa böyle küçük bir bebeğe karşı böyle bir durumdaydı. Ona baktı ve başını tekrar iki yana salladı. Ardından da "Diğerleri seni görmek için bekliyor. Sanırım çıksam iyi olacak." diyerek odadan kaçarcasına çıktı. Hande arkasından gülümsedi. Elbette alışacaktı Yavuz da bu duruma. Yeğeninden uzak duracak değildi. Onun çıkmasının ardından Deniz Hanım ve Yağız içeri girdi. Aslında Sanem önce girmek istese de Yağız "O iki veledi önce ben göreceğim." diyerek Sanem'den önce davranmış bir de çocuk gibi yüzüne bakıp sırıtarak kapıyı kapatmıştı. 'Velet' dediğini Hande duymasa iyi olacaktı çünkü cırlayacaktı.

Yağız Hande'nin iyi olduğunu görünce bebeğe yöneldi ve işaret parmağını yüzüne yakın bir mesafeden doğrultup aşağı yukarı hareket ettirirken "agucu" gibi tuhaf sesler çıkarınca Hande sinirle onun elinde vurdu. "Geri zekâlı mısın sen?" diye kaşlarını çatıp ona kızınca Yağız gülerek geri çekildi.

"Sadece iyi misin diye test ettim ve test edildi onaylandı çok iyisin."

"Aptal!"

"Kayınvalidenin yanında hakaret ha? Çok ayıp." deyip ağzından "cık cık" sesleri çıkarmaya başladı. Hande ise ona kaşlarını çatarak 'seninle sonra görüşeceğiz' bakışlarını attı. Ardından Deniz Hanım'a dönüp gülümsedi ama kadının gözleri bebekteydi. Sonra Hande'ye döndü.

"İyi misin kızım?"

Hande başını onaylarcasına salladı. Gülümsedi. "İyiyim."

Kadının bebeğe bakan gözlerini görünce biraz doğruldu ve bebeği düzgünce ona uzattı. Kadın bebeği gülümseyerek kucağına alınca Hande onun gözlerinin dolduğunu fark etti. "Torunum..." dedi kadın inanamıyormuş gibi bir sesle. Ardından Hande'ye döndü tekrar. "Adını ne koydunuz?"

"Maya."

Kadın tekrar etti. "Maya."

O kızla ilgilenirken Yağız da Hande ile uğraşıyordu. "Bir cadı bir de küçük cadı... Ah! Semih'i bundan bir beş yıl sonra düşünemiyorum. Bir yaşlı cadı bir de çocuk cadı..."

"Yaşlı mı? Ben beş yıl sonra yirmi altı yaşında olacağım. Sen kendine bak. Evde kaldın evde, erkek kurusu seni."

"Laf mı bu şimdi ha? Ben elimi sallasam ellisi güzelim."

"Hıı..." dedi Hande alaycı bir şekilde. "Ondan mı hâlâ boştasın?"

"Ben sıkıntıya gelemiyorum bir kere. Evlilik bir tasma gibi. Ondan bunlar."

"Tabii tabii..." derken Hande yine alaycı sesiyle konuşuyordu. Yağız onun saçını çekince Hande yine onun eline vurdu. "Çocuksun sen ya. Büyüsene biraz. Sana niye yaşlı geldiğim belli."

Yağız onu geçiştirip bebekle ilgilendikten sonra annesiyle birlikte odadan çıktı. Ardından da Sanem ve Melih girdi. Melih yine her zamanki gibi sessizdi. "İyi misin?" diye sordu, herkesin sorduğu ve girecek olan herkesin de muhtemelen soracağı gibi.

"Evet." diye cevap verdi Hande. Onlara cevap vermekten bıkmıyordu. Bunu onlara borçluydu. Hepsi de ona değer veren insanlardı, nasıl onlara bir şey olsa Hande onlar için endişelenecekse, onlar da Hande için endişelenmişti. Sanem bebekle ilgilense bile Hande'ye karşı daha ilgiliydi. Daha önce kızı olmuş biri olarak Hande kadar büyük sorunlar yaşamasa da onun desteğe ihtiyacı olduğunu biliyordu.

"Aç mısın? İstersen yiyecek bir şeyler getireyim?"

"Yok, Semih getirmişti. Tokum. Teşekkür ederim. Ufaklık burada mı?"

"Getirmedim. Babaannesinde o şimdi. Hastane korkusu var bizim ufaklıkta biliyorsun. Senin için geldiğimizi söylesek bile onu kandırıp zorla hastaneye getirdiğimizi sanacaktı. Ben de ortalığı ayağa kaldırıp şu durumda huzursuzluk çıkarmasın diye hem de bu kalabalıkta onunla ilgilenemem diye getirmedim."

"Kalabalık derken?"

"Az önce dedem bütün aileyi toplamış gelmiş. Annemler

içerideyken onlar da geldi. Dışarısı çok kalabalık. Hatta uyarı bile aldık."

"Desene uyku bana haram." dedi Hande ama gülümsüyordu. Hâlinden şikâyetçi gibi değildi. "İstersen uyu. Dışarıdakiler bekleyebilir."

"Yok, kalkmış buraya kadar gelmişler, torunlarını görmek hakları."

Melih araya girdi. "İddiasına varım beş dakika sonra bu söylediğine pişman olacak."

Hande ona yüzünü buruşturarak baktı. "Siz Yağız ile birbirinize uyuzluk konusunda ne kadar çok benziyorsunuz böyle. Neyse ki benim kocam sizin gibi değil."

"Kesinlikle, o bizim üst kadememizdir. Erbabımıza yetişemedik."

"Benim kocama sadece ben hakaret edebilirim tamam mı?"

"Yıllardır yanında olan bendim. Bu hak bana ait bence." diye itiraz etti Melih.

"O benim bir kere! Üstelik önümüzdeki yıllarda da yanında olacak olan benim. Git az ötede yaşa sen."

Melih onun hâline gülümsedikten sonra ikisi de odadan çıktılar. Çocuğa ismini söyledikten sonra diğerlerinin görmesi için çıkan Hamit Bey ve Nergis girince Hande daha çok toparlanmaya çalıştı.

"Kızım rahat ol." dedi Hamit Bey. Nergis kızın yanına gidip ona yardımcı olunca Hande biraz dikleşmişti.

"Rahatım ben zaten Hamit Baba."

Hamit Bey gülümsedi ve Hande'nin yattığı yerin hemen yanındaki koltuğa oturup bebeğe baktı. Hande yine bebeği uyandırmamaya çalışarak Hamit Bey'e uzattı. Hamit Bey torunu olsun çocukları olsun daha önce de çok bebeği kucağında tuttuğunu belli eden tecrübeli hareketlerle Maya'yı kucağına almıştı. Onunla ilgilenirken baba şefkati gösteriyordu.

Kapı açılınca Hande'nin bakışları oraya yöneldi. Semih gelmişti. Karısının yanına gitti ve içeridekilere aldırmadan sert bir sesle "İyi misin?" diye sordu. Sürekli onun iyi olduğunu duymak, bundan emin olmak istiyordu.

"Evet Semih, iyiyim."

"Sen yorgunsun. Dışarıdaki kalabalığın hepsi teker teker girmesin böyle. Söyleyeyim yarın gelsinler."

"Semih!" dedi Hande sinirle. "Saçmalama. Onlar akrabaların. Onlara böyle kaba davranmamalısın. Çok ayıp."

Semih karısı onu çocuk gibi azarlarken kaşlarını çattı. Bu kadın gün geçtikçe daha mı cesur oluyordu kendisine karşı ne? Yine de ailesine bile böyle saygılı olması, değer vermesi Semih'i mutlu ediyor ve gururlandırıyordu ki Hande kaçırıldığı dönemde ya da doğum sırasında Semih'in onları nasıl terslediğini bilse o hâliyle kalkar terlikle Semih'i bütün hastanede kovalardı herhâlde.

"Kafayı yedin galiba sen iyice? Sana ne dedim? Beni bu kadar korkutma dedim. Kendini yorup da sonra başına bir şey gelmesine izin vereceğimi mi sanıyorsun?"

"Semih! İnsanlarla konuşmaktan ölmem."

"Ne düşüncesiz kadınsın sen ya."

"Ben mi?" dedi kadın inanamıyormuşçasına bir sesle. Semih omuz silkti.

"Tamam, sen bilirsin. Gelsinler ama olur da yorulduğunu hissedersem ki bak anlarsam değil hissedersem diyorum herkesi kapı dışarı ederim ona göre. Beni kandıramayacağını biliyorsun. Durduramayacağını da."

Hamit Bey oğluyla, karısını bu kadar düşündüğü için gurur duyuyordu ki bunu kendinden taviz vermeden yapabilmesi bile ona özgü bir nitelik olsa gerekti. Geliniyle ise bu tavrından ötürü gurur duyuyordu. Hem kocasını durdurmayı biliyor, hem de ne durumda olursa olsun başkalarını düşünebiliyordu. Onu daha fazla yormamak için odadan çıktı. Nergis içeride kalmıştı. O da bebekle biraz ilgilenip çıktı. Küçük kız huysuzlanmaya başlayınca Semih diğerlerine biraz kafeteryaya inmelerini, Hande'nin de bebeğin de dinlenmesi gerektiğini söyleyip yine dediğini yaptırmıştı.

Semih odaya geri döndüğünde Hande'nin yanında bir hemşire vardı. Hande'yle ilgilenip sonra da bebeği kontrol etti. Merakla bakan Semih "Bir sorun mu var?" diye sordu.

"Hayır, ikisi de iyiler. Sadece bebek biraz acıkmış." dedikten sonra Hande'ye gülümsedi. Hande bebekle ilgilenirken Semih camdan dışarı baktı bir an. Hastane bahçesinde konuşan Alp ve Nergis'i görünce kaşlarını şaşkınlıkla kaldırdı ve sonra ikisinin el ele tutuştuğunu görünce istemsizce gülümsedi. İkisi yan yana hem komik hem de sevimli görünüyorlardı. Kesinlikle birbirlerine zıt iki karakterdi onlar ama ikisi bunu umursamıyor gibi görünüyordu.

Ve kısa süre sonra odayı inleten ağlama sesiyle Semih onlara döndü. Bu bebek hep böyle annesinin bağırması gibi cazgır bir sesle mi ağlayacaktı? Kesinlikle bir küçük Hande'ydi.

ON SEKİZİNCİ BÖLÜM

"Ya Lina gerçekten Maya'yı bırakıp gelemem."

"Ama yanımda olman lazım. Lütfen! Çok geç dönmeyiz."

"Tamam, bak ama söylüyorum çok kalamam." dedi Hande. Lina'nın sevinçle "Görüşürüz." demesinin ardından da telefonu kapatıp dolabından tişört ve beyaz pantolon çıkardı. Üzerini değiştirmeden önce uyuyan kızına baktı ve salona geçti. Su televizyon izliyordu. "Dışarı çıkmam gerekiyor." diye onu bilgilendirdi. Su yerinden kalkıp hazırlanmak için odaya geçerken Hande telefondan Semih'i aradı. Elini kızıl saçlarının arasından geçirirken bir yandan da çabuk açması için söyleniyordu. Semih, Maya doğduktan sonra ilk iki hafta evde kalmıştı ama son bir haftadır Amerika'ya gitmeden önceki işlerini halletmek için dışarı çıkıyordu.

"Semih, Lina beni aradı az önce. Düğün alışverişine gidecekmiş yanında olmamı istiyormuş."

"İzin mi istiyorsun?" derken Semih'in sesi izin istemediğini, sadece haber verdiğini biliyordu. Yine de onunla uğraşmak hoşuna gidiyordu. Hande onun alaycı sesine karşılık her zamanki gibi cırlamak yerine "İzin veriyor musun kocacığım?" diye sordu.

Semih şaşkınlığına engel olamasa da "Git bakalım. Ben annemi ararım bize geçsin diye."

"Yok, zaten dün konuşmuştuk gelecekti. Birazdan burada olur."

"Tamam." dedi Semih ve telefonu kapattı.

Hande odaya gidip hazırlandı. Kapı çaldığında saçlarını taramakla meşguldü. Odasının kapısını açınca Su'nun dış kapıyı açtığını gördü. İçeri giren Deniz Hanım'a Hande tarağı saçından çıkarıp dolanan kısmı açmak için tekrar uğraşırken "Hoş geldiniz." dedi.

"Hoş buldum kızım. Maya uyuyor mu?"

"Evet, uyanır birazdan. Uyku düzeni çok bozuk... Anne benim dışarı çıkmam lazım. İki-üç saate dönerim. Ayıp olacak sana da biliyorum ama zahmet olmazsa Maya'ya bakabilir misin?"

"Duymamış olayım. O benim torunum. Sen de kızımsın, anneye ayıp olur mu hiç? Hem ben de güzelimle vakit geçirmiş olurum biraz."

Hande gülümsedi. "Çok teşekkür ederim."

Hande odada çantasına gereken malzemeleri yerleştirirken Su da Nergis ve Selim'e dışarı çıkacaklarını söylemeye gitmişti. Selim zaten diğerlerine haber verirdi. Herkes toparlandığında Alp aşağı çoktan inmişti. O ciplerden birini hazırladığında arabaya binen Hande'nin yanına Nergis bindi. Karşısındaki ona doğru dönük koltuğa Selim, Tunç ve Su oturmuştu. Ön yolcu koltuğunda ise Vedat oturuyordu. Hande böyle bir alışverişe ordu gibi gitmeyi saçma bulsa da Semih ile bu konuda tartışmaktan sıkılmıştı.

Büyük alışveriş merkezine geldiklerinde Su ile birlikte içeri girdiler. Nergis ve Alp arkadan onları takip edeceklerdi. Diğerleri ise daha uzak mesafelerden şüpheli durumları izleyeceklerdi. Lina onu girişte karşıladı.

"Çok teşekkür ederim geldiğin için." dedi Lina ilk önce. "Fikirlerine ihtiyacım var."

"Desene düğün yakın."

"İki hafta sonra... Anıl davetiye bastırmaya gitti. Biraz aceleye geldi. Hadi gel." diyerek onu çekiştirdi Lina. Hande arkadaşına ayak uydurmaya çalışıyordu. Lina onu önce gelinlik satan büyük bir mağazaya soktu. Beyaz gelinliklerin asılı olduğu askılıklarda elini gezdiriyor ve gözüne kestirdiklerini askılıklarından çıkarıyordu. Görevli yanlarına gelince Lina onun soru sormasına izin vermeden "Yardıma şimdilik gerek yok." diyerek kadını uzaklaştırdı. Çok heyecanlı görünüyordu. Ailesinin diğer üyeleri onun beğendiği her şeye burun kıvırdığından bu seçimi Hande ile yapmak onu mutlu ediyordu. Tabii Hande'yi alışveriş merkezine çağırmaktaki amacı bu değildi. O yüzden acele etmeliydi. Hande'ye çaktırmadan saatine baktı. Daha bir saat vakti vardı. Elindekileri sırayla Hande'ye gösterdi. Kadının beğenmediklerini geri bırakıyor, beğendiklerine tekrar göz atmak için onları kenara ayırıyordu. Elediklerinden sonra geriye beş tane gelinlik kalmıştı. Lina kafası karışık şekilde kalanlara baktı.

"Sence hangisi?" diye sordu Hande'ye.

"Hepsini dene, bakalım hangisi üstünde daha güzel duracak."

Lina tekrar saatine baktı. Vakti azalmıştı. Beşinden ikisini daha eledi. Diğer üçüyle kabine girip onları sırayla denedikten sonra nihayet bir tanesine karar vermişlerdi. Oradan çıkıp başka bir elbise mağazasına girdiler. Daha doğrusu Lina, Hande'yi zorla içeri soktu. Onun da düğün için elbise seçmesi gerektiği konusunda ısrarcıydı. Bir süre elbiseye bakındıktan sonra Lina, Semih'in seçtiği elbiseyi sanki o anda görmüş ve Hande'ye yakıştırmış gibi denemesi için ona ısrar etmeye başlamıştı.

"Ya ben daha doğum kilolarımı veremedim. Bu elbise olmaz gerçekten Lina! Israr etme."

"Denemekle ölmezsin. Lütfen! Beni mi kıracaksın yani?" diye duygu sömürüsü aşamasına geçmişti. İçinden de Hande'ye artık denemesi için neredeyse yalvarıyordu. Yoksa her şey yüzlerine gözlerine bulaşmış olacaktı. Hande sonunda "Of tamam, deneyeceğim ama almayacağım bak. Bu gün çok ısrarcısın Lina. Sırf gelin sen olacağın için." dedi. Gerçekten içinden gelmiyordu. Elbise çok güzeldi ama o kendisini kilolu hissediyordu ki normalde doğumdan sonra aldığı kilolar onu kilolu göstermemişti. Aksine olması gereken kiloya ulaştırmış, olgunlaştırmıştı. Kabinde elbiseyi giyerken Lina kapıya vurarak seslendi: "Sana ayakkabı getirdim. Bunlarla üstündeki çok güzel olacak."

Hande kapıyı aralayıp uzatılan ayakkabıları da aldı. Onları ayağına geçirdikten sonra arkasındaki aynaya bakınca elinde olmadan gülümsedi. Elbise umduğundan daha hoş durmuştu üstünde. Kilolar elbiseyi kötü göstermemişti. Belli bile olmuyordu. Kabinin kapısını açtığında Lina telefonuna bakıyordu. Açılan kapıya çevirdi bakışlarını. "Mükemmel." dedi gülümseyerek. "Çok güzel... Sen düğünde benden güzel olacaksın ama kıskanırım ben."

"Saçmalama." dedi Hande. Su biraz ileride etrafı inceliyordu. Hande bir an onu göremeyince tuhaf bir korkuya kapıldı ama sonra kadını gördü ve rahatladı. Konuşmaya devam edecekken arkasındaki askılıkta duran çantanın içindeki telefonu çalmaya başladı. Ekranda 'odunum' yazısını görünce gülümsedi ama şaşırmıştı da. Semih onun alışverişte olduğunu bildiği hâlde neden arıyordu ki? Evde olduğu zamanlarda gün içinde birkaç kez arıyor bir ihtiyacı olup olmadığını soruyordu ama bunu romantikliğinden ya da düşünceden değil kızını sormak için yaptığını her seferinde de belli ediyor, sürekli kızını soruyordu.

"Alo?"

"Hande!" derken Semih'in sesi kısık geliyordu. Arkadan

da kalabalık bir yerde olduğunu belli eden sesler geliyordu. Nefes nefese kalmış gibiydi adam.

Kadın korkuyla "Semih?" dedi. Kısa süre ses gelmedi. Sonra Semih "Hande, Selim seni bana getirecek. Sana ihtiyacım var." dedi ve telefon kapandı. Hande telaşla ne yapacağını şaşırmış bir şekilde öylece durdu bir süre. Lina onu kendine gelmesi için sarstı.

"Ne oluyor? Hande!"

"Semih! Semih'e bir şey oldu."

Kapıda Selim'i görünce Hande oraya gidecek oldu. Sonra üstündekileri fark edince geri dönecek olduysa da Selim "Vaktimiz yok." deyince Lina "Parayı ben öderim. Git hadi." diye hafifçe itekledi kadını. Hande koşar adım çıkarken öyle telaşlıydı ki ne kapıdan üstündeki kıyafetlerle çıkmasına rağmen alarm çalmadığını ne de Su'nun elindeki küçük kamerayla onu çektiğini fark etmedi. O çıktığı an Lina ve Su kahkahalara boğulmuştu. Lina "Ama çok korktu kuzum ya." derken Su "Bir an önce ulaşır umarım." diye karşılık verdi.

Semih o elbiseyi de ayakkabıyı da önceden almıştı neyse ki. Her şey iyi gidiyordu ama Hande bu kadar korkutulmanın öcünü alırdı herhâlde.

Su çektiği görüntüleri Lina ile bir an tekrar izledi. Hande'nin telefon çaldığındaki gülen yüzünün birden korkuya dönmesi ve telaştan ne yapacağını şaşırması eğer Semih gerçekten kötü durumda olsaydı acınacak bir durum olsa da o hâlde acınacak tek kişi Semih'ti zira Hande onu paralamasa iyiydi.

Kadın arabaya bindiğinde Selim de sürücü koltuğuna yerleşmiş ve alışveriş merkezinden çıkmışlardı.

"Semih nerede? Ne oldu ona?"

"Gidiyoruz işte. Ne olduğunu ben de bilmiyorum."

Hande titreyen çenesine ve dolan gözlerine engel olamadan camdan dışarı bakmaya başladı. Selim onun bu hâline üzülüp söyleyecek gibi olduysa da sustu. Semih onu kıtır kıtır keserdi. Hem de mecaz olarak değil gerçekten keserdi. O kadar planı mahvedemezdi. Selim'i seçmesinin sebebi de içlerinde Hande'ye acıyıp gerçeği söylemeyecek tek kişi oydu. Semih yaptığı şeyin karısını üzmesini istemese de sonucunun onu mutlu edeceğini bildiğinden ve ilk defa böyle bir şey yapmanın acemiliğiyle işe girişmişti. Ki zaten ondan beklenecek şeyler değildi aşk oyunları. Sadece Hande'nin morale ihtiyacı vardı ve Semih'e hem kendini hem de kızları gibi büyük bir hediye vermiş kadına, bunu çok görecek değildi.

Hande gittikleri yolu izlerken sesini bile çıkarmadı bir daha. On beş dakika kadar sonra sahilde durduklarında Hande, Selim'e baktı. "Burada ne arıyoruz?" diye sorarken sesi hem sinirli hem şaşkındı.

"Semih burada seni bekliyor."

Hande arabadan inerken Selim de indi ve onu oradaki büyük yata yönlendirdi. Hande şaşkınlıkla yata bakarken bunun düğünlerini yaptıkları yat olduğunu fark edince gözleri şaşkınlıkla açıldı ve Selim uzaklaşırken de sesini çıkaramadı. Neler oluyordu? Yata çıktığında iç kısma gitti. Adımları ağır ve yüz ifadesi şaşkındı. Karşısına ne çıkacağını bilmiyordu. Semih ona oyun mu oynuyordu? Neydi bu? Selim neden onu bırakıp gitmişti? Semih'in sesi telefonda nefes nefese geliyordu. Neler olduğunu anlamamanın verdiği kafa karışıklığıyla iç kısmın merdivenlerini inip alt kata ulaştığında hissettiği sarsıntıyla yatın hareket ettiğini anladı ve bir an korkuyla kenara tutundu.

İçeri gitar sesi dolunca ağzı şaşkınlıkla 'o' şeklini aldı ve tekrar ilerlemeye başladı. Ses sondaki odadan geliyordu. Kapısı olmayan odanın önünde durduğunda siyah kenarları ve arkası olmayan silindir bir koltukta oturmuş siyah kot pantolonu, siyah, üst düğmeleri açık gömleği ile elindeki siyah gitarı çalan Semih'i gördü. Semih onun gözlerinin içine bakınca şaşkın olan hâli bir de tuhaf bir heyecana kapılmış şekliyle nefesi kesilir gibi oldu. Hande konuşamadan Semih'in sesi duyuldu:

Bugün biraz gerginim yine,
Sesim değişik gelebilir biraz.
Ama sen anlarsın,
Bana katlanırsın.
Tuhaf laflar edebilirim,
Seni belki üzebilirim.
Ama sen susarsın,
Çünkü beni tanırsın.

Öyle çabuk kızma derdin hep,
Bu kadar da kolay alınma.
O zaman beni sar hadi sarıl bana.
Değişmez huylar bilirsin,
Bir kerede sen dene alışmayı.
Ben göğsüne yatarken öyle derin nefes alma.
Bu ara ihtiyacım var sana.
Ellerimi sakın bırakma.
Bana huzur veren tek yer senin yanın unutma.
Gün varıncaya kadar sabaha,
Sakın hiçbir yere kalkma,
Fazla bir şey istemem sadece dur burada.

Hande o şarkı söylerken yanına yürümüş ve arkasından boynuna kollarını dolamıştı. Semih şarkısını bitirdikten sonra gitarını kenara bırakırken "Beni çok korkuttun." diye fısıldadı Hande kulağına. Semih onu duymamış gibi "Bu gitarı yıllarca elime almamıştım senden önce." dedi. Hande geri çekilince o da ayaklandı.

"Yine de bu beni korkutman için geçerli bir bahane değil.

Sana bir şey oldu diye nasıl bir telaşa kapıldım biliyor musun sen?"

"Hep sen mi beni korkutacaksın?" dedi Semih ona dönerken. Hande dudaklarını büzüştürdü. Semih ise onu belinden tutup çekerek yukarı çıkardı. Yatın arka tarafındaki yemek masasına geçince Hande "Bu bir rüya mı?" diye sordu şüpheyle.

"Masayı Sanem ve birkaç adam halletti. Ben böyle süslü bir şey yapmadım. Ayrıca alışmasan iyi edersin. Çünkü bu son."

"Gerçekmiş. Kanıtladığın için teşekkür ederim."

"Ne demek, zevkle." dedi Semih ve sırıttı.

"Çok kötüsün ya." diye şikâyet etse de sesinden mutluluğu belli oluyordu. Semih ona elbisesinin çok yakıştığını söylemedi. Aslında çok beğenmişti ama Hande'yi yeterince şımartmıştı. "Peki, bütün bunlar neden?" diye sordu kadın. Semih şaşkınca kaşlarından birini kaldırdı. "Cidden mi? Hadi ama! Bunu benim değil senin hatırlıyor olman gerekirdi. Hayatımda ilk defa önemli bir günü hatırlıyorum ve onu da karım hatırlamıyor. Gerçekten ben nasıl bir şanssızım ya?"

Hande ona anlamamış bir şekilde bakarken Semih "Bugün 21 Haziran be kadın! Hani düğünümüzde on üçü sandığın, üç-beş günün lafı olmaz muhabbeti yaptığın gün." diye sinirle söylenince Hande şaşkınca ona baktı ve ardından "Bugün yirmi biri mi?" diye sordu şaşkınca. "Ama ben hiç tarih takip etmem ki."

Semih eliyle masada ritim tutarken kadın mahcup bir şekilde başını eğdi. Kızararak "Özür dilerim." diye mırıldandı. Semih onun hâlini görünce biraz olsun sinirini dindirdi. Neyse ki bu Hande'nin böyle şeylere takıntısı olmadığını gösteriyordu. Bu da bir bakımdan iyi bir şeydi aslında. Masadaki kutuyu görünce alıp Hande'ye uzattı. "Al!"

Hande çok kaba olduğuyla ilgili dalga geçecek olduysa

da sustu. Zaten konuşmaya yüzü yoktu. Paketi alıp açtığında içinden çıkanla şoke olmuş, aynı zamanda büyülenmiş gözlerle baktı. Şişedeki gemi çok güzeldi. Biraz daha dikkatli baktığında bunun içinde bulundukları yatın şişedeki bir maketi olduğunu gördü. Bu gerçekten inanılmazdı. Bir hediye ona göre ancak bu kadar güzel ve anlamlı olabilirdi. Mutlulukla gözleri dolarken "Teşekkür ederim..." dedi. "Çok teşekkür ederim..."

Semih sadece omuz silkti. Bir maket onu bu kadar mutlu edebiliyorken hayatında bir kez olsun karısının böyle bir an yaşamasını istemişti. Kendi ne kadar odun olursa olsun o bunu hak edecek kadar mükemmel bir kadındı.

ON DOKUZUNCU BÖLÜM

"Semih."

"Hmm?" diye homurdandı adam. Hande'nin sesi de uykuluydu. "Semih?" diyerek tekrarladı. Adamın kalkmaya hiç niyeti yoktu ama Hande de yerinden kalkabilecek gibi değildi. Saat neredeyse dört olmuştu ve uykusuzluktan ikisi de ne yapacağını şaşırmıştı. Öyle ki kollarını kaldıracak hâlleri bile yoktu. Dün yatta da geç uyumuşlardı. Uzun süre denizi izleyerek vakit geçirmişlerdi ve Hande, Semih'in uyumasına izin vermemişti. O gecenin bitmesini istemediğini söyleyerek geç saate kadar Semih'i yatmaya göndermemişti.

Hande, Semih'in kalkmayacağını anlayınca zorlukla yattığı yerde doğruldu ve bacaklarını yataktan kaldırıp ağlayan bebeğine bakmak için beşiğin başına gitti. Uykulu gözlerle önünü bile net göremezken küçük kızı kucağına aldı. "Şşştt..." sesleri çıkararak bebeği bir süre kucağında salladı. Odanın içinde bir sağa bir sola dolanırken "Hiç yorulmaz mısın sen çocuğum, bizim uyumamıza izin ver bari." diye söyleniyordu. En son bebek uyumayınca Semih'i dürttü. Adamın hiç kalkmaya niyeti yoktu. "Semih! Kalk." Semih arkasını dönünce daha sert bir şekilde dürttü. "Semih, kalk diyorum bak kötü olacak."

"Ne var ya? Ne?"

"Kalksana."

"Niye?" derken yüzüstü yattığı yataktan ani bir şekilde arkasını dönerek doğruldu. Gözleri tam açılmamakla birlikte sesi de boğuk ve pürüzlü çıkıyordu. Mavi gözleri karanlıkta parlıyordu.

"Ben uyumuyorsam sen de uyuyamazsın." derken Hande kaşlarını çatmıştı.

"Ne? Bu ne demek oluyor? Ne saçmalıyorsun ya?"

"Hıı! Ne saçmalıyorsunmuş. Yaparken iyiydi. Şimdi de ben kızımız yüzünden uyumuyorsam sen de uyumayacaksın."

"Sen iyice kafayı yedin. Uykusuzluk beynine vurdu galiba? Yarın sabahın köründe işe gideceğim ben. Bırak da uyuyayım biraz."

"Yaa yok öyle beyefendi. Bize yedi gün yirmi dört saat mesai siz ancak sabah yedi buçuktan üçe kadar. Var mı öyle dünya?"

Hande bir yandan da bebeği sallıyor, pışpışlıyordu. "Kadın benim başım ağrıyor. Gece gece uğraştırma beni."

"Başın mı ağrıyor, kıçın mı ağrıyor ben bilmem. Uyuyamazsın."

"Ne edepsiz oldun sen böyle? Bak sorarım hesabını."

"Hıı" dedi Hande umursamaz bir sesle. "Sorarsın, rüyanda."

"Uyuyabilirsem neden olmasın?"

"Kalk kızını uyut o zaman, sen de ben de uyuyalım."

Semih gözlerini devirerek kendini yatağa geri attı ama Hande ayağını yatağa kadar kaldırıp ayağıyla onu dürtünce geri kalktı. Sırtını yatak başlığına dayayıp sinirle karısını izlemeye başladı. İki dakika da bir esniyor gözleri kapanıyordu. Her gözleri kapandığında Hande onu dürtmekten geri kalmıyor, uykuya dalmasına izin vermiyordu. Sonunda küçük kız uykuya daldığında Hande onu beşiğine yatırdı. Kendi de yerine yatarken uyuklayan Semih'in yüzüne yastığıyla vurup "Uyu hadi." dedikten sonra yastığı yerine koyup yattı. Semih onu belinden tutup kendine çekerek "Sen gel buraya. Ben sana sonra göstereceğim."

"Neyi?" derken sesi masum çıkıyordu Hande'nin.

"O zaman görürsün neyi." dedikten sonra uyumuştu bile adam. Kolları gevşese de hâlâ Hande'nin arasından çıkamayacağı kadar sıkıydı. Kadın da gözlerini kapatıp nihayet uykuya bıraktı kendisini.

Sabaha karşı Semih uyandığında Hande de Maya da hâlâ uyanmamıştı. Sessizce üstünü değiştirip odadan çıktı ve dolaptan ağzına birkaç şey atıp evden ayrıldı. Önemli bir toplantısı vardı. Onun evden çıkmasından on beş-yirmi dakika kadar sonra da Hande uyanmıştı. Ve Maya'nın ağlamaya başlamasıyla bütün ev de uyanmış oldu.

Genelde Maya bütün evi uyandırıyordu. Hayat ve Ümit iki hafta önce evden ayrılmıştı ama ev hâlâ kalabalıktı. Gerçi Ümit, Maya ile ilgilenmek için arada yine geliyordu. Evdeki herkes küçük kızın sabah saatlerindeki ve gece yaptığı gürültüden şikâyetçi olsa da hepsi bütün gün küçük kız ile vakit geçiriyordu. Hayat ise şehir dışına çıktığından evden ayrıldığı günden beri görüşemiyorlardı.

Hande üstünü değiştirdikten sonra Maya ile birlikte salona girdi. Vedat gözlerini ovuşturuyordu. Alp ise eşofmanlarıyla oturmuş spor kanallarını geziyordu. Genelde sabah ilk kalkan o olurdu. Erkenden koşuya gider, bir saat sonra gelirdi. Hande birkaç kez diğerleriyle Alp'i örnek almaları, tembellik yapmamaları ile ilgili dalga geçmişti. En son Selim'in onu camdan aşağı atmakla tehdit etmesi üzerine konuyu kapatmıştı.

Kahvaltı yaptıktan sonra Tunç ve Su, Maya ile oynarken

Hande çalan telefonuna bakmak için odaya geçmişti. Ekrana bakıp 'Peloşum' yazısını görünce arkadaşlarını çok aksattığını düşündü. Telefonu açıp kulağına götürdü. "Alo?"

"Hayırsız?"

"Ben arayanın Pelin olduğunu sanıyordum."

"Bizden memnun kalmadın yani? Yelda! Bir daha bunu aramayalım biz. Zaten biz aramasak onun da arayacağı yok."

"Ya Melis! Yok öyle bir şey. Cidden vaktim olmadı hiç ondan."

"Hı hı! Sen Taner, Bilal ve Pelin'le konuş anca. Biz neyiz ki burada? Onlarla da haftada bir bile konuşmuyormuşsunuz."

"Melis!" dedi Hande çaresiz bir sesle. Birazdan duygu sömürüsüne başlayacaktı. Ama Melis yine tribini atacak ve sonra yine eski hâline dönerek neşelenecekti. O yüzden başka bir şey eklemedi.

"Melis ya! Ama neyse adımı hatırlaman da bir şey. Ben onu da unutmuşsundur sandım."

Muhtemelen telefon hoparlöre alınmıştı çünkü Yelda'nın sesini de duydu: "Bir yıl oldu."

"Siz sanki aradınız mı bir yıl? Ha! Bir ben mi hayırsızım?"

"Bir de konuşuyor. Bak oraya gelirsem yolarım senin saçlarını kızım."

Ve klasik Melis atarı! Genelde Yelda suskun bir kişiliğe sahip olurdu ve Melis her durumda ortaya atlayan cazgır, cadı karakterli olanlarıydı. Hande bile onun yanında az kalıyordu.

"Kızma tamam. Buluşalım bir ara."

"Bir ara mı? Bir ara ne demek? Dalga mı geçiyorsun sen benimle? Aylar sonra izini bulmuşuz artık yirmi yıl sonra ancak görüşürüz sana kalırsa. Yarın üç gibi Umut'un yerinde buluşuyoruz. İtiraz kabul etmiyoruz. En azından ben etmiyorum."

"Kesin bir şey söyleyemem. Semih'le konuşmam lazım. Akşam mesaj atarım."

"Kocandan izin mi alacaksın? Taner söylemişti de inanmadım. Ah! Bir feministimizi daha kaybettik."

"Saçmalama Melis ya. Sadece Maya'yı ben ya da o olmadan evde tek bırakamam."

"Maya?"

"Kızım!"

"Kızın mı? Doğdu mu? Ve sen bize haber vermedin. Ah deli kız! Şimdi seni elimden kimse kurtaramaz işte. Sen nasıl yeğenimizi bize haber vermezsin? Vazgeçtim. Biz sana geliyoruz."

"O daha iyi olur." dedi Hande.

"Adresini mesaj at. Ya da boş ver. Pelin'den alırız. Hazır ol, yarın sizdeyiz. Dediğim saatte geliriz. Ayrıca pasta börek istiyoruz. Mümkünse sen yapma. Zenginsin artık. Yaptırırsın birilerine ama güzel olsun."

"Başka emriniz?"

"Yok tatlım. Görüşürüz." dedi ve Hande cevap veremeden telefon kapandı. Telefonu kulağından çekip ekrana baktı ve kapalı olduğunu gördüğünde gülümsedi. Saçlarını karıştırdıktan sonra telefonu kenara bırakacaktı ki tekrar çalmaya başladı. Semih'in aradığını görünce kaşları havaya kalktı. Muhtemelen o Melis ile görüşürken de aramış ve Hande cevap vermedikçe sinir küpüne dönmüştü.

"Hande!"

"Efendim Semih?"

"Kiminle konuşuyorsun? Yarım saattir seni arıyorum. Ne gevezesin sen."

"Kızma. Arkadaşımla konuşuyordum sadece. Ne oldu?"

"Toplantıyı böldüm ve şu an herkes beni bekliyor." dedi Semih sinirli bir sesle.

"Gelip elinden tutup seni toplantı masasına götürmemi mi istiyorsun?"

"Bir de dalga geçiyor. Sinirlendirme beni. Zaten asabiyim."

"Ciddi misin? Hiç fark etmedim." dedi Hande alaycı bir sesle. Kendine engel olamıyordu.

"Ben akşam eve gelince sana fark ettireceğim. Şimdi vaktim yok. Küçük cadım nasıl benim?"

"Dünyaya yönelen bir meteor yörüngesini şaşırıp bizim eve düştü ve meteorun içine bir uzay gemisi sıkışmış. Onun içinden çıkan uzaylılar da bizim kızımızı kaçırdı."

"Akşam eve geleceğimi biliyorsun değil mi?"

"Kesinlikle."

"Güzel!"

Hande en sonunda onu daha fazla kızdırmanın anlamsız olacağını düşünüp "Maya iyi, herkes onunla ilgileniyor ve o da yeri göğü inletiyor zaten bir şey olduğunda." diye cevap verdi. Sonra da telefonu adamın suratına kapatıp yatağa atarak odadan çıktı. Vedat'ın yanına oturdu ve bir anda o ne olduğunu anlamadan elindeki kumandayı aldı. Adam birden uyuklamayı bırakıp kumandaya tekrar uzanınca Hande kumandayı diğer tarafa çekip yukarı kaldırdı.

"Ver şu kumandayı. Ben izliyordum."

"Artık ben izleyeceğim. Sen zaten uyukluyordun. Veremem. Şimdi futbol programı başlayacak."

"Sen gidip kızınla ilgilensene."

"Belgesel izlemekten ne zevk aldığını hâlâ anlamış değilim o kocaman yılanlar ve goriller..."

"Goriller olan bir belgeseli hiç izlemedim."

"Yılanlar onlardan daha iğrençti."

"Konumuzun bu olduğunu sanmıyorum. Kumanda!"

"Evet, elimde." dedi Hande ve ayağa kalkıp ortadaki sehpanın diğer tarafına geçti. Vedat da yerinden kalkmıştı ki içeri Selim girdi. Onların kumanda kapışmalarını görünce Hande'nin arkasında sakladığı kumandayı o fark etmeden çekip aldı. "Çocuk musunuz siz? Hem ben haberleri izleyeceğim."

Hande kaşları çatık ona bakarken sinirle ayağını yere vurdu. "Çok sinir bozucusun."

"Ciddi olamazsın." derken sesi alaycıydı adamın.

"Çok ciddiyim."

Selim koltuğa yayılıp istediği kanalı açarken Hande sinirle Nergis'in yanına yürüdü ve Selim ile Vedat kumanda için tartışmaya başladı. Hande, Selim'den onu alamayacağını bildiği için hiç araya girmemişti. Nergis elindeki kahveyle camın kenarındaki tekli koltuklardan birine oturmuş dışarıyı izliyordu. Karşısında Hande oturunca bakışlarını dışarıdan çekip ona döndü. Kısa bir süre sohbet ettikten sonra Hande kitap okumak için odaya geçmeden kızıyla ilgilendi. Sonra da Nergis, Maya'yı alınca rahatça biraz kafa dinleyebileceğini düşünerek kitabını alıp odasına çekildi.

Akşama doğru Semih arabasına binip eve doğru yola çıkmıştı ki yolda gördüğü bir mağazanın önünde durdurdu arabayı. Bir bebek mağazasıydı ve vitrindeki kıyafetler çok sevimliydi. Semih kızına bir şeyler almayı düşünüyordu. Gerçi Hande almıştı çok fazla kıyafet, eşya ama Semih de bebek eşyaları gördüğünde almadan duramıyordu. Mağazaya girdiğinde yanına gelen görevliye beğendiği elbiselerin hepsini verdi. Kadın onları taşıyamayacağını anlayınca kasanın olduğu yere bırakıp tekrar döndü. Semih ilk başta böyle yerlerde tuhaf hissetse de artık alışmıştı. Üstelik eline aldığı şeyler eskisi gibi çok minik gelmiyordu.

Islık çalmaya da başlamıştı. Keyfi yerindeydi ama bu hâli mağazadan çıkıp gazetecilerle karşılaşıncaya kadar sürdü. Şoförü ve koruması paketleri alıp arkasından arabaya yürüyorlardı ki gazetecileri görünce Semih'in komutunu bekleyerek ona döndüler.

"Eşyaları arabaya bırakın." dedikten sonra arka koltuğa oturdu. Camlar filmli olduğundan dışarıdan içerisi görünmüyordu. Kısa süre sonra şoförüyle koruması da arabaya binince gazeteciler arabanın etrafını sardı.

"Hızlı git." dedi Semih sert sesiyle.

"Yolu kapatıyorlar."

"Çekilirler. Önce biraz ilerle sonra hızlan." deyince adam çaresiz Semih'in dediğini yaptı. Gazetecilerden biri geri düşecek gibi olduysa da son anda tuttular. Bu tabii ki Semih'in umrunda değildi. Eve geldiğinde içeriden ses gelmeyince Maya'nın uyuduğunu düşünüp kapıyı çalmak yerine anahtarla açtı. İçeri girer girmez ilk önce odaya gitti. Beşikte uyuyan kızını izleyerek biraz vakit geçirdikten sonra aşağıdaki paketleri almaları için Vedat ve Tunç'u gönderdi.

Hande'yi göremeyince Alp'e döndü: "Hande nerede?"

"Üst komşuya mı ne gideceklermiş. Nergis ve Su da onunla gitti."

"Komşu? Hande mi? Bu kadın her geçen gün beni daha çok şaşırtıyor. Neyse, biriniz çağırsın da gelsinler. Açım ben yemek yiyelim."

Ve üç hafta daha öyle sıradan bir şekilde geçti. Bir hafta sonrası için Semih her şeyi ayarlamıştı. Uçak biletleri, kalacakları ev, vizelere kadar hepsini halletmiş, son işleri biter bitmez yola çıkacak duruma gelmişlerdi. Sabah erkenden şirketteki son dosyalarla ilgilenmek için evden ayrılmıştı. O gün Hande ondan bir saat kadar sonra uyandı. Doktor kontrolü vardı. Semih onunla gitmeyi teklif etmişti ama Hande tek başına gitmek istediğini söyleyip onu geri çevirmişti. O işlerini halletse daha iyi olacaktı. Hazırlandığında doktora gitmek üzere Nergis ve Vedat'la evden çıktı. Diğerleri evdeki eşyalardan önemli olanları toparlıyordu.

Hande doktorun odasına girerken Nergis ve Vedat kapının önündeki sandalyelere oturdular. Ve çok uzun bir zaman geçmeden de Hande içeriden çıktı. Doktorun birkaç test yaptığını sonuçlarını beklemeleri gerektiğini söyledi. İyi gitmeyen bir şeyler olduğunu Hande kadının yüzünden anlamıştı. Testlerin sonucu gelince de tahmininin doğrulandığı kesin oldu. Hande kadının gözlerinin içine korkuyla bakarken yanında ona destek olacak kimse yoktu. Nergis de Vedat da dışarıda kalmıştı. Hande, Semih ile gelmediğine pişmandı. Kimse Semih olamazdı. Onun Semih'in desteğine ihtiyacı vardı. Doktorun sesi odayı doldurdu bir anda: "Hande Hanım üzgünüm ama bir daha bebeğiniz olmayacak."

YİRMİNCİ BÖLÜM

Hande başını önüne eğmiş, dalgın bir şekilde ellerine bakıyor ve tırnaklarıyla oynuyordu. Çıktığı anda Nergis ve Vedat ne olduğunu sormuştu ama Hande onlara cevap vermeden hastaneden çıkınca onlar da kadını takip etmişlerdi. Hande yüzü bembeyaz olmuş, ruh gibi bir hâle gelmişti. Düşürdüğü bebeği, doğumda yaşadığı sorunlar, karnındaki kesikler ve yaşadığı duyguların böyle bir sonuç ortaya çıkaracağını hiç düşünmemişti ama şimdi hepsi bir paketin içine toplanmış ve önüne kötü bir sürpriz olarak konulmuştu. Düşünemiyordu bile. Bedeni bacaklarına ağır geldiği için arabaya kadar yürümek bile onu çok zorlamıştı. Eve girdikleri an salonda bebekle ilgilenenlerin yanına uğramadan, Vedat ve Nergis'e de bakmadan odasına çekilmiş ve kapıyı kilitlemişti.

Eli bir süre kilidin üstünde durduktan sonra vücudu daha fazla güç bulamamış ve kapının hemen yanındaki boy aynasına yaslanmıştı. Ellerini kilitten çekip yüzüne kapattı ve sıcak gözyaşlarını yanaklarına varmadan avuçlarında hissetti. Sırtını aynadan ayırmadan aşağı kaydığında dirseklerini dizlerine yaslamış, elleriyle yüzünü kapatmış ve sessiz isyan çığlıklarını atmaya başlamıştı. Semih'in daha çok çocukları olsun istediğini biliyordu. Onun için önemli olan şey işlerinin başına geçecek bir varisti. Elbette yine araları iyi olabilirdi ama Semih ona yansıtmasa da belki üzülecek, ona kızacak ve daha da kötüsü pişman olacaktı.

Öldüğünü hissediyordu. Çığlıklar atmak istiyor ama kelimelerini bulamıyordu. Sözlerinin gözlerinden dökülmesi kalbini yakıyordu. Eğer Semih gerçekleri öğrendikten sonra onu istemezse Hande bir daha onun hayatında karısı olarak yer almazdı. Belki üzülürdü, belki ona kızar hatta belki nefret beslerdi kendisinden vazgeçtiği için ama onu hiç suçlayamazdı. Hayır, ondan nefret de edemezdi.

Saatlerce odaya kimseyi almadı Hande. Onun için endişeleniyorlardı ama kadın sadece oturduğu yerde ağlıyordu. En son Semih'e haber verdiler. Adam çok geçmeden gelmişti. Hande onu bütün ikna çabalarına rağmen on dakika kadar kapıda bekletse de daha fazla bundan kaçamayacağını anlayıp kapıyı açtı.

Semih o sırada herkesi göndermişti. Karşısında duran kadının yüzünü avuçları arasına aldı. Hande başını yana çevirip ondan uzaklaştı ve yatağın üstüne oturdu. Ne olduğunu anlamaya çalışıyordu adam. Karısının bembeyaz teni iyice beyazlamış, gözlerinin kenarları kıpkırmızı olmuştu.

"Sen neden ağladın?" dedi kadının yüzünü çevirmesini görmezden gelerek.

"Semih..."

Kadın devamını getiremedi. Adam ona sarıldı. Sırtını yavaşça okşarken Hande kolları arasında uyuyakaldı. Adam odadan çıkıp salona geçti. Kimsenin bir şey bulamadığını öğrenince Hande'nin doktoruyla konuştu. Öğrendiği şey onu da üzmüştü ama Hande'den değerli değildi. Maya vardı. Bu yeterdi adama.

Kadın uyanıp kapının pervazına yaslanmış onu izleyen adamı görünce yutkundu. Semih bu sefer ona anlamsız bakışlar atmıyordu. Hande yatakta biraz geri çekilip, başlığa yaslanarak adamın tepkisini bekledi. Semih şefkatli gözlerle bakıp eliyle ona 'gel' işareti yapınca yataktan çıktı ve koşarak ona gitti. Hıçkırıklarla ağlarken Semih'e sıkıca sarıldı. Adam da kollarını ona sarmıştı.

"Öğrendin mi?" diye sordu Hande merakla.

"Çocuğumun annesi olmadığında da seni sevdim Hande. Maya'dan sonra sana olan sevgim bir anda ortaya çıkmadı. Ben seni çocuk yapmak için araç olarak görmedim. O bizi biz yapan diğer parçaydı. Maya benim çocuğum olduğu için değil, bizim bir parçamız olduğu için önemliydi. O senin ruhunu, benim ruhumu taşıyan bir hediyeydi. Sen zaten bana o hediyeyi vermişken yine yaptın Handeliğini. Aptal kadın seni. Neden bu kadar üzülüyorsun?"

"Bilmiyorum." derken geri çekilmiş, adamın yüzüne bakmıştı.

"Sildin sümüğünü üstüme değil mi?" dedi Semih onu duymamış gibi ve elinden tutup kadını evden çıkarırken tek kelime etmesine izin vermeden konuştu:

"Kafanı toparlaman gerekiyor senin. Yaşadıkların ağır biliyorum. Son kez üzülmene izin veriyorum."

"Nasıl öğrendin?"

"Çok soru soruyorsun. Vedat doktordan çıktığından beri bembeyaz olduğunu söyledi. Doktorunu aradım. Ayrıca sigara içmişsin."

"Sadece bir tane."

Eve girip odasına kapandığında kafasını toplamak için içmişti. Pek yardımcı olduğu söylenemezdi ya. Semih onun iki elini de sıkıca kavradı. "Bir şey olduğunda benden kaçma. Önce ben bileceğim! Sigara yerine benden medet umabilirsin belki? Çok zor olmasa gerek." dedikten sonra onu arabasına bindirdi. Eski evlerine kadar bir daha konuşmadılar. Semih ona düşünmesi için zaman tanıdı.

Eve girdiklerinde adam kadını çekip dudaklarını onun boynuna bastırdı. Hande başını diğer tarafa yatırırken yüzü hâlâ ıslaktı. Semih omzundaki ıslaklığı hissedince geri çekildi. Onun yüzünü elleriyle sildikten sonra "O kadar ağlamışsın ki salya sümük birbirine girmiş sulu göz! Neyse ki ben anlayışlı bir adamım. Tişörtümü kullanmana izin veriyorum." diyerek gülümsedi. Hande uzanıp onun dudaklarına kendi dudaklarını bastırınca Semih kadının belini kavradı. Hande ondan aldığı destekle ona biraz daha yaslanmıştı ki Semih bir anda geri çekilip eğildi ve Hande ne olduğunu anlamadan onu kucağına aldı.

Odaya çıktıklarında onu geniş yatağa oturttu. Önce bir dizini yatağa koyup eğildi ve yanaklarına koyduğu ellerinin başparmaklarıyla yüzündeki saçları geri çekti. Dudaklarını onunkilere bastırınca Hande kollarını adamın boynuna doladı. Semih onun yüzündeki ellerini beline yerleştirip onu geri doğru yatırdıktan sonra bir süre o şekilde öptü. Ellerini kadının belinden çekmiş, üstündeki gömleğin düğmelerini açıyordu. Gömleğini kollarından çıkarıp geri attığında elleri Hande'nin üstündekilere gitti. Dudaklarını ondan çektikten sonra kadının üstündekileri çıkarmaya başladı. Kendi üstündekileri de çıkarıp Hande'nin üstüne uzandı. Ağırlığını ona vermemek için dirseklerinden destek alarak dudaklarını tekrar onun dudaklarına bastırınca kadın inleyerek ellerini Semih'le arasına koyup adamın göğsünde gezdirmeye başladı.

Semih biraz sol tarafa geçtikten sonra sağ elini çekip kadının kalçasından dizine kadar hafifçe okşadı. Eli biraz yukarı çıkıp göğsüyle oynamaya başlayınca Hande elini onun ensesine koydu ve saçlarıyla oynamaya başladı. Semih onu öperken ellerini Semih'in kaslarında gezdirdi.

Adam kadının karnına ıslak bir öpücük kondurduktan sonra kendini yukarı çekti ve tekrar Hande'nin üstüne uzandı. Kadının dudaklarını öperken ona sahip oldu.

Semih yorgun bir şekilde kendini yana attığında Hande yatağa uzanmış, üstünü pikeyle göğsüne kadar örtmüş ve Semih'e sokulmuştu. Adam sırtını yatak başlığına dayayıp gülümseyerek onu izledi. Hande biraz kendine geldikten sonra yatakta doğruldu. Bacaklarını aşağı sarkıtıp "Duş alacağım." dedi. O tam kalkmak üzereyken Semih kolundan tutup onu tekrar kendisine çekti. Hande yatağa düşerken adam gülerek "Ben henüz izin vermedim gitmene." dedi.

Hande kıkırdayarak adamın göğsüne elini bastırıp tekrar doğruldu. Semih'in yüzüne bakarken alt dudağını sarkıtmış, gözlerini büyütmüş, en masum hâlini takınmıştı. Dağılmış saçlarının arasından elini geçirdi. "Yoruldum!"

Sesi hiç de hâlinden şikâyetçi gibi değildi. Semih o tekrar arkasını dönüp gidecekken belinden tutup kendine çekti. Kadının boynuna arkadan bir öpücük kondurduktan sonra "Tamam. Giderken ceketimin cebindeki kutuyu al. Senin o." dedi.

Hande, Semih'in temmuzda bile yanında ceket taşımasına inanamıyordu. Gerçi şirkete giderken Melih ve Yağız'ın da öyle giyindiğini görmüştü. Belki Yağız biraz daha serbestti.

Üstüne dolabın içinden uzunca bir kazak geçirdi. Çıplak dolaşmak utanç vericiydi. Ardından ceketin iç cebindeki kutuyu görünce şaşkınlıkla gözleri irileşti. Kutuyu açıp içindeki yüzüğü gördüğünde neredeyse şaşkınlıktan dilini yutacaktı. "Bu çok güzel!"

"Biliyorum. Kızımıza künye yaptırırken gördüm. Hoşuna gider diye düşündüm."

Semih yerinden kalkıp karşısına dikildiğinde hâlâ şaşkındı. Adam kutudan yüzüğü çıkardı ve karısının üstüne geçirdiği uzun kazağın üzerinden bileğini tutarak kendine çekti. Parmağına yüzüğü taktıktan sonra da uzun, ince parmaklarına bakıp gülümsedi ve tekrar yatağa döndü. Hande de eline bakıp gülümsedikten sonra "Teşekkür ederim." diye mırıldandı.

"Bir daha sakın senden uzaklaşacağını düşünme."

Semih, Hande yanağını öpüp banyoya gittiğinde dudağının bir tarafı kıvrılırken yattığı yere iyice yayıldı. Hande duştan çıkınca banyoya Semih geçti. Kadın üzerine bir şeyler giyinip aşağı indi. Evi uzun zamandır görmemişti. Semih tadilat yaptırmıştı eve ve birçok değişiklik vardı. Evin renginden, eşyalara kadar her şey bambaşka olmuştu. Hande odalardan birine girince gördüğü piyanoya doğru yürürken gülümsüyordu. Semih onun için bu eve de bir piyano almıştı demek. Birkaç haftadır piyano dersleri alıyordu. Haftada üç saat olduğu için hızlı ilerliyorlardı. Yeni öğrendiği basit bir parçayı çalmak için beyaz piyanonun başına geçti.

On dakika sonra Semih kapının pervazına yaslanmış onu izlerken Hande adamı fark edip yerinden kalktı. Semih'e sarıldı. "Teşekkür ederim."

Semih onu duymamış gibi kolundan tutup çekti. "Gidiyoruz."

"Eve mi?"

"Bu gece burada kalacağız. Sadece seni bir yere götüreceğim."

Hande üstündeki beyaz şort ve beyaz, kalın askılı tişörtüne baktı. Semih için bunlarla gitmesi sorun değildi belli ki. Arabaya bindiklerinde Hande nereye gittiklerini soracaktı ama Semih ona cevap vermeyeceği için hiç kendini yormadı. Adam radyoyu açınca yollarının uzun olduğu da anlamış oldu Hande. Ki yaklaşık kırk beş dakika sonra hâlâ yolda olduklarından dolayı Hande'nin midesi bulanmaya başlayınca da bu düşüncesi doğrulanmış oldu.

"Midem bulanıyor."

Semih arabayı kenara çekince Hande arabadan indi ve temiz havayı içine çekti. Yolun diğer tarafına bakınca aşağıda deniz olduğunu gördü.

"Denize mi?"

"Evet, deniz seviyorsun. Seni en çok rahatlatacak şey bu olur diye seni buraya getirdim."

Hande biraz daha temiz hava aldıktan sonra midesi durulur gibi olunca tekrar arabaya bindi. "Ne kadar kaldı?"

"Beş-on dakika... Kapat gözlerini, iyi gelir."

Hande, Semih'i dinleyerek gözlerini kapattı. Gerçekten de kısa süre sonra gelmişlerdi. Hande araba durduğu anda kendini dışarı atmış ve karşısındaki kumsala koşmuştu. Ayağındaki spor ayakkabılara kum dolunca onları çıkarıp ellerine aldı. Sıcak kumlar ayağını yaktığı için deniz kıyısına koştu ve ayaklarını soğuk suya soktu. Semih yanına gelince onu da elinden tutup yanına, suyun içine çekti. Semih bir adım geri çıkıp Hande gibi ayakkabılarını çıkardı. Karısının da elindeki ayakkabıları alıp arabaya bıraktı. Hande olduğu yerde gayet mutlu görünüyordu.

Onu denizin rahatlatmasının yanı sıra etrafta kimse olmadığından, kafa dinleyip mantıklı düşünebilsin, acısını atsın diye getirmişti. Yarasının içindeki zehir aktığında tam olarak mutlu olabileceğini biliyordu. Onun için başka çocuk önemli değildi. Maya ile de bütün sevgisini paylaşabilirdi. Evet, daha çok çocukları olsun istemişti ama bunun için Hande'den vazgeçecek kadar çok değil. Hande'nin olmadığı sürece çocuğu olmasının da bir anlamı yoktu. Eğer Hande'yi mutlu edecekse bu konudaki tedavi yöntemlerini araştırırdı ama eğer riskliyse karısını tehlikeye atmayacaktı. Hande adamın göğsüne başını koyup, kollarını onun beline dolayınca Semih kolunu kadının omzuna sardı. O şekilde yürürlerken Hande "Beni istemeye geldiğin günü hatırladım. Denize sokup, üstümü başımı ıslatmıştın. Hasta olmuştuk." dedi.

"Evet, başımdan aşağı bir kova su dökmüş, sonra da kovayı başıma geçirmiştin."

Semih sesini kızgın çıkarmaya çalışsa da eğlendiği belli oluyordu. Hande ayağıyla adama su atarken itiraz edercesine, şikâyetçi bir ses tonu takındı. "Sen de başımdan aşağı kahve dökmüştün."

Semih onun saçlarının arasına bir öpücük kondurdu. Hande başını kaldırıp adamın çenesini öptükten sonra tekrar yürümeye devam etti. "İlk tanıştığımızda, ağladığım zaman da beni denize getirmiştin."

"O zaman da sümüklüydün. Ah seni sulu göz kadın..."

Hande eliyle adamın göğsüne vurdu. "Yaaa!"

"Yalan mı?" dedi Semih ve yürümeye devam ettiler. Semih bir süre sonra durdu ve onu da durdurdu. Geri çekilip kadının yüzüne baktı. "İstediğin kadar ağla şimdi. Bütün acını çıkar ve sonra da unut bu konuyu. İstersen bağır, çağır ama sonra unut."

Hande onun bahsettiği şeyi anlayınca bir adım geri gitti. Semih kadının denize yaklaştığını fark edince kolundan tutup çekti ve karaya çıkardı. Kumların üstüne otururken Hande'yi de kendiyle birlikte aşağı çekti. Kadın başını adamın göğsüne yasladı yine. Semih onu iyice çekip sarılınca Hande "Neden hep benim başıma geliyor bunlar Semih?" diye sordu. "Belki sen başkasıyla olsan daha mutlu olursun diye düşünüyorum ama... Ben sensiz mutlu olamayacağım."

Semih karısının saçlarını okşadı. "Belki de her şeye karşılık sana sahibim. Bununla yetinebilirim ben. Sadece seni düşünmüştüm."

Hande biraz daha duraksadı. Başını kaldırdı. "Özür dilerim." dedi ama hıçkırıklara boğulmuştu. Semih onu tekrar çekti ve sıkıca sarıldı.

"Bunun için benden özür dileme."

Sesi yalvarır gibiydi. Bir daha konuşmadı. Onun ağlayarak rahatlamasına izin verdi. Hande ağladı. O kadar çok ağladı ki adamın üstündeki tişört sırılsıklam oldu. Semih sadece kendine onu durdurmamak için engel oldu. Onun ağlamasına engel olursa acısı içinde kalır diye sustu. Ona sarıldı ve bekledi. Hande sustuğunda uyumuştu. Adam onu kucağına aldı. Arabaya kadar taşıdı.

Eve geldiklerinde Hande hâlâ uyuyordu. Çok yorulmuştu belli ki.

Semih onu odaya çıkarıp yatağa yatırdı. Kendi de yanına yattı ve başparmağı ile onun yüzünü okşayarak, kokusu burnuna dolarken gözlerini kapattı. Uyuyup dinlense iyi olacaktı. Önünde karısıyla ve kızıyla uğraşacağı uzun, yorucu günler vardı. Ve Semih'in bundan şikâyetçi olduğu söylenemezdi.